冬日不曾有暖陽

竇劍鋒

——

著

山頂文化

目錄

對的時間遇上錯的人

還是錯的時間上遇上對的人

沒有人知道

「轉身離開，有話說不出來，
海鳥跟魚相愛，只是一場意外……」

那年上海張江地鐵站還沒有延長線，
那年張江湯臣二期還沒有開建，
那年張江周邊還有農田，

那年陸霆與江輕語分手，一別兩寬。

第一章

浪漫與煙火

月色撕破雲層，在城市的角落裡留下影蹤。

上海，是都市商海人們的十里洋場，也是夢想家們揚帆的最佳航向。

陸霆乘着夜色，摩挲着那張已經陳舊發黃、四周泛起毛邊的舊報紙，腳邊的垃圾桶裡散落着空酒瓶，煙蒂不可避免地沾在桌上。

照片上他肆意張揚，眼神裡帶着少年人的驕狂，這見證着他初出校園，在這個社會上赤手空拳，憑藉熱血和才華打下自己的天地。

《手遊田園故居以八十萬元售出，創下大學生研創團隊最高成交紀錄》 —— 碩大的標題，配上陸霆年輕的面孔，看上去朝氣蓬勃，好像那裡站着的就是互聯網冉冉升起的新星。

陸霆喝掉鋁罐裡最後一口啤酒，拇指流連在這張巨大篇幅的新聞報道上，彷彿在重溫那時的鮮花與輝煌。

如今，陸霆仍舊穿着筆挺的西裝，仍舊日夜耕耘在研創一線，那麼，改變的是什麼呢？

是他開始深夜失眠，看着太陽西落，夜色降臨，迷失在這座城市最不起眼的街巷裡。

是他失去掌聲，從神壇走下，一次次撞擊在成功的壁壘上，頭破血流而不自知。

是他把夢想當做一切，以為夢想萬歲可以不食煙火，然後被現實的柴米油鹽狠狠擊碎，破鏡難圓。

少年不識愁滋味，愛上層樓。

陸霆勾着嘴角，苦澀一笑，他已經不是少年了，高樓林立之間，上與不上憂愁都一直環繞着他。

就像以為上海充滿了機遇，是勇敢者的天堂，沒想到，這裡除了要拚命爭搶的機會，還有後台、運氣、權柄……這些曾經在他眼中不值一提的其他因素。

「鐺。」

鋁罐碰撞的聲音在這個狹小的客廳裡，格外清晰。

「這麼晚了你還不進來睡覺？」

江輕語穿着睡衣，慵懶地倚靠在門邊，即便是卸妝之後，仍舊難掩她傾城之色，丹鳳眼微微上挑，眉目間盡是嫵媚風情。

「嗯，就快了。」

陸霆被煙酒浸泡的嗓音略帶沙啞。

江輕語對他這不時喪氣的狀態見怪不怪，撇撇嘴說：「小心明天起晚了，沒有全勤獎那下個月的水電費就從菜錢裡扣。」

陸霆狠狠按了一下太陽穴，這些生活瑣事已經充斥了他所有的業餘時間。

江輕語看着他疲憊的樣子，略有些不忍，揪着洗到發白的袖口，扯下一根線頭吹掉。

「有時間在這懷念過去，不如趕緊衝衝業績，好歹也是個項目部組長，天天開會也沒見你往家裡多拿一分錢。」

江輕語看到桌子上整齊攤開的報紙，知道那是陸霆的心頭寶，

沒事就愛坐在那看，就應該把它裱起來掛牆上，一天三炷香。

陸霆聽着女友不鹹不淡的軟刺，想反駁都無從開口。

當時他到朝華傳媒項目部入職組長的時候，人人都説他低就了。

就連陸霆自己都認為，出人頭地是早晚的事，成功的壁壘很快就會被打破，然後在這裡安家落戶，也做一回時尚高端的職場精英。

四年過去了，在組長這個位置上再無寸進，已經將陸霆的邊角打磨光滑，眼睛裡再也不是稚嫩，而是穩重，是少年人被摧折之後煥發的新生機。

陸霆想告訴她下週要召開的董事會上，自己的策劃案就會被提上議程。

到時候即便不能過上汽車洋房的日子，好歹能租個大點的房子了，不至於兩個人在洗手間轉個身都要胳膊碰在一起。

他張了張嘴，看見江輕語平靜的眼神，還是什麼都沒説。

陸霆有的時候會有些恍惚：當年大學裡的江輕語是什麼樣子呢？

像帶着清晨第一顆露珠的鮮花，談論起理想和專業，頭頭是道，能站在台上與高年級辯論，永不服輸。

他們揹着行囊，從家鄉來到上海，這裡的冗雜與沉重，慢慢壓彎了少女的驕矜，她不再説起夢想，話題從專業變成了雞毛蒜皮。

他們在這個城市裡相互依偎，在對方身上汲取力量，然後等到天亮再重新出發，去面對一波又一波的難題。

陸霆就在這樣的周而復始中輾轉了四年。

「馬上就過年了，你跟沒跟田超説起還錢啊？我媽説了，不買房可以，車必須有。」

江輕語的精緻不止在臉蛋，身上的每一寸皮膚都光滑細膩，如同上好的骨瓷，在日光燈下都能散發着如玉般的光。

陸霆刷牙的動作一滯，當年《田園故居》以八十萬的價格賣掉，起因就是合夥人田超的母親重病，急需一大筆錢救命。

但是這幾年過去了，林林總總還了不到十萬。

江輕語和陸霆早就見過了家長，「裸婚」肯定是行不通的，這錢要不回來，陸霆拿什麼買車辦婚禮。

看着陸霆的臉色，江輕語就知道他肯定又沒跟田超開口，氣得翻了個白眼。

「你顧忌着兄弟情分不肯催他，他也是真不着急啊！那八十萬你說給就給，我當年也沒攔着你吧，你不想要回來，倒是再給我掙個八十萬啊。」

上海這地界，寸土寸金，沒房也能理解，兩個人慢慢打拚吧，但是有輛車總不過分。即便這樣，陸霆也死要面子，遲遲不肯跟田超說起還錢的事。

「輕語，我手上有個策劃案下個月就能施行了，到時候年終獎肯定夠買車了，再委屈你等等好不好？」

江輕語面沉如水，看着擠擠挨挨的空間，心裡更是煩躁，趿拉着拖鞋走出洗手間，嘟囔着說：

「就這什麼時候能過上好日子啊，真是榆木腦袋，一點情調都沒有，這日子也夠煩人的……」

陸霆聽着女友的抱怨，看着鏡子彎了彎嘴角，滿嘴的苦澀就要溢出來。

情調？

成年人的世界裡，情調也是需要成本的。蠟燭鮮花，紅酒牛扒，每一樣都要用錢去換。

嘴裡的牙膏唯餘辛酸，客廳的鐘敲響十二下，陸霆重重呼出一口氣，希望今晚能一覺到天亮。

早晨七點鐘的上海，清潔工已經清理了大街小巷，上班族手裡的豆漿在寒天中氤氳着熱氣。

　　江輕語裹緊大衣，隨着地鐵的人流被擠出車廂。

　　「我真是受夠了，我告訴你陸霆，這車要是買不來，你就跟田超過日子去吧！」

　　陸霆拎着公事包在她身後亦步亦趨，輕聲哄着：「快了快了輕語，年底保證讓你開上新車，再也不用擠地鐵了。」

　　「要不就租這裡的張江湯臣豪園也行，玉蘭那我是絕對不要住了。」

　　在第三個行色匆匆的路人撞在江輕語胳膊上的時候，她提着外套一角，上面滴滴答答的淌着豆漿。

　　江輕語的火氣瞬間高漲，劈手奪過陸霆要給她擦拭的紙巾，跺着腳自己走了，那背影風風火火，好像一刻都不想在這待下去。

　　「輕語！」

　　陸霆快跑兩步追上她，女友面如冰霜，連平時的一個眼尾都不願意掃他了。

　　「我幫你處理一下吧輕語。」

　　陸霆彎下腰用紙巾一點點把豆漿擦乾淨，但是現在，即便只留下了一些潮濕的水印，江輕語也覺得極其礙眼。

　　陸霆又把她沾上豆漿的手指用紙巾擦淨，細心到每一個指縫，他記得女友是有一些潔癖的。

　　江輕語看着這個在一起很多年的男人，從稚嫩青澀，到如今成熟穩重，親眼見證他從少年長成青年。

　　如果是從前，陸霆的體貼細心，一定會讓江輕語感到溫暖，可是現在，她只能想到這杯豆漿潑灑在身上的餘溫，並且覺得這樣黏膩的觸感讓人厭煩。

把手抽回來，江輕語不想去看他現在的神色有多深情。

或者說，她不在乎這樣的深情有多貴重。

「走吧。」

陸霆的手放在身側，握了握拳，沉默地走了。

朝華傳媒享譽國內，陸霆是做遊戲研創起家，但這個方向在朝華來說，卻是近幾年新興的領域。

機會多，危險也多，高層領導大多跟着老董事長打過江山，自恃功高，卻在年紀漸長的同時，越發固步自封，不敢涉足這種新領域。

「組長早。」

陸霆在項目部做得風生水起，一路上與不少人停下寒暄，可見人氣高漲。

陸霆儀表堂堂，早年的成就讓他骨子裡就帶着自信，職場的歷練，使他不驕不躁，這對下屬來說有着致命的吸引。

辦公桌後的陸霆，戴上了金絲邊的眼鏡，那些令人頭大的數據在他腦海裡過了一遍又一遍，為了這個策劃案，整組人耗時三個月，從市場調研到數據統籌，每一步，陸霆都親自參與。

「這裡有一處明顯的錯誤，你們核對過之後再交給我。」

陸霆指着那串數字略帶不滿。

董事會迫在眉睫，這個策劃案還沒有達到最完美的狀態，那幫老頭子有多難纏，他已經見識過了，想要在遊戲這個新興領域佔領一席之地，以現在的完成度根本不可能。

「組長，這些數據已經是當前最有說服力的了，我認為有一點點的誇大也是好事，讓那些高層看看其中的潛力增加我們成功的幾率啊。」

組員邵俊偉有些不服氣，為了這些不知道熬了多少個通宵，緊

要關頭要重新核對，這增加了不少的工作量。

陸霆看着這個初出茅廬的年輕人，笑了笑，指着他手腕上的錶說：「情侶的，新款吧？」

邵俊偉有些羞澀地點點頭，愛惜地蹭了蹭錶盤。

「誇大數據是投機取巧的行為，任何策劃案的後期審批都要經過嚴格的測算，這關係到收益。」

陸霆一邊說，一邊用紅筆把錯誤的數據圈畫出來：「高層在乎利潤，如果我們策劃案例預估的數據跟最後有很大的差距，那麼事後追責，你以為責任在誰？」

邵俊偉愣住了，很明顯他並沒有考慮到這些，尷尬地撓撓頭。

「組長，我……」

「去改吧，辛苦你了，今天努努力，等這一仗打完了讓你多休兩天。」陸霆玩笑似的指了指他的錶，「到時候好好陪陪女朋友。」

邵俊偉咧着嘴笑了，拿起文件回到辦公桌。

陸霆對工作一絲不苟，嚴苛到讓下屬叫苦連天，但是他們組的業績也是最好的。

但凡是拿出去的項目，沒有一個是不讓公司賺錢的，其他組眼紅心熱也沒辦法。

想到邵俊偉那享受愛情的樣子，陸霆恍惚了一下。

自己好像很久都沒有給輕語送過禮物了。

兩個人在一起的時間太長了，熟悉到牽手就像左右手互摸，早就已經退去了最初的激情，熱戀總是來去匆匆。

陸霆一到公司就是百分百的工作狂，有時候為了一個細節，能從早上坐到下班，經常忘記吃飯，抽屜裡常備着胃藥。

正午的陽光明媚耀眼，即便是冬季，也能在寒光中感受到溫暖。

透過玻璃窗照在身上，陸霆的側臉在光線中蒙上面紗，眼鏡框

折射的金屬光澤，襯托得整個人出塵又端方。

「哈哈哈哈哈哈，老妹兒你可太有意思了！」

陸霆聽見門外一陣喧嘩，那個東北來的大個子李蓬又在耍活寶了。

自從李蓬來了項目組，整個組的畫風都被帶跑偏了，越來越濃鬱的東北味在辦公室蔓延。

陸霆摘掉眼鏡，看看手錶已經下午一點了，不知不覺又錯過了午飯時間。

捏捏鼻樑，伸了個懶腰，晃着脖子慢慢走出辦公室。

「笑什麼呢？這是都吃完飯回來了？」

「組長。」

一大幫人圍在辦公區說說笑笑，李蓬還坐在了桌子上，看見他連忙跳下來。

「咱們組新來的小老妹兒，可帶勁了。」

李蓬天天沒有正經樣子，東北人的大氣豪爽讓他收穫了不少好人緣，大家都喜歡聽他隨便閒聊。

陸霆看着下屬圍住的中間，站着一個年輕女孩，揹着雙肩包，高高的馬尾上還紮着蝴蝶結，牛油果色的棉服透着新綠，看上去俏皮青澀。

「新來的？人事部送來的實習生？」

陸霆這組好久沒來新人了，因為他在項目部以嚴肅著稱，新來的實習生們大多受不了這個氛圍，漸漸的人事部也就不把新手往一組分了。

凌筱筱彎着大眼睛，雙手遞上簡歷：「組長好，我是實習生凌筱筱，畢業於美國加州史丹福，SAT 成績是 1560 分，剛剛歸國到您麾下實習，請多多指教。」

陸霆挑眉，人事部這是發什麼神經，這麼好的人才，就下放到自己這項目小組？不怕他三天把人訓跑了啊。

翻看着她的簡歷，成績優秀，獎項榮譽列了滿滿一張紙，還真是個海歸高材生啊。

「歡迎你，雖然只是實習，但任務也比較繁重，儘快熟悉環境吧。」

陸霆看這個女孩嬌俏靚麗，大眼睛笑起來像月牙一樣，惹人喜歡，就像小時候吃的麥芽糖，甜滋滋的沁人心脾。

陸霆環視了一圈，就李蓬這個傻大個最顯眼，乾脆指着他對凌筱筱説：「以後就讓他帶你，先熟悉基本業務，合格了再説別的。」

李蓬突然被點名，有點懵，看着女孩對自己笑，話都不會説了，就會摸着頭嘿嘿傻笑。

凌筱筱看着陸霆轉身回去的背影，微微一笑，沒有開口，卻在自己在心裡，默唸一句：好久不見。

李蓬戳戳她，賤兮兮地説：「怎麼樣，咱組長帥吧，雖然比我差一點，但是也算人見人愛花見花開了。」

凌筱筱看着這張大臉一時語塞，不動聲色地轉移話題：「組長説，合格了再説別的，是什麼意思？」

李蓬把她領到辦公桌旁，撇撇嘴：「這是咱們一組的傳統，先把所有項目熟悉一遍，尤其是正在賺錢的，和即將賺錢的，都了解吃透了，就能明白咱們一組是什麼工作標準了。」

凌筱筱可是優等榮譽畢業，拿着一沓榮譽證書滿載回國，學習能力是頂級的，不過剛剛換了一個環境，還有點不適應，看什麼都覺得新奇。

翻了一下午的舊策劃書，凌筱筱覺得脖子痠疼，喝水的時候反應過來，好像一直都沒看見有人從辦公室出來，暗自納悶。

難道領導都是不上廁所的？

正想着，對面辦公室的門就開了。

陸霆一手接電話，一手拿着文件夾，大步流星地穿過辦公區，路過凌筱筱身邊的時候，停下了。

看了她一眼，第一反應就是，這女孩大眼睛像葡萄似的，水汪汪的。

「英語怎麼樣？」

凌筱筱上班第一天就被頂頭上司點名，愣愣地説：「挺、挺好。」

陸霆頷首，把文件放在她桌上：「兩個小時，翻譯出來送到辦公室。」

凌筱筱粗略一看足足有六七張紙，這分針還有半圈就到下班時間了，這上司指使人加班都這麼理直氣壯嗎？

李蓬同情地看着她，拍了拍她的肩膀：「認命吧，我們組都是國產的，就你一個留過洋的，以前這種工作組長都出去找外援，現在有了你，估計以後就都是你的了。加油！」

凌筱筱看着文件夾哀歎一聲，只能安慰自己，上班第一天就被委以重任，前途無量啊。

冬天黑得早，剛過六點，外邊已經華燈初上，各種炫目的霓虹燈一改白天的沉寂，逐漸喧囂起來。

凌筱筱敲下最後一個字，脖子已經不會動了，早就已經過了下班時間，同事都走得差不多了，除了她，只有對面辦公室的燈還亮着。

凌筱筱把材料列印出來，敲門之前，順手整理了一下頭上的蝴蝶結，動作嬌憨，活脱脱就是個少女模樣。

「進來。」

「組長，我翻譯好了，您看看。」

陸霆低聲答應了一下，手指敲敲桌面：「放這吧。」

本來想先忙完手頭上的事情再看，一抬頭，就看見凌筱筱忽閃

着眼睛，手扶着脖子，不自然地輕晃。

抿了下唇，合上鋼筆，看着那份段落工整的翻譯文件，剛想誇一誇這女孩做事認真，就看見一處譯錯，順着往下幾行，又有兩處翻譯錯誤，瞬間就皺起眉。

「史丹福的高材生就這種翻譯水準？」

文件啪的一聲甩在桌子上，凌筱筱嚇一跳，拿起來仔細看看。

「這些專業名詞太晦澀了，我查了字典才弄清楚的。」凌筱筱有些委屈，忙了一下午不能開開心心下班就算了，還被嘲諷了。

「不會可以問，你那張嘴是擺設？」

陸霆上報的預算被駁回了，下午一直焦頭爛額的，這時候説話語氣衝了一些。

看着女孩揪着衣服不敢説話的樣子，也覺得自己有失風度，停頓了一下，緩和着語氣。

「不會就問，工作上得過且過是大忌，別説你這好幾處錯誤，就算只有一處也得拿回去重改。」

陸霆看看時間不早了，説：「先下班吧，明天改好了給我，再有錯誤就直接回人事部，讓他們給你重新分配，我這裡不供大佛。」

凌筱筱小聲應和，拿着文件夾就逃了出去，好像晚一點就能被陸霆吃掉一樣。

關上門，凌筱筱對着裡面吐舌頭，暗暗嘟囔：「上司都是魔鬼，祝你禿頭禿到髮尾。」

等陸霆忙完手上的事，已經快八點了，一天沒吃正餐，這時候腸胃已經開始反抗了。

熟練地拉開抽屜，往嘴裡塞了一顆藥，舌尖的苦味已經習慣，收拾好東西，走了出去。

路過行政部的時候，裡邊漆黑一片，看樣子江輕語早就下班了，

可他手機上卻沒收到任何消息。

他都記不清從什麼時候開始，兩個人早出晚歸，明明在同一間公司上班，卻一天也說不了幾句話。

這個時間，路上的車川流不息，斑馬線上的行人也都步履匆匆。

拎着菜籃子的婦女趕着回家給孩子做飯，打扮時尚靚麗的女郎可能還有下一場派對，領着孩子的一家三口因為學習成績喋喋不休。

每一個人都有屬於這個社會的角色，或成功，或失敗，或帶着煙火氣息，或者只是燈紅酒綠中找不清方向的飲食男女。

陸霆突然想起上午在邵俊偉手上看到的錶，想起輕語早上悶悶不樂的樣子，打算買個禮物哄哄她。

商場裡燈火通明，分不清晝夜，陸霆在各種櫃檯之間徘徊。

他很少逛街，也不懂什麼化妝品，分不清口紅色號，以前江輕語還因為這個調侃他，鬧着要他塗口紅。

陸霆駐足在一家珠寶店門前，他記得輕語喜歡這些亮晶晶的東西。

「把這個拿出來看看。」

鑽石之所以是女人心頭愛，因為它精細的切割，折射了世上最繽紛耀眼的色彩，在一切華麗面前，鑽石代表着浪漫與恆久。

璀璨的鑽石鋪在黑絨布上，極致鮮明的對比，為鑽石更增魅力。

「先生，這款鑽戒是今年的秋冬新款，象徵『一生只愛你』。」

陸霆覺得輕語會喜歡這個戒指的，掏出手機準備付款，隨口問道：「多少錢？」

「兩萬三千八百四十元。」

陸霆的手一頓，有些尷尬地低咳一聲，攥着手機的指節開始泛白。

兩萬多塊買個戒指，對於陸霆現在來說，的確超出了消費能力，

可能買了這個戒指，未來兩個月，就要頓頓吃泡麵了。

陸霆想了一會，還是把放着戒指的托盤推了回去，指着旁邊角落裡一顆不起眼的碎鑽戒指，說：「這個吧，幫我裝起來。」

這個碎鑽遠遠沒有剛才那顆耀眼奪目，看上去寡淡許多。

櫃檯小姐撇撇嘴，利落地把戒指裝盒收款，生怕一會陸霆連這個都反悔了。

陸霆拿着袋子，覺得有些虧欠江輕語。

在一起七年，剛開始都是窮學生，陸霆的家境並不算太好，平時也沒送過什麼名貴禮物。

後來研發遊戲掙了點錢，有經濟基礎了，但陪伴她的時間卻又少了，經常在辦公室一泡就是一天。

《田園故居》是陸霆大四那一整年全部的心血，如果一直開發下去，前景不可限量。

想起這些往事，陸霆難免有些苦澀，說起付出，江輕語才是那個一直在背後默默無聞的人。

這個碎鑽戒指是單薄了一些，陸霆在心裡暗暗下定決心，以後一定能給江輕語買最大最好的鑽戒。

陸霆匆匆往外走，想快點回家，輕語一定會高興的。

突然，前邊扶梯上緩緩下來兩個人，男的高挑，女的纖細，那身米白色的羊絨大衣看着十分眼熟。

「……輕語？」

陸霆皺着眉喃喃道。

那兩人談笑風生，不知男人跟女人說了些什麼，竟惹得她掩唇嬌笑，那顰笑間的風華，赫然就是江輕語。

陸霆撥通了江輕語的電話，對面的女人也翻出手機來。

「輕語，你在哪？」

陸霆這個位置只能看見她的側臉，並不知道此時的表情，不過從聲音能聽得出來，她肯定不是像剛才那樣，笑的開懷。

江輕語停頓了一下，眼神瞟着身旁的男人：「我在商場呢，上司要給別人送禮，叫我出來幫忙挑一下。」

「那，你忙着吧，記得回家吃飯。」

這話聽上去再正常不過了，但是陸霆心裡還是彆扭着。

自從來到上海，輕語很少像剛剛對着別人那樣跟他相處了，回到家不是冷言冷語，就是抱怨是非。

陸霆心思粗，一直也沒覺得有什麼，只當作雙方工作壓力太大，慢慢排解就好了。

就在剛才，女友毫無芥蒂，那樣明媚的笑，比鋪在天鵝絨上的鑽石還要亮眼。

陸霆才恍然意識到，她不是不愛笑了，而是不愛對着自己笑了。

生活永遠是最好的現實家，會把一切浪漫的、美好的、充滿了羅曼蒂克的事物，變成芸芸中最普通的一種米，扔進缸裡就再也找不出來。

人是如此，愛情亦是。

陸霆踟躕着邁出一小步，又迅速撤回來，從另一側通道出去了。

他並不是一個三言兩語就會懷疑枕邊人的性格。

江輕語從他籍籍無名時就陪着他了，到光輝時刻，再到如今的式微，都沒有一絲一毫放棄離開的樣子。

算是在上海這個大染缸裡，讓陸霆放心把後背交付的人。

枕邊人，朝夕相對，有些事情不能只看眼睛，更要去問問自己的心。

陸霆拿着禮品袋回家，一如往常，做飯收拾家務，然後等着江輕語回家。

時針轉了一圈又一圈，陸霆始終坐在沙發上，桌上的飯菜熱了三次，眼看着餘溫又要消失，門鎖響了。

江輕語進來看客廳黑着，一開燈猛然看見陸霆坐在那，嚇了一跳。

「發什麼神經，大晚上的嚇唬人。」江輕語拍拍心口喘氣。

「回來得這麼晚，吃飯了嗎？」

聽陸霆這麼一問，江輕語才想起來今天那個電話是叫她回來吃飯的。

「呃，不好意思啊，跟上司在外面吃過了。」江輕語看着桌子上滿滿的菜盤，有些訝異，「你還沒吃？」

陸霆起身把飯菜放進雪櫃，背對着江輕語説：「我吃過了。」

一邊收拾，一邊漫不經心地問：「你上司是誰呀？」

江輕語在客廳的小鏡子前卸妝，也沒多想，回答：「就是朱嘉偉呀，行政部部長，我頂頭上司。」

陸霆知道江輕語在做官上獨有天分，多方交際，應酬往來，比自己都熟稔三分。

同時進的公司，自己還在小組長位子上徘徊，而她已經高昇到了行政部副經理，可謂是一帆風順，青雲直上了。

陸霆在公司，滿腦子都是工作，對其他部門的人事情況並不熟悉，朱嘉偉這個名字也只停留在耳熟的階段。

陸霆搖搖頭不再多想，擦乾手走出去，把放在玄關的小袋子遞給江輕語。

「送給你，下班之後特意去買的，你看看喜不喜歡。」

江輕語擦臉的手停頓了，看着那個禮品袋上碩大的商場標識，竟然有一瞬間的慌亂，不過低着頭，並沒有讓陸霆察覺到她的眼神。

打開盒子，是一顆小小的，像夜幕星芒般微弱的鑽戒，在內置燈

的照耀下，也閃爍着屬於它的光斑。

女人突然收到驚喜，都會高興。

江輕語此時眼裡只有這枚戒指，拿出來戴在纖細修長的手上，指如削蔥，戒指上的碎鑽，彷彿不小心沾染的水滴，相得益彰。

嬌嗔地看了一眼陸霆：「怎麼想起買這個啊？多貴呀。」

雖然嘴上埋怨着他亂花錢，但是一直端詳着，移不開目光。

陸霆摸摸鼻子，被她的笑容感染，神情也柔和下來。

「知道你喜歡這些首飾，哄你笑笑罷了。」

陸霆遲疑了一下說：「雖然小了點，但是以後肯定給你換個大的，越來越大。」

江輕語看他認真許諾的樣子，愣愣的，跟大學追她的時候一個樣，也笑出聲來。

愛情有很多樣子。

燦若朝霞是激情四射的愛，充滿了希望和浪漫，情人間都是對彼此未來的幻想，認為在一起就是生命最美好的節點。

有的愛也會隨着日頭慢慢西沉，朝霞逐漸散去，這個過程可能會有風雨，會迎來彩虹，會有無數的可能，然後陽光慢慢變得柔和，在最黯淡處，情人就會知道，有情飲水飽只是一個浪漫的空想，在煙火中，顯得不切實際。

第二章

成年人的世界

花開兩朵，各表一枝。

凌筱筱在辦公室被陸霆訓斥得狗血淋頭，直接質疑了她的能力，氣得她狠狠捶了一頓桌子。

上面攤開放着兩三個版本版的翻譯文件，書房的檯燈帶着暖黃的光暈，凌筱筱揉揉痠澀的眼睛。

這上班第一天就加班，還把工作帶回來，真是沒有比她更敬業的實習員工了吧。

凌筱筱捏着肩膀，眼神飄到電腦上，右下角那個頭像始終沉寂着，點開對話框，還停留在昨天。

凌筱筱笑着點點這個頭像，嘟囔着發牢騷：「你啊你啊，真是裡裡外外一個樣子，一點都沒有變，像……像一頭又冷又醜的醜八怪……嗯嗯，醜八怪唉唉，能否別把燈打開……」

說完，自己都撲哧一聲笑出來。

「篤篤篤。」

「請進。」

「筱筱啊，明天上班爸爸送你去好不好？」

凌淞華端着一盤切好的生果放在桌上，鬢角有些泛白，但是眼神銳利，一看就是久居上位的人。

凌筱筱撇撇嘴：「您那座駕往碧波路公司門口一停，誰不知道是凌董事長，那我還怎麼當小實習生啊。」

「你剛從國外回來，爸爸擔心你不適應嘛，要不你還是到秘書辦去，我叫你溫華哥哥關照你，你也輕鬆一些⋯⋯」

凌淞華疼愛地看着小女兒，也不知道怎麼想的，突然就要去公司當實習生，説什麼都不許他走後門。

「哎呀爸爸，我總不能一輩子靠着您這棵大樹吧，不然我那史丹福不是白讀了嗎。」

凌筱筱一邊把凌淞華推出去，一邊撒嬌：「要相信你女兒的實力，虎父無犬女，我絕對能過關斬將，在職場混得風生水起，不丟您凌董事長的名聲。」

看着女兒這麼有活力，凌淞華這常年征戰商場的老將，也説不出什麼打擊她的話。

現在的凌筱筱就像當年的陸霆，滿腔熱血，遇見一面白牆，就想揮灑上去，塗鴉屬於自己的天地。

但是現實與理想總是矛盾的，而職場也並不是她眼中的白牆，那上面鋪滿了上位者的權術、聲色者的污穢，以及庸碌者的麻木。

凌淞華回到書房，翻看着桌面上那些簡歷，半晌，致電首席助理王君。

能呈放在凌淞華案頭的簡歷，必然都是佼佼者，未來可能成為公司最新鮮的血液。

對於女兒特意提起的那個人，赫然在凌董事長的心裡掛了名字。

「王君，我女兒筱筱到公司基層實習，我聽説項目部最近有大動作⋯⋯」

夜色深沉，星星零落地散落在四方，看着這人間燈火萬象。

江輕語的美是玫瑰一般豔麗奪目，帶着誘人的芳香，和招搖的色彩。

相貌冶麗，能力出眾，力壓行政部一干老員工，坐上了副經理的位置，自然底下就會有刺耳的聲音。

當林黛西揹着名牌手袋，戴着「鴿子蛋」大鑽戒，在江輕語面前陰陽怪氣的時候，她下意識地捂住那枚只有細碎鑽石的戒指，努力不去看林黛西那尖酸的嘴臉。

「要我説，碎鑽有什麼好看的，就要是這樣的鑽石，才配得上我這一雙手，你説是吧江經理？」

林黛西故意伸着手在江輕語面前轉了一圈，生怕別人看不見她那顆大鑽石。

江輕語莞爾一笑：「美酒配佳餚，鑽石贈美人，看來昨天的商務宴請讓你收穫頗豐啊。」

故意咬重的「商務宴請」四個字，讓林黛西變了神色。

昨天那場宴會到底是什麼性質的，別人不知道，可江輕語一清二楚，到場的都是董事高層和那些有些地位聲名的老總們。

林黛西説的好聽點是經理，但這經理也是有含金量，這種一個部門三個副經理的，到人家大佬面前去，能有什麼地位。

所以她這個分量的，在這高級宴會上能進去是一回事，能不能幹乾淨淨地出來就是另外一回事了。

江輕語一語雙關，這收穫到底是什麼顏色的，還真不好説。

「你……」

江輕語向來不是好惹的，林黛西總愛跟她對着幹，三番五次損兵折將，就是不長記性，偏偏地位不佔優，只能佔佔口舌上的風頭。

「林經理的報表做完了嗎？鑽石，可不能當飯吃啊。」

江輕語笑着，眼神裡都是危險，像玫瑰的刺一樣，戳進肉裡就是要見血的。

林黛西氣哼哼地走了。

她知道自己的風評向來不好，萬一江輕語把這種模棱兩可的話傳出去，這種大公司根本不用什麼確鑿的證據，以訛傳訛就能把她的名聲徹底毀掉。

江輕語看着手上那個戒指，早上還覺得順眼，現在只覺得又醜又小，根本拿不出手，連林黛西手上那個十分之一都比不上。

順手摘下來扔進了手提袋裡。

又想起林黛西那個動輒幾萬十幾萬的手袋，越來越不舒服，一個天天只知道風月的女人，過得比自己好上一萬倍。

那點不平衡和酸楚，讓江輕語扭曲了臉色，抬手就把自己的手提袋甩到桌子底下，乾脆眼不見為淨。

這個時候，什麼陸霆親手挑選的、代表着愛意的戒指，都不重要了。

江輕語滿腦子都是林黛西的炫耀，和自己樣樣不如她的寒酸。

來到上海之前，對這裡充滿了嚮往，燈紅酒綠，車水馬龍。

然而亂花漸欲迷人眼，江輕語學着那些所謂名媛們的穿着説話，以為説上海話就能有腔調。

渴望戴着那些高級珠寶，穿着櫥窗裡的水晶鞋，享受午後的茶點。

這些希冀與陸霆帶給他的生活大相徑庭，巨大的落差，讓她在面對林黛西的炫耀的時候，做不到心平氣和，用刻薄和高冷偽裝着自己的寒酸。

……

「篤篤篤。」

剛剛上班，凌筱筱看見陸霆剛進辦公室，就衝過去，把改了一夜的文件放在他桌面上。

神情有些小傲嬌，這回絕對讓他找不出任何毛病。

陸霆看看錶，這剛上班，看來這女孩是把工作帶回家裡了。

「工作和生活還是要分開的，下了班就好好享受一下清閒的時間，這些事情我相信你會有能力在公司都處理好。」

凌筱筱聽着他的話，好像自己被關心了，摸摸頭髮，有些憨憨地笑了：「下次一定保質保量地完成任務。」

陸霆看着她身上的朝氣，跟自己剛出校門時一個樣子。

「那些舊案例有很多值得學習的地方，你讀的是管理學位，更要求你面面俱到，想做管理者，就要學會未雨綢繆。」

這兩句話聽着沒什麼，但對於新人菜鳥來說，等同於在龐大的案例之間，給了一個方向，比讓她自己瞎看要有效率的多。

凌筱筱可不是什麼草包富二代，國外求學多年，擁有開闊的眼界和豐富的知識儲備，如果能在工作上遇見一個經驗老道的上司，那進步將是飛躍式的上升。

李蓬看她滿面笑意地出來，湊上去問：「這麼高興，老大是不是誇獎你了？」

「嘖，」凌筱筱用手肘懟懟他，「什麼誇獎，沒挨罵我就謝天謝地了。」

「咱們老大面苦心甜，你看看在座的哪個沒讓老大罵過，但是也都讓老大指點過，哎呀你時間長了就知道了，別往心裡去啊。」

凌筱筱聽着笑了笑，真是熱心腸，擔心她這個實習生挨罵心裡不舒服，特意開解她。

回到工作位置上，看看辦公室的門，再看看右下角的小圖標，凌筱筱驀然一笑：來日方長，我們不着急。

「李蓬，我旁邊那個位置一直空着，是沒有人嗎？」

凌筱筱隔壁的位置，連續兩天都沒看見人影，但是桌面上放着植物，文件陳列整齊，不像是沒人用的地方。

李蓬瞄了一眼說：「那是田超的位置，這兩天外派調研去了，估計也快回來了。

「不過你要是經常看不見他也不奇怪，我來一年多了，看見他的時間也就七八個月。」

「為什麼？」凌筱筱有點奇怪，調研也不至於長年累月不在公司吧。

李蓬轉了轉腦袋，小聲湊過來說：「田超可是咱們組長的心腹愛將，他倆是大學同學，早就在一起搭檔過，還幹出了不小的成績呢，不過不知道為什麼來了咱們這當小組長了。」

凌筱筱心裡暗自撇嘴，還能為什麼，因為把《田園故居》賣了唄。

當年《田園故居》風靡全網，凌筱筱也是億萬粉絲中的一個，在遊戲裡種田建房子交友聊天，玩得不亦樂乎。

突然有一天，官方宣佈停止更新，長達七個多月，再次上線之後，已經是翻天覆地了，而且越改越魔幻，因此失去了大批老玩家。

那時候凌筱筱讓爸爸打聽這個遊戲，才知道這七個月裡，主創團隊已經改名換姓，自然不會延續之前的風格了，從一個情懷為主的遊戲，變得逐漸課金。

讓凌筱筱如此執着於這個遊戲的，還有一個因素，就是這裡有一個人，讓她魂牽夢縈。

想到這，凌筱筱下意識地看向右下角的小圖標，還是一如既往的沉寂着，已經兩天沒有說話了呢。

正在出神，辦公區的玻璃門被推開，大搖大擺走進來一個男人，手上拎着公事包，周圍人看見了，都紛紛站起來問好。

李蓬推推她：「這就是田超，還真是説曹操，曹操就到。」

跟英俊倜儻的陸霆比，田超其貌不揚，但是逢人笑三分，看着比嚴肅周正的陸霆好相處多了。

田超沒回自己的辦公桌，徑直去了辦公室。

田超把公事包扔給陸霆，自己端起茶杯咕嘟嘟喝了三大杯，咂咂嘴：「這玩意淡出個鳥來有什麽好喝的。」

陸霆翻看着他包裡的文件，嘴上回答：「積年的普洱，給你喝都浪費了，牛嚼牡丹。」

「要我説還得喝酒，再配上小曲兒小妞，那才⋯⋯」

田超四仰八叉地攤在沙發上，毫無儀態，根本不像進了上司的辦公室，比在自己家客廳還隨意。

陸霆白了他一眼：「腳放下。」

「這次去調研怎麽樣？」

田超點點頭：「不錯，還算順利，找了一家有經驗的遊戲公司，他們有很高的意願想跟我們合作。」

「一家？」

陸霆有些詫異，這樣的事情，都是多家競爭，更何況他們背靠朝華傳媒，這麽一顆大樹，想在底下乘涼的不可能只有一家。

「嗯，這家我仔細研究了一下，雖然成立時間只有八年，但是市場佔有率已經有了很可觀的成績。我們當年不也是一鳴驚人，沒什麽根基嘛，可見不能用時間評判實力啊。」

陸霆對田超的話並不贊同，他們當年算得上單打獨鬥，一人吃飽全家不餓，但是現在可是給別人打工，一點差錯都有可能造成巨額虧損。

更何況當年和如今的投資狀況也不能同日而語。

即便是遊戲新秀，但是時間長團隊就更穩定，這對一個遊戲開

發來說，至關重要。

這是在《田園故居》上吸取的教訓。

《田園故居》之所以現在江河日下，漸漸淡出玩家視野，就是更換團隊，變了風格，老玩家接受不了，慢慢壞了名聲。

陸霆蹙眉，仔細翻看着文件。

修長的手指摩挲着紙頁邊緣，這是他思考時的習慣動作。

「很奇怪，這家木星遊戲的成績很不穩定，忽高忽低的，偶爾一款數據爆棚，有的又根本掀不起水花。」

陸霆越看越疑惑：「木星遊戲的成績也沒有很耀眼啊，怎麼讓你看上了呢？」

田超仰頭又灌了一杯茶：「他們好的項目都是那些受眾基礎大的遊戲，這說明研創團隊在這方面有足夠扎實的經驗，這對我們來說就是彌補不足啊。」

「這個項目想要發展起來，你不會真要靠着外邊那幫常年坐辦公室、搞營銷、跑廣告，只會寫策劃案的傢伙吧？」

田超指了指門外，語氣裡多少帶着些不屑。

「朝華不是遊戲公司，我們這個項目本來就是新領域，想要革新，怎麼可能不吃苦頭？」

陸霆面色嚴肅，田超激進他是知道的，但是這段時間好像更浮躁了，這次出去調研，找合作開發的公司，帶回來的結果也並不盡人意，根本不是他的真實水準。

「苦頭？你在這個組長位子上做了四年，還不夠苦？他們一直在彈壓你，你不知道？」

田超抬高了語氣，他有時候並不理解陸霆為什麼非要在朝華待下去，只要去外面的遊戲公司，就憑他倆的才能，怎麼會四年還窩在這小辦公室裡，早就飛黃騰達了。

「朝華底蘊豐富，有足夠的支撐完成開發，這是那些遊戲公司比不了的，而且你不要忘了，資金是多重要的一環，這個策劃案的龐大程度，比得上十個《田園故居》。」

一提起這個，田超這隻炸毛的貓瞬間安靜了。

「我，我這不是激動了嘛……老陸你這麼嚴肅幹嘛。」

陸霆摘下眼鏡，揉了揉太陽穴：「公司沒有專門的研創團隊，只能從外邊找，我能不着急嗎？木星遊戲根基太淺，我擔心他們撐不起這麼龐大的策劃。」

田超咂咂嘴，信誓旦旦地說：「絕對沒問題，我見了這個團隊，都很有頭腦，跟我們的研創理念也很相近。要不見一面聊一聊，說不定你就放心了。」

陸霆想了一下，點點頭：「你就負責這塊吧，交給別人我也不放心，儘快安排，下週就是董事會了。」

離開陸霆辦公室，田超在整個辦公區晃悠了一遍，發現隔壁坐了一個軟萌軟萌的女孩，還是生面孔。

「嗨，新來的？」

凌筱筱點點頭，本着大佬的朋友就是自己的朋友的原則，忍痛把手裡的甜甜圈分出去。

「實習生初來乍到，交點保護費哈。」

這大眼睛撲閃撲閃的，說話還這麼可愛，田超順勢就倚在了她辦公桌上。

「我們這組多少年沒來過實習生了，真是稀奇啊，小妹妹多大了？」

凌筱筱進一組本來就是有私心的，為了近距離地接觸陸霆大佬，那真是煞費苦心，蹲守了自家老爸三天，軟磨硬泡才鬆口的。

現在這大佬的朋友這麼平易近人，當然要打探更多情報啊。

凌筱筱轉轉眼珠，從田超嘴裡開始套話，那跟朱古力一樣甜絲絲的外表，就是看上去最無害的武器。

　　不過田超畢竟是久經沙場的老油條了，幾個回合下來，發現這女孩簡直機靈極了，除了自己的姓名年齡，其他的一概不說，反倒是自己吐出了不少陸霆的「內幕」。

　　田超饒有興致地看着凌筱筱：「你不會對老陸有什麼非分之想吧？」

　　凌筱筱瞪大了眼睛反駁：「你胡說什麼呢，我這純粹是對上司的敬仰之情。」

　　「還有可能是報復之情。」李蓬從前邊伸出腦袋插話，「我們凌大美女來的第一天，就被老大壓榨了，加班加點地幹活，開啟了職業生涯的第一站。」

　　「陸霆這人就這樣，工作的時候六親不認。」田超賤兮兮地拈起一塊朱古力塞進嘴裡，「不過，我們老陸已經名花有主了，你不知道嗎？」

　　凌筱筱心裡好大一聲「不是吧」，心心念念的高嶺之花已經變成別人家的了！

　　「誰呀？」

　　凌筱筱儘量控制着聲音問他。

　　田超看着李蓬搖搖頭：「這麼重要的八卦竟然都不告訴人家，這不差點讓凌大小姐錯付芳心。」

　　田超耍嘴皮的本事一絕，凌筱筱都沒工夫在意他那欠扁的樣子，只想知道「摘花」的人是誰。

　　田超用迅雷不及掩耳之勢，把最後一塊朱古力放進嘴裡，在凌筱筱危險地眯起眼睛之後，說：「就是行政部副經理江輕語啊，老陸和我的大學同學，那可真是大殺器，就輕語那姿色，放眼整個公司都

鮮有敵手啊。」

田超看了看凌筱筱，這粉嫩嫩的蝴蝶結，印着大頭貓的衛衣牛仔褲，整個就是一乳臭未乾的小女孩，跟江輕語那帶着致命紫羅蘭氣息的成熟女人，完全不在一個層級上。

李蓬在旁邊哀嚎：「大佬配女神，我就是來人間湊數的吧！」

他不出聲還好，一說話，凌筱筱咬了咬牙：「虧我給你吃了那麼多小餅乾，這種八卦都不告訴我，再也不是好姐妹了！」

自從知道陸霆名花有主之後，一整天凌筱筱都不在狀態，整個人走路都發飄，誰跟她說話都好像慢半拍。

大家都習慣了，想當年陸霆剛剛到公司的時候，那可是大把大把的女孩湧上來，最後都在江輕語的盛世美顏下灰溜溜地跑了。

凌筱筱周圍的低氣壓很明顯，好像都能看見她耷拉着的小耳朵。

【小鈴鐺：怎麼樣怎麼樣，見到你男神了嗎？】

凌筱筱看着閃爍的對話框，就知道閨蜜的八卦之魂又在熊熊燃燒了。

用八百字小作文表達了自己複雜的心情之後，凌筱筱仰天長歎：好花開在別人家啊！

其實從一開始知道陸霆就是《田園故居》裡的好友之時，凌筱筱並沒有什麼你儂我儂的心思。

只是對遊戲的一種追思，很多老玩家都不在了，當初寄託的情懷也漸漸暗淡，但是缺憾這種事，總是有一種異樣的美感，越是撲朔迷離越想去追尋。

【小鈴鐺：那你不打算告訴他你們是舊相識？】

凌筱筱沉思了。

他們在《田園故居》聊得投契，她歎服於陸霆的見識和眼界，但是她自己尚且不確定，這樣的仰慕，到底適不適合被搬倒檯面上。

虛擬世界和現實中，完全就是兩個天地，有些話隔着屏幕能暢所欲言，但是面對面未必能説得出口。

就比如，在《田園故居》她能肆無忌憚地開玩笑，但是但想想要是在辦公室對着陸霆那種公事公辦的臉，估計連屁都不敢放一個。

這就是差別。

兩個人説熟悉，都了解彼此的性情，説陌生，其實對話不過工作上的二三事。

凌筱筱這邊愁雲慘淡，陸霆也是滿肚子的火氣。

預期的遊戲合作方並不令他滿意，老搭檔田超也看上去並不重視，偏偏礙於情面，那些真正對着下屬的話也説不出口。

捏捏眼眶，將眼鏡扔在桌上，看着半晌沒有進展的工作總結，眉頭皺得更深了。

陸霆端着杯子打算到茶水間放鬆一下，剛走進去就聽見幾個女同事湊在一起竊竊私語。

原本想離遠一點，畢竟不好聽到什麼私密的八卦。

咖啡的香醇緩解了他心裡的焦躁，隱隱約約間，聽見一兩句江輕語的名字，不由得走近了一些。

牆角那株高大的植物剛好把陸霆的身影遮住。

「你們發現沒有，這幾天部長往江副經理的辦公室跑得好勤快。」

「哎呀，説不定是什麼工作上的事呢，不是要開董事會了，行政部肯定忙。」

紅衣服的女人搖搖頭，滿臉自得，好像掌握了什麼重大信息。

「江副經理可是全公司都有名的美人，就朱嘉偉那德行的，還能不吃窩邊草？」

「江經理不是那種人吧？她不是有男朋友嗎？」

「她那男朋友就是項目部一小組長，跟行政部部長能比嗎？瞎子都知道怎麼選好吧。」

另一個女人聽不下去了，不鹹不淡地轉移話題：「沒有真憑實據還是不要亂説了。」

陸霆面上沒什麼表情，但他心中卻猛然想起那晚在商場看到的場面，輕語身邊的男人好像就是他們口中的朱嘉偉，以前在會議上遠遠見過兩面。

朱嘉偉花花公子的名聲遠比工作能力更加出名，行政部一直都是整個公司的顏值天花板，與此同時，但凡有些姿色的多多少少都跟朱嘉偉有些桃色緋聞。

陸霆下意識地選擇相信輕語，這些年的感情是實實在在的，流言不足以放在心上。

對於陸霆來説，江輕語陪伴了他整個青春年少，從稚嫩到成熟，即便在未來的規劃中，輕語都佔據了重要地位。

從小縣城開始，陸霆身無分文，只有那些一度空談的夢想與熱血。

上海繁華如花，物慾佔領了高地，這是一個開放包容的城市，允許任何人擁有闖蕩的權利，但這裡也是物競天擇、適者生存的地方，只有夢想寸步難行。

陸霆有能力有經驗，輕語是他現在最堅硬的後方，讓他心無旁騖地打拚着，為了兩個人共同的未來。

⋯⋯

下班路過行政部依舊是一片漆黑，陸霆獨自坐地鐵回家，順路

在超市買了輕語最喜歡的排骨，打算煲湯。

一推開家門，室內寂靜，以為江輕語沒在家，剛打開燈，就看見她坐在沙發上，一動不動。

江輕語滿臉淚痕，平時美麗嫵媚的眼睛裡都是淚水，眼尾泛紅，彷彿暴雨過後的梨花，嬌艷中帶着柔弱。

「怎麼了這是？」

陸霆扔下手裡的東西，兩步跑過去，把她摟在懷裡。

「我媽病了。」

江輕語聲音嘶啞，一開口，眼淚又止不住地往下流，宛若梨花一枝春帶雨。

「胃癌晚期，醫生説得儘快手術，不能再拖了。」

陸霆也愣了一下：「怎麼之前一點都沒檢查出來？」

江輕語抹着眼淚，不管平時多雷厲風行，此時也靠在他懷裡像一隻小貓。

「他們都瞞着我，我也是剛知道的，老兩口把房子都賣了，搬了家，我寄回去的東西沒人簽收，這才打電話問出來的。」

「賣房？」

江輕語跟他一樣，都是小縣城的孩子，父母也是最普通的工薪階層，這樣的大病很容易就能掏空家底。

「那我們應該回去看看阿姨，我馬上就請假⋯⋯」陸霆拿着手機就要打電話，被江輕語按住。

「你那個項目剛剛推進到重要節點，這個時候當組長的怎麼能不在呢。」

江輕語陪他一路走過來，是最明白他心裡的抱負和夢想，這個項目的成果，很可能就是陸霆打的最漂亮的翻身仗，絕對不能在這個時候出現差錯。

「沒事，不差這幾天，我陪你回去，這麼大的事，你自己一個人怎麼撐得住。」

陸霆害怕她到時候情緒不穩定，作為伴侶理所應當陪在她身邊。

江輕語此時是柔弱的，最需要有人在背後撐着她，陸霆是絕不可能臨陣脫逃。

項目沒了還有下一個，再說這進程已經推到最後一點了，即便晚幾天，也不會對結果產生太大影響。

江輕語抓着他的手，美目盈淚，哽咽着：「能不能……能不能讓田超還點錢啊？」

陸霆咬了咬牙，知道這是到了坎節上，他倆的積蓄也沒有多少，連房子都是租的，上海也沒有什麼至交的朋友能夠借錢，想了一圈，還真的只有田超這裡能説上話了。

這四年陸續還了不到十萬，剩下的一點音訊都沒有，知道田超家裡也用錢，不到萬不得已的時候，陸霆從來沒開口催過他。

看着江輕語眼淚大顆大顆的從臉龐滑落，陸霆掏出手機，哪怕只還一部分，先把眼前的難關邁過去。

陸霆這邊的電話始終沒有接通，第四次剛剛接起來，那邊的音樂聲震耳欲聾。

「大超，你手上寬裕不？我這邊着急用點錢。」

「啊？」

田超那邊簡直稱得上群魔亂舞，根本聽不清他説了什麼。

「你等等，我找個安靜的地方。」

過了一會，那邊終於安靜了。

「老陸，你剛才説什麼了？我這正跟幾個朋友吃飯呢，你要不要一起來，都是大人物。」

陸霆看看江輕語的臉，把剛才的話又説了一遍。

田超支吾了半天，也沒説出了所以然來：「老陸，我媽那邊⋯⋯你也知道⋯⋯」

看着陸霆一臉為難，江輕語直接把電話搶過去。

「當年你母親重病，我們可二話沒説就幫你了，現在我媽媽就等着錢手術呢，你能不能先還給我們？」

江輕語心裡着急，説話的語氣也衝。

「都四年了，《田園故居》屬於你的那部分我們不要，我就要我們兩個的，你不能還欠着不給吧，這些年都不容易，我們也沒説什麼。」

田超沉默了半天，只答應儘快湊一湊，連個具體時間都沒説就匆匆掛斷了電話。

江輕語把手機扔在桌子上，有些崩潰地抱着頭。

陸霆剛剛扶住她顫抖的肩膀要安撫一下，江輕語就像爆發了一樣，把他推開。

「陸霆你看看，這就是你的好兄弟！關鍵時刻指望不上他，説着今天還明天還，哪有一句話準話！我告訴你，這錢要是拿不回來，我倆也徹底算了，這日子你愛找誰過找誰過！」

江輕語嘶喊的樣子，像一隻困獸，被母親的病痛折磨得幾近發瘋。

「我陪着你打拚這麼多年，要車沒有，要房沒有，現在我媽等着救命錢，你也是一分都拿不出來，這四年，我到底得到過什麼！」

「輕語⋯⋯我會想辦法的，阿姨那邊我肯定盡最大努力。」

「辦法？你能有什麼辦法！我倆那點薪水，為了租這個破房子就用掉一半，你不吃不喝嗎？等你想辦法，一切都晚了！」

陸霆的印象裡，江輕語從來沒有這麼歇斯底裡過，心裡心疼她，又有很多的無奈。

沒錢是真的，事情到了這個地步，那些夢想都彷彿笑話一樣，根本起不到任何作用。

　　舉目無親，四下無友。

　　成年人的困境不是一道數學題，不會解就可以放棄，也不是詩詞歌賦盡是風花雪月，無論你有沒有能力，它就在那裡，讓你舉步維艱，瞬間壓垮一個人的防線。

第三章

飲食男女

　　江輕語回房間收拾行李，陸霆看着這個租來的房子，又擠又小，客廳和廚房連着，平時開火做飯，油煙味瀰漫得到處都是。狹窄的洗手間，坐在馬桶上，伸腿就能踢到對面的牆壁，下水管每個月都要堵上兩回，樓上沖水的聲音順着管道聽得一清二楚。

　　「我今天新買了排骨，原本想給你煲蓮藕湯……」

　　陸霆站在房間門口，看着沉默的輕語，一股愧疚縈繞在心裡。

　　「不用，我買好票了，收拾完我就走。」

　　陸霆看看錶，時針已經轉到九了。

　　「我送你吧，你先回去，明天請完假我就過去陪你。」

　　江輕語拉上拉鍊，熟練地在軟件上叫了車，然後提着行李箱從陸霆身邊走過：「你有車送嗎？」

　　陸霆聽得出來她語氣裡的嘲諷和失望，伸手拉住她：「輕語……」

　　「你放開我！」江輕語現在的情緒極其不穩定，回手甩開他，從立櫃的夾層裡抽出那張報紙。

　　「八十萬，四年了，屬於你的那份一分都要不回來，《田園故居》是吧？你這輩子除了《田園故居》，你還能有什麼成就？

「策劃案寫了一份又一份，你總說不着急時間還有，現在呢，我們還有時間嗎？」

江輕語把報紙扔在他臉上，轉身出門。

砰！

巨大的關門聲把陸霆追出去的腳步阻隔在原地。

彎腰撿起報紙，歲月不僅在紙上暈染下黃色的痕跡，也在陸霆心裡眼中刻下印痕。

那樣意氣風發的眼神已經許久沒有看到了，所有的成熟和老道，都是用一次次的教訓打壓換來的。

恃才傲物是陸霆剛剛步入社會時的病症，被現實迎頭痛擊之後，學會磨平棱角，收斂鋒芒，陸霆已非昨日陸霆。

但好像無濟於事，他的生活沒有因此變得容易，在他的愛人困難的時候，也不能成為她的依靠。

看着水池裡泡出血水的排骨，陸霆也沒了胃口，一股腦兒地塞進雪櫃裡，趿拉着鞋坐在沙發上。

腦海裡的策劃數據一遍遍地翻湧，只有這樣，才能掩蓋此時他胡亂紛飛的思緒，以及那些懊惱焦灼。

打開電腦，屏幕的螢光映照在臉上。

那些統計表已經檢查過無數遍，牢牢印在他腦子裡，保證董事會研討宣講的時候，連一個小數點都不會說錯。

屏幕右下角的光標閃爍兩下，熟悉的提示音轉移了陸霆的視線。

當年《田園故居》高價賣出，陸霆因為是原始研發者，保留了最初的賬號 ID，但是時隔四年，很多模式都在新團隊的運作下發生變化，遊戲好友也都漸漸斷了聯繫。

【小小：晚上吃紅燒排骨，怎麼樣，看上去很誘人吧~】

看着屏幕上那個搞怪的表情，陸霆挑眉，好幾天沒上線，前邊的聊天記錄很多都沒有回覆。

這個叫小小的 ID 從《田園故居》一上線就註冊了，算是最忠實的粉絲，兩個人的互動都是一些遊戲的瑣碎日常，雞毛蒜皮的鬥嘴。

陸霆來到上海之後，壓力倍增，《田園故居》這個曾經的輝煌歷史，就變成了他忙裡偷閒釋放樂趣的領地。

小小，就是一直相互調侃的網友。

說起排骨，陸霆看向手錶，這個時間輕語應該已經上飛機了。

看到前幾天對方說起要到新公司入職，回覆了幾句。

【耳雨：職場就跟你建房子一樣，自己的本領就是地基，人際交往就是磚石，中間的家具就是你努力的水準，越勤奮，家越溫暖，房子越豪華。】

凌筱筱以為這麼晚了，他肯定睡覺了，沒想到轉眼就收到了回覆。

看着他通篇的大道理，耳雨漸漸跟陸霆的臉重合了，真是完美契合。

入職這麼久，越來越發現，耳雨身上的談吐跟陸霆實在是太像了，看來這個人不管是在現實還是虛擬的世界裡，都是這麼無趣，張口閉口都是說教。

凌筱筱搖搖腦袋，敲了一下，暗自嘟囔着：「人家都已經有女朋友了，還是有能力有顏值的女神級人物，不要整天胡思亂想啦！就是個網友見面，不要搞得太興奮！」

凌筱筱這邊對自己的心意尚且朦朧，似愛非愛的，而陸霆那裡正為了江輕語媽媽的手術費愁眉不展。

「媽，小語這實在是拿不出來了，我們家還有多少⋯⋯不不不，那是你跟爸的養老錢，我再想想別的辦法吧⋯⋯」

掛斷電話，陸霆看着手機銀行裡的餘額，這四年存款沒多少，將將湊了三萬多。

陸霆知道這只是杯水車薪。他坐在客廳看着分針一圈一圈地轉，最終又拿起電話，打給田超。

但是這次，電話始終都是忙音。

了解陸霆的人都知道，他只要出現在公司，一定是西裝革履，從頭到腳都透着一股精英氣質，即便沒有名牌的加持，也有尋常人難以企及的氣場。

但是今天，他們驚奇地發現，陸霆竟然連領帶都沒有繫好，早會頻頻走神，這在平常是完全不可能出現的事情。

「⋯⋯組長，彙報完了。」

陸霆從神遊中回來，眼睛看着 PowerPoint 多少有些茫然，擰了擰眉：「辛苦了，散會。」

剛走出去沒多遠，陸霆回頭看看收拾的組員們，開口問：「田超沒來？」

大家左右看看，李蓬踟躕着開口：「超哥還沒銷假呢，今天沒來⋯⋯」

陸霆應了一聲，轉身回了辦公室。

「喂？」

電話那邊慵懶的聲音，不難聽出其人宿醉之後的狀態。

「你的調研假期已經結束了，十點之前出現在辦公室。」陸霆知道田超為人懶散，這幾年有他當頂頭上司，倒是沒人說什麼，但是流言也聽了不少。

既然要靠這個策劃案打個翻身仗，田超這個老搭檔再這麼迷迷糊糊下去，其他人勢必有怨言。

田超到公司之後，先去了凌筱筱的辦公桌，敲敲桌子：「早上老陸狀態怎麼樣？」

凌筱筱做個鬼臉：「暴風雪。」

田超癟着嘴，一臉視死如歸的表情走進去。

陸霆看了他一眼，頭髮像雞窩一樣，半分儀態沒有。

「我今天回寬城一趟，項目你跟住了，等我回來儘快安排跟木星遊戲負責人的見面，如果可行就定下吧，董事會迫在眉睫，不能再停滯了。」

田超咂咂嘴：「你也知道時間緊任務重，那還回去幹嘛，你又不會治病。」

陸霆看着他無所謂的樣子，也沒心思解釋，只要不出大亂子，這項目肯定沒問題。

凌筱筱這邊接了電話就出去了。

「寶貝，老爸下午去看看你吧，工作得怎麼樣啊？」

凌筱筱躲在角落，捂着電話，小聲地勸阻：「你沒事別來閒逛，讓同事們發現我還怎麼工作啊。」

凌淞華這一輩子就對這個女兒最沒辦法，撒撒嬌，天大的事都能煙消雲散。

「爸爸當然是有事情啦，去看看你的工作環境，爸爸也好放心啊。」凌淞華說話的時候已經站在頂樓了，就等着王君把行程安排好，董事長駕臨，總不能只去一個部門。

凌筱筱知道爸爸八成是藉着由頭下來巡查，馬上就是董事會了，地下風起雲湧，不震懾一下只怕要跑出不少的牛鬼蛇神。

但這對於陸霆來說是個好機會啊，有她在，項目部一組就是凌

董事長的必經之地，這麼絕好的露臉機會，當然要讓他把握住。

剛要去辦公室告訴陸霆下午別出門，就看見他從裡邊急匆匆地走出來，西裝衣角都捲起來了。

田超靠在門框上，也不阻攔。

「組長……下午有事要……」凌筱筱還沒想好把他留下的藉口。

陸霆看了她一眼直接說：「我有事外出請假，項目上的問題直接跟田超說。」

「不是啊……」

凌筱筱都沒來得及挽留，陸霆的身影就消失在電梯了。

項目組責任組長不在，萬一董事長要聽彙報，一組豈不是廢了。

凌筱筱看看田超，那吊兒郎當的樣子，簡直不能寄予希望。

陸霆這邊剛出電梯，那邊凌淞華帶着一眾高層就從另一部電梯上了十三樓。

有的時候機緣就是這麼巧合，四年沒能見到高層，想投機取巧都沒有門路，這機會送到眼前了，還剛好擦肩而過。

這次巡查是突擊的，高層沒有人脈的連一絲風聲都聽不見，這主要來源於董事長想女兒，假公濟私來偷摸看看女兒。

凌筱筱看凌淞華走進來，直接往角落裡躲，低着頭連聲都不敢出，就怕老爸有什麼不正常的舉動，讓這些人精一樣的同事看出端倪。

田超看見一大幫人走進來，前邊的帶路的項目部長點頭哈腰，就知道非比尋常。

瞬間收起頹廢萎靡的樣子，用手抹了抹凌亂的頭髮，去辦公室抓起陸霆桌上的策劃案就湊到了前面。

「……項目部最近幾個提案都很不錯，尤其是一組這個遊戲開發的新興領域，很值得探討啊。」

凌淞華這個老狐狸，就算為了自家女兒的發展，也得拚命往一組頭上塞功勞，但是環繞了一圈，也沒看見那個女兒天天掛在嘴上的組長陸霆。

「聽說你手下這個組長陸霆年輕有為啊，怎麼今天休息嗎？」

陸霆走得匆忙，給部長王毅然發了請假電郵，但是奈何對方根本沒空去注意，這時候自然答不上來。

田超見縫插針，湊上去說：「組長有事出去了，我叫田超，如果有什麼需要，很樂意為您效勞。」

這狗腿的樣子，簡直讓角落裡的凌筱筱顛覆了對他的認知。

哪怕說陸霆身體不舒服，也比這差不多直接告訴大家陸霆私自曠工好得多啊。

凌筱筱在心裡痛扁田超這個豬頭。

凌淞華隨後提出要聽當前方案的進度。本來除了陸霆之外，李蓬是最熟悉流程和數據的，請他請上去肯定出不了差錯。沒等李蓬上台，田超拿着策劃案先站起來了。畢竟同組人總不能在外人面前起了衝突，李蓬定定地看了一眼田超，到底沒說話。

田超經常休調研假，對策劃案的了解只在皮毛，整個過程如同照本宣科，把一眾高層聽得直搖頭。

凌筱筱這個實習生坐在最後，也心生絕望，這第一印象這麼差，過幾天的董事會還怎麼挽回。

真能希望到時候陸霆可以力挽狂瀾吧。

陸霆乘搭飛機，又轉了一趟動車，到了寬城太陽已經西沉了。

他沒回自己家，搭的士直奔醫院，現在說什麼都於事無補，只能陪在輕語身邊，希望給她一些慰藉。

拿着銀行卡到住院處繳費，卻被告知已經交過了，還有十萬塊

的餘額，陸霆心裡納悶，難道輕語已經借到錢了？

走到病房門口，正好看見江輕語送一個男人出來，輕語抱着胳膊含笑看着他。

一轉頭，陸霆就認出來，這是行政部長朱嘉偉。

寬城這個小縣城，可不是什麼度假旅遊的好地方，朱嘉偉出現在這裡太過反常。

「輕語，這位是？」

江輕語猛地轉身，沒想到昨晚陸霆說要來，還真的飛過來了。

陸霆精準捕捉到她眼底的慌亂，看着她旁邊衣着得體、剪裁精緻的男人，不知怎麼就想起那天在茶水間聽到的閒話。

朱嘉偉此時坐在辦公室跟秘書打情罵俏才是正常，卻偏偏出現在女下屬母親的病房外面，這不得不令人遐想。

「這是我的上司朱嘉偉部長，這位是我男友，陸霆。」

江輕語很快穩住了，相互介紹的時候輕鬆自如。

朱嘉偉伸出手：「你好，久聞大名，項目一組的陸組長，年輕有為啊。」

陸霆看着他的笑意，右手握上去：「朱部長抬愛，您在這是……？」

江輕語插話解釋：「我……我請假的時候部長聽說了家裡的事，就提供了一點便利，給媽媽儘快安排了手術。」

陸霆對江輕語的了解不低於任何人，她說謊的時候，手指總是不自覺地捻着褲線。

眼神重新回到她臉上，面色平靜，好像什麼都沒有發現。

「部長真是關心下屬，輕語受您照顧，真是麻煩了。」

這些太極式的官話你來我往沒什麼營養，偏偏讓江輕語聽得膽戰心驚，恨不得這兩個男人趕緊分開，這輩子不要見面。

可能是江輕語心裡有鬼，跟陸霆說話也沒有昨天那麼激烈的態度了，一邊照顧母親，一邊低聲跟陸霆聊天。

陸霆的手指纖細修長，骨節分明，幾條青色的血管若隱若現，在手背上交織出性感的紋路。

拿着小刀給蘋果削皮，漫不經心地問：「我去交過住院費了，那邊說已經交完了，是籌到錢了？從哪籌的啊？」

江輕語背對着他，為母親擦拭的手一頓，慢慢說：「家裡親戚借的，目前是夠了。」

「什麼親戚這麼有錢，一次拿出十萬來。」

「就是爸爸那邊的親戚，家庭條件不錯。」

「跟你們關係也挺好吧，打欠條了嗎？說什麼時候還？」

「沒打，什麼時候有了再還，先給媽媽看病吧。」

江輕語的回答滴水不漏，連聲音都沒有一絲波動。

但陸霆目光深沉地看着她的背影，聰明如她，不會聽不出來自己囉囉嗦嗦的問題到底想問誰。

但是一番迴避，好像跟朱嘉偉一點關係都沒有，但也沒法解釋他異常的出現。

換做江輕語之前的脾氣，早就炸了，不把陸霆趕出去都算好的，現在如此溫柔冷靜，反倒告訴陸霆不正常。

把蘋果放在桌上，陸霆說：「別把身體熬壞了，我去給你買點吃的。」

朱嘉偉的聲名狼藉，江輕語的無措迴避，都在暗暗告訴他一個事情，但是陸霆不想去相信。

這麼多年的相處，比起自己的理智，他更願意去相信江輕語的品性，只要不是從她口中說出來的，陸霆都不願意去下定論。

輕語，我給予我們感情最大的尊重，希望你能跟我說實話。

陸霆走出病房，在樓梯拐角看見了朱嘉偉。

「朱部長還沒回去。」

朱嘉偉打量着他，衣冠楚楚，氣度不凡，但是奈何沒本事，四年都沒爬上去，白白耽誤了佳人。

「江小姐工作能力出眾，我這也是愛將之心，能幫就幫吧，一點綿薄之力。」

朱嘉偉笑起來，就像一張面具貼在臉上，隨着肌肉的動向，彷彿下一秒就會掉下來。

陸霆知道他的話明顯不懷好意，跟輕語的話根本對不上，對眼前這個男人沒由來的厭惡，不欲與他寒暄。

這邊算得上你來我往，暗藏機鋒。

田超那邊，簡直就能讓一組眾人掩面，高層幾個問題就把不甚熟悉的田超問住了，支支吾吾答不上來。

論起全面性，在座組員沒人比得上陸霆，只能一人一個問題知道什麼說一句，場面怎一個亂字了得。

這一場巡查下來，直接把一組的印象分降到最低，凌淞華出去之前，深深地看了一眼凌筱筱。

彷彿在說，看看，這就是你自己挑的團隊，雜亂無章。

田超看大家垂頭喪氣，其實心裡並不覺得失望，一組怎麼樣根本不是他考慮的，只要自己在高層面前露了臉，讓高層知道有田超這個人，今天就算圓滿。

甚至，他也不在意他拿來踩着往上爬的，是陸霆幾個月枕戈待旦的苦心之作。

陸霆拿着晚飯回到醫院，江輕語美目橫波，一雙丹鳳眼微浮腫，一看就是沒休息好。

「回去休息一會兒吧，阿姨這裡我看着。」

江輕語搖搖頭：「不累，一會爸爸就來換我了，你趕了一天也不輕鬆，一會兒跟我一起回去家裡住吧。」

兩人同居多年，雙方父母也都知道，沒什麼好嬌情的，陸霆也不推辭。

路邊昏暗的燈光照破霓虹，在地上映出兩條長長的影子。

小縣城的夜晚靜謐，九點鐘馬路上就很難看到行人了。不像上海，凌晨三點依舊有喧騰熱鬧的夜店，裡面物慾橫流。

陸霆把圍巾繫在江輕語脖子上，那張如花的嬌顏被牢牢護住，呼出的熱量昇華成白霧，很快消失在天地之間。

他們之間說起過最動人的情話，陸霆也用「第三種絕色」描述過江輕語的美麗。

至高至明日月，至親至疏夫妻。

二人共枕多年，早就忘了熱情似火時候的激情，兩隻手牽在一起，都沒有感覺，江輕語熟悉到能摸出他指紋有幾個同心圈。

如今走在一起，多麼浪漫的燈光下漫步，馬路上安安靜靜，正是談心的好時候。

陸霆一直在等着她開口，不管她說什麼，陸霆都會選擇相信。

但是直到樓下，江輕語都沒有多說一句話，彷彿朱嘉偉的出現真的像朋友一樣平常至極。

陸霆剛進屋就接到了李蓬打來的告狀電話，把田超急功近利的樣子形容得栩栩如生。

好好安撫之後，陸霆掛斷電話，隨口問起：「你知道木星遊戲嗎？」

江輕語愣了一下，點點頭：「知道啊，最近很多女孩子都喜歡他們的手遊，很符合大眾口味。」

「朝華沒有遊戲開發的經驗，也沒有專業團隊，正好田超找了這

個木星遊戲，可以合作開發，不過我還沒見過對方，等回去了談一談吧。」

陸霆把熱好的牛奶遞給她：「要是成功了，明年我就能天天開車接送你上下班了。」

但江輕語好像並沒有注意聽，隨意敷衍兩句，就躺下睡了。

黑暗中，只有外面路燈透過窗簾縫隙照射進來的微弱光源，勉強可以看清同床人的模糊輪廓。

「田超的錢，你到底能不能要回來？」

江輕語開口問，房間裡安靜的能聽見彼此的呼吸聲，陸霆沉默了半晌，才緩緩開口。

「我盡力，阿姨的病情我……」

「好了，睡覺吧。」

江輕語沒有耐心聽他說完，翻身背對着他。

他明白江輕語是在對他怒其不爭，但田超多年打拚的兄弟情義總是讓他遲疑，放不下臉面一天三個電話去逼迫他。

陸霆沉浸在黑暗中，身上的被子好像有千斤重，感覺被壓得喘不上氣來，睜着眼睛都感覺要被這暗夜吞噬，慢慢沉入床底，只有靈魂昇華，肉體遠離喧囂。

雪後的小縣城有一種獨有的靜謐，走在路上，行人寥寥。

陸霆擔心江輕語的心情和身體，整日整夜地熬着臉色都枯黃了。

這兩天，陸霆沒有再看見過朱嘉偉，但是江輕語每天準時拎上樓的早餐，裡面滿滿都是她愛吃的申記小籠包，偏偏沒有一樣是適合病人的口味。

陸霆心思細膩，猜得到這絕不是江輕語自己買的，因為醫院到這家店足足有半個小時的車程，而且沒有她母親的飯菜也不是江輕

語向來貼心的作風。

「後天就是董事會了，你還不回上海？」

陸霆這兩天一直能接到彙報，知道田超動靜不小，而且跟木星遊戲負責人的會面也不能再拖了，至少要探一下對方的實底。

「今晚回去，等我那邊忙完了就回來陪你。阿姨這裡不要太擔心了，我跟爸媽說過了，能時不時的過來幫幫你，你也能輕鬆一些。」

江輕語沒說什麼，只是催着他收拾行李，跟往常他出差幫着忙前忙後的樣子截然不同，陸霆也沒有點破她的心不在焉。

陸霆回程的路上心情並不平靜，懷疑的種子一旦種下，就會在某個契機裡摧古拉朽般蔓延，不論自己本心有多想忽略，它就在那裡，即便只是跟朱嘉偉的一個照面，都會生出無限遐想。

上海的雪不如寬城多，洋洋灑灑兩三片落在臉上，帶給肌膚些許涼意，讓陸霆稍顯焦躁的心平復下來。

跟木星遊戲團隊的見面約在下午，這個名噪一時的研創公司只在寸土寸金的市中心，佔據了一層的辦公區。

「組長，這位是木星遊戲的項目總監李兆，目前市面上比較火爆的兩款手遊都是他監製的。」

陸霆心裡詫異，說是火爆的手遊都高抬他們了，就是兩個女生市場比較好的連連看遊戲，下載量長期位於榜單前二十，不好不壞。

陸霆看着田超跟李兆寒暄，自己環視着這一片辦公區，工作檯不多，但是都有人，離自己最近的一個，桌面收拾得乾淨，但是電腦卻落了一層灰，連辦公最常用的鍵盤薄膜上都有一層灰印。

李兆看着陸霆說：「能跟朝華的項目合作也是我們今年最重視的一件事了，陸組長年輕有為，我這個地方真是獻醜了。」

陸霆笑笑，舉步跟李兆走進了辦公室。

「朝華第一次涉獵遊戲市場，不比李總監身經百戰，對於木星遊戲我們也是了解得不多，請李總監先介紹一下吧。」

陸霆環抱雙臂，一邊聽李兆說起這幾年的發展勢頭，一邊回想自己對木星調查分析後的數據，發現李兆有意趨利避害，把自己的優點提高了不止一星半點。

心裡的不滿越發濃烈，扭頭看向田超，倒是一臉的贊同，笑得如沐春風。

聽說田超在董事會高層前嶄露頭角，壓倒了組裡其他人，那自己桌上的文件夾田超不可能沒看過，明知李兆在誇大其詞，還這麼贊同，很明顯這不對勁。

選錯團隊的後果，田超不會不知道，事關項目前途，他業務能力不低，不應該是現在這個樣子的狀態。

三個小時後。

從木星遊戲出來，陸霆直接問他：「你怎麼想的？」

「什麼怎麼想，這個團隊有經驗有技術，是個不錯的選擇啊。」

「李兆對他們的遊戲自信過了頭，不是做出兩個消消樂就能說自己年收益七千兩百萬的。

「而且他們的技術，即便是朝華現在自己培養，不出兩年都完全趕得上，這跟那些體制技術成熟的研創公司完全沒法比。」

陸霆捏着眉心，合作方定不下來，自己的方案在董事會上的完成度又要下降一個檔次，很可能導致最後付諸流水的結果。

「但這個項目在董事會尚未通過，撥款預算都沒下來，拿去大公司談合作根本不可能，李兆還是有本事在身的，我覺得可以相信。」

「但是各種數據告訴我木星遊戲不是一個好的選擇。」

「我們當初一樣什麼都沒有，不也幹出大成績了？」

田超不忿地反駁。

「但現在不是從前了，朝華的項目也不是讓我們白手起家，想怎麼做都行的。」陸霆認得清兩者之間的不同。

朝華那些高管一心求穩，零星一點的差錯都可能讓這幾個月的努力白費。

想到這裡，陸霆的心情又浮躁起來。

田超的本事根本不是現在這樣激進，也不知道木星遊戲到底什麼地方吸引住他，讓他當時做市場調研的時候只拿回來這麼一家的方案。

「離董事會還有三天，想敲定合作方已經不可能了，先整理出幾家備選，等董事決議下來之後一起決定吧。」

陸霆總是在緊迫的時候選擇最優解，只能希望事情順利，能在會議上說服那些股東。

田超聽他的意思就是要放棄木星遊戲了，一時間神色晦暗不明。

陸霆疲憊地靠在椅背上，並沒有看到他的表情有什麼不正常。

凌筱筱知道陸霆回來了，想去跟他說一下這兩天的事情，但是左思右想，又沒有什麼正當理由談起，自己還都是個實習生呢，這樣重要的案子也沒輪到她手上，眼看快要走到辦公室門口了，還是停住了。

「筱筱，想什麼呢？一下午都看你在出神。」李蓬在她眼前揮揮手。

凌筱筱回過神來：「沒什麼，就是最近有些累了。李哥，今天不用加班吧？」

李蓬翻看着手上的文件回答：「不用，沒啥事你就下班吧。」

凌筱筱想回家先探探爸爸的口風，那天一組留的印象可不怎麼樣，事後爸爸一句話都沒跟自己提。

《田園故居》的互動還在繼續，不過陸霆這幾天沒什麼心情登

錄，基本上都是凌筱筱自己說話，偶爾能有個一兩句回覆，時間也經常錯過。

凌筱筱看着電腦上的對話框，都是深夜才回覆，就知道陸大組長忙得焦頭爛額，白天聽李蓬說起過，好像項目進展出了問題。

董事會當天，整個一組都在一種緊張的氣氛中。

陸霆西裝革履，恢復了一貫的精英狀態，拿着電腦和文件，身後跟着田超、李蓬，都一副上戰場的樣子。

李蓬雖然在朝華兩三年了，但是第一次出席董事會，負責幻燈片和數據組投放，尤其緊張，胸前的紅色領帶多少有些用力過猛。

李蓬小聲問凌筱筱：

「我帥不帥？」

第四章

暗潮湧動

「嗯，帥。」

李蓬喊了一聲：「算了吧，你那眼睛就沒離開過組長。」

凌筱筱看着跟部長說話的陸霆，深藍色的西裝與暗金的袖扣相得益彰，整個人都帶着強大的自信氣場，舉手投足都散發着濃濃的吸引力。

凌筱筱搖搖頭，暗暗告訴自己，這男人再優秀，也是有未婚妻的，對她而言，只是個網友而已。

項目部長是久經沙場的老油條了，鑽營多年，對上層的了解比陸霆透徹多了，這次的項目研討會根本沒把最大的希望放在一組上。

朝華傳媒走到今天，是個多元化的企業，越是這樣的高度，越容易故步自封，對新項目的開發越是艱難。

「大家把手機都留下吧，按組進場。」

項目研討基本就是公司大半年的側重和走向了，具體細節都是機密，組別之間都不能知道全部，這是朝華多少年的傳統了。

陸霆關機之後遞給凌筱筱，看着她略帶擔心的眼神，稍作安撫：「沒事，回去等吧，告訴大家都別擔心，今天就能早點下班了。」

董事會高層悉數在座，凌淞華坐在上首，面前已經擺放了好幾本策劃案，幾個高層都在小聲議論。

「一組的陸組長當年進公司的時候可是被寄予厚望啊。」

朱嘉偉看着意氣風發的陸霆忍不住開口挑釁。

進公司快四年了，在組長的位置上幹得風生水起，就是沒本事往上爬，也不知道江輕語到底看中了這小子什麼，暗示那麼多回都不跟自己在一起。

陸霆看了他一眼，禮節性地點頭示意。

李蓬連接好電腦，陸霆站在屏幕前沉穩開口，介紹自己的項目。

「遊戲市場近年來非常火爆，受眾人群的年齡基數在不斷擴大，該項目融合了當前最受歡迎的國風元素，力求每個場景逼真，以古畫文獻為標準，一比一還原……」

幻燈片的顏色不斷變換，陸霆對這個方案了如指掌，根本不需要去看提示，就能準確的説出當前頁面需要闡述的內容和數據。

凌淞華看着手裡的項目計劃書，跟陸霆講解的隻字不差，甚至講解得更加深入細緻，從多個角度變換思維，由淺到深。

「……對於該方案的風格設定，我們也進行了多個群體的定向調研，保證數據的準確性以及多元化。

「全篇的主色調運用《千里江山圖》的配色原理，融合各朝各代的優秀歷史民俗，旨在通過遊戲弘揚傳統文化……」

這一版的遊戲畫面設定都是陸霆和李蓬熬了幾個通宵自己設計的，別看李蓬粗枝大葉的，本科可是美術專業的高材生，平時也會做做美工，這次正好大展身手。

陸霆負責提供思路和想法，特意回到母校拜訪了歷史系教授，積累了不少的經驗，全都物盡其用，融合到遊戲中，這才搭構出了一個框架。

「遊戲市場火爆，不代表我們朝華就要趕這個熱灶，要知道開拓一個新領域需要的投入可不比開發一個樓盤小。」

李健是僅次於凌淞華的股東，向來保守，在商場上的打法也都是以守為攻、最求安穩的一個人，此時第一個跳出來質疑。

「遊戲市場的開發固然存在風險，但利益是可觀的，朝華的根基就是傳媒，在這方面不算一窮二白，還有很多經驗可以運用借鑒。」

陸霆不慌不忙，這些質疑的聲音已經在他心裡提前演練過無數次了，當然應對自如。

「傳媒和遊戲有本質上的區別，不論別的，就只是組建遊戲團隊就是一筆很大的投入。」

朱嘉偉一副公事公辦的樣子看着陸霆。

「萬事開頭難，我們先期可以與成熟的研創團隊合作，再慢慢組建屬於自己的團隊。」

陸霆對着朱嘉偉回答問題，然後把目光重新轉向屏幕，示意李蓬調改界面。

「……這是我們經過調查篩選出來的團隊，都是有開發大型手遊經驗，團隊實力穩定的，各位領導可以參考。」

凌淞華翻看着資料，問：「都有意向合作？」

這就是陸霆最擔心的地方，停頓了一下説。

「這些團隊只是經過一些以往開發數據方面的研判和分析，還沒有向他們投放合作意向書，想等到董事會作出決議之後再開始……」

朱嘉偉直接打斷，嗤笑着説：「原來你是拿着幾個候選在這糊弄事呢，連個大致的目標都沒有，你這方案做的什麼東西。」

朱嘉偉幾次三番拆台，大家也都能看出兩人之間的暗潮洶湧，不約而同地想起公司盛傳的桃色緋聞，瞬間眼神曖昧起來。

陸霆心下一沉，朱嘉偉不只是部長，能坐在董事席當然有背景，不過他向來不了解這些，也不好貿然開口，落他的面子。

「方案的不完善，都是有待後續董事審議的結果才能定下來，我們今天只談方案的可行性，闡述清楚才是我今天的主要任務。」

凌淞華位高權重，對下屬的對峙並不關心，直接頷首示意陸霆繼續說。

陸霆按着手裡的翻頁鍵，誰知下一頁，直接讓在座所有人譁然。

原本設計精美的幻燈片，變成了碩大的一張照片，赫然就是陸霆自己。

「囉，陸組長這是對自己的臉有多自戀，這麼嚴肅的場合還放自拍照。」

朱嘉偉出聲嘲笑。

陸霆臉色陰沉地盯着李蓬 —— 這麼大的失誤，簡直把一組的臉在公司丟了個乾淨。

李蓬也懵了，明明之前已經校對準確了，絕對不可能出現這種差錯！他手忙腳亂地切換到下一頁。

沒想到還是陸霆的照片，只不過一看就是偷拍的工作照。

李蓬在電腦上翻看着之後的幻燈片，無一例外，都變成了陸霆的照片，有工作的時候，有下班的時候，有的甚至在地鐵上。

看到李蓬震驚的眼神，陸霆還有什麼不明白的，幻燈是不能用了，只能強壓着怒火。

「各位，下面由我繼續為大家闡述，請看資料第七十二頁。」

這份策劃案，一字一句，甚至小數點，陸霆都牢記在心，即便沒有幻燈片做提示，也不影響他順暢的將方案彙報完整。

凌淞華並沒有在會上表態，禮貌地讓王君收起策劃，把會議繼續推進下去。

凌筱筱看着一行人從裡面出來，陸霆鐵青着一張臉，有點不明所以。

平時嬉皮笑臉的李蓬也是一臉嚴肅，偷偷使眼色讓她遠離現在陸霆這尊大殺器。

連辦公室的門都還未關上，就聽裡邊啪的一聲，陸霆將文件夾摔在桌子上。

門外的人都嚇了一跳，這就算方案沒通過，也不至於讓組長這麼暴躁吧？

「李蓬，最後的定稿一直是你管着，董事會決議這麼重要的場合，怎麼就弄出這麼大的紕漏？！」

李蓬還沒從震驚中緩過神，説：「會議之前我都檢查過的，每一張都看了，絕對沒問題的啊！」

「沒問題？沒問題就能在會上自己跳出照片了？！」

田超靠在沙發上，眼睛裡都是陰鷙。

這個李蓬前兩天一直在陸霆那打小報告，早就看他不順眼了，趁機落井下石，踩他一腳。

李蓬連連擺手：「不是，我真不清楚啊，我這電腦都是最新查殺的病毒，文件我也檢查過，不應該出事的！」

田超白了他一眼，看着陸霆説：「本來新領域的項目通過率就低，這下好了，更沒希望了。」

陸霆疲憊地閉了閉眼睛，這次的機會沒把握住，那全組幾個月的心血就白費了。

「不過，今天更奇怪的是朱嘉偉的態度，那麼多高層都沒説話，就他一直針對我們。」

這箇中緣由，田超不清楚，但是陸霆心知肚明，這更印證了那些桃色緋聞，至少朱嘉偉對江輕語的心思可不清白。

不過現在沒心思想這些兒女情長，得儘快找個辦法補救失誤。

辦公室的氣氛一下子凝滯了。

這種重大失誤，直接把一組的印象降到歷史最低。

「篤篤篤。」

凌筱筱一推門，就察覺到氣氛不對，趕緊把手機放在桌上：「組長，這是你們的手機……那個……部長叫你過去一下。」

這次一組連帶着部長都不看好了，把陸霆叫過去肯定是狗血淋頭的一頓罵。

凌筱筱悄聲問李蓬：「你們這是……怎麼了？」

李蓬在她耳邊把事情說了，凌筱筱驚訝的張大了嘴：「這、這……」

簡直是太離譜了，凌筱筱都不知道用什麼話表達內心的震驚，這項目怕是真的要涼涼了。

「這照片都是偷拍的，肯定有人蓄意破壞。」

田超充滿涼意的眼神盯着李蓬，彷彿在説，李蓬最後經手了幻燈片，而前一天大家在一起審核的時候還沒有出現問題呢。

李蓬知道他什麼意思，直接就發火了，剛才陸霆在不好直接還擊，這時候辦公室沒別人，立刻就跟田超槓上了。

「你什麼意思啊！這方案也是我辛辛苦苦設計的，我能故意搞破壞？這可是整組人的心血。」

不説陸霆，單單是李蓬就在美工上費了不少工夫。

田超這一句話倒是提醒了凌筱筱。

捅捅李蓬：「你把照片找出來給我看看。」

屏幕上碩大的一張照片把陸霆英俊的面孔放大，凌筱筱感覺眼睛受到了「暴擊」。

但是照片左下角被一片植物覆蓋，很明顯就是躲在盆栽後面偷拍的。

「這個角度……」

凌筱筱轉過身模仿着陸霆當時的姿勢，回想着這個場景在哪裡出現過。

「這是茶水間啊！」李蓬一拍大腿，指着陸霆身後檯上的咖啡機説。

凌筱筱猛然想起，這個偷拍的角度上方應該有監控鏡頭的。

不過監控肯定不是他們這個級別能看到的，凌筱筱沉默了一下並沒有聲張。

茶水間的拐角有很多植物，綠油油的發財樹養護得很好，凌筱筱轉了一圈，要是這裡藏着一個人，不刻意去找很有可能發現不了。

沒多一會，一個高大的身影從電梯間走出來，熨燙平整的西裝剪裁分明，一雙桃花眼顧盼神飛，看見凌筱筱瞬間笑起來。

「筱筱！」

凌筱筱趕緊把人拉到角落裡，示意他小點聲：「你別這麼大聲，小心被人聽見。」

「聽見怎麼了，小公主微服私訪還怕人看啊。」

這就是之前凌淞華提到的溫華，跟凌筱筱是青梅竹馬，只不過後來凌筱筱去了國外讀書，聯繫就少了。

「溫華哥，你有沒有權限進監控室啊？」

凌筱筱指了指頭頂的監控鏡頭。

溫華是朝華傳媒的董事會秘書，權限級別高，這種事是不能直接回去找凌淞華的，她能接觸到的也就只有溫華了。

溫華挑挑眉：「丟東西了？」

凌筱筱支支吾吾的，這肯定不能説出實情啊，直接抱住溫華的胳膊，大眼睛撲閃撲閃地看着他：「幫幫忙吧溫華哥，我就看看，絕

對不複製出去，好不好？」

看着她這個模樣，其實溫華心裡像明鏡一樣。

陸霆組長幻燈片失誤的事，雖然沒有傳開，但是高層已經無人不曉了，只是沒想到能讓凌筱筱這麼上心。

監控室在整棟大樓的角落，平時只有後勤和保安的幾個負責人去得勤一些，溫華突然進來倒是讓他們嚇了一跳。

保安隊長趕忙把腿從桌子上拿下來，點頭哈腰的：「溫秘書，您大駕有什麼事？」

溫華看看身後的凌筱筱問她：「你要看什麼時間段的？」

啊？

凌筱筱只能看得出那幾張照片大概的角度，但是具體時間可就不知道了。

不過一組方案從定向到成稿一共三個多月，即便是密謀，也不會超過這段時間，甚至可以再縮短一點。

凌筱筱回想着在李蓬那裡看到的照片，説：「兩個月內，茶水間走廊轉角的那個攝像頭，以及項目部一組辦公室門口攝像頭的全部影像。」

溫華大吃一驚：「這麼長的時間段，你要在這看？」

凌筱筱討好地笑了笑：「那肯定是不能在這的，能不能讓我帶走啊……」

溫華白了她一眼，把自己騙過來了，嘴上説好的不複製馬上就變卦了。

保安隊長明顯的為難了：「按規定是不能讓人帶走的，溫秘書你看這……」

溫華無奈的搖搖頭，這個機靈鬼，從小到大就拿她沒辦法：「我會親自跟你們部長説的，你先給備份一份吧，有我擔保你怕什麼。」

溫華這個董事會的秘書，跟公司其他那些大大小小的秘書可不一樣，是屬於公司高層領導的，保安隊長肯定是得罪不起。

凌筱筱拿着 USB，像攥着身家性命似的。

「謝謝你溫華哥，改天一起吃飯。」

「嗯，你回國之後我媽就總唸叨着讓你過去，週末有時間你就當幫我應付一下家長，也讓我耳朵清靜清靜。」

看着凌筱筱的背影，溫華淺淺一笑，總算是把人盼回來了啊……

陸霆，這個名字在他嘴邊反覆唸了幾次，不知道有什麼魔力，能讓凌筱筱掛在心上。

凌筱筱本來要找田超一起查監控，這麼大的工作量，自己眼睛看瞎了都不一定能找出來。

不過想到那天他在爸爸面前像隻花蝴蝶似的出風頭，直覺不靠譜，想了一會，還是拿着 USB 敲響了辦公室的門。

凌筱筱把東西放在桌上，看着陸霆不解的眼神，開口說：「我跟李蓬研究了那些照片的角度，找到了最有標示性的兩個地方，這裡面是這兩個月的監控影像，不出意外的話，能看到是誰拍的照片。」

那些照片的角度都太刁鑽了，一看就是偷拍的，只要找到拍照的人，就能知道是誰在暗中用下三濫的手段搞破壞，這樣重大失誤的責任就不在一組身上了。

陸霆毫不掩飾自己的驚訝，這種監控視頻可不是隨隨便便就能拿到的。

陸霆拿着 USB，抿了抿唇，看着凌筱筱說了一聲：「多謝你。」

這份心思難得可貴，尤其是在到處都是競爭的公司裡，不管是什麼途徑得來的監控，凌筱筱一個實習生必定是費盡周折才拿到的，這份洞察力和感情尤其珍貴。

陸霆看着她滿是活力的樣子，坐在電腦前面一點點查看監控，

這樣的活力和善良，自己剛剛畢業的時候都沒有，更別說現在能為了一個普普通通的上司做到這個程度。

這件事沒有告訴其他人，無論是田超還是李蓬，都沒有透露出去。

其實大家心裡都知道，能接觸到幻燈片的，必定對他們的項目進程和負責人安排了如指掌，內鬼在身邊，不敢輕易相信誰。

外邊的同事都陸陸續續地下班了，只有辦公室裡仍舊燈火通明。

陸霆和凌筱筱一人一部電腦，一眼不眨地查看着監控，兩個月的存檔，這任務量可不輕鬆。

陸霆一抬頭看看時間，已經凌晨兩點了，落地窗外萬家燈火，屬於魔都的夜晚，向來都是霓虹炫目。

活動着僵硬痠痛的脖子，看向凌筱筱。

電腦屏幕的燈光映射在臉上，泛起白瓷一樣柔和的光暈，專注的神情沒有感受到來自另一人的目光。

「找到了！」

凌筱筱興奮的聲音把陸霆吸引起來。

「你看！」凌筱筱指着屏幕上的人，「這個人你認識嗎？」

屏幕上的男人瘦瘦小小，躲在盆栽植物後面還真是擋得嚴嚴實實。

不過這張臉很眼生，從來沒注意到有這麼個人啊。

「我這份監控的人是找到了，現在就看你那份就行了，好歹有了個目標，找起來應該能快一些了。」

凌筱筱看了看視頻日期：「半個月前？」

「這人算計你真是不遺餘力，半個月前還沒定稿吧？」

陸霆點點頭，人心難測，這四年在公司裡處處與人交好，即便都沒有什麼深交，但是絕對不到互相算計的程度啊。

「會不會是其他幾個組長？」

凌筱筱這麼猜測也是情有可原，畢竟董事研討會通過的方案，以後升職加薪多是大大的便利，更不用提方案推進期間的各種獎金福利了。

公司這兩年為了刺激員工積極向上推動發展，在待遇方面有了很大提升。

重賞之下必有勇夫，未必沒有人一時間打錯了主意，用一些上不得檯面的手段，搞這種陰溝裡的事情。

一組在陸霆上任之後，業績一直都是項目部的龍頭，二組的曾明，三組的董啟瑞心裡不服是肯定的。

「還不好直接下判斷，畢竟只是看到了偷拍的人，還不能知道是誰指使的，只怕不好查呢。」

陸霆重新看了在辦公室裡那張偷拍的照片，對凌筱筱說：「你看這個光打進來的角度，這間辦公室在南面，只有下午兩三點鐘才有這樣的光影。」

凌筱筱哪看得見什麼光影角度，注意力都在照片裡的那張臉上。

側臉被陽光暈染，金屬邊的框架眼鏡也沒有遮擋半分俊美，反而增加了一些斯文氣息。

陸霆把其他時間的視頻進行加速，時間一分一秒的過去，凌筱筱已經開始小雞啄米了，腦袋一點一點的，半睡半醒還不忘了問進展。

陸霆一直盯着屏幕，突然肩上一沉，扭頭就看見凌筱筱已經睡着了，頭不自覺地靠在了他的肩膀上。

陸霆愣了一下，小心地托着她的腦袋，輕輕放在桌面上，想了一下，起身出去拿了凌筱筱的外套蓋在她身上。

這個女孩，也不知道哪來的精力，陪他一幀一幀地查監控，熬了

一整個通宵。

冬季天亮得晚，尚在黑漆漆的天色，其實已經早上五點了。

陸霆揉揉眼睛，果斷按下暫停鍵。

屏幕上還是在茶水間的那個男人，視頻裡至少來過項目部七八次，終於在最近的一次，也就是一個星期之前，抓到了他偷拍時的動作。

至此，已經完全可以確認，就是這個男人為背後的主謀提供照片。

但是這麼一個小嘍囉，必定不是大 Boss，可即便是公司裡的人，範圍也太廣了，找一個不知道姓名的人，簡直就是大海撈針。

事情進展還是艱難，陸霆揉揉太陽穴，整夜未眠之後，鋪天蓋地的疲憊感洶湧而來。

凌筱筱被壓麻的胳膊從睡夢中叫醒，一伸懶腰，外套從身上滑落，抬頭看着靠在椅子上閉目養神的陸霆，心裡一動。

這男人，未免太貼心了。

深呼一口氣，外邊街道上已經開始有行人走動了，紅綠燈還在井然有序地指揮着交通。

「醒了？」

陸霆低沉的嗓音略帶性感，凌筱筱不知自己為何紅了臉頰。

輕輕點點頭，看見他電腦上定格的畫面，雀躍着問：「你也找到了？真的是他！」

陸霆點點頭：「只是不知道在哪個部門。」

凌筱筱倒是不擔心這個，畢竟她有萬能的溫華秘書。

當溫華睡眼惺忪地推開門進來，看見凌筱筱花蝴蝶一樣站在陸霆身邊，那嬌俏的小表情，讓他怔忡。

「你一大早把我叫來公司，管人事部要調閱員工檔案的權力，就

是為了陸組長的事吧？」

溫華一邊跟陸霆握手示意，一邊親暱地點了點凌筱筱的鼻子。

凌筱筱摸着鼻子不好意思地回答：「哎呀都是為了公司嘛，有這種人面獸心的為公司做事，你也不放心的呀。」

「就知道你伶牙俐齒，好話都讓你說了。」

溫華雖然說話間帶着埋怨的語氣，但還是用自己的工作證，刷開了檔案室的門禁。

「只能在這看，不能帶走，不能拍照。」溫華看看手錶，「離上班還有兩個小時，你們最好快一點。」

陸霆點點頭：「謝謝溫秘書。」

「不客氣，我跟筱筱很熟，她一找我我就知道是因為你，趕緊查吧，我幫你們看着外邊。」

很熟？

溫華作為董事會的秘書，手裡的權力可不止這一點，看來昨天那些監控也是他給找到的了。

凌筱筱的背景還真是不簡單。

凌筱筱一心撲在檔案上，好在每個員工檔案的第一頁就有照片，不至於一頁一頁的翻，但是朝華傳媒上下有近千人，也是個不小的工程。

凌筱筱摸摸肚子，已經好久沒吃東西了，該祭祭五臟廟了。

「我去買點吃的吧，你先看着，還是一杯黑美式，半糖加冰？」

陸霆微笑着點頭：「麻煩你。」

凌筱筱拿着手機出去。公司門口有一家煎餅果子味道很好，扭扭脖子，這麼辛苦，總要多加一個蛋獎勵一下自己吧。

煎餅果子的香氣一瞬間勾起了她的饞蟲，攤主是一對中年夫妻，每天早上五點半都會準時到這裡擺攤，妻子動作麻利，攤煎餅一氣

呵成，丈夫就守在旁邊炸炸小串，有時候還會多贈送一塊雞排。

凌筱筱起晚的時候，都會在樓下買上一個煎餅，感覺整個人都會變得滿足。

拿着煎餅果子蹦蹦蹉蹉地往回走，剛好手機收到了消息，點開還沒來得及看，就跟一個人迎面撞上了。

「哎呦！」

凌筱筱一屁股坐在地上，摔着自己，也不忘把煎餅果子舉起來，沒蹭到一點灰。

「對不起小姐，您沒事吧。」

「沒事沒事……」

凌筱筱拍拍屁股站起來，剛一抬頭，就看見這個男人分外面熟，赫然就是監控裡那個偷拍照片的人！

見這個人一直盯着自己，張威有點不知所措：「小姐？」

凌筱筱回過神來，不敢打草驚蛇：「這麼早來公司啊同事？」

張威捏着手裡的抹布說：「我是保潔部的，早就到點上班了。」

凌筱筱這就放心了，找到了人順藤摸瓜還怕不知道背後主謀嗎？

凌筱筱拿着煎餅果子匆匆上樓，一進檔案室，就見陸霆坐在椅子上跟溫華寒暄。

「我知道是誰了！」凌筱筱一臉喜氣地說。

陸霆見狀也覺得開心，把手邊的檔案推出來：「保潔部，張威，十月份入職，剛過了試用期，在公司沒有根基，是最好的槍手。」

凌筱筱驚訝地拿過來：「你怎麼找得這麼快？」

「我重新觀察了監控照片，他幾次出現，手裡都拿着抹布，這樣的用品不是後勤部就是保潔部，直接翻就行了。」

凌筱筱對着他豎起大拇指：「真厲害。」

溫華開口問她：「你是怎麼知道的？」

凌筱筱咬了一口煎餅說：「啊，我是剛才下樓買煎餅果子剛好撞見的，還摔了一下呢。」

溫華聽她摔了，趕緊扶着她坐下，語氣透着擔心：「摔哪了，疼不疼啊，你這毛毛躁躁的跟小時候一樣，一點都沒改。」

陸霆本來也要開口問的，聽溫華這麼說，知道二人可能關係親近，不好再說什麼，話到嘴邊也只能嚥下去。

「謝謝二位幫忙，改天還請賞光請二位吃個便飯。」陸霆把檔案放回原位，事情查到現在已經逐漸明朗。

「那這人……你打算怎麼讓他說啊？」

陸霆知道對於張威這種沒有任何背景的人來說，要麼威逼要麼利誘，這有這種手段才能讓他做事，既然背後的人做了初一，他何妨去做十五呢。

「能做這樣的事阻礙我的方案，那必然是關係到了他的切身利益，想必手裡有點權力，筱筱你還在實習期，出面得罪大人物不妥當，以後的事就交給我自己吧。」

陸霆怎麼說也在社會上摸爬滾打了好幾年，凌筱筱卻剛剛起步，要是因此被記恨，以至於不能通過實習期就可惜了。

溫華見凌筱筱要張口反駁，直接搶先開口：「還是陸組長考慮的周到，筱筱脾氣急，要是跟着一起查，說不定還容易壞事。」

陸霆看着凌筱筱的黑眼圈，在白嫩的臉上格外明顯。

「回去休息吧，一組現在也沒什麼要緊的工作，給你放一天假。」

凌筱筱回家之後反倒睡不着了，抱着被子想像陸霆給她披上衣服的樣子，興奮地在床上滾來滾去，頂着一個雞窩頭給小姐妹發消息。

【小小：啊啊啊啊，男神今天給我蓋衣服了，不，應該是昨天晚上。】

【小鈴鐺：晚上？！！！你們睡一起了？】

小鈴鐺，本名趙玲玲，一開始兩人都在《田園故居》裡玩遊戲，有一次官方組織線下活動，兩人脾氣性格都很合得來，慢慢就變成了無話不談的好姐妹。

凌筱筱常年在國外讀書，主要的交際圈子都不在國內，目前只有趙玲玲離得最近，還說得上話。

【小小：就是一起工作，然後我不小心睡着了～】

雖然只看到了自己身上的衣服，但是小迷妹一樣的凌筱筱已經自動腦補出了一系列的情節。

趙玲玲表示不屑：

【小鈴鐺：你男神不是有未婚妻了嗎？妹妹啊，還是回頭是岸吧。】

趙玲玲的一句話，幾乎是瞬間就把興奮中的凌筱筱拉回了現實。

是呀，陸霆早就有未婚妻了，大學時就在一起了，聽說感情好得不得了，只是工作這麼多天，一次也沒見她來找過男神，陸霆也並不經常提起。

凌筱筱暗自歎氣，強扭的瓜不甜，更何況，陸霆這朵高嶺之花，早就找到屬於自己的花盆了。

第五章

兄弟反目

陸霆從檔案室出來之後，照常上班，一絲一毫都沒露出不一樣的情緒。

現在對於一組來說，不僅僅要找到背後的主謀，更重要的是，要做些什麼才能挽回整個方案在董事決議上丟掉的分數。

「大家都有什麼想法，可以踴躍發言。」

這次的小組會議，田超百年難得一見地出席了，就坐在陸霆左手邊首位，手上不停地轉着一枝筆。

「二組這次的策劃案據説很受好評，沒有標新立異，還是二組做慣的房產開發，幾乎是信手拈來了。」

「我們現在改也來不及了，更何況這個遊戲的新領域已經研究了這麼久，放棄了怪可惜的。」

「但是有什麼辦法能挽救啊，現在高層肯定都不看好我們。」

「……」

組員們竊竊私語，都沒有什麼切實可用的建議，反倒是人心惶惶。

董事會決議過不了，他們一組就要迎來兩年之內的第一個敗仗

了，不管是獎金還是面子，大家都過不去。

陸霆知道組員們的想法，從頭修改方案肯定是行不通的，主要問題還是出在方案不夠完善，還是不能夠等着預算下來再找合作方，哪怕先篩選出兩家，也能在高層質疑的時候言之有物了。

「要我說，解決問題還得找到根本，高層之所以不滿意，是因為風險大，對朝華來說簡直就是前無古人的項目，我覺得，先找到一個靠譜的合作方，給高層看到點實際上的希望，說不定還好些。」

田超畢竟跟在陸霆身邊這麼多年了，算得上了解他，兩個人的想法在這件事情上近乎一致。

陸霆點點頭，手指敲敲桌面：「這事要儘快，還有一週的時間董事會就要發表決議了，必須趕在這之前完成這件事。」

不然一切都晚了。

「李蓬，你和邵俊偉一起把這份名單上的公司近三年的數據都找出來，仔細分析，後天把報告放在我辦公室，從遊戲開發、原創比例、市場收益等要面面俱到。」

二人點點頭，剛要去拿文件，就被一隻手從中間按住了。

田超按着文件夾，看向陸霆：「既然是當務之急，還是應該找比較熟悉的創作團隊，比如木星遊戲，肯定比這上邊的幾家熟悉一些。」

陸霆蹙眉，心裡有些不悅，田超怎麼對木星遊戲這麼執着，上次跟李兆見面之後就已經說過木星不行了，不能跟朝華合作。

這名單上的公司哪一家的經驗實力都比木星遊戲好。

見陸霆不準備採納自己的建議，田超定定地看着他說：「火燒眉毛了，先應付過去。」

「應付之後呢？後續問題的責任，你我誰能付得起？等到項目開始再把木星甩掉嗎？那朝華的名聲怎麼辦？」

陸霆反問田超。

木星遊戲的團隊根本支撐不了朝華的需求，這田超也是心知肚明。

見他沒有下文，陸霆把文件夾從他手下拽出來，交給邵俊偉：「儘快落實吧，散會。」

田超看着陸霆出去的背影，眼神陰晴不明，徑直離開了工作區。

下班之後，陸霆在公司門口找了個隱蔽的位置，倚靠在柱子上，彷彿在等人。

朝華的下班機制不同，一般保潔部的時間要比正常晚上半個小時，等張威出來的時候，天色已經全黑了。

「張威。」

張威一回頭，就看見之前每天偷拍的那個人站在身後，著實嚇了一跳，轉身就要跑。

「你要知道跑得了和尚跑不了廟，你是在這跟我說，還是到公安局跟警察說，你自己選。」

「公……公安局？」

張威從山溝裡出來，好不容易找了這份工作，一聽見公安局就嚇到了。

陸霆一步步靠近他：「是啊，你偷拍我屬於侵犯了我的私隱權，我可以拿着監控視頻去報案，就說你意圖危害我人身安全。」

「我，我不是啊，我沒有對你怎麼樣！」

張威慌亂地擺擺手，這要是鬧到公安局去，自己的工作肯定是保不住了。

「你跟我都不認識，為什麼要偷拍我？」

聽到陸霆的問話。張威轉着眼睛，好像有所顧忌，一時間顧左右而言他，就是不往正題上說。

陸霆這兩天已經非常暴躁了，沒有耐心再聽他廢話，直接説：「你不配合，我就報警了，反正我是受害者，至於你可就不一定了。」

陸霆掏出手機，當着張威的面就要打電話，張威一下撲上去，死死抱住陸霆的手。

「別打別打，我告訴你。」

張威低着頭，踟躕了半晌，像是下定了決心，説道：「我也不認識那個人，但是也是這個樓裡的，穿的還挺好的，一張口就給我兩萬塊，讓我注意你的活動，什麼時候下班、幾點到公司都要説。」

「後來，又給我加了一萬，讓我拍點你的照片……我、我實在是沒見過那麼多錢，就……」

陸霆越聽越生氣，原來不只是偷拍，還暗中監視自己，在公司一舉一動都有人知道。

一想到張威這雙眼睛時刻都盯着他，陸霆只覺得噁心，背後的主使手段也足夠下三濫。

「長什麼樣？」

陸霆的聲音已經冷到像淬了冰碴。

「男的，跟你差不多高，穿着紅西服，啊對了，他手上還有一道疤，那傷看着挺嚇人的。」

陸霆瞬間就想到是誰了。

朱嘉偉！

他右手上的疤怎麼來的，公司人盡皆知。

據說是之前跟女下屬搞到了一起，結果那女員工有丈夫，那男人衝到公司跟朱嘉偉打仗，被他用刀划傷的。

陸霆從手機裡找到照片給張威看：「是他嗎？」

張威點點頭：「就是他，他找過我三次，我不會認錯的。」

既然是朱嘉偉，他一個行政部的部長為什麼在項目組搞破壞，

陸霆用腳都能想出來，無非就是因為江輕語了。

兩人工作上既沒有交際，私下也沒有往來，唯一的交叉點就是輕語。

陸霆此時怒火中燒，不管輕語是什麼態度，至少這個朱嘉偉絕對是一腦子的壞水，連輕語有沒有未婚夫都顧不上了，用一些下作的手段在他的工作上動手腳。

主使知道了，可朱嘉偉是不可能自己到項目部修改幻燈片的，那就說明在一組內部，有內鬼，幫着朱嘉偉要搞垮自己。

這種日日相處的同事突然背叛，才讓陸霆覺得難受，以為大家都是勠力同心，向着一個目標前進，沒想到還是有異心人。

陸霆回到家，滿室冷清，輕語還在寬城沒有回來，據說朱嘉偉在董事會議結束當天就又離開了。

事情走到現在，陸霆有些控制不住自己的想法，越順着線索想下去，心裡越覺得難過。

輕語最近心情不好，而身邊有朱嘉偉這麼個危險人物，簡直由不得他不多想。

坐在客廳，陸霆沒有開燈，看着手機上輕語的聯繫方式，遲遲撥不出去。

正在發愣的時候，電話響了。

「喂，媽。」

「兒子啊，我說你工作很忙嗎，都不回來陪着輕語。」

「嗯，手上的項目有些緊張。怎麼了媽？」

陸母在那邊降低音量，小聲的說：「我去醫院這兩回啊，次次都能看見一個男的圍在輕語身邊，輕語說是什麼同事，是你拜託他來幫忙的嗎？」

陸霆被母親問的一愣，同事？

又是朱嘉偉。

江輕語在單位因為能力出眾，升遷很快，跟一些基層同事的關係並不好，不會有人請這麼多天的假專程過去陪她。

除了在醫院見過的朱嘉偉，陸霆想不出第二個人。

「兒子？」

「啊，沒事，輕語家出了這麼大的事，同事們也都關心着呢，放心吧媽。」

「要我說，你跟輕語儘快把婚事辦了吧，我跟你爸還有點積蓄……」

「好了媽，我還有事忙呢，等我休假回家再說這個事吧。」

陸霆匆匆掛斷電話，自從跟輕語在一起之後，也有六七年的時間了，一直跟雙方家長說工作忙，暫時不考慮結婚，時間越久，父母可能也着急了。

這麼多年的感情，陸霆早已習慣了輕語在身邊的時間，突然出現的朱嘉偉第一次讓他覺得對感情的危機。

朱嘉偉工作之餘往返寬城，遲遲不走，江輕語又態度不明遮遮掩掩，陸霆面對着工作和感情的雙重壓力，直接癱在沙發上，覺得身心俱疲。

外邊燈火依舊，但是家裡已經很久沒有煙火氣了，上次不歡而散時的排骨依然凍在雪櫃裡，可輕語不知道哪天才回來。

陸霆第二天上班直接去了人事部，詢問江輕語的假條簽到哪一天。

「她的假條是朱部長親自送來的，沒有具體時間，但是蓋了公章，你也知道這人情上的往來，我們總要給朱部長一個面子。」

這意思就是，不管這假請到多久，都有朱嘉偉給兜着，人事部的主管也不會吃飽了撐的去駁朱嘉偉的臉面。

陸霆回到辦公室想了一會，還是決定給輕語打個電話，果不其然，那邊響了很久才接，問到歸期，也是含糊不清。

雖然江輕語不說，但是陸母隔兩天就會去醫院，知道江輕語母親的病基本上不需要人二十四小時陪護了，在醫院見到更多的都是江爸爸。

陸霆心裡升起一陣煩躁，也不再追問。

「篤篤篤。」

「進。」陸霆隨手拿起眼鏡戴上，又變成了那個工作嚴謹的陸組長。

「有進展了嗎？」

陸霆知道凌筱筱問的是張威。

陸霆把手機放在桌面，點開錄音，原來昨天下班跟張威的對話，陸霆都進行了全程錄音，包括後來指認朱嘉偉。

凌筱筱眉目間帶上喜色：「這就好辦了，他說的是誰啊？」

「朱嘉偉。」

凌筱筱到公司不久，對內部的人事任命不是很熟悉，想了一會才想起來他是誰。

「行政部長？」

凌筱筱以為會是其他兩個組長呢，畢竟利益牽扯得深，沒想到竟然會是其他部門的人。

陸霆點點頭，並沒有給她解釋其中緣由，畢竟朱嘉偉和江輕語一點事只存在茶餘飯後的閒談，說出去對輕語的名聲不好聽。

「這是我修改之後的幻燈片，一會你拿出去給李蓬。」

凌筱筱瞬間就領回到了他的意圖，沉默着點點頭。

大家共事這麼久，覺得每個人都挺和睦的，對於內鬼這件事，凌筱筱還是有些不能接受。

出去之後，凌筱筱環視了一圈，看大家都在各自的位子上，走到李蓬身邊，説：「這是組長給你的，説是要拿到董事決議上的最新版，好像做了不少修改，讓你看看美工方面有沒有要優化的。」

李蓬正跟邵俊偉忙着合作公司的調研數據，接過來也沒説什麼，直接放到了抽屜裡。

凌筱筱心情複雜，看看左右的同事，都低頭忙着自己的，田超趴在桌子上補覺，隨意地翻了個身。

看上去都沒有什麼特別，哪有做賊心虛的樣子呢。

凌筱筱抿着唇，陸霆之後肯定是要等魚上鈎了，萬一是特別親近的同事，那這件事就實在太難看了。

中午大家都出去吃飯了，凌筱筱特意沒走，一直留在位子上，直到陸霆出來。

陸霆看她啃着麵包，就知道這女孩是在幫他找內鬼，不由得好笑。

她這麼大個人坐在這，就算別人有心思過來，那也不敢啊。

敲敲她的桌子：「跟我去飯堂，聽説今天有糖醋小排。」

説起飯堂的伙食，大家都説最近半個月菜色品質簡直是飛速提升。這就不得不感謝凌大小姐了，凌淞華對女兒簡直可以稱得上溺愛，為了讓女兒在公司盡可能的舒服一些，連飯堂都讓王君親自下來監督改善，每天的葷菜基本上都是凌筱筱愛吃的獨家菜譜，完全貼合口味。

以公謀私這個詞，讓凌淞華運用得淋漓盡致。

誰知道陸霆走出去並沒有往飯堂走，直接拐進了茶水間。

茶水間有一個轉角，剛好可以透過盆栽植物看見一組的辦公區，以前凌筱筱喝不慣速溶咖啡，很少往這來，所以根本不知道有這麼個視角。

陸霆不疾不徐地給自己沖了一杯美式，順手接了一杯乳酪給她。

「沒看你喝過咖啡，這只有乳酪了。」

「謝謝。」凌筱筱面上平靜，心裡已經有兩隻小鹿在打滾了，男神不愧是老大，這麼小的細節都能注意到。

辦公區一時間沒有什麼響動，兩人就在茶水間閒聊。

「你這麼好的條件，完全可以選擇其他更好的平台，怎麼來了朝華？」

「朝華也不錯啊，我雖然學的是工商管理，但是對新媒體也很感興趣，就給朝華投了簡歷，沒想到真的錄用了，來面試的時候還有點緊張呢。」

陸霆點點頭，突然想起昨天溫華秘書對凌筱筱的態度，就問：「溫秘書跟你是校友？」

「不是啊。」凌筱筱沒想到他突然這麼問，又不能說自己的背景，就一語帶過，「我們認識很早了，這次回國又聯繫上，關係還不錯。」

何止是關係不錯，看溫華那親暱的態度，兩人私交甚密啊。

這都是陸霆的心理活動了，不能宣之於口，他向來不會憑藉自己的感覺去隨便揣測別人的關係，尤其是男女之間。

想到這，難免想到江輕語的事情。

這在公司裡已經是沸沸揚揚了，朱嘉偉本來就是花花公子，常年都是人們嘴裡的八卦中心，輕語又是首屈一指的大美人，這倆人放在一塊，沒什麼真材實料也足夠大家臆想了。

「對於合作公司你有什麼想法嗎？」

凌筱筱自從進一組以來，還是頭一回被問到項目發展上的問題，組織了一下語言：

「朝華自身實力擺在前面，自然有大把的公司想要合作，那份名單上，在國內市場名列前茅的只有眾騰科技和峰創遊戲。

「眾騰雖然不是專業遊戲開發，但是這兩年在遊戲市場的成就有目共睹，一直都是最高的，團隊精良，不乏業內權威。

「峰創就是完全的遊戲製作班底了，手遊、端遊都有涉及，成績也不錯，是國內最有競爭力度的後起之秀。」

凌筱筱想了一下接着說：「這兩家不管從哪個方面來看，都比木星遊戲強上一些。」

其實對於田超的推薦，凌筱筱還是有些擔心陸霆因為私人原因最後選擇木星，但是從問自己這個問題上看，是她低估了陸霆，他根本不會因為私情拿公司的項目前景開玩笑。

陸霆點點頭，讚賞地看向她：「沒想到你對國內的遊戲市場這麼了解。」

凌筱筱有些心虛，啜着乳酪，自己之所以這麼了解，就是因為當年《田園故居》被收購之後，她為了了解收購公司，才去關注的。

回國之後知道陸霆在設計遊戲方案，也更加深入地研究了排名前幾的公司，很明顯，其中並沒有木星遊戲。

凌筱筱突然想起來，峰創遊戲不就是四年前收購《田園故居》的團隊嗎。

「我能問問你當時為什麼會選擇賣掉田園？」

陸霆怔忡了，手指摩挲着咖啡杯，說：「私人原因。」

凌筱筱點頭，《田園故居》算得上當時勢頭最猛的遊戲了，要不是實在迫不得已，想必陸霆也不會親手把心血賣掉吧。

「那你怎麼沒……」

「噓。」

陸霆站直了，一眼不眨地看着一組辦公區。

當看到走近李蓬辦公桌的人時，凌筱筱震驚的瞪大了眼睛。

田超？！

他們設想過很多人，曾明、董啟瑞，或者一組的其他同事，唯獨沒有懷疑過田超。

他可是跟陸霆共同打拚過很多年的朋友啊，一直都是他的左膀右臂，在一組是陸霆最放心的人了，不然合作團隊調研這麼重要的事，也不會只交給他自己。

再說二人還有四年前一起開發《田園故居》的經歷在，即便是李蓬他們都能理解，卻偏偏是田超。

凌筱筱親眼看着田超左顧右盼，甚至推開陸霆辦公室的門看看是否有人。

然後折回來在李蓬桌上翻找，每一處都不放過，從抽屜裡拿出USB，插在自己的電腦上，操作之後，又放回原處。

仔細地環顧四周，確定沒人在場，才快步離去。

整個過程不過兩分鐘，但茶水間內遲遲沒有聲音。

凌筱筱下意識地去看陸霆，他握着杯子的手漸漸泛白，嘴唇緊緊抿着，整張臉都沉下來，只覺得周圍氣壓驟然低落。

「他⋯⋯」

凌筱筱沒忍住開口，打破平靜。

陸霆什麼多餘的表情都沒有，把咖啡一飲而盡，聲音冷肅。

「走吧。」

凌筱筱氣憤非常，對乳酪也沒了興趣，直接倒在水池裡，低頭跟上。

陸霆回辦公室之前，對凌筱筱說：「一會讓李蓬到我這來。」

深深地看了凌筱筱一眼：「其他的什麼都不要說。」

「嗯。」

凌筱筱看着跳脫，實則心思細膩，能感受到陸霆心裡的滔天怒火。

其實今天換成其他任何人，哪怕是李蓬，想必陸霆都不會有這麼大的反應，歸根結底，他不止把田超當成同事，更多的，是把他當作兄弟吧。

這世上，任何人的傷害，也許會一針見血，也許會人財兩空，但唯有最親近之人的背叛，才是鮮血淋漓、久久不能癒合的傷口。

凌筱筱坐在位子上，她早就應該想到，當田超趁着陸霆不在，強行在爸爸面前出風頭，把彙報搞得一團糟的時候，就能認清此人的狼子野心。

虧陸霆一直把他當兄弟，力排眾議委以重任。

在翻看歷年的項目檔案時，除了組長陸霆的第一簽名之外，幾乎每個項目最重要的環節，調研者落款都是田超。

足以看出陸霆在他身上給予了多少機會，完全是當做心腹培養的。

從平時的言談就可窺一二，田超能力上沒有陸霆雷厲風行，也沒有其穩重，但功勞次次少不了他，即便他人隔三差五就請假不在，也沒有虧了他一星半點。

其他同事不是沒有不滿，只是礙於陸霆，不好當面撕破臉皮罷了。

這件事還不知道要如何收場，大家對於內部有鬼都是心照不宣，即便最後方案順利通過，陸霆要是不拿出個解釋來，也是難以面對。

凌筱筱想，讓他親自揭穿田超，恐怕會更加難受。

李蓬跟邵俊偉這兩天加班加點，中午飯也是草草解決，最早回到辦公區。

「蓬哥，組長讓你進去一下。」

李蓬挑挑眉，湊到凌筱筱身邊問：「老大催着要報告了？」

凌筱筱沉默了一下，搖搖頭：「我也不知道什麼事。」

沒過一會，辦公室傳出一聲大喊，凌筱筱嚇了一跳，剛站起來，就看見李蓬從裡邊衝出來。

　　「我弄死他這個龜孫子二五仔，卑鄙小人！」

　　陸霆緊緊追在後面，一把抓住他：「你冷靜點李蓬。」

　　「我怎麼冷靜！這可是全組一個季度的心血，還有你，你可是把他當兄弟啊！」

　　你看看，連李蓬這個粗人都知道陸霆的偏心，可田超本人卻幹着糟踐人心的事情。

　　凌筱筱趕緊看看周圍，好在午休時間沒過，辦公區還只有邵俊偉一個。

　　「蓬哥你別這樣，大家都很震驚，組長已經夠煩心了，先聽組長把話說完。」

　　凌筱筱和陸霆連推帶搡地把李蓬重新帶回辦公室。

　　「俊偉你也來。」

　　邵俊偉是這個方案數據類別上最精通的一個，也算是遊戲案的主要骨幹，對於接下來怎麼應對，都有知情的權利。

　　陸霆摘下眼鏡，把手抵在眉心，醞釀了半晌才緩慢開口。

　　「說他無緣無故出賣方案，我是不信的，但是背後的原因我想搞清楚，這是我和田超兩個人之間的事情了，那些照片你們也都看過，只有我自己的，說明……他是衝着我來的。」

　　最後這幾個字，說得心酸。

　　多年共同打拚的情分，一夕之間就破碎了，凌筱筱彷彿能聽出陸霆聲音裡的嘶啞。邵俊偉也是滿臉震驚，不過他們沒有跟田超的深厚情分，除了不可思議和氣憤之外，也沒有太多的感觸。

　　「那……接下來怎麼辦？」

「方案我會繼續修改，力求盡善盡美，合作團隊那邊還希望李蓬和俊偉辛苦一些，名單上最後的候選只能有兩個，一應數據要精準無誤，辛苦二位了。」

李蓬還是滿臉的怒氣，捏着拳頭應下了。

「事情還沒有查清楚，不過其中涉及到公司高層，只怕不是我能左右的了，我會儘快上報董事會，如何裁決就看上邊的意思了。」

雇人偷拍自己的是朱嘉偉，但是篡改方案的卻是田超，這兩人之間的聯繫從什麼時候開始，又是什麼樣的利益誘惑能讓田超背叛，陸霆不得而知。

看着李蓬憤怒的臉色，陸霆説：「出了這間辦公室，就當做什麼都沒有發生，一切照常，免得讓大家人心惶惶。」

陸霆站起來，對着三人鞠躬：「拜託了。」

「你放心，我們不會多説一個字的，不過組長，田超這個人你也得心裡有數，不能再信了……」

李蓬話沒説完，就被凌筱筱和邵俊偉拽出去了。

「你傻的嗎，組長已經夠難受了，你還火上澆油。」凌筱筱嫌棄地瞪了他一眼。

李蓬撓撓頭：「我這也是着急，這個烏龜王八蛋，狗娘養的……」

李蓬沒罵完，邵俊偉就看見田超從外邊走進來，趕緊攔住他後半句。

李蓬一句話憋在嘴裡，差點沒背過氣去。

李蓬是東北人，骨子裡就帶着豪爽，看見田超就覺得賭氣，乾脆回到自己位置頭也不抬。

田超沒察覺辦公區氣氛哪裡不對，走到凌筱筱身邊，笑着説：「我拿到了兩張海豹樂隊的演唱會門票，明天一起去看唄，前排座位

呢，費了好大功夫。」

凌筱筱並沒有陸霆喜怒不形於色的功力，看田超就好像什麼都沒發生過一樣，氣不打一處來，只能克制着説：「明天我不休息，去不了。」

「哎呀，請一天假唄，海豹樂隊啊，錯過了就看不着了。」

田超經常因為私事曠工，大家習以為常，但是聽他把這事説的跟公司是自己家的一樣，凌筱筱更氣憤了。

「不去。」

這麼冷硬的拒絕，田超悻悻地收回了遞出門票的手，尋思這大美女又發什麼神經，平時也沒這麼不好親近啊。

陸霆站在落地窗前，看着樓下人流如織，就想起當年剛剛來到上海的時候。

他們三個人拿着簡歷，逐間公司面試，中午捨不得去餐館，只能坐在最便宜的小吃店，只點一個小碗菜分着吃，然後頂着大太陽在各個辦公樓之間穿梭。

那時候田超還抬頭看着高聳的建築感歎，自己什麼時候能在魔都有一席之地。

陸霆跟他一樣壯志凌雲，覺得任何困難都不能阻擋他們出人頭地的決心。

時間一晃，已經過去四年了，真真是物是人非。

田超一天比一天放浪形骸，白天上班遊手好閒，在前檯、秘書處招貓逗狗，晚上混跡在各種酒吧，朋友圈紙醉金迷，彷彿被大上海縱橫的物慾迷了雙眼。

中午凌筱筱問他為什麼賣掉《田園故居》，那是陸霆年少時最純真的夢想，靠着一腔熱血創造出來的天地。

多少人出了高價要收購，陸霆都緊緊咬着牙關不肯鬆口。

直到那個雨夜，田超滿身狼狽敲開了他的門。

「陸霆，我媽重病了，躺在醫院等着錢手術，我……我家實在拿不出那麼多錢了，你幫幫我吧，你幫幫我好不好！」

陸霆第一次看田超個大男人痛哭流涕，分不清是雨水還是淚水糊了一臉，像個走投無路的小孩子。

陸霆躺在床上想了一整晚，第二天就答應了峰創遊戲的條件，用八十萬結束了自己最初的理想。

田超拿到錢的那天，抱着他說，這輩子的好兄弟，以後一定陪着他東山再起。

結果，四年過去，摻雜着理想的八十萬，就換來了一次背叛。

陸霆看不懂了，突然田超整個人都朦朧起來，不懂他是怎麼想的，到底是多大的誘惑，能讓他走出這一步。

高官厚祿亦或前程似錦？

「人都是群居動物，人多的地方暗潮洶湧從未停止過，陸組長不用這麼悲傷。」

陸霆聽到聲音轉身，溫華笑眯眯的站在門口。

「溫秘書大駕光臨，是有什麼指示嗎？」

溫華也不假客氣，直接坐在沙發上，為自己斟了一杯茶。

「茶湯色澤光潤，香氣四溢，沒想到陸組長也是喜歡品茶的人，這正山小種也不算糟蹋了。」

陸霆實在沒心思聽他打太極，勉強勾了勾唇角，坐在他對面。

「這世上誰都有可能在你最要緊的時候橫出一腳，把你踢出局，朋友是，愛人可能也是。」

溫華這話說的另有深意，陸霆抬手替他添茶：「溫秘書知道了？」

「我能帶你們去查監控，查檔案，自然也能自己去，這公司上下

就沒有我不知道的事。」溫華輕輕嗅着茶香,「陸組長也不用震驚,身在我這個位置,那就是整個董事會的眼睛,自然要眼觀八方,你說呢?」

「溫秘書的能力大家有目共睹,所以你來是⋯⋯?」

第六章

峰迴路轉

　　溫華把一封灑金門票放在桌上，説：「凌董事長邀陸組長一聚，委派我來當個中間人，還請陸組長賞光。」

　　東郊賓館虹苑是上海有名的茶樓，只接待會員制的賓客，像陸霆這樣不是會員的，沒有這張門票是進不去的。

　　只是凌董事長突然邀約，倒是讓陸霆一頭霧水。

　　看着陸霆不解的樣子，溫華説：「朝華看似勢力龐大，實則停滯不前，近幾年都沒有什麼大的飛躍。

　　「想必陸組長在朝華這些年也清楚，凌李二位董事分庭抗禮也不是什麼秘密了，陸組長那天提出的遊戲市場開發，凌董事長很感興趣，説不定可以為朝華迎來一次轉機。」

　　聰明人之間打交道就是這麼簡單明瞭，陸霆幾乎瞬間就明白了這句話裡邊蘊含的意味。

　　靠在沙發上看着那張門票，凌董事長這是主動出擊，把握好了就能為一組的方案起死回生，但同時，也就證明了他陸霆從此案之後，就是凌董事長這隊的人了。

　　凌李紛爭向來只在高層，股權變換之間，他們這些連中層都夠

不到的小員工向來不關心，但是溫華帶着門票的到來，直接表明，要麼帶着策劃案石沉大海，要麼賭一把從此捲進紛爭。

陸霆心裡明白，機會不止留給有準備的人，還格外眷顧勇者，凌董事長直接把兩條路擺在他面前，只看他有沒有這個勇氣了。

不要想着同意之後還能遠離這個漩渦，商場上殺人不見血的招數多得是，很多人被端下馬都可能不知道背後的黑手到底是誰，日子肯定沒有做個組長輕鬆愜意。

可惜了，陸霆骨子裡就不是一個甘於平庸的人，他在組長的位置上一坐就是四年，我們能用蟄伏來形容他，但絕不能以庸碌來評價一隻老虎。

「看來溫秘書這雙眼睛也是有主人的。」

「大家各取所需而已，商場上除了爾虞我詐，哪裡有什麼高風亮節，我相信陸組長可能以前不懂，但現在應該可以感同身受了。」

溫華進門之前就已經把陸霆調查得清清楚楚，田超那點伎倆，放在溫華眼裡根本不值一提。

陸霆咬了咬牙，把門票拿到面前說：「請代為轉告，陸某一定如時赴約。」

「好，我就喜歡陸組長這樣的聰明人，明天晚上七點，虹苑圖香齋，不見不散。」

溫華站起來走出去，臨到門口轉身說：「筱筱向來是孩子脾氣，在陸組長手下承蒙關照了。」

「應該的，她很聰明。」

溫華能察覺出凌筱筱看陸霆的眼神中有所不同，只當做是提前宣誓主權，用若有若無的曖昧讓他保持距離。

陸霆是聰明人，不會聽不明白，更何況他還有個傾國傾城的未婚妻呢。

溫華想到人事部送來的假條，心底戲謔，被朱嘉偉這條毒蛇盯上了，那這未婚妻怕也是要朝不保夕了。

溫華走後，陸霆看着手裡的門票，制式大氣，只有龍飛鳳舞的「虹苑」二字。

凌淞華的示好的確讓他驚訝，高層多年沒有換屆了，正是需要新鮮血液的時候。

凌淞華找到自己這步棋不可謂不驚險，用一個從未開發過的新領域做先鋒，要打響這第一戰，他陸霆就是先鋒。

打贏了就是一步登天，要是輸了，只怕就得在朝華銷聲匿跡。

看着電腦上的策劃案，凝聚了外邊十幾個同事的心血，也承載了他期盼東山再起的宏圖之志，人都是有私心的，哪怕明知前路風險，必須身在漩渦。

陸霆閉了閉眼睛，這渾水，他趟定了。

虹苑的風格與其他會館截然不同，穿過中庭，就是江南風情的小橋流水，湖面開滿蓮花，如同睡臥的美人，花瓣彷彿是一層薄紗，在風中輕輕飄動。

「寒冬臘月的還能開花？」

陸霆問前邊領路的侍應生。

「這是我們虹苑的奇景，這池水都是有溫度的，每年都要花大價錢養護這些睡蓮，不少人都是衝着這些花來的呢。」

陸霆剛走到圖香齋門口，就看見王君站在那，看見他一點也不驚訝，好像專門在等他。

「陸組長真是守時，請進吧。」

凌淞華坐在太師椅上，面前的茶壺坐在炭火上，咕嘟咕嘟冒着熱氣。

翠綠的茶葉在水裡上下浮沉，就像陸霆此時的心境，面對凌淞華這樣的業界大佬，還是有些緊張的。

「不好意思，董事長，讓您久等了。」

陸霆以為自己提前十五分鐘已經夠早了，沒想到看凌淞華的樣子已經在這有一會了。

「小溫剛走，陪我在這待了一會。」凌淞華笑呵呵的，看上去沒有那些大領導的架子。

「小溫說你會品茶，來嚐嚐，正宗的大紅袍，一般人我可捨不得拿出來。」

陸霆先給他斟上，自己又倒了一杯，香氣撲鼻，好東西一聞就能知道。

「陸組長的履歷我早就看過，人中龍鳳啊，這些年在朝華算是屈才了。」

「朝華平台很大，機會也多，能在這工作也是榮幸。」

「那怎麼不見陸組長高昇？」凌淞華還是一副笑模樣。

陸霆沒想到他說話這麼一針見血，搖頭笑了笑，這問題沒法回答，說自己能力不夠那就沒資格坐在這，說公司不行豈不是瘋了。

凌淞華也並沒有繼續問下去，拿着火鉗撥了撥爐子裡的炭火，慢慢說：「陸組長應該知道一句話，時勢造英雄。」

陸霆知道今天的正題已經來了。

「我相信昨天應該說的，溫華都告訴你了，我知道你以前開發過一個遊戲，貌似成績還不錯，當時才剛畢業吧，真是年輕有為。」

「您過譽了。」

陸霆知道凌淞華還有下文，只是謙虛了一下沒有往下接。

「能力出眾只是一方面，在職場上能力決定不了一切，你能過來就說明是個通透的人，有些話沒必要當着聰明人的面遮遮掩掩。」

「你的方案單獨來看很有前瞻性，但是在董事會爭議頗多，我很願意給你們這些年輕人機會，也不能處處給你開綠燈，能走到什麼地步也是要看你自己的本事。」

凌淞華一句話把自己放在最佳的位置，成功了他就有提攜之恩，陸霆也不是那忘恩負義，轉頭不認人的性格。

當然了，陸霆很清楚，凌淞華可以說在朝華掌握着生殺大權，要是自己敢反水，從哪爬上來的，就能讓他再爬回哪去。

要是這個方案出了問題，責任都是他自己的，跟凌淞華沒有半分錢關係，畢竟今天的會面，也不會大肆宣揚。

「能有機會就能有希望，我相信自己的實力不會讓董事長失望。」

陸霆沒說那些盡力而為的官話，有能力的人不止他一個，朝華臥虎藏龍，他可不是什麼唯一人選，如果下定決心要抓住凌淞華這棵大樹，就得拿出自己堅定的態度。

凌淞華但笑不語，只覺得這年輕人真是聰明，一點就透。

「後續合作的公司有眉目了嗎？」

陸霆點點頭，今天上午，李蓬和邵俊偉就把報告交上來了，仔細研究了一天，此時被問到這個話題當然不會怯場。

「眾騰科技雖說在遊戲研發上不是看家本領，但是看這兩年的走勢，一直在穩步提升，拿出來的作品也受業內認可，資本雄厚，團隊精良，要是合作起來還真是朝華的助力。」

凌淞華聞言表示贊同，顯然他也事先了解了國內的遊戲市場。

「峰創據說跟陸組長淵源不淺啊？」

陸霆默然，看來真是把自己裡裡外外調查了個清楚。

「峰創的執行總裁我見過，很有本事的年輕人，當年怎麼沒應邀直接去峰創就職？那今天你可不只是個小組長了。」

「那時候年輕氣盛，《田園故居》轉手之後，一心想着到大城市重

新打扮，那些問題都沒考慮過。」

陸霆看着茶杯冉冉蒸騰的霧氣，說：「峰創的確是遊戲起家，是業內有名的後起之秀，單論這方面，跟眾騰不相上下。

「但峰創家底單薄，未必有眾騰的綜合條件好，選擇眾騰對朝華其他方面的合作都會有所助力。」

凌淞華眼裡對這個年輕人又有了些許改觀，不會只顧眼前的蠅頭小利，大局觀念很重，這樣的人前景可期啊。

「董事決議很快就能下來，二組的方案更被看好，我會提出讓你們的方案同時推進，不過你也能明白，兩者之間肯定有所側重，該爭取的都不會差你，剩下的就用你的實力說話吧。」

小爐裡的炭火燒得不旺了，凌淞華把爐子往自己跟前挪了挪，「人老了，畏寒。」

「這屋子裡再坐下去就冷了，正好你在，陪我出去走走吧。」凌淞華起身，穿上外套，「這虹苑的景致可不是只有外邊那些睡蓮。」

虹苑的園林景觀，都出自建築國手，彷彿是一座小型的蘇杭園林，青瓦白牆，流水奇石，一高一低都錯落有致，看上去大氣端莊不落俗套。

外邊不知何時開始下起雪來，洋洋灑灑的雪花落在蓮花瓣上，本不應該同時出現的事物，放在一起有種鬼斧神工奇妙，飄逸中帶着浪漫。

饒是陸霆此時心境不寧，看着這樣的景色，也生出些詩酒風流的況味。

「綠蟻新醅酒，紅泥小火爐，晚來天欲雪，能飲一杯無。」

凌淞華抱着手站在廊下看雪，不知道的人，可能真會以為這就是一個暮年享樂的老人家，哪裡能看出他滿身的算計，言談之間就定下個偌大公司的發展計劃。

「要是有機會，我也想每天喝喝茶聽聽戲，在商場沉浮一輩子了，看得越多，越覺得煩。」

陸然聽到他這樣的感慨，陸霆一時間不知道從何接起，雪花落在掌心，是轉瞬融化的冰涼，那種冷意，彷彿能穿透皮膚，順着血液流向心裡。

「董事長老驥伏櫪，完全有時間培養優秀的接班人。」

凌淞華想起了自己女兒，眉目間都柔和了：「我家那孩子還太小，稚嫩着呢，且有得歷練，自己經歷過得風雨，總不想讓孩子再走一遍。」

看着陸霆年輕的臉龐，笑着説：「陸組長還沒有成家吧？等你有了孩子就能明白了。」

成家？

以前會覺得跟輕語修成正果，組成一個小家庭，會是簡單甚至順理成章的事情。

但是最近發生了這麼多事，陸霆向來自信的心也開始搖擺不定了。

走出虹苑的時候已經將近十點了，陸霆婉拒了凌淞華送他回家，一個人沿着馬路慢慢走。

看着雪花在路燈的光暈下來回飛舞，今天在凌董事長的口中得到準信，方案的通過讓他稍稍鬆了一口氣。

即便當前的配重比不上二組的項目，但事在人為，也算是這一個季度的努力沒有逐水飄零。

回到家，終於可以好好躺在床上，不去想公司的事情，完全的放鬆自己。

陷在柔軟的被子裡，陸霆卸下滿身疲憊，晚飯時喝了不少的茶水，讓他一時間也沒有困意。

想到董事長今天提起的峰創，陸霆打開電腦，登錄了《田園故居》賬號。

一打開，就收到了好多訊息提示音，幾乎每天這個叫「小小」的女孩都會給他分享一些什麼。

有時候是邀請他一起完成任務，有時候是搞笑的段子，有時候只是生活瑣事的閒談。

【小小：你可真是大忙人，一連幾天都找不到你。】

最近的一條消息是昨晚深夜，看來這個網友的作息也不怎麼健康。

【耳雨：最近事多，謝謝你分享的這些，很好玩。】

對話框上顯示對方在線，果不其然，沒一會就收到了她的回覆。

【小小：這週聽說有線下聚會，你會來嗎？我記得你就在上海。】

陸霆挑挑眉，去看了看服務區公告，真是在上海組織了一次見面會，選定的地點還是一家比較有名的酒店。

這樣的線下活動，能讓玩家之間溝通感情，主辦方一般都是《田園故居》的官方工作人員，不過這次的公告上並沒有官方落款。

【小小：這次是聽說有兩個玩家在遊戲裡相識之後走到了一起，想感謝大家才發起的聚會。】

凌筱筱隔着電腦屏幕，有些幽怨，人家的網友見面就能變成美

好的愛情，自己堅持了這麼多年的耳雨，竟然是個「有婦之夫」。

凌筱筱哀嚎一聲，趴在桌子上，一抬頭果不其然，看到他拒絕的消息。

【耳雨：工作忙，還是不參加了，祝你玩得盡興。】

【小小：好吧好吧，就知道你不能同意！】

凌筱筱聽說他不去，還鬆了一口氣。

趙玲玲最近休假，非要鬧着去圍觀，說什麼一定要給新人送祝福，這樣月老就能保佑她也遇到白馬王子。

凌筱筱看着她一臉花癡的樣子，也拗不過她，只好點頭同意。

本來還擔心會不會遇上陸霆，讓自己直接暴露真身，現在好了，可以放心大膽地玩了。

陸霆跟她互道晚安之後就休息了，接下來就是一場硬仗。

不過董事會的書面聲明還沒有下發，所以陸霆也沒有告訴組員這個消息。

田超還是一如既往的不靠譜，早上到了辦公室也沒看見他人。

那天溫華過來說的話，可以知道凌淞華是清楚田超和朱嘉偉的所作所為。

朱嘉偉放浪形骸，明顯人品有問題，但是凌董事長的態度竟然可有可無，是不是說明朱嘉偉是李健那邊的人？

這樣劣跡斑斑卻不除掉？

陸霆想，可能就是因為大家都知道朱嘉偉不是什麼好東西，黑歷史簡直一抓一大把，所以凌淞華才放任他在行政部做着部長。

一旦換掉他，李健勢必不會放任行政部落在凌淞華的手裡，兩方對峙，提攜上來的新人是誰都不好說。

萬一是個有能力有頭腦，恰好還是對方麾下，那還真就不如讓朱嘉偉一直坐下去。

　　董事會議那天，李健一開口反駁，朱嘉偉第一個出來衝鋒陷陣，看來在李健那裡還是一把好用的槍，指哪打哪，聽話得很。

　　「組長，部長叫你一起去樓上開會。」

　　陸霆點點頭，站起來整理一下領帶，看來今天就是上邊正式發表結果的時候了。

　　「經過董事會研討，做出如下決議，項目部二組的新田園房產規劃開發是當前綜合市場最具優勢的項目，決定予以通過，提交最終方案後開始實施，移交工程建設、財政部共同核算預付資金。」

　　曾明的眼神一下雀躍起來，在會上表示決心之後，坐下的瞬間，略帶挑釁地看了一眼陸霆。

　　陸霆不置可否，這點小心思要是都受不住，何談今後的宏圖發展。

　　看向上首穩如泰山的凌淞華，果然下一秒他就開口。

　　「朝華已經多年沒有開拓新產業了，企業的發展不能停滯不前，所以今年董事會決定，在主推項目之後，增加另一方案，由項目一組的陸組長直接負責，進行遊戲市場的開發……」

　　凌淞華在虹苑有底氣許下承諾，就說明他這個老董事長的話還是有幾分分量了，那些老股東有一半以上都還是他的人。

　　既然不是第一主推的方案，在預算上肯定要排在後面，不過陸霆不怕，只要能通過，就有希望在，任何困難都可以找到解決的辦法。

　　李逢他們本來都不對這個項目抱有期待了，沒想到絕處逢生，還有轉圜的餘地，都欣喜若狂。

　　只有凌筱筱看着陸霆，覺得他表面上穩如泰山，只通知方案通過的消息，背地裡指不定為了這個結果如何奔波，到處打通關係呢，看着他的眼神就帶着複雜和心疼。

凌筱筱到底還是年輕，剛剛步入職場，想法都太過簡單，那裡能想得到，這是自己爸爸主動出擊，說得難聽點就是給陸霆下了套，才有的這個結果。

陸霆之所以四年沒能高昇，不是能力問題，而是他本身自帶的傲骨，從來不屑去做一些結黨營私、暗度陳倉的事情。

這一次，實在是被逼到了牆角，也再一次告訴他，職場可不是什麼非黑即白，道理都懂也得狠下心去做，改變不了環境，就只能褪掉驕傲的保護色，去融入這個灰濛濛的世界。

「李蓬，儘快安排與眾騰和峰創的會面。」陸霆當前要做的，就是趕緊把合作方敲定，不然之後的遊戲製作都會難以進行。

進辦公室之前，轉身對李蓬說：「那個……凌筱筱對遊戲市場的了解比較多，你帶帶她，跟你一起負責吧。」

然後轉向凌筱筱，意味深長地看了她一眼：「過了實習期，再決定去留，現在好好跟著多學點東西。」

在陸霆看來，這凌筱筱是個很聰明的女孩，高級學府歸國，只要好好培養，假以時日就是進軍領導階層的人才。

但是調查幕後破壞的事情上，也見識到了她跟溫華秘書的關係，到時候過了實習期，還能不能留在項目組做個基層小職員，是個未知數。

其實陸霆根本不知道，凌家小公主能紆尊降貴，完全就是因為對他的好奇，沒想到一進項目組就被吸引了，現在誰勸都沒用，鐵了心要留下來。

凌筱筱能在實習期就跟著組內最重要的案子，說明組長對她的認可，連忙跑到李蓬身邊，跟著熟悉那些資料，在大大小小的部門跑上跑下，不亦樂乎。

跟眾騰科技的會面，定在第二天下午。

陸霆帶着李蓬和凌筱筱，還有財務部的項目負責人，董事會為了表示對這個方案的些許重視，把溫華也派了出來。

一行人坐在眾騰會議室，為首走進來的是眾騰遊戲部主管魯達。

凌筱筱在公司聽到這個名字的時候，還調侃，花和尚都出來了，我們是不是算逼上梁山啊。

結果對方一開門，就是個明眸皓齒，穿着整潔幹練的大美人，一看就是久居上位、自帶氣場的女強人。

「諸位久等了，我是眾騰科技遊戲部主管魯達，歡迎大家。」

凌筱筱以為會是個五大三粗的壯漢呢，坐在下邊跟李蓬私語：「壯漢變成了美嬌娘，真是反差啊。」

「你好，鄙人項目組長陸霆，也是這個方案的主要負責人。」

陸霆風度翩翩，跟魯達握手。

「我知道陸組長，想當年我可是《田園故居》的忠實粉絲，陸組長是廣州大學畢業的吧？跟我還是校友呢。」

一陣寒暄過後，就進入了正題。

「……這題材上的選擇，以玩家在遊戲中的基建為主，對應古代名人的身份，通過解鎖分支劇情，豐富自己的空間世界……旨在弘揚傳統文化，去其糟粕，取其精華……」

陸霆重點闡述了項目內容，整個會議室都是他的聲音，眾騰科技的人聽得認真，魯達時不時點頭表示贊同。

「貴公司的方案在目前的遊戲市場上還比較新穎，用幾件事升級的方式灌注新的思想內容，做大古今的最大融合，我個人對這個項目有很大的興趣。」

魯達看着陸霆，滿眼微笑：「不愧是當年的神之推手，陸組長能在遊戲領域重新復出，真是不知道圓了多少田園玩家的夢啊。」

「不敢當，要是能有貴公司的合作，一定是錦上添花，眾騰的製作團隊大家有目共睹，絕對是行業一流水準。」

陸霆負責方案，但是最重要的還是資金方面的問題，既然是雙方合作，前期投入怎麼算，後期盈利如何分配，都是重中之重，這方面自然有財務部的人周旋。

陸霆不說話的時候看向凌筱筱，發現這女孩一眼不眨地盯着魯達，竟然犯起了花癡。

真是個小孩性格。

陸霆無奈地暗自搖頭。

眾騰科技不愧家業雄厚，每個條件都底氣十足，可把財務部和溫華難為壞了，一行人從大廈出來，都集體鬆了一口氣。

陸霆看看錶，離下班還早：「跟峰創的見面在什麼時候？」

「後天上午。」

還沒等到後天，剛一回到公司，就聽見辦公區一陣吵鬧。

田超站在中間，指着對方鼻子叫囂。

「老子給你們當牛做馬三四年，說炒就炒了？你們也有臉跟我說，也不照照鏡子看看自己！呸！」

邵俊偉看到陸霆回來了，過去解釋說：「你們剛走沒多一會，人事部直接下了文書，把田超辭退了，這不，正鬧着呢。」

陸霆知道這是下手整治一組內部了，畢竟這個項目是凌董事長用來打擂台的，要是內部有問題，簡直就是個定時炸彈，萬一哪一天，千里之堤毀於蟻穴，可說什麼都晚了。

人事部過來的是一個經理，看見陸霆站在門口，直接走過去：「陸組長，這是你們組的人，你看着勸勸吧，上邊的命令，我也只是個傳話的，跟我喊沒用啊。」

這經理也是滿肚子火氣。

陸霆看着中間氣的臉紅脖子粗的田超，抿了抿唇，開口讓他走，自己實在不忍心。

說到底也是共事多年，又有些患難的兄弟情分在，實在太殘忍了一點。

田超為什麼被炒，他心知肚明，也知道這樣的人留下終究是行不通的。

凌筱筱看他猶豫，偷偷扯扯袖子：「組長，你可別心軟，上邊的決定是正確的，他不能留。」

「辛苦你了，先回去吧，這邊交給我。」

陸霆把圍觀看熱鬧的人都勸走，讓田超跟他進辦公室，說實話，他的確沒想到對田超的決定這麼快就下來了。

田超一進去就開始拍桌子：「老陸你說說，我們辛辛苦苦這四年，什麼都沒落下，到頭來還說我工作態度不端正要把我炒了，你看看這公司都有沒有良心！」

陸霆看他這個樣子，一點愧疚之心都沒有，跟剛剛認識的時候，那個陽光的田超判若兩人。

醞釀了一下，陸霆看着田超，慢慢開口：「因為用工作態度來辭退你，算是給你最大的體面了。」

田超聞言，還有什麼不明白的，無話可說地站在那。

「誰跟你說的？」

田超滿眼陰鷙，只想着誰告密，壞他前程，完全不曾愧疚自己是否對得起兄弟情分。

「是我自己看見的。」陸霆神色平靜，但是語氣中的失望顯而易見。

「你應該想得到，只有自己人才能接觸到最終定稿的幻燈片，我

以為是其他人，外邊坐着的每一個人我都懷疑過，唯獨沒懷疑過你。可是我卻親眼看着你從李蓬的抽屜裡拿走 USB。

「田超，我只想知道為什麼。」

為什麼要這麼做，自己有哪裡對不起他？

當年《田園故居》穩穩佔據市場，眼看着前途一片大好，田超說需要用錢，陸霆二話沒說就把心血拱手讓人，那幾十萬的欠款一拖再拖，四年了，從沒有因為還錢逼迫過他。

到了朝華，當時的項目部長嫉妒陸霆才幹，千方百計打壓他，什麼好項目都輪不到，陸霆頂着壓力在這個位置上熬下去，那也沒忘了處處給田超方便。

田超也不狡辯，撇着嘴笑了。

「從上大學開始，你就壓着我，班長是你，學生會主席是你，每年的獎學金也是你，好不容易畢了業，開發一個遊戲，但是你想想，外界報道的時候，只知道你陸霆的大名，哪有我田超的份？」

田超拍着桌子質問陸霆。

「朝華傳媒偌大的公司，你偏偏跟我擠在一個組，你是當上組長了，我還在你手底下討飯吃，靠着你的那些施捨過日子。陸霆，你真當自己是什麼普度眾生的好人啊？你就是一個表裡不一的偽君子！」

陸霆看他這樣子，沒想到這麼些年在他心裡竟然是這樣的形象。

狗咬呂洞賓，不識好人心。

陸霆白白做了這麼多年的好人，處處提攜，竟在他眼中變成了施捨炫耀，真真可笑。

「當年《田園故居》……」

「你別跟我提當年，不就是把遊戲賣了嗎，那點錢你別想着能拿住我一輩子，我在你手下仰人鼻息我過夠了，老子不伺候了！」

陸霆唯餘失望，知道再說什麼都是多餘，執拗的人是怎麼都叫不醒的。

　　「你既然知道是我了，按照你一貫做好人的風格，就應該替我瞞着啊。」

　　田超話語裡滿滿的嘲諷，看向陸霆：「不就是李蓬跟你獻殷勤，總去打我的小報告，你看我不順眼，才把我弄走，好扶他上位。我告訴你，我心裡都清楚得很！」

　　陸霆氣極反笑，眼鏡「啪」地摔在桌子上，這何止豬油蒙心，已經開始反咬一口了。

　　「田超，我真是看錯了你。」

　　「你別跟我整什麼兄弟情深的樣子，我告訴你，老子不吃這套，你們留我我還不幹呢！」

　　田超甩手就要走，陸霆在身後問他：「朱嘉偉是怎麼找上的你？」

第七章

峰創對峙

「什麼？」

田超聞言一頭霧水地轉身。

照片是朱嘉偉找人偷拍的，替換原稿的卻是田超，這兩人之間必然有些聯繫。

「你那些照片是怎麼來的？」

田超沉默了一下，說：「有人發到我郵箱的，我順着 IP 查了，在一家網吧，其他的都查不到，這跟朱嘉偉有什麼關係？」

「你不用知道了。」陸霆隨手翻開一個文件，也沒抬頭：「還有，關於你的調令不是我的意思，一組的重大事故把臉丟到了董事會，你只是他們拿來殺雞儆猴的人。」

凌淞華這隻老狐狸，不能明着動朱嘉偉，畢竟他是李健的左膀右臂，但是開除掉一個愛搞小動作的小員工，不過是一句話的事。

但是看田超剛才猛然聽到朱嘉偉名字的反應，陸霆覺得他可能真的不知道那些照片源自哪裡。

連來源都不知道，絲毫不考慮後果，就拿來用，也說明田超根本沒把他陸霆當成自己人。

只想着這件事能讓他在董事會上丟臉，卻不想想事情發生之後，怎麼可能沒人查，一眼就能知道有內鬼的手段，那幫老狐狸又怎麼會想不到。

被朱嘉偉當槍使，替人賣命，連買家是誰都不清楚。

偏偏田超還在自鳴得意，以為眾人皆醉他獨醒，實則落在知情人眼中，就是徹頭徹尾的傻子。

「大超，看在這麼多年的情分上，我奉勸你一句，這個社會聰明人多得是，但自詡聰明的人才是最傻的。」

田超頭也不回地摔門出去。

陸霆看着他的背影，心生悲涼。

當年一起從小縣城走出來的三個年輕人，終究心生隔閡，他與輕語的感情危機遲遲沒有解決，田超叛離，差點讓他功虧一簣。

最可悲之處在於，明明沒有深仇大恨，卻不知為何漸行漸遠……

凌筱筱自從田超進去，就一直盯着辦公室，怕這隻瘋狗犯起病來胡亂咬人。

見他摔門離去，就知道跟陸霆不歡而散。

凌筱筱並沒有為陸霆跟田超多年的兄弟情覺得可惜，用一個方案認清一個人，總比讓這條毒蛇蟄伏在身邊，不知道什麼緊要關頭咬上一口，那時候的損失，就不僅僅是是一個方案的成敗了。

「你進去勸勸組長？」李蓬在凌筱筱旁邊小聲說話，用胳膊碰碰她。

凌筱筱翻了個大白眼：「你怎麼不去？」

別看陸霆表面風平浪靜，心裡不一定憋着多大的火氣呢，這種事換了誰都不是一下能過去的。

這個關頭往上湊，不是等着撞槍口嗎。

「你是女孩子，又是新人，組長肯定不好意思罵你。」

凌筱筱腹誹，你們怕是忘了上班第一天因為翻譯文件把我罵的

狗血淋頭的時候了！

邵俊偉看不下去了，一巴掌拍在李蓬頭上：「別沒正調，人家筱筱多老實的女孩，你還聳惥人家，趕緊回去寫分析報告得了。」

今天他們去眾騰科技的時候，邵俊偉研究了一整天的峰創，從團隊到市面上能見到的遊戲，統統看了一遍，累得眼冒金星。

「今天跟眾騰談的怎麼樣？」

李蓬馬上一臉花癡：「那魯主管長得，那叫一個美豔動人，國色……」

「啪！」

邵俊偉把文件拍在他腦袋上，打斷了他的噁心表情：「峰創的研究報告，你去給組長看看吧。」

李蓬迫於淫威，一臉壯士赴死的悲壯，進了辦公室。

凌筱筱幸災樂禍地喝了一口飲料：「風蕭蕭兮易水寒，壯士一去兮不復還啊，讓你得意忘形！」

陸媽媽的電話是第二天上午打來的。

「兒子，你接到輕語了嗎？」

陸霆一挑眉，並沒有接到關於輕語回上海的任何消息，看來她是特意沒有告訴自己。

「阿姨的病情怎麼樣了？」

「反正就是一直放化療，現在也沒有更好的辦法了，一天天的熬日子吧，你在外邊可一定要照顧好身體，有輕語在你那我也放心點……」

陸霆並沒有把兩個人感情危機的事告訴陸媽媽，無謂讓老人跟着擔心。

說不定，還會有轉機？

陸霆揉了揉眼眶，最近發生太多事了，隨着新項目通過，鋪天蓋地的工作量壓過來，只有他自己能挑起大樑，一組的同事在遊戲方面沒有任何經驗，些許細節都要親自把控。

想了一會，還是給輕語打了電話。

「回上海了？」

「嗯，我快到家了。」

「怎麼沒讓我去接你呢？」

江輕語楞了一下：「你那麼忙，聽說你項目過了，恭喜啊。」

「晚上想吃什麼？我買回去給你做。」

「你專心工作吧，我在家也沒什麼事，收拾一下就去買菜了，我等你回家。」

等你回家。

這句話已經很久沒有輕語口中聽到了，陸霆越來越覺得他們之間還是有機會的。

這種感覺其實很微妙，兩個人也算一起經歷了風風雨雨，其實橫互在兩人之間的隔閡，陸霆更夠感覺得到，但是沒有深不見底，一定要放棄感情的程度。

「組長，已經準備好了，可以出發了。」

「好。」

今天會面的是峰創遊戲，田超離職之後，邵俊偉接手了大部分工作，李蓬還是一直撲在美工上，力求合作方敲定之後，能在主體的美學架構中由朝華佔據主導地位。

值得一提的是，凌筱筱以最快的速度了解了整個方案，在小組會中融會貫通，將所學和見識一一闡述出來。

真的像陸霆所說的那樣，只要給凌筱筱一個機會，就會收穫到更大的價值驚喜。

凌筱筱畢業於高級學府，史丹福的名聲也不是白白吹噓的，她以全優畢業也不是假的。

對於凌筱筱迅速走進項目核心，勢必有人不服，但是凌筱筱已經在幾次會議裡，用自己的本事將那些閒言碎語一一化解。

作為新人，凌筱筱在經驗上不佔優勢，但她極其恐怖的學習能力已經為自己證明了。

當一行人坐在峰創的會議室，還是震驚大過一切。

剛剛從朝華離職的田超，赫然坐在對面。

雖然不是主位，但能在短短兩天之內跳槽，並且得到授權進入談判桌，大家都懷疑田超是不是早就已經跟對方接觸過。

田超在朝華接觸過這個項目的一切進程，一直都是核心人物，有他坐在峰創那方，就說明陸霆之前制定好的合作方案，對方已經了如指掌。

「陸組長，我們今天也算是熟人見面了。」

峰創目前的研發總監就是當年出面收購《田園故居》的張行之，收購之後，憑藉這個遊戲在同年競選中脫穎而出，位列執行副總裁，身價暴漲。

「張總，好久不見。」

陸霆握手之後，意味深長地看了一眼田超。

對於他的出現，陸霆震驚之餘，還帶着心痛。

雙方即便是合作關係，但公司方案的內幕仍舊有一部分不能為外人道，這是行業機密，田超不會不懂，但他能出現在這裡，勢必拿出了峰創眼紅的條件，不然新人是絕沒有這樣的機會出席。

「當年我們重金聘請您來我們公司，都被拒絕了，可是傷心了好久，沒想到兜兜轉轉，我們還是要一起合作的。」

張行之就是典型的老狐狸，精明算計都在眼睛裡，看上去就不

是什麼好相處的人。

陸霆示意凌筱筱把方案分發下去，由邵俊偉進行統一講解。

看着邵俊偉口若懸河，田超神色晦暗。

果然是早就有了人選替代自己，不然一組那些爛泥扶不上牆的貨色，怎麼能一下子挑起大樑，陸霆，這麼多年兄弟真是白做了。

要是讓凌筱筱知道他這番心理活動，怕是要一口唾沫啐在他臉上。

邵俊偉為了接手他留下的爛攤子，兩宿沒合眼，才有了現在的效果。

這時候想起什麼兄弟情了，背叛陸霆的時候可沒見他有什麼猶豫。

「……以上就是我方提出的方案。」

邵俊偉坐下的時候暗自鬆了一口氣，好在沒給公司丟人，闡述得清楚順利。

張行之看了看陸霆，說：「陸組長在這方面的才能真是讓人驚歎，當年田園之後，再也沒見你有作品出現，還以為陸組長改頭換面不做遊戲策劃了呢。」

張行之頻繁提起《田園故居》，其中的意思陸霆也能聽出一二，無非就是想藉助「舊情」拉近雙方的關係。

「這個遊戲跟《田園故居》有很大不同，更加側重文化傳播，那在整體架構上就有了更大的要求，所以我方需要跟經驗充足、實力雄厚的公司共同合作開發。」

陸霆調出文創方面的幻燈片，上邊列舉了各大高校的高級學者。

「這些都是我們朝華接觸過的歷史顧問，能在知識體系方面給予最堅實的保障。」

「預算呢？」

田超突然開口。

凌筱筱可沒有陸霆這麼沉得住氣，當即就瞪了過去。

他不是不知道，財務部的預算根本沒下來，一直被二組的房產項目佔着，這時候開口提及這些，明擺着就是給朝華拆台。

陸霆面無表情，連眼神都沒瞟給田超，一直看着張行之：「預算自然不會讓張總和峰創失望，我們雙方如果有緣，那今後就是合作關係，今天只是朝華帶着誠意，看看貴公司能不能有意向合作，如果進展順利，之後資金方面的交涉，自然要更快推進。」

這話説白了就是，連基礎都沒敲定，資金這麼大的底牌牽涉甚廣，怎麼可能第一時間亮出來。

陸霆怎麼説也是歷練過多年的人，這樣的談判桌大大小小上過幾十個，田超這麼一點點為難，根本眼睛都不眨。

只是從私情來講，心中難免不舒服。

「聽説你們之前已經去過了眾騰科技，看來我們峰創並不是你們的第一選擇啊。」

田超一直盯着陸霆，緊緊咬住不鬆口，語氣明顯沖了很多。

「張總現在主管遊戲研發，我們要見一面真是很難，您貴人事多，自然要在張總不忙的時候才好上門打擾。

「朝華在業內也不是徒有虛名，這麼大的項目自然要挑選最優解作為合作方，大家總是要一起賺錢的，朝華不會用自己的項目開玩笑。」

陸霆知道田超現在的心理波動，開弓沒有回頭箭，也許峰創真的能給他一席之地。

不知道他自己有沒有感受到，張行之滿口好話拉近距離，出頭為難的事都在田超身上，明顯就是用他來為難朝華，做了出頭鳥還這麼不亦樂乎，從前那些精明都不知道跑哪去了。

「陸組長這話就見外了，我們好歹都是老熟人了，還在一張桌上喝過酒，不提我，你跟小田也是多年的朋友了，今天能坐在一張桌上也是緣分。」

張行之一看就對這裡邊的事了如指掌，田超對於一組的敏感他一定明白，仍舊把人帶來了，這就是存心為難。

「如果張總對朝華的提案滿意，以後喝酒的時間有的是。」

陸霆完全避開田超不談。

兩人坐在了對立面，那就是不同陣營，田超選擇關鍵時候跳槽，希望他不要後悔。

在陸霆的研判裡，對眾騰科技的好感一直比峰創多，因為接觸過張行之這個人，把利益看得最重，只要能盈利，是不會顧及遊戲本身的價值。

《田園故居》之所以轉手之後一路走低，未必不是這個原因。

當年那些情懷玩家，慢慢都開始被迫課金，甚至更改了基本的交友功能，不花錢是不能隨意聊天的，就連遊戲中的環境建設都在一批批地出售高級課金材料。

網上的評價一邊倒，峰創張行之因此沒少被遊戲發燒友拉出來罵。

張行之合上文件夾：「相關內容我們回去會好好開會研究，朝華實力在前，又有陸組長親自督工，想必質量上不用擔心。」

「這是自然，我們會聘請最優秀的團隊擔綱架構組成，貴公司的遊戲部也是業內首屈一指的，如果共同合作，一定能擦出火花。」

陸霆進來看見田超的那一刻，就已經把峰創從名單裡剔除了。

張行之能留下田超，必然要讓他在遊戲部任職，以後如果進行合作，難保他不會帶着私人恩怨工作，這對雙方都是有弊無利的表現。

峰創的遊戲研發確實沒話説，但眾騰也不是吃素的，遊戲部的發展一路走高，未來光明燦爛，不可估量。

「我就是喜歡陸組長這個爽快勁。」張行之站起來，拍了拍陸霆的肩膀，「今天也是緣分，晚上我做東，大家一起喝一杯，就當做敘敘舊。」

陸霆禮貌回應：「家裡還有人等着，我這好幾天沒顧上回去了，我們喝酒以後有的是機會，張總。」

出去之前，陸霆看了一眼田超，對方正匆忙收拾東西，跟在張行之身後快步離開，手裡捧着高高一摞文件，看着忙亂極了。

「他這不是自討苦吃？」

凌筱筱一出門就忍不住吐槽，在一組的時候有哪裡見田超這麼狼狽過，都是只有他使喚別人的份。

「每個人選擇都不一樣。」陸霆想起田超離開那天説的話，好像自己一直都在刻意打壓着他。

這四年的庇護，沒想到在他心裡都是打壓，一腔誠意從來沒被認可過。

回程途中，陸霆坐在後座，突然開口：「俊偉，你女朋友在人事部對吧？」

邵俊偉從後視鏡看了他一眼，點點頭。

「你幫我問一下，行政部部長朱嘉偉銷假沒有？」

朝華並不禁止員工內部戀愛，只要不影響工作，甚至每年還會開展部門之間的聯誼活動，邵俊偉和女友李晴就是在活動上認識的。

邵俊偉打過電話之後説：「已經銷假了，不過是剛剛回來，這行政部真奇怪，尤其是這個部長，聽説之前請了好久的假，神出鬼沒的……」

凌筱筱坐在副駕駛聽到陸霆問到朱嘉偉，瞬間就聯想起那些傳聞，她心思敏銳，直覺這裡邊可能有事，看邵俊偉還在那滔滔不絕，而陸霆已經靠在椅背上一言不發，就趕緊扯扯邵俊偉，示意他閉嘴。

陸霆到底也不是傻子，輕語上午回來，那邊朱嘉偉就銷假了，看來朱嘉偉真是一直在寬城等江輕語一起回上海的。

各種猜想在腦海裡湧現，陸霆克制住，不管輿論如何甚囂塵上，他還是會親口聽輕語怎麼說。

回到公司，陸霆直接去了財務部，跟二組的曾明正好撞上。

「喲，陸組長這是親自來監督審批了？」

曾明這幾年一直被陸霆壓着，這回項目列為重點，可以說是狠狠出了一口惡氣，見人就想顯擺，一天在一組門口路過好幾次。

陸霆點頭問好並不打算多做糾纏，曾明只是愛攀比，本心並不壞，二組的那些同事對他也是非常擁護的。

曾明往左挪了一步，正好又擋在他面前：「這點小事還得陸組長親自過來，財務部現在可忙了，你看我這審批也才剛剛下來。」

「既然你的下來了，我看我們組的也快了，曾組長失陪了。」

陸霆繞開他走進去，果不其然，財務部一看只來了陸霆一個組長，根本沒放在心上，頭也不抬地敷衍着。

「正在走程序，你回去等着吧，就這兩天了。」

「已經好幾天了，我們提交的材料早在董事會之前就已經備齊了。」

剛剛不抬頭的職員把計算器扔在桌面上，抱着雙臂：「大家都忙，你看看這麼多賬目，誰的工作不着急，就你們着急？要不你自己來算，要不就回去等着，一天就知道催催催……」

態度惡劣，語氣帶着濃濃的不耐煩，陸霆剛要張口，溫華就敲門進來了。

「董事會特別審批，兩個工作日之內撥款，明天把財務表交到我辦公桌上。」

溫華將一張蓋着凌淞華名章的文件放在職員面前，對方囂張的氣燄立刻就消失了，只能點頭哈腰地說保證完成任務。

陸霆站在走廊想，自己追了好幾天的事情，溫華只要一句話就搞定了，這公司內部的權力之爭甚囂塵上突然也可以理解了，誰不喜歡這種一路綠燈的感覺呢。

朝華在上海寸土寸金的地段坐擁獨棟大廈，外牆環繞上下三層的玻璃棧道更是豪擲千金，一向是公司情侶們最愛的打卡地點。

溫華和陸霆此時坐在棧道轉角的位置，溫華掏出一根煙遞給陸霆：「陸組長看上去有些心不在焉。」

「沒有，項目剛剛開始，難免有些累。」

陸霆接過來，煙頭明滅之間隱隱約約的火焰，像極了他此刻的心情，只差一層薄薄的煙灰就能怒火中燒。

溫華才是人精中的王牌，各種消息混雜，稍加思考就能知道陸霆這樣一個內斂沉穩的人，為何今日脾氣外露。

「董事長的意思是，項目要用最快的速度推進，眾騰還是峰創，相信你已經有了判斷，趕快遞交合作書，只要你交上去，董事長馬上就能批覆。」

溫華從口袋裡拿出一張名片：「這是歷史學界泰斗王庭年教授的聯繫方式，以前是我和筱筱的啟蒙老師，我覺得你應該能用得到。」

用教授當啟蒙老師，這可不是什麼家境都能用得上的，凌筱筱這女孩真是深藏不漏，入職這麼久，一點大小姐的架子都沒有，跟大家打成一片，性格真是不錯。

「多謝了。」

兩個大男人，認識沒幾天，坐在長椅上默默抽完一根煙，陸霆站

起來要回去，就聽見溫華從背後開口：「聽說行政部和人事部要開聯誼會了，就在這週六，陸組長要是壓力太大，過去一起放鬆一下肯定沒問題。」

溫華嘴裡從來沒有白說的話，陸霆沒有什麼反應，直接回了辦公室。

目光不受控制地落在日曆上，週六，二十七號。

下班回家，一進門，就看見江輕語穿着圍裙在廚房忙碌，油煙機噪聲太大，都沒有聽見他關門的聲音。

陸霆把公文包扔在沙發上，走過去，從後面環抱住她。

江輕語一僵，拍拍他的手：「累壞了吧，趕緊洗手，馬上就能吃飯了。」

陸霆看着她的樣子，在煙火氣裡還是一樣的美麗動人，跟之前許多年都相同，熟悉又美好。

就在這一刻，陸霆的心臟瞬間柔軟下來，他總是想去相信感情中最美好的那一部分，譬如，只需要這種柴米油鹽間最平常的一句話，才是他印象裡對愛情最樸實的想像。

輕語，我願意相信你，那些流言就放在一邊吧。

「先喝湯。」江輕語給他盛滿放在他面前，「我特意多放了點海米，你快嚐嚐鮮不鮮？」

陸霆眉目間被飯菜熱氣熏的柔軟：「跟以前一樣好喝。」

「阿姨怎麼樣了？你回來了，叔叔自己能照看過來嗎？」

江輕語點點頭：「媽媽現在每個月就化療那幾天在醫院住，我爸又早就退休了，自己能行，你就放心吧。」

陸霆攪動着碗裡的湯，看着蔥花上下浮動，還是開口問：「那⋯⋯錢還夠用嗎？」

江輕語停頓一下，伸手給他碗裡添飯：「別操心了，親戚能幫的都伸手幫了一把，現在還是能過得去。」

　　她長時間不在公司，在項目部也沒有什麼好朋友，對田超的事一無所知，陸霆把前因後果都跟她說了。

　　江輕語眉目流轉間帶上一層怒火：「狼心狗肺的東西！」

　　纖長的手指緊緊攥着筷子：「那他說沒說錢什麼時候還？」

　　陸霆沉默着搖頭，低頭塞了一口米飯。

　　「都已經鬧成這樣了，你倆已經撕破臉了明白嗎？還不張口要錢，再拖下去，他遠走高飛，你這幾十萬就打水漂了知不知道！」

　　「不能，他現在在峰創任職，至少這個項目不落地他不會走的。」

　　「啪！」江輕語直接摔了筷子。

　　「他管你叫了五年的好大哥，還不是說走就走，峰創能留得住他？他田超就不是那重情義的人，你到現在還看不明白嗎？」

　　江輕語看着他的眼神，充滿了不解和心疼。

　　這些年是怎麼對田超的，她都看在眼裡，突如其來的背叛，陸霆心裡不知道揹負着多少痛楚。

　　「之前那麼艱難，我讓你管他要錢你都張不開嘴，他是不知道我倆過得什麼日子？今天推明天的，哪次他拿過錢了？」

　　兩人對着一桌飯菜誰也沒有胃口，江輕語幾次想給田超打電話要錢都被陸霆攔下了。

　　「你就在這搞什麼情深義重吧，他田超就是個瞎子，他看不見，不但不領情還要罵你的！」

　　陸霆看着飯菜漸漸轉涼，濃湯上已經結出油脂，狠狠搓了一下臉，偽裝了整整一天的疲憊感洶湧而來。

　　煩躁地推開碗，順手點了一根煙。

　　「輕語……」

「我……」

兩人同時開口，江輕語頓了一下，抿嘴示意他先說。

「項目審批通過之後，我能有一筆獎金，我打算換個房子，我都已經看好了，就是你之前說的張江湯臣豪園，比這個大一些，以後上下班方便，也沒有這個房子這麼擠……」

江輕語透過煙霧看他，滿滿的勞累，聲音都沙啞了，但是說起兩人以後的生活還是那麼有力量，每一步都在規劃中。

「……還有一個多月就過年了，今年有這個項目，年終獎應該很不錯的，到時候就買個車，挑你喜歡的款式，以後就不用擠地鐵了……」

「我之前有很多假期沒休，這次我打算連着年假一起休，還能陪你在寬城多待一陣子，幫你照顧一下阿姨，你說呢？

「輕語？輕語？」

陸霆掐滅煙頭，發現江輕語正在走神，伸手在她眼前晃晃。

「嗯，我聽着呢。」

江輕語回過神，微微一笑，朱唇上揚的曲線都宛若雕琢過一般，精緻又美麗。

「那到時候一定要買一輛我最喜歡的銀灰色車。」

「好啊。」陸霆拉過她皙白的手指，心裡覺得實在虧欠她，跟着自己吃了不少苦，從功成名就到一無所有，一直都是輕語站在他身後。

從縣城到大都市，住着四十幾平的出租屋，每個月的伙食費都要計算着才能開一次葷腥。

好在，眼看着日子就要好過起來了。

「你剛才要說什麼？」

江輕語搖搖頭說：「也……沒什麼，就是想告訴你，我明天銷假

了，早上我倆一起走。」

陸霆夾起一筷子炒肉放在她碗裡：「快吃吧，一會你歇着，我去洗碗。」

陸霆第二天一到公司，溫華就緊隨而來。

「董事會已經決定與峰創合作了。」

陸霆驚訝地看過去：「我已經提交過兩家公司的對比研判書了，眾騰明顯要比峰創更合適朝華啊。」

溫華坐在沙發上把他提交過的文件還給他：「沒用的，峰創那個張行之不知道搭了哪路神仙的順風車，跟李健說上話了，現在董事會一半以上的人都支持跟峰創合作。

「你也知道，凌董事長為了你這個項目能通過費了不少力氣，這時候不能太過強硬，跟眾多董事對着幹，好在峰創也不是沒有本事的空台柱子。」

這個結果在陸霆意料之外，沒想到兄弟做不成了，還要坐在一起合作，這滋味，真是莫名的讓人不舒服。

「峰創未必就有那麼差吧？我知道你為什麼不願意，但事已至此，陸組長可得穩得住局面啊，凌董還等着你的捷報呢。」

溫華每次說話都是下來敲打他的，陸霆能明白其中的意思，點點頭，把作廢的研判書收起來。

「你先忙着，我就先走了，預算明天就能下來，不用太擔心，保證能讓你大展拳腳。」

陸霆一上午都在跟小組開會，李蓬的美學架構遇到了難點，他只是美術專業生，但是欠缺文學功底，設計製作的東西缺少靈氣，陸霆一直壓着不算過關。

「組長，我真是盡力了，你看我平時說話都沒啥水平呢，這讓我

設計個背景畫面都行，這整體風格我真沒有思路。」

陸霆知道有些強人所難，但是大方向只能掌握在朝華自己手裡，不能被峰創牽着鼻子走。

「這樣，我下週出差，去找老教授請教一些這方面的素材，你和凌筱筱跟我一起去，其他人負責跟財務部、行政部對接工作，等我們回來就進行合作簽約。」

凌筱筱抱着會議記錄跟在陸霆身後，問到：「我們是要去你的母校嗎？」

聰明如陸霆，對於凌筱筱的背景已經能猜個八九不離十了，沒想到這個千金小姐還落在了項目部最難待的一個組，竟然還抗住了高壓的工作。

「國學大師王庭年。」

「啊？」凌筱筱驚訝的張大了嘴巴，這，這怎麼弄到老熟人面前去了。

雖然她出國留學多年，但是以前最喜歡揪王老師的白鬍子了，肯定能記住她的啊！

這到時候一起出現，她這身份肯定是要露餡的，分分鐘掉馬，到時候可尷尬死了。

看着女孩精彩變幻的表情，陸霆覺得挺有趣，轉身回了辦公室。

《田園故居》的線下活動就在週六，凌筱筱剛下班，手機就要被趙玲玲打爆了。

……

第八章

風起青蘋

　　廣盛酒店是上海有名的銷金窟，一桌酒席都在五位數以上，不少玩家聽見在這消費還有人埋單，都興致高漲，早早就到了。

　　趙玲玲在門口看見凌筱筱的時候，眼睛都亮了。

　　「我跟你說，你今天就應該好好打扮一下，不少女玩家聽說在這聚會，真是花枝招展，可熱鬧了。」

　　凌筱筱不置可否地笑笑，挽着趙玲玲的手進去了。

　　本來以為自己今天這一身藍色套裝已經夠正式了，還擔心會不會太搶眼，沒想到一進包房，都被震驚了。

　　裡邊香風陣陣，美女們穿着長裙大秀身材，還有不少男玩家都是西裝革履過來的，對比之下凌筱筱這身套裝真是簡樸得很。

　　拉着趙玲玲找了個角落，端着自助餐檯上的小蛋糕，一口咬掉一顆草莓。

　　「我說是什麼人這麼財大氣粗，這看上去跟商務宴請似的。」凌筱筱一邊吃着小蛋糕一邊跟趙玲玲打聽。

　　趙玲玲努努嘴：「就中間那兩個人，男的好像特別有錢，倆人在遊戲裡認識的，好像都訂婚了，這說是為了感謝大家在遊戲裡的見

證成就了這段愛情故事，才在這辦了個聚會。」

凌筱筱眼睛看過去，紅色長裙的美女手中握着一隻香檳杯，酒液在水晶燈下泛起琥珀色柔光，小鳥一般依偎在男人身上。

男人也是中規中矩的黑色西裝，大手護在女朋友腰間，兩人不時低頭私語，倒是默契十足，看上去郎情妾意的。

「真好啊，《田園故居》這個遊戲能堅持到現在的老玩家可不多，我們這個服務區應該是老玩家最多的了。」

凌筱筱眯着眼睛，用舌尖舔掉唇邊沾上的淡奶油，旁邊的趙玲玲看得眼睛都直了。

「天呀！凌筱筱你簡直是我見過的純慾天花板啊！剛才那舔嘴唇的樣子，實在太考驗意志力了。」

看着她花癡一樣的表情，凌筱筱撇撇嘴，嫌棄地離遠一點。

趙玲玲跟在她身後，小聲問：「你那個男神怎麼樣了？」

「還那樣唄，英俊挺拔，工作出眾，能力卓越。」凌筱筱順手又拿起一塊蛋糕。

「哎呀！」趙玲玲把蛋糕搶下來，看着她，「誰問你這個了，我是說你倆怎麼樣了？」

凌筱筱歎氣，手指轉着垂在胸前的髮尾：「還能什麼樣，男神是有女朋友的，還特漂亮，我充其量就是個網友加同事，男神可正派了，一點別的心思都沒有。」

何止正派，陸霆在公司不是沒有女人追，一律採取「三不原則」，不接觸，不收禮，不留情。

以至於上上下下錯付芳心的女孩，都暗暗說陸霆不近人情，應該出家當和尚。

「特漂亮，是多漂亮？」趙玲玲就是天生的八卦探測器，哪有好玩的肯定少不了她。

凌筱筱回想起那天在玻璃棧道上看見江輕語的模樣，陽光穿過玻璃窗打在她臉上，如同為她鍍上一層光暈，她淺笑着與人交談，眉目生動，笑起來周圍一切都黯然失色，淪為陪襯。

　　凌筱筱剛要跟她描述這個場景，恍惚間在沒關上的包間門外看到這個熟悉的身影。

　　也不知為何，她下意識地就要跟過去，匆匆跟趙玲玲說要去洗手間，抓着手袋就出了包房。

　　右邊走廊轉角一抹緋色裙角划過，凌筱筱站在轉彎處，聽到裡邊有交談聲。

　　「輕語，我是真的喜歡你，你要是跟我在一起，就不用過現在的日子了，每天勞累辛苦，我會給你最好的生活，讓你再也不用為錢發愁。」

　　凌筱筱緊緊捂住嘴才沒驚呼出聲，這還真是陸霆的女朋友江輕語啊。

　　「我……我跟陸霆已經在一起很久了，不能就這樣……」

　　江輕語的聲音為難中帶着猶豫，並沒有義正言辭的拒絕，這就讓凌筱筱很詫異，不是說陸霆和她是大學時候就在一起了嗎，感情堅不可摧的。

　　「陸霆那就是個廢物，在公司這麼多年還是個小組長，什麼時候能讓你過上好日子！

　　「你母親重病，他不一樣拿不出錢來，讓他那個兄弟耍的團團轉，你跟着他哪有前途。」

　　「……我真的……不能這樣絕情……我再……」

　　凌筱筱離得有點遠，江輕語說話聲音細，聽的斷斷續續的。

　　凌筱筱沒想到自己出來聚會，還聽到組長這麼大個八卦，聽着江輕語猶豫不決的語氣，直覺她那個高冷的陸大組長，十有八九要

被戴綠帽子了。

就是不知道這個男聲是誰。

晃晃悠悠往洗手間走的時候，突然想起來，公司內部盛傳的緋聞，這男人不會就是緋聞中心朱嘉偉吧？

凌筱筱咂咂嘴，這江輕語要真是跟朱嘉偉，把陸霆踹了，那可真是豬油蒙了心。

連他這個小新人都知道，朱嘉偉是個花心大蘿蔔，跟他有染的女員工一雙手都數不過來，跟潔身自好的陸霆簡直是雲泥之別。

凌筱筱看着化妝鏡裡的自己，明眸皓齒，顧盼神飛，一身藍色套裝不失青春活力，這女孩也很好看嘛！

正自戀着，鏡子裡出現了另一個人，赫然就是一身緋色長裙的江輕語。

不過她認識人家，江輕語可不認識她。

見有人一直盯着自己，江輕語擦擦手在鏡子裡看向凌筱筱：「有事嗎？」

「啊……沒，沒事。」

凌筱筱突然看見剛才的八卦對象，直接愣住，好半天沒緩過神。

長裙嫵媚，妝容精緻，連髮梢都帶着勾魂奪魄的妖嬈，就這樣的女人，凌筱筱覺得陸霆眼中別無二色真是有道理的。

一直到江輕語出去，凌筱筱才用涼水拍拍臉頰，自己一個女人都被迷住了，真是沒有定力。

色即是空，空即是色。

凌筱筱再回到包房的時候，大家正喝在興頭上，有的聊起工作，有的三五人聊着遊戲。

除了趙玲玲，凌筱筱對別人都不熟悉，也不出去找人喝酒，就坐在角落裡安安靜靜吃東西。

倒是趙玲玲像隻馬騮一樣，端着酒杯滿場亂飛，跟誰都能聊到一起去。

「今天的菜式還合胃口嗎？」

一片陰影遮住了大廳耀眼的水晶燈光，凌筱筱一抬頭，竟然就是今天召集聚會的主角。

凌筱筱端着手邊的杯子站起來：「多謝款待，小蛋糕尤其好吃。」

紅裙美女碰杯之後，伸手攔了一下，說：「我早就注意到你了，一整晚都在吃東西不碰酒杯，你就喝果汁吧，要是酒量不好該頭疼了。」

美女善解人意，凌筱筱也不好拂了人家的好意：「謝謝，二位看起來真是般配極了，能在遊戲裡締結良緣真是不容易。」

看着面前這對新人相視一笑，凌筱筱也覺得戀愛真好，滿滿的都是甜蜜。

結束的時候，趙玲玲已經喝多了，凌筱筱只好把她帶回自己家。

收拾完了，凌筱筱躺在床上就想，今天晚上江輕語跟那個男人到底說了什麼，她男神頭上到底有沒有「綠」了啊。

當週一在公司見到陸霆的時候，凌筱筱欲言又止，想說出來又怕他傷心，不說又覺得憋得慌。

「喂，你這一大早的臉色這麼臭，怎麼年紀輕輕的就便秘了？」李蓬在她旁邊轉來轉去，賤兮兮地問。

凌筱筱一胳膊懟在他肚子上：「你就說不出好話來，滾蛋！」

陸霆拿好公文包，看了看他倆：「我已經跟王老先生通過電話了，我們過去吧，別遲到了。」

凌筱筱一路上都在觀察陸霆，看上去臉色這麼好，應該不是感情危機的樣子，那看來目前是沒事的。

「你怎麼一直盯着組長啊？他臉上有東西？」

李蓬一開口把凌筱筱嚇了一跳，瞪了他一下，這個千年老直男，這話是能說出來的嗎！

凌筱筱當時尷尬得想跳車，在心裡把李蓬狠狠揍了九九八十一遍。

陸霆看着女孩躲閃的目光也沒當回事，一直想着一會要諮詢的問題。

王庭年自從退休之後，就一直在家裡侍弄花草，房子不在市中心，幾乎快到郊區了。

接連轉了好幾個岔路口，才開上一條小路，兩邊都堆着積雪，看樣子是有人經常清掃。

「到了，下車吧。」

快要到的時候，凌筱筱這才想起，一會見到老師自己就要身份漏餡兒了，緊張地搓手，下車也沒注意，一腳踩在冰面上，差點摔倒。

幸虧陸霆手疾眼快扶了一下，不然就要當眾出醜了。

王庭年是真正的文人雅士，雖然寒冬看不出庭院裡葳蕤茂盛的景象，但是那些用塑膠仔細罩好的花根依然能辨別出一二。

「王老先生，我是陸霆，今天來拜訪您實在是叨擾了。」

陸霆半彎腰跟王庭年握手寒暄，很是恭敬有禮。

凌筱筱從進屋開始，就一直往李蓬身後站，見王庭年的目光轉向自己，連忙悄悄擺手。

王庭年了解自己這個小學生，從小就古靈精怪沒少闖禍，每次都是溫華幫她揹黑鍋，但是活潑機靈，一直很喜歡她。

見她這個樣子，雖然不知道為什麼，也只是嗔怪地瞪她一眼，到底沒有當眾戳破。

「坐吧。」

王庭年素來風雅，一飲一啄都顯得格外精緻。

陸霆握着手裡的青花瓷杯，茶湯色澤勻濃，香氣醇厚，上好的紅茶，冬天喝正暖胃。

「今天來，是想跟您請教一些問題，邀請您做我們新開發項目的諮詢顧問。」

陸霆把電腦打開，根據事先列舉好的提綱一一請教，姿態謙恭。

「這款遊戲在設計上以國學為基礎，我相信上市之後會對國學推廣起到很大的作用，旨在為當下年輕人灌溉優秀的傳統文化。

「……玩家以不同朝代的名人為身份，去體會各種風俗習慣，文學作品，這其中涉及了大量的專業知識，王老先生您也知道，我們都不是專業的，這樣科普的專業性還得請您出山啊。」

陸霆伸手為王庭年斟茶，要是能請得動他，在知識體系上就沒什麼好擔心的了。

王庭年看凌筱筱坐在沙發上像隻鵪鶉似的，連句話都不敢説，哼了一聲，這女孩回國也不知道來看自己這個老頭子，好不容易見到了竟然還要裝作不認識。

太過分了！

「老頭子我年紀大了，受不得勞累，你們還是另請高明吧。」

都説老小孩，王庭年上了歲數之後越發喜歡身邊的孩子們哄着他，看凌筱筱這個樣子氣得連茶都不喝了。

陸霆一頭霧水，剛才進門的時候還好好的，請教問題也是不厭其煩地解答，怎麼一下子態度就變了呢。

別人不知道，凌筱筱可是太了解他了。

但是兩個同事都在這坐着，自己一開口套近乎那勢必要露餡啊，傻瓜都能想到，什麼樣的家庭背景能請得到學界泰斗當啟蒙老師，自己這低調的職業生涯就要告吹了。

正猶豫着，王庭年看她眼神還是一直閃躲，又哼了一聲，連一直捻在手裡的菩提子都扔在桌上了。

李蓬是個腦子慢半拍的，一直在整理剛才解答問題的記錄，倒是陸霆看出了幾分端倪。

溫華早就告訴過他，王庭年是他和凌筱筱的啟蒙老師，但是這女孩怕大家知道她出身不凡，從進門到現在都一聲不吭，王老爺子顯然是不高興了。

轉身看了一眼躲在沙發角落的凌筱筱，覺得這女孩真有意思，別人有這樣的家世恨不得天天拿出來炫耀，王庭年的名氣別人想倒貼都找不到方向，偏偏她還避之不及。

在心裡暗笑，接着說：「晚輩過來之前，溫華秘書長特意託我給您請安，說臨近年關了，過兩天就親自來孝敬您老。」

一聽陸霆提起溫華，凌筱筱更慌了，這還有什麼聽不明白的，溫華這個嘴鬆得很，肯定順帶着連她都說出去了。

果然一抬頭，就對上陸霆似笑非笑的眼神。

凌筱筱當時都想找塊豆腐撞上去！

在陸霆和王庭年的雙層壓力下，凌筱筱跑都沒地方跑，只能硬着頭皮走到前邊，坐在王庭年身邊，端着茶：「老師，您喝茶。」

凌筱筱心裡犯怵，這老頭子的脾氣最奇怪了，自己小時候他就總吹鬍子瞪眼的，現在也又臭又倔。

這下把李蓬嚇了一跳，附在陸霆耳邊說：「這……這是……美人計？」

那語氣簡直就差把「組長你清高，你做好人，把清純可愛的小美女推給老頭子！」說出來了。

陸霆朝他冷笑一下，李蓬瞬間滅火。

王庭年沒好氣地接過茶杯：「死丫頭，多長時間了都不知道來看

看我，你跟溫華就是兩隻白眼狼。」

凌筱筱知道這肯定瞞不住了，乾脆破罐子破摔，抱着王庭年的胳膊撒嬌：「老師啊，我這可是剛剛參加工作，你就幫幫忙吧，反正你在家待着也是待着，去城裡玩玩唄！還能經常看見我呀。」

「哼，少看見你幾回老頭子還能多活幾年！」

「哎呀，我們這個組長可有才了，剛才也跟你講了，這個遊戲能推動更多年輕人了解國學，知道上下千年的歷史，這不是您一直想要做的事嗎？您就答應了吧！」

凌筱筱撒嬌耍賴可是一把好手，纏着王庭年說了一大車話，還有陸霆在旁邊煽風點火當助攻，兩人把老爺子哄得團團轉，不知不覺的就鬆口了。

陸霆順手端起茶杯，舉到齊眉處：「謝謝老先生臂助。」

有凌筱筱在，一行人肯定不能馬上就走。

看着凌筱筱跟老爺子談笑風生，李蓬一臉迷幻：「這……這就搞定了？」

老爺子以後在公司免不了跟凌筱筱有接觸，為了避免那些風言風語，陸霆說：「凌筱筱之前就是王老先生的學生，回去之後不要多說，筱筱也是不想太張揚，看老爺子一直不鬆口才出面幫着勸說的。」

李蓬點點頭，沒想到凌筱筱還有這個本事。

回程的時候，李蓬一直用崇拜的眼神看着她。

凌筱筱看陸霆一臉淡然，問他：「組長，你是不是早就知道了？」

陸霆點點頭：「溫華給我聯繫方式的時候就說了。」

凌筱筱咬牙切齒，這個姓溫的什麼都往外說，以後要是瞞不住了，肯定要找他算賬。

陸霆回想着凌筱筱入職以後的相處，看上去聰明伶俐，與人為善，也一直都是活潑的，但仔細想想，行動之間有分寸，待人接物有

禮有節，從沒在其他同事嘴裡聽到關於她的閒言碎語，可見這個女孩一定受過十分良好的教育。

凌筱筱⋯⋯凌？！

難不成是凌淞華的凌？

陸霆看了一眼李蓬，到底有其他同事在，不好開口詢問。

如果真是凌董事長的千金，能腳踏實地從基層做起，而沒有直接空降，享受那些優越的特殊待遇，凌筱筱本人就足夠讓人尊重了。

這也能想得明白，溫華這樣條件優越，位列高管的人，能對她言聽計從，甚至屢次破例幫忙。

凌筱筱因為在陸霆面前掉馬，一直悶悶不樂。

李蓬還說：「大小姐，你真是王老爺子的學生啊？跟溫華秘書長是師兄妹？那你怎麼來小項目組上班啊？」

凌筱筱齜牙，做個鬼臉嚇唬他：「你要是敢說出去，我就撕了你！」

看著凌筱筱蹦蹦跳跳地走了，李蓬像傻大個似的站在原地，摸摸頭嘟囔著：「還，怪可愛的。」

陸霆除了王庭年之外，還專門在大學裡招了幾個歷史專業的研究生，負責一些比較基礎平常的知識體系，分別負責不同年代。

「俊偉，你去人事部問一下，人找好沒，再到行政部申請一片新的辦公區，我們這坐不下了。」

邵俊偉聞言，抬頭跟陸霆說：「上午去過了，人事部說有兩個面試的明天到，但是行政部那邊有點麻煩，說是要審批得等一週。」

「嗯，知道了，明天面試的時候你跟李蓬一起去，要求對方提交近兩個學期的成績單。」

「簽約定下來了嗎？」

「定下來了，後天上午九點，我們組只有您去。」

陸霆挑眉，時間這麼近，問：「預算下來了？」

「財務部上午送來的，在您桌上。」

陸霆看着各種數據分析，最後給了五十萬，看着上面鮮紅的財務印章，眉頭皺起，這麼點錢只夠先期的啟動。

這個遊戲策劃龐大，資金如果跟不上，那最後出來的效果都會大打折扣。

「跟財務方面溝通過了嗎？這給這麼點？」

「這跟我們提交的相差太多，我已經申請過了，但是那邊說主要的資金都給二組的房產項目了，我們這邊先用着，不夠了……再說。」

邵俊偉也是一臉為難，那幫人都是看人下菜碟的，陸霆這個組長過去都要吃一頓臉色呢，何況他這個小職員了，根本連主要負責人都沒見着，就給打發回來了。

陸霆知道肯定不能輕易鬆口，凌淞華在董事會上力挺遊戲項目，那麼李健那邊肯定不能看着這個項目順順利利的進行。

行政部卡着辦公場地，財務部卡着審批預算，真是一點方便都不給通融。

「行，好歹也還有這些，每次支出都仔細點，拿着票據去財務部，報銷賬目上別讓人挑出毛病來。」

陸霆坐在辦公室翻看着明天要簽約的合作書，峰創跟朝華屬於合作關係，但是朝華是項目研發方，只是把製作部分與峰創建立合作，所以在投資佔比上朝華佔了近七成。

最後的盈利分成自然也是朝華拿着大頭，如果成績可觀的話，峰創即便佔比小，也將會是不菲的數目。

簽約當天，陸霆身邊站着溫華，身後是各個部門的代表。

陸霆一身藏藍色西裝，鏡片下的眼神沉穩有力，站在那裡即便不發一言，也能看出卓越的氣質和風度。

「陸組長真是招風，對面那幾個女孩可是盯着你看好久了。」

簽約的事情自然輪不到陸霆，就跟溫華站在一起竊竊私語。

「説不定她們是在看溫秘書長呢。」陸霆看着會議桌上雙方高層簽下合作書，這件事才算真的塵埃落定，真正進入到實戰環節。

溫華環視了一圈：「怎麼沒看到你那個好兄弟？他不是跳槽到了峰創嗎。」

「不清楚。」

田超在合作意向談判那天能出席，很有可能就是張行之的私心，用來刺激陸霆的。

今天可是簽約，以田超剛剛入職的資質，恐怕還站不到這裡。

會議室掌聲雷動，溫華趁機問陸霆：「你們一組在遊戲上可都不是專業的，你就沒有什麼打算？」

「能不能成立專門的項目組，應該是你們領導層的事吧。」

一組現在這些人，都沒有遊戲方面的經驗，只有一個李蓬還能在美工方面發揮一些作用，其他人以前接觸的大部分都是房產金融類的。

這個項目並不是短時間就能結束的，一組的成員對遊戲的興趣並沒有陸霆這麼高漲，時間長了肯定會怠工，對項目也是一種損失。

「我聽説你跟行政部要了一片辦公區，這事你先等等，等這個項目見點成效了，再談組建專門遊戲區的事情。」

陸霆點點頭，這個項目雖説沒有二組的目前看起來吃香，但是上邊有凌淞華頂着天呢，只有能出點成績，後續自然有手眼通天的人幫着鋪路。

看會議桌上的簽約結束了，溫華走過去：「今天朝華設宴，請張總和峰創的各位人才吃個便飯，以後大家一起共事，還要多多關照啊。」

朝華設宴，那自然是頂級的酒店，陸霆是項目負責人，一整場都在敬酒與被敬酒中度過。

溫華長了八百個心眼，等第一波喝過之後，氣氛明顯輕鬆了不少，偷偷把酒瓶子裡的白酒兌了一半的純淨水。

陸霆看他端着酒杯滿場晃悠，喝了兩圈臉不紅心不跳的，仍舊是四平八穩。

「溫秘書長酒量不錯啊。」

溫華看陸霆臉色都變了，本來白皙的皮膚染上酡紅，向來高嶺之花一般的人物，如今微醺，反倒多了一抹禁慾色彩，這要是讓公司那幫女孩看見，估計都會瘋狂尖叫。

溫華晃晃酒瓶，給陸霆倒了一杯：「乾了？」

等液體入喉，陸霆才反應過來哪裡不對，一時間失笑：「真不愧是你，想得出這個辦法。」

「酒局多了，都喝出經驗了，你不用這麼實誠，誰來敬酒都喝一整杯，意思意思就行。」

酒局結束已經快十二點了，看上邊這些領導還有轉場再戰的意思，陸霆果斷裝醉，直接趴在桌上不動彈。

張行之明顯喝到量了，整個人都顯得亢奮：「陸組長這酒量真是不行，還要練啊！」

等大家走的差不多了，陸霆才晃晃悠悠往外去，胃裡翻江倒海，扶着牆慢慢移動。

酒後的陸霆更加吸引人，褪去了高冷的外表，像一株吸引人的梅花，眸色朦朧，氤氳着水汽，偏偏身形挺拔，即便眼前發花也保持着端方的姿態。

搭的士回家，進門就癱軟在沙發上，喘着粗氣中都是酒味。

「輕語，輕語？」

叫了幾聲都沒回應，陸霆按開手機，已經午夜時分了，不在家能去哪裡。

呼叫提示音響了很久，最後只有機械的提示無人接聽。

陸霆扯鬆領帶，把自己摔進柔軟的大床，上面留着輕語身上馥郁馨香。

蹭了蹭枕頭，深夜不歸，尋人不見，輕語啊，你從前從不會這樣的。

睡夢深處，陸霆覺得臉上微涼，彷彿有一顆清露滴在臉上，酒精帶來的燥熱被緩解，舒服的唔歎一聲，轉身又熟睡。

江輕語坐在床邊，藉着月色看清身邊人的臉，聞着他滿身酒氣。

「知道自己酒量不行，應酬還往前衝……」一邊嘟囔着，一邊給陸霆脫下鞋子，掖上被角，愣愣的盯着許久，轉身去了客廳。

穿衣鏡前的身影依舊曼妙，但映在鏡中的臉已經滿面淚痕。

「我……終究是背叛了這段感情……」

江輕語撕扯着身上的裙子，布料劃傷了手指，也只拽下幾顆紐扣。

想到那晚一樣是醉酒，但跟陸霆不同的是，他知道回家，而自己卻趁着酒醉壯了膽子，在朱嘉偉的懷裡半推半就。

酒店的床柔軟足以陷入兩個人的身體，江輕語至今都能感受到朱嘉偉的手指，從額頭滑到嘴唇，又順着髮絲撫上她細長的鵝頸。

緋色的裙子被扔到床腳，與西裝長褲曖昧的交織在一起，宛若床上的兩人如癡如纏。

「輕語你可算想明白了，跟着陸霆有什麼好，他那個項目根本不會成功，還是跟着我，我保證讓你過得舒服……」

「輕語，醫院那邊的賬戶已經續交，不用擔心。」

「晚上到我這來，我想你了。」

朱嘉偉的溫柔彷彿是一張虛假的面具，稍微抬抬手就能從臉上扯下來。

　　但是江輕語沒有，她選擇臣服於物慾，讓自己不用再擠地鐵，再從一個出租屋搬向另一個出租屋，再也不會因為沒錢治病到處討情。

　　可是，為什麼哭呢？

　　江輕語撫摸着鏡中的臉，依舊容顏姣好，依舊勾勾手指朱嘉偉就會欣喜若狂的撲上來，可是，為什麼會哭呢？

　　臥室裡，陸霆難得地發出鼾聲。

　　江輕語捂住嘴，眼淚順着指縫滴落，因為她在陸霆最艱難的時候選擇放棄，跟田超一樣，背叛了這段感情，還是用如此齷齪的方式。

　　按住頸上的紅痕，這是她出軌的證明，也是朱嘉偉刻意留下的痕跡。

　　就這樣明晃晃地告訴她，江輕語早就不是大學裡那個純然的自己了，而是被燈紅酒綠迷蒙雙眼，被窮困束縛，用難以啟齒的方式接受金錢的饋贈，變成了物質的奴隸。

　　可是看着住院費上的餘額，和今天早上接到任職行政副部長的調令，江輕語只能用「長痛不如短痛」這樣的話安慰自己。

　　在客廳枯坐一夜，江輕語強迫自己不去想那些青蔥的美好歲月，事已至此，再裝作若無其事的樣子站在陸霆身邊，只會讓她更噁心自己。

　　天邊微微擦亮，江輕語換上一身得體的衣裝，戴上圍裙，在廚房煎蛋，做了陸霆最喜歡的麵湯，撒上少許薑絲。

　　「輕語，早上好啊。」

　　陸霆宿醉醒來，眼睛裡都是血絲，手腳還在發軟，頭髮稍顯凌亂，站在臥室門口看着她在廚房忙碌。

　　「快去洗漱，過來吃飯吧。」

江輕語的笑容一如往常，擺好碗筷，坐在桌邊等他。

這樣的早餐做過多年，只怕今天就是最後一頓了。

陸霆不愛吃蔥花和芫茜，對這種味道尤其挑剔，也不喜歡喝湯，偏偏自己愛喝，陸霆長年累月炒菜倒是不行，但煲了一手好湯。

陸霆收拾過後，扣着袖扣坐在椅子上。

「這對袖扣都舊了，換一對吧。」

陸霆笑着說：「這可是你送我的第一對，用着習慣了。」

隨後摸出一把鑰匙放在她面前。

「上次跟你說的張江湯臣豪園我已經租好了，給你鑰匙，找時間收拾一下東西就搬過去吧，以後上班就方便了。」

江輕語一愣，手指輕輕撫上鑰匙，金屬冰冷的質感好像鑽到了心裡。

「我們分手吧。」

第九章

七年情殤

　　客廳瞬間安靜，時鐘讀秒的聲音清晰可聞，陸霆去盛湯的手停在半空。

　　「説什麼傻話呢。」陸霆握住勺子，黏稠的湯汁卻順着微抖的手灑在桌上。

　　「我説，分手吧。」

　　江輕語靜坐一夜之後，情緒十分穩定，但是眼睛卻不敢看向陸霆，只能空空的落在某處。

　　「為什麼？」

　　「我不想過這樣的生活了，每天因為柴米油鹽發愁，我來到上海是為了享受生活，不是被生活折磨的。」

　　陸霆笑了。

　　「誰家過日子少得了柴米油鹽。我們是不富裕，薪資現在在上海也夠能買房買車，但每一天都在努力，很快就能給你想要的了，輕語，為什麼啊？」

　　江輕語沒有勇氣告訴他實情，更準確的説，是她自己在逃避那些不堪。

「我不想再在用錢的時候，到處開口，我也不想再看着我父母有了病卻因為沒錢而忍着，萬一忍到治無可治，到時候我就算有錢了又能怎麼樣？

「我跟着你七年，只有剛畢業的時候在你身上看見了希望，看到了我以後想要的生活，但轉眼就沒了。

「田超的事情我們不提，你放不下臉面去要，那我就去親戚那貼冷屁股，你在朝華四年，為什麼不得寸進，不就是你放不下面子鑽營，那些沒有你本事大的一個個都爬上去了，只有你，只有你陸霆不被人看重。

「我沒有再多一個七年陪你熬着了，我的青春已經快要走到盡頭了，女人有價值的就這幾年，而你，讓我失望。」

看着江輕語冷若冰霜的臉，陸霆突然意識到，這些話可能早就橫在兩人中間了，她才能如此平靜。

只是自己一直以為還可以挽回。

七年，這時間已經長到他們熟知彼此的習慣好惡，知道對方喜歡什麼醬料，愛穿什麼衣服，甚至閒聊的時候能想到對方下一句要說什麼。

但也是這七年，感情從乾柴烈火慢慢轉暗，零星的火苗被厚重的木炭壓住，拚命閃爍着想要衝出來，但是終究被一碗現實的水澆滅。

火苗滅了，木炭濕了，再濃烈的感情也轉為灰燼，終有一日與地上的泥土混在一起，不可分辨。

「是我沒有給你想要的一切，對不起。」

江輕語克制了一早上的情緒，噴湧而出，大顆大顆的眼淚滾落下來，砸在桌面上，鋪起一灘淚痕。

陸霆隱隱約約能感受到她這一段時間的不尋常，可是每每想起那些美好的時光，就不願意用最惡劣的想法去猜測她。

他太過了解她了，田超的背叛帶給他多大的傷痛，江輕語是清楚的，如果不是發生了什麼，江輕語絕不會在這個時候選擇分手。

但是答案已經沒有意義了，這世界上並不是每一件事都要知道的清楚明瞭。

適當的留白，能給彼此保住最後的顏面。

分手，也不必撕破臉皮，就像這樣，吃一頓早餐，安靜的宣佈或許早就心知肚明的結局，然後彼此離開對方的世界。

體面有分寸，才對得住相戀七年的情感。

「這棟房子我交了半年的租金，你先住着，以後就不用像以前一樣擠地鐵了，也不用被潑上一身豆漿。

「好好吃早餐，不要為了身材就餓肚子，你胃不好，別糟蹋身體了。

「田超那的錢有你一份，等賬算清了我就給你打過去，阿姨的病情也不要太着急，現在醫學先進，仍舊還有回轉的餘地……」

陸霆一邊說，一邊看着江輕語的眼淚撲簌簌地往下掉。

想幫她擦乾淨，卻伸到一半再也不能向前了。

曾經朝夕溫存的愛人，以後只能保持着最陌生的社交距離，哪怕眼看着她哭，也沒有再走上去安慰的理由。

陸霆很驚訝，自己竟沒有歇斯底裡地質問，也沒有情難自控地發泄，只是這心裡卻在絲絲拉拉地痛着，好像有一雙手，在一寸寸地從心裡抽走些什麼。

悶聲疼痛，敲着心口想要緩解，卻發現無濟於事。

胳膊上青筋驟起，每一條血管都在抗議，血液奔流中帶着燎原的怒火，陸霆緊咬牙關，將所有一切都嚥進肚子裡。

等再回神，整座房子就只剩下大門關閉落鎖的聲音，和那一碗涼透的麵湯。

終究還是走到了這一步。

他們之間甚至沒有發生過面紅耳赤的爭吵，沒有其他情侶那些無謂的爭風吃醋，卻就這樣戛然而止了，停留在十二月的最後一天。

陸霆穿好衣服出門，沿途是跟江輕語一起吃過的早點攤，一起擠過地鐵共同走了四年的巴士線，下車就能看見她夏天最喜歡的冷飲廳，總要停下來買一杯冰茶。

陸霆經過紅綠燈時候下意識地蜷縮右手，卻抓了個空，那個需要牽着過馬路的人也不在了。

所見都是回憶，只是另一個人已經遠走了。

「組長，今天的會議還開嗎？組長，組長？」

李蓬在他身後叫了好幾聲，都沒反應，徑直走到了辦公室，關門的聲音震天響，大家都嚇了一跳。

所有人都不明所以，只有凌筱筱突然想起那天在酒店聽到的話，看陸霆這個樣子，十有八九是情感危機爆發了，工作狂連工作都聽不進去，肯定情況更嚴重。

【小小：我男神好像情場失意了。】

凌筱筱點開會話框，跟趙玲玲閒聊。

【小鈴鐺：好事啊！你趕緊趁虛而入，一鼓作氣把他拿下。】

凌筱筱看着消息撇嘴回覆：

【小小：好什麼呀，你都沒看見他那丟了魂的樣子，人家可

是戀愛長跑七年，我拿什麼安慰啊，還趁虛而入，你戲真多！】

【小鈴鐺：我給你一個白眼好吧！也不知道是誰知道網友就是男神，天天春心蕩漾，現在機會來了，你又不肯抓住。】

【小小：算了吧，他正在難受呢，我要是這時候往上衝，那不成『綠茶』了。】

凌筱筱關掉會話，想到江輕語那極美的容貌，又看看自己，長得也只算是鄰家妹妹，越看越沒自信，胸不夠大，腰也不夠細，身材跟人家更是沒法比。

這樣的人都能分手，好像她怎麼想都沒有勝算。

而且凌筱筱其實心裡知道，田超背叛在前，女友分手在後，估計他要好長一段時間調整心理了，就算像趙玲玲說的那樣「趁虛而入」，估計也不會有什麼結果，說不定還要把印象分都丟掉呢。

陸霆在辦公室坐了一整天，機械地處理工作，將自己埋在堆成山的文件裡，甚至在默記一些根本不重要的數值。

這個男人，他在害怕。

不想讓自己停下來，去接受以後回到家只有空蕩蕩的房間，看著一直深愛的女人從此形同陌路，腦海深處那些溫暖的回憶，都會在此刻變成利刃，一下下地扎進心房。

辦公大樓的燈陸續熄滅，凌筱筱一直看著他的辦公室，仍舊靜悄悄。

她彷彿透過百葉窗就能看見這個男人，獨自一人扛著傷心和酸楚，卻沒有勇氣回到共同生活過的地方。

凌筱筱不知道自己為何也坐在這裡，明明工作已經處理完了，關掉大廳最明亮的燈光，只留下小小一盞檯燈。

雙手托著下頜，靜靜地看著那間一整天沒有打開門的辦公室。

或許，這樣無聲無息的留下，在凌筱筱心裡就是陪伴吧。

凌筱筱想，即便你不知道又能怎樣呢，我只為了陪着你，當你走出來的時候，就會知道沒有只剩下你一個人，孤零零並不是你的代名詞。

陸霆揉揉眼睛，站起來的一瞬間天旋地轉，一整天沒吃東西，身體已經在抗議了。

手機的微光提醒他，已經深夜了，打開門出去，就看見辦公位上還有一盞燈，凌筱筱趴在桌子上酣睡。

「醒醒。」

凌筱筱朦朧地睜開眼睛，看清面前人的時候瞬間清醒：「你出來啦！」

「你怎麼還沒回家？」

凌筱筱站起來，敲敲酥酥麻麻的腿，不好意思說在等他，只能含糊其辭：「我有點工作沒做完，加了一會班，沒想到就睡着了……」

陸霆看着她黑掉的電腦屏幕，也沒說什麼，點點頭就往茶水間走。

「欸，組長！你……還沒吃飯吧？」

「茶水間有泡麵。」陸霆頓足，看着她臉上壓出的紅印，蹙了蹙眉，「趕緊回去吧，在這睡不舒服。」

凌筱筱小跑着跟上去：「泡麵多難吃啊，我知道公司附近有一家雲吞，湯頭可鮮了，我帶你去嚐嚐吧。」

「不用了，我……」

凌筱筱知道他要拒絕，直接推着人往外走：「哎呀去嚐嚐看，我保證超級好吃，比泡麵強多了。」

陸霆看看兩人身上的衣服，無奈地歎口氣，長腿一支就停下了。

「那也得先把外套穿上吧。」

凌筱筱反應過來，直接跑到辦公室抱起他的長外套，又抓着自

己的棉服，動作飛快，生怕陸霆改變主意。

深夜的上海，路燈排排亮起，地上的薄雪彷彿是精心灑下的細鹽，風不烈，吹在臉上有絲絲涼意，吹走了凌筱筱的瞌睡。

從高科中路轉進紫薇路裡面小巷，果然有一戶攤位還沒收，老闆娘擦着桌子，跟老闆唸叨着今天賣了幾碗雲吞，夠不夠好好過一個年。

上海話聽着家長里短，伴着煙火氣，別有一番韻味。

凌筱筱蹦躂着走進去，聲如黃鸝：「老闆娘，來兩碗雲吞。」

「你也會說上海話？」陸霆拿着紙巾重新擦一遍桌子，順手用新紙墊在凌筱筱胳膊下面，「小心油漬。」

凌筱筱點點頭：「我可是地道的上海人，只是出國留學好幾年，但是從小就會說，在家也經常用上海話啊。」

陸霆突然想起江輕語，她也會說一些，不過聽上去沒有凌筱筱這麼自然，總帶着一些生硬，畢竟是為了融入進那些社交場合自學的。

「當初為什麼選進一組？」

陸霆突然的提問讓凌筱筱一愣，然後說：「陸組長的威名在項目部可是很響的。」

「你知道我不是要聽這些。」

陸霆是個聰明人，已經猜到她的出身了，凌筱筱也不笨，有些話一點就透。

沉默了一下，凌筱筱說：「我回國之後，不想靠着我爸爸的名聲活着，我已經算是接受了世界上最高學府的教育，我想擁有屬於自己的廣闊天地，所以從基層開始歷練，才是最能體現我價值的方法。」

「那怎麼不去其他公司呢？」陸霆挑眉。

因為朝華有你啊。

凌筱筱不敢把真話說出口，狀似玩笑的說：「老爺子不同意唄，

只能在他眼皮底下待着，不然什麼自力更生都不用想了。」

「雲吞來嘍！」

老闆娘端着兩碗熱騰騰的雲吞麵放在桌上：「小姑娘交關辰光沒看到儂啦，男朋友蠻帥的哦！」

凌筱筱小臉一紅：「不是男朋友啦。」

雲吞的香氣飄散，直往人鼻孔裡鑽，翠綠的蔥花和芫荽飄在上面，瞬間勾起食慾。

陸霆餓了一天，肚子裡感應到香氣直接開始抗議，但還是慢條斯理地把蔥花和芫荽都挑出來。

凌筱筱看着默默記在心裡，原來他不喜歡吃蔥花和芫荽。

陸霆看着她放了一大勺辣椒油：「這麼能吃辣？」

「嗯，小時候腸胃不好，吃的都清淡，現在好了不少，吃飯不放辣椒就覺得少點味道。」

凌筱筱碗裡的湯紅豔豔的，看着就刺激味蕾，嬌俏地摸摸臉蛋：「我天生麗質，怎麼吃辣椒都不長痘。」

陸霆失笑，低頭吃了一口雲吞，薄薄的麵皮裡吸滿了湯汁，一口下去，鮮美在口腔劇烈撞擊，確實很美味。

「嘻嘻，很好吃吧！我以前加班晚了，都會在這吃一碗，肚子裡熱乎乎的，什麼煩惱都沒了。」

陸霆點點頭，他看得出來這女孩在委婉地安慰自己。

她並不知道為什麼而煩惱，但是心細如水，也不會刻意追問，用最直接的美食來治癒。

「項目現在也算正式開始了，今天你去跟着面試那幾個歷史專業的學生，感覺怎麼樣？」

陸霆知道凌筱筱師承王庭年，特意囑咐邵俊偉把她帶上一起，能更專業一些，看出面試者的實力。

「都還挺好的，有兩個專業知識儲備豐富，來做一些細節上的糾錯或者文化架構，再有王老師帶着絕對沒問題。」

陸霆點點頭：「我知道你是學管理的，但是現在一組的情況你也知道，我想讓你暫時帶着他們兩個一起負責遊戲的文化架構，這方面雖然峰創會給出一些製作後的樣本，但是主體還是要掌握在自己手裡。」

凌筱筱也同意，現在要說直接做管理方面的工作根本不可能，一個組只有一個領頭羊，陸霆的能力勝過自己很多，從其他方面入手也是鍛煉的途徑。

「史丹福的高材生，又是國學大師的學生，你的觀點也許更能貼合當下年輕人的想法，也會更加靈活，不會死板生硬，遊戲的目的就是運用這個載體，讓玩家體會感受到其中的內涵和深意，所以你負責的這部分至關重要，不能容錯。」

陸霆的話凌筱筱能明白，不能容錯的意思就是，哪怕一點點的疏忽都不允許存在。

國學和歷史民俗都是有據可查的，如何將其與現代的遊戲融會貫通，才是這個遊戲最大的亮點，也是最難得的部分。

傳播錯誤帶來的後果，可能是在不經意中引導着玩家認識了錯誤的歷史，這樣重大的責任，是需要文化架構者們擔負起來的。

「算上老師，我們一共四個人，但是我們一組的辦公區就那麼大點地方，也安置不下啊。」

凌筱筱咬着雲吞，吐字含糊，但是說出的問題也是關鍵存在的。

陸霆皺着眉，朱嘉偉卡着遲遲不給批覆，溫華那邊的態度也很明確：凌董事長是不會把支持做的太過明顯，想要專門的區域組建遊戲分區，肯定是要在首測上線之後了。

目前要解決這個問題還得陸霆自己想辦法。

「這個交給我，你們不用操心。」

吃過麵，凌筱筱被風吹涼的臉也紅潤起來，意猶未盡的喝口湯，拍拍肚子：「真美好啊！」

「這麼晚了，我送你吧。」陸霆看着錶已經十二點多了。

凌筱筱疑惑地問：「你不回家？」

陸霆搖搖頭，那個屋子沒什麼好回的，還是在辦公室待着，還能看看文件什麼的。

凌筱筱知道分寸，不能深勸，抿抿唇：「我自己叫車就行，休息區有毯子，晚上別着涼。」

陸霆看着她在路燈下閃閃發亮的眼神，淺笑道：「謝謝你的雲吞，很好吃。」

看着她上了車，默默記下車牌號，轉身回了辦公樓。

辦公室也是冷清的，但是這裡至少沒有那麼多可供回憶的地方。

隨手翻開一本文件，上面正是第三次提交到行政部要求批覆新人工位，朱嘉偉親筆回覆「不符合條件，予以打回」。

陸霆莫名地煩躁，啪地合上文件夾，靠在椅子上閉目養神。

辦公室的沙發不夠長，陸霆一米八二的身高只能勉強蜷縮，但即便睡不好，他也不想回去，給自己一個逃避消化的時間。

第二天剛上班，陸霆就帶着文件親自去了行政部。

看向江輕語的辦公室，門牌已經換成了「行政部副部長」，想着她的能力真是一直這麼厲害，四年就已經升到了副部長，自己難以望其項背。

「朱部長來了嗎？」

看見陸霆站在門口，行政部這些女孩都兩眼放光，傳聞中的項目部陸組長果然是英俊瀟灑呢！

「已經來了，您稍等。」

陸霆走進去，就看見江輕語也坐在裡面，三人之間形成一種微妙的氛圍，開門的小秘書瞬間縮着脖子出去了。

江輕語看見他來了，站起來説：「沒有別的事我就先走了。」

朱嘉偉好整以暇地看着這兩個人，完全沒有奪人女朋友的負罪感，反倒玩味着説：「別着急，一會還有事跟你商量呢，陸組長也不是外人，坐下吧。」

陸霆也不跟他廢話，直接把文件放在他桌面：「我們組提交的新工位哪裡有問題嗎？」

朱嘉偉單手翻看，隨意瞟了兩眼，説：「公司現在資源緊張，實在分不出來，再説了，其他項目組的人員配置都是十五人，你們一組已經超員了，現在還要加新人，我認為這是在給公司增加無謂的負擔。」

陸霆知道肯定是要為難自己的，也不慌：「超員的兩人，一個是實習生，一個已經離職了，所以一組根本不存在超員的問題。新工位也是按照目前項目發展所招錄的人才，人事部那邊已經同意了，明天就能到崗。」

「你這文件交了好幾次了，我不是故意不批，實在是找不到空閒的地方啊。」

朱嘉偉眯起眼睛看向陸霆，建議説：「陸組長這麼為項目着想，不如把自己的辦公室讓出來給他們用，怎麼樣？」

江輕語坐在一邊聽出這兩個男人之間濃重的火藥味，看見朱嘉偉難為陸霆，緊緊攥着拳頭，開口説：「組長的辦公室怎麼能亂動。」

朱嘉偉當即眼神冰冷地看向她：「瞧瞧，美人兒心疼了。」

這陰陽怪氣的聲音，讓江輕語打了一個寒顫，沒再説話。

陸霆看着江輕語和朱嘉偉的樣子，還有什麼不明白的，強忍着怒火。

「B 區的會議室不常用，先拿來應急辦公，這次的人裡還有董

事會特意聘請的國學教授，朝華總不至於連一個會議室都拿不出來吧？」

朱嘉偉現在的腦子裡都是江輕語剛才幫陸霆說話的樣子，咬着牙點頭：「那陸組長就自己收拾吧，祝你們一組旗開得勝。」

朱嘉偉落在文件上的簽字力透紙背，可見其心情起伏。

陸霆拿着文件就出去了，一個多餘的眼光都沒給江輕語。

「你看看，知道他的眼神代表什麼嗎？他在對你不屑一顧。」朱嘉偉的陰狠就在於，能在別人的傷口上撒鹽。

他知道江輕語即便跟陸霆分手，也成為了自己的女人，但是這心裡仍是舊情難忘。

那就親手按壓着她的痛楚，用血淋淋的姿態逼她看清眼前事實。

陸霆何其聰明，今天看到朱嘉偉對自己的態度一定能想到分手的原因，最後一絲僥倖也被摧毀了，一時間江輕語冷若冰霜，坐在沙發上，陽光灑滿後背，都感覺不到一絲暖意。

陸霆再也不能欺騙自己那些風言風語都是謠傳了，兩人之間的狀態不對勁，一眼就能看出來。

江輕語提出分手，估計就是因為朱嘉偉的緣故，看來在醫院那些時日，朱嘉偉趁虛而入，真的挖了牆角。

陸霆一連在辦公室睡了三天，再回家的時候，房間裡空了許多，一些屬於江輕語的物品已經搬走了。

原本擁擠的衣櫃，空置一大半，那些色彩鮮豔的連衣裙都沒有了蹤影，浴室裡陸霆一直分不清楚的瓶瓶罐罐也沒了，空間大了，但陸霆的心卻感覺空了。

沙發上的彩色抱枕還是江輕語添置的，兩個人經常窩在上面追劇，被喜劇逗得捧腹大笑，如果是催淚的電影，江輕語淚點低，陸霆

就給她遞紙巾，然後輕輕拍着肩膀哄着。

廚房收拾的乾淨整潔，雪櫃上的便利貼標注了容易過期的食材，蔥花和芫荽被放在冷鮮最底層，電費水費的繳費單都整齊地貼在顯眼處。

一切都是那麼細心，充滿了生活的巧思，但那個洗手羹湯的人不見了。

陸霆心裡煩悶，卻沒有能交談的人。

在上海這些年，推心置腹的朋友只有田超一個，也在關鍵時刻背道而馳。

看着樓外萬家燈火，連一個能聽他排解苦悶的人都沒有，陸霆想這些年，一千多個日夜，到底在這座城市得到了什麼？

愛情更改了面貌，友情化為灰燼，原以為一路同行的人都在轉身離去，鏖戰許久，身邊空無一人。

事業眼看着有了東山再起的希望，但自己其實是上位者拿來對陣的棋子，輸贏之外是否違背了自己製作遊戲的本心？

陸霆感到迷茫，一時間，覺得前路近在眼前，一時間，又恍惚雙腿到底應該邁向何處。

峰創遊戲並不是朝華最好的選擇，但是董事們因為一些外力因素，寧可給這個項目更大的風險，也會去接納所謂的利益。

説到底，項目本身就不被看好罷了。

想到峰創，就想到了《田園故居》，這個唯一證明過他價值的遊戲。

登錄遊戲賬號，不斷推送的彈窗都是商城的誘導消費，論壇上的玩家説這個遊戲逐漸從情懷轉向課金，並不是沒有根據。

自己的心血改頭換面，口碑急轉直下，陸霆心裡不捨得，但是也只能心有餘而力不足。

好友列表裡有一連串的未讀消息，都是那個叫小小的網友發來的。

時不時的閒聊，説起今天的天氣，郊外哪裡的花開的最好，上海又開了哪家新餐館。

還有一張他們線下聚會的照片，大家其樂融融，看着小小興奮地説起當晚的趣事……

十二月三十一日是最後一條消息。

【小小：跨年夜之後新年伊始，一切都即將迎來春天，新年快樂。】

不過一樣的是，這些消息都沒有被回覆過。

那段時間正好是陸霆最心煩意亂的時候，時常連三餐都忘記吃，怎麼還會想起登錄遊戲呢。

【耳雨：元旦剛過，新年快樂。】

陸霆原本以為都已經深夜了，對方肯定睡了，轉身就換衣服去了浴室。

以往的交流中，只知道對方是個剛剛畢業的女孩，整天無憂無慮的，陸霆工作太忙，根本沒有時間展開什麼高深的話題，偶爾的聊天也都是圍繞着遊戲或者一些生活小事。

陸霆洗澡出來，水珠順着髮梢滾落，滴在浴袍半開的胸膛上，一路下滑，最後在腰腹的帶子上隱匿。

陸霆常年坐辦公室，鍛煉的時間極少，並沒有花美男標配的八塊腹肌，但身形偏瘦，一絲贅肉都沒有，皮膚細嫩白皙在燈下發着螢

光，與大眾追捧的健康小麥色有着不一樣的美感。

「滴滴滴 ── 」

【小小：同樂同樂，等你上線回一句話真是困難，神龍見首不見尾啊！】

陸霆挑眉，竟然沒睡？

【耳雨：工作忙，你發的花海很好看，是室內吧，這個時節室外應該不會有了。】

【小小：嗯嗯，就在郊區一個花圃，都是溫室裡種的反季節花。】

陸霆心裡裝着事，聊天略顯敷衍，都是一兩個字就回答了，明顯的心不在焉。

【小小：你是不是心情不好啊？怎麼看上去興致不高的樣子。】

凌筱筱是知道電腦對面是陸霆，但是她在公司只是下屬，兩個人的關係遠沒有到互相排解情感問題的地步。

但是在網絡上就沒有這個擔心了，反正陸霆也不知道小小是誰，正因如此，很多話更好說出口。

陸霆看着對話框，沉思了一會。

【耳雨：你們女孩子會找什麼樣的男朋友？】

陸霆的想法被凌筱筱猜個八九不離十，反正隔着網線呢，連相貌都沒見過的陌生人，是現在最好的傾訴對象了。

凌筱筱一下就明白了，這是被情所傷，無處宣發呢。

【小小：那當然是貌比潘安，芝蘭玉樹，才高八斗的絕世美男子啊！】

看着屏幕上一連串的星星眼，陸霆有些發懵。

都喜歡長得帥的？

陸霆抓起手機，看着攝像頭裡的臉，這五官周正，自己長得肯定不算醜啊！

【耳雨：除了帥呢？】

【小小：有愛心，有責任心，這搞對象肯定得讓女孩子感受到被愛啊！】

陸霆正思考着有沒有在江輕語面前表現過有愛心，凌筱筱就發了另一條。

【小小：其實最重要的就是投緣，兩個人三觀相投，脾氣合得來，在一起自然很舒服，如果連追求的方向都不一樣，那肯定是沒什麼結果的。】

凌筱筱為了委婉勸解他，絞盡腦汁才想出來這些話，不會太出格，又隱隱約約地說出了他們倆之間的問題。

其實凌筱筱多少能猜到江輕語為什麼放棄陸霆。

按照旁觀者的角度，陸霆相貌出眾，站在那裡就是鶴立雞群，一身氣質稱得上君子端方。

那朱嘉偉的名聲在朝華爛到出汁，手上沾過的女人沒有一百也有八十，說他是花花公子、海王中的渣男都不委屈他。

再說能力，朱嘉偉的確是行政部部長，手眼通天，在朝華是有一定地位的，權力財力都可圈可點，這一條的確是吸引人。

但是陸霆也輝煌過啊，那可是剛畢業實打實用本事換來的成功，含金量比朱嘉偉高了不止一個檔次，明顯就是潛力股，以後的前途不可估量啊。

江輕語怎麼就瞎了眼，放着美玉不要，轉身撲向黑煤堆。

除了最現實的金錢，凌筱筱也是想不出別的理由了，因為陸霆跟朱嘉偉比，現在唯一沒有的，就是錢了。

第十章

峰創入駐

陸霆看着那句話，有些不解，追求的方向？

陸霆現在連自己在追求什麼都不知道，又怎麼知道他和江輕語是不是一致。

【耳雨：沒有追求。】

凌筱筱皺着眉，陸霆在公司看上去雷厲風行，每一步都是有條不紊的，怎麼看現在說話的樣子，連自己都迷失了呢。

【小小：怎麼會呢，做每件事都會有自己的思想，比如我喜歡養花，就是因為我喜歡花，看着它們在我的照顧下綻放，我就很開心，這就是我對養花的追求啊，就是我的初衷呀。】

陸霆突然想到自己剛走出校園創造《田園故居》的時候，他想通過遊戲表達對生活的態度，遊戲裡增加各種基建，是想要用努力打造屬於自己的天地，增設社交環節，是希望身邊有摯友愛人，每一項

都帶着滿滿的溫馨和人情味。

　　現在仍舊喜歡遊戲，更是要體現自己的價值，用這樣的方式促進更多愛好者看到生活中沒有的世界。

　　這就是自己的追求吧。

　　於虛擬中看見所有，在遊戲裡釋放真正的自己。

　　那輕語呢？

　　陸霆不知道。

　　恍然間他明白了，這麼多年，好像從未真正明白過她，剛剛在一起是因為愛情，可生活不能有情飲水飽，這麼多年的相處中，輕語從未表達過自己想追求什麼，而陸霆也沒有問過，一直沉浸在他想要的生活裡。

　　每個人的選擇都是有目的的。

　　江輕語選擇朱嘉偉，勢必因為她能得到自己想要的一切。

　　理想和現實的碰撞中，輕語在現實裡撞得頭破血流，而自己帶給她的沒有撫慰這樣的傷痛，但朱嘉偉可以。

　　想到這裡，答案已經很明瞭了。

　　陸霆知道自己一直在無意中忽略輕語的所求，也是自己的能力不足以支撐她繼續在感情中走下去，最終兩人不歡而散。

　　這樣的結果，讓陸霆神傷。

　　因為切身證明了，再長久的愛情，終究敗給了明晃晃的現實，柴米油鹽看着不起眼，但確實生活不能缺少的組成部分。

　　柴米油鹽也是分等級的，出租屋裡的愛情不是江輕語的想要的世界，更好的物質生活才是江輕語的追求。

　　陸霆頹唐地窩在沙發裡，心結已經找到了，所求不同，分道揚鑣是注定的結果。

　　凌筱筱看遲遲沒有回覆，就知道陸霆可能是在想些什麼，他是

一定能看懂那些話的含義，現在一定很傷心吧。

【小小：每一個感到遺憾的人，都是天使留下的指紋，惡魔是生命中必然存在的協奏曲，但天使一定站在最後等着我們。】

陸霆也只是一個普通人，愛情和友情的背離，會讓人痛苦神傷，陸霆自然也不能例外。

凌筱筱説完就去洗漱了，等再回來的時候，最後一條回覆是「晚安」。

能用這樣的方式陪在他身邊，凌筱筱已經覺得很好了，哪怕他不知道小小是誰，不知道為了排解他的苦悶費了多少心思，也依然慶幸會有這樣的機會參與到他的情緒中。

只是減少他些微的憂愁，對於凌筱筱來説，就是開心的。

陸霆對田超的義氣，對明知道給自己戴了綠帽的女朋友，仍舊在分手之後想要探查她離開的原因，體會她的不易，這樣的男人，凌筱筱足以知道他的長情和可靠。

陸霆看着房子裡熟悉的陳設，一點點收拾着東西。

張江湯臣豪園的房子已經租了，寬敞的二居室，客廳明亮通透，中午的時候，會有大片的陽光灑進來，都是江輕語曾經説過最喜歡的樣子。

陸霆再到公司，顯然沒有前兩天那神遊天外的狀態了，整個人都正常了很多。

凌筱筱坐在辦公桌前整理資料，看見李蓬神秘兮兮地湊過來，小聲説：「我剛才在茶水間聽見，我們組長的女朋友跟朱嘉偉好上了，據説倆人在辦公室可親密了，那些人説得有鼻子有眼的。」

凌筱筱白了他一眼：「你這麼激動幹什麼，有本事進去跟組長説。」

「我可不敢！」李蓬指了指辦公室，「這兩天我就看他不對勁，你說是不是被戴綠帽子了？」

「不知道，這麼好奇你去問問唄。」凌筱筱把文件從他屁股底下抽出來。

「我的姑奶奶，我又不是活夠了。」李蓬想想那個畫面就一哆嗦。

「你明天去接老師的時候，直接帶到準備好的會議室。」

李蓬一臉苦惱：「為什麼是我啊，你去不行嗎？」

凌筱筱皮笑肉不笑地告訴他：「我沒有駕照。」

李蓬哀嚎着走了。

自從他知道凌筱筱身份不一般之後，簡直像知道了一個驚天秘密，偏偏憋住了不能說，天天都愁眉苦臉的，看着凌筱筱就想哭。

大家在一起說說笑笑的時候，就忍不住腹誹：「都是不知道凌筱筱的身份吧，我知道我知道，快點問我啊！」

王庭年一到，陸霆、溫華和凌筱筱都到公司樓下迎接，進了會議室上好的茶水已經備好了，各種資料都擺放整齊，兩個招進來的研究生知道要跟王老一起共事，都緊張得怯手怯腳。

「文化體系架構還要麻煩您，有什麼需要我們一定全力配合您。」

陸霆泡了一盞茶就出去了。

王庭年看着凌筱筱坐在身邊，一臉狗腿的表情，輕哼一聲就轉頭不理人。

這老頭子上了年紀越來越難哄，趁着兩個新人不在，凌筱筱湊上去彎着月牙眼，笑得甜滋滋的。

「老師，我這不是來負荊請罪了嗎，這茶可是我特意為您準備的六安瓜片，嘿嘿嘿。」

王庭年可扛不住凌筱筱這麼甜的攻勢，點了一下她額頭：「馬屁

精，你看看溫華，又成熟又穩重，再看看你，跟跳馬猴子似的。」

「我哪能跟師兄比啊，果然啊，您最喜歡師兄了，我就是個小可憐兒！」凌筱筱嘟着嘴假裝生氣。

「哎，你這丫頭！」王庭年指着她吹鬍子瞪眼看向溫華，「你看看這小沒良心的！」

溫華淺笑着上前：「筱筱就是這麼個小孩性格，還不都是老師您慣出來的，小時候我要是欺負她，您可沒少給筱筱出氣。」

「行行行，你倆就是一夥的，我可說不過你們。」王庭年端着茶，慢慢說：「丫頭啊，你在這是什麼崗位？」

「實習生啊，但是現在就跟着您做文化架構。」

「他們都不知道你的來歷？」

凌筱筱搖搖頭：「我就想當個普普通通的員工，我爸那光環您也知道，太耀眼了，要是大家都知道我是凌淞華的女兒，肯定工作上處處便利，也太沒意思了。」

王庭年暗自點頭，這女孩從小就有一股傲氣，現在不想靠家裡餘蔭也是可以理解的。

這邊有王庭年坐鎮，文化架構方面基本不用操心，一週的時間，基本方案就已經放在陸霆的桌面上了。

凌筱筱負責在小組會的時候講解。

站在屏幕前，完全沒有緊張局促，儀態得體，條理清晰。

「我們選定了漢唐宋明清幾個朝代為人物設定基礎，在每個朝代中男女名家各有設定，比如漢代蕭何、張仲景等這些符合男性玩家的角色，宋朝李清照、李師師等女性角色……」

「社會文化方面，會根據玩家選擇的角色不同，而分別設計為當時社會環境中的優秀民俗傳統……諸子百家的思想貫穿始終……」

當文化架構出現，整個遊戲的立意就已經不同了，變成文化傳

播的載體，格局大氣，底蘊深厚，這也是為什麼堅持用王庭年這樣的國學大師參與，因為一般的學生根本沒有這個底氣撐起這樣龐大的架構。

陸霆看着凌筱筱游刃有餘的樣子，默默頷首，真是可塑之才，多加鍛煉，以後就是一匹黑馬。

會議室掌聲一片，凌筱筱看着陸霆投來讚許的目光，才偷偷在身後擦了一下手心的汗。

「辛苦王老了，架構內容充實，有據可查，完全按照歷史走向，符合設計遊戲的初衷，太感謝您了。」

架構生成，整個遊戲的主題脈絡就定下來了，下面就是峰創那邊進一步製作。

「俊偉，跟峰創那邊聯繫吧，推進快一點，怎麼着也得儘快看到初稿。」

陸霆安排工作有條不紊，每一步進程都在他的腦海裡反覆演練過無數遍，在下達指令之前自己要確保沒有紕漏。

李蓬當天就和邵俊偉帶着架構書去了峰創，好巧不巧，接待他們的正是田超。

李蓬是個火爆脾氣，早就看田超不順眼，好在身邊有邵俊偉攔着，才沒把文件砸在田超那張得意洋洋的大臉上。

「這是朝華的遊戲知識體系架構，貴方在製作人物形象以及場景的時候，要按照文件所標識要求的進行創作，如果有什麼專業上的困難，我們朝華也會竭力為貴方解決。」

邵俊偉還是穩得住，面對田超也能笑出來，哪怕笑得很假，也比旁邊的李蓬一副要吃人的樣子好。

田超夾着文件，隨便翻兩頁就合上了，看着李蓬輕蔑一笑：「我

還以為我走了之後是你成功上位呢，畢竟當初跪舔陸霆的時候，你可沒少下功夫。這怎麼幾天不見就被別人捷足先登了。」

李蓬聽見這話，氣得青筋暴起，兩隻眼睛要噴出火來，一拳砸在桌面上：「你有種給老子再説一遍！狗嘴吐不出象牙，一組對你什麼樣你心裡沒數嗎，做了叛徒還理直氣壯的，你也是不要臉到家了。」

「蓬哥！」邵俊偉知道這是峰創的地盤，李蓬這麼激動容易吃虧，只能攔着往外走。

「這本文件我會好好看的，看看你們剩下這個幾個人能拿出什麼好東西來。」

田超對陸霆的怨氣已經深深覆蓋住整顆心，什麼往日情分統統忘記了，要碾壓他，證明自己比他強，才是現在田超唯一的想法。

「你Ｘ的！田超你要不要臉，拿着一組的東西做你的敲門磚，你也配叫人！」李蓬不顧邵俊偉的阻攔，上去就是一拳，砸在田超的臉上。

田超腦袋磕在身後的玻璃牆上，跟蹌着站穩，伸手抹掉嘴角的血跡，説：「陸霆怎麼就派了一隻只會咬人的狗出來。」

「田超你不要太過分！」邵俊偉抱住李蓬的腰不讓他再衝動，但是他心裡也想把田超按在地上狠揍一頓。

「陸霆對你如何，一組這些同事又有什麼對不起你的地方？我們也不指望你能知恩圖報，但至少不要讓我們看到你禽獸的樣子。」邵俊偉拉着李蓬就往外走。

「打了人就想這麼結束了？」田超拿出電話直接叫了保安上樓。

李蓬被保安架住，田超又臉頰鐵青，這麼凌亂的場面引來不少人圍觀，知道一點內情的都在對三人指指點點，田超在原公司的八卦被傳得到處都是。

「尋釁滋事就叫警察處理吧。」田超走到李蓬面前，陰森森地看

着他，舌尖舔上裂開的唇角，「你覺得我不配當人，可你連狗都做不好。」

李蓬將近一米九，身高體壯，兩個保安抓住了他胳膊，但是李蓬一腳就踹在田超腿上，直接把人放倒。

「我今天就教訓你了，別以為離開朝華你幹的那些噁心事就沒人知道，田超我告訴你，你走到哪都改變不了你是個人渣的事實。」

李蓬在峰創的辦公區對這田超破口大罵，保安攔都攔不住，邵俊偉站在一邊也插不上話，其實，看着李蓬這樣他也覺得罵得爽。

這裡動靜太大，沒過一會張行之就被驚動了。

「怎麼回事！」

邵俊偉一看峰創高層來了，怕田超惡人先告狀，搶先一步說：「我們來送朝華的文件，可能哪裡勾起了田超不太美好的回憶，跟同事產生點誤會，真是不好意思。」

張行之看田超腫起來的臉，面色也很難看，但是其他人不知道各種緣由，他可是一清二楚的，田超本來就不佔理，挨頓揍都是輕的。

「既然是誤會，就都散了吧，工作都做完了嗎！」

周圍看熱鬧的員工一聽老總這麼說，趕緊灰溜溜地回到位子，但一個個的耳朵都豎得比天線還高。

「你這個同事的脾氣可是不小啊！」張行之畢竟是峰創的總裁，自己的員工被打了，態度肯定不能好。

「我這同事就是性子直，眼裡不揉沙子，給您添麻煩了，您多見諒。」

邵俊偉全程都沒提田超的事，但是張行之句句都能聽出他對田超的奚落。

打發走邵俊偉和李蓬之後，張行之瞪了一眼田超，說：「帶着文件到我辦公室來。」

田超捂着臉，去剛才的會議室撿起文件夾，亦步亦趨地跟着張行之上樓。

「你讓我說你什麼好，現在兩家是合作關係，這裡邊牽扯的不僅僅是你跟陸霆那點雞毛蒜皮的事，一旦出了岔子，你能付得起責任嗎！」

張行之劈頭蓋臉就把田超罵了一頓。

田超低着頭，死死攥住拳頭，現在他是知道什麼叫人在屋檐下了，領導就是罵死也只能聽着，不然自己好不容易換來和朝華對壘的機會就沒了。

以前在陸霆手下的時候，遲到早退都是常事，處處順心，有事了也都是陸霆給兜着，哪有被罵得狗血淋頭的時候。

張行之平復一下，想了想對田超說：「我們這次合作的遊戲製作龐大，可能會有頻繁的溝通，為了讓工作更順利的進行，公司決定，直接派一個團隊駐朝華，發現問題及時解決。」

「你以前在朝華幹過，對他們的一些模式都很清楚，我覺得讓你帶隊比別人要方便一些。」

這就是給田超升職加薪，從小員工，一下就升任組長了。

田超眼睛一亮，帶隊去朝華，這可是跟陸霆對壘最近的距離了，還能最大程度地接近這個遊戲，簡直是喜從天降了。

「謝謝張總，我、我一定好好幹。」田超一笑撕扯到傷口，又齜牙咧嘴的，這狼狽的樣子看上去就很滑稽。

「嗯，你這個脾氣也收斂一點，氣大傷身啊年輕人。

「尤其是馬上要到人家的地盤，要是還這麼嘴賤，肯定還要挨揍。」

李蓬回了公司，陸霆知道他們在峰創跟田超發生衝突，想到剛才部長跟自己說的事情，心裡覺得事情可能沒這麼簡單。

「峰創決定派團隊到朝華辦公，高效解決過程中遇到的問題。」陸霆頓了一下看着李蓬說，「田超這個人都是跟我的恩怨，不要再跟他硬碰硬，他有什麼問題我直接處理。

「一組這個項目挑戰頗多，你們在中間也是骨幹了，不要因為他一個影響到自己，他不值得。」

李蓬憤憤不平，還要說些什麼，被邵俊偉直接拽出去了。

「組長是不希望我們為了田超把自己搭進去，你控制點脾氣。」

B區之前給知識架構組的會議室，正好連着一片辦公區，現在場地空着，後勤部稍加收拾就能用，直接撥給了峰創團隊。

陸霆還是覺得這件事有蹊蹺，合作雙方業務往來都是正常的，還是第一次直接看到對方駐紮在其他公司辦公的。

陸霆想了一會，直接上樓去找了溫華。

「我就知道你要來。」溫華指着沙發示意他坐下說。

「峰創入駐，是上邊的意思？」

溫華點點頭：「之前放棄眾騰改選峰創，就是因為張行之搭上了李健的橋，這次雖然不知道峰創的意圖，但是其中肯定少不了李健的影子，而且那邊的領隊還是田超，李健的司馬昭之心路人皆知啊。」

「這未免也太明顯了。」陸霆皺了眉頭，這李健吃相也太難看了。

「凌李之爭也不是秘密，再說凌董事長年紀大了，底下人蠢蠢欲動，都是正常的，能不能穩固股權，凌董可是把寶都壓在你身上了。」

陸霆心裡厭倦這樣的紛爭，但是退無可退了，這個項目費盡心血，要是出了什麼紕漏，很可能就被李健方面抓住不放，讓整個項目成為權力之爭的犧牲品。

「我知道田超肯定不會安分，張行之能讓他來，也是沒安好心。」陸霆歎了口氣。

溫華從抽屜裡拿出一個牛皮紙袋，放在他面前：「田超可不僅僅

是不安分這麼簡單。

「他能在兩天之內入職峰創，本身就是有問題的，一開始都以為他是拿着項目的內部消息做了投名狀，但是你看看這個。」

陸霆打開袋子，裡面是田超跟其他人的會面照片，時間跨度足足有一個月。

「這個是木星遊戲的項目總監李兆。」陸霆認識其中一個，指着剩下的那個人問道，「這是誰？」

「李健的心腹，向雲生。」

陸霆心裡一驚，瞳孔睜大，看着照片裡的田超，這個人竟然這麼早就做了李健的棋子，幫着他們謀算自己。

「向雲生是李健的行政秘書，心思詭譎，手段比我狠多了。

「你這個項目剛剛嶄露頭角的時候，李健本想拉攏到自己那邊，但是察覺到凌董對你也另眼相看，所以就乾脆買通了田超。」

溫華點了點那一沓照片接着說：「你要是選擇李健，田超就是臥底，你要是選擇凌董，田超就是他們摧毀你的鋼刀。」

陸霆慢慢冷靜下來，胸膛不斷起伏：「所以研判會上那些偷拍我的照片是李健指示朱嘉偉拍的，又讓田超放在幻燈片裡，但是沒想到田超辦事不利，被我人贓俱獲。

「即便強行讓田超留下，我也有了防備之心，田超的作用就不大了，乾脆趁着張行之示好，把人塞到峰創去，再操縱董事會推舉峰創作為合作對象，這樣也能讓田超無限制地接近這個項目。」

陸霆是聰明人，溫華只是開了個頭，就能自己相通接下來的事。

陸霆越說聲音越冷，整個人都帶着冰碴一般，周身氣場如同三九天的寒潭。

「你可真是給自己找了個好兄弟啊。」溫華把翻亂的照片收起來。

是啊，真是好兄弟！

那時候他田超可能不知道李健是為了跟凌淞華對壘才找到他，但是他心裡一定清楚這麼做之後，最危險的就是陸霆和他的項目。

　　但是為了利益，田超可能連猶豫都沒有。

　　那段時間看着陸霆宵衣旰食，哪怕只是委婉地提醒一句，按照陸霆的警覺也能規避一些困難，但是這些統統沒有。

　　陸霆看着窗外，淡淡地說：「所以田超那麼囂張，就根本不怕我發現，因為李健知道他不服我，想對這個項目下手，田超是最好的利器，所以不會不管他的。」

　　溫華笑了一下，桃花眼裡的讚賞一閃而過：「陸組長是聰明人，以後還是多加防範吧。

　　「有時候身在商場，情義最能算計人，陸組長的弱點，就是太重情義了。」

　　陸霆起身出了辦公室。

　　他知道自己身在漩渦，想要脫身已經晚了，他也不能棄項目於不顧，說走就走。

　　不愛名利場，卻偏偏受名利所控，動彈不得。

　　陸霆看着窗外層層大廈，越發覺得自身渺小，心情直轉急降，多年情分，就這樣沒有了，從此踽踽獨行，身邊空無一人。

　　田超帶隊進入朝華的時候，一組的人都冷下面孔，他們誰都接受不了田超在背叛所有人之後再用這樣昂揚的姿態，走進他們的視線。

　　田超看着陸霆站在辦公區門口等他們，就好像一個衣錦還鄉的榮歸客，擺足了架子，那驕傲的氣息都要溢出來了。

　　「好久不見，陸霆。」

　　陸霆看着他伸出來的手，眼睛盯着田超：「好久不見。」

在要握手的一瞬間，陸霆卻把手收回來，插進褲袋，田超頓時臉色鐵青。

「俊偉，你帶着峰創團隊的同事們安排一下吧。」

陸霆再也不看田超一眼，徑直回了辦公室。

凌筱筱就站在陸霆身邊，把這一切看得清清楚楚，心裡覺得痛快，本來還擔心陸霆看見田超會不會念起舊情，現在看來沒有這個可能了。

「咎由自取。」凌筱筱在田超面前小聲嘟囔着，也不管他有什麼反應，就轉身走了。

田超看着陸霆的背影，死死咬住後槽牙，陸霆，你竟然看不起我，你等着！

朝華和峰創的第一次聯合會議，就在當天下午。

張行之雖然讓團隊進駐朝華目的不純，但是派來的團隊還是不錯的，裡邊有幾個參與製作過不少大型遊戲，經驗和技術都很能打。

「朝華的架構書相信各位都看過了，我希望在遊戲製作中不背離初衷，不偏離主題，一樣可以創造出優秀的遊戲作品。」

陸霆看了一眼凌筱筱，頷首示意她把擬定的人物玩家角色分發下去。

「這是經過篩選之後留下的各朝代名人，身上兼備戲劇性、話題度，或有文學家、軍事家，還有一些帝王將相，可以供各位參考。」

田超翻了一下，眼皮都沒抬直接說：「你這選材也太不嚴謹了，這李師師一個青樓的煙花女人，也能拿出來參考？」

這點小事都不用陸霆出馬，凌筱筱直接開懟：「李師師怎麼了，才貌雙全，精通歌舞，而且本身她跟周邦彥、宋徽宗等人的傳說就很具有故事性，適合在遊戲裡作為分支展開，有什麼不對嗎？」

「齷齪的人，想什麼都髒。」

凌筱筱説完，挑釁的瞪了一眼田超。

田超剛張嘴要反擊，他身邊的一個男人搶先開口：「這些資料整理得太好了，我們會仔細分析，儘快把人物的建模做出來。」

「辛苦各位了。散會。」

陸霆給邵俊偉一個眼神，就回了辦公室。

邵俊偉特意假裝整理文件，等眾人都走的差不多了，才出去。

「組長，你找我有事？」

「坐田超身邊的人是誰？」

邵俊偉轉了轉眼珠，回想一下説：「馮岸，是這個團隊的老人了，主要負責建模和大場景製作，據説成績在業內一直不錯。」

怪不得其他人都不敢説話，就他敢直接開口阻攔田超。

田超在峰創屬於空降，大家都以為他後台強硬，但是馮岸是老員工了，為公司創收無數，也是技術骨幹，肯定是不怕田超的。

「看來這峰創內部也不太平啊。」

陸霆轉着鋼筆若有所思，過了一會説：「那邊的事情你多注意點，李蓬脾氣爆，現在又幹着美工的活，難免跟那邊有交集，你多勸着點吧，別再讓田超抓到痛腳。」

陸霆對田超的底細知道的一清二楚，畢竟兩人是大學同學，還在一起創業過，沒人比他更能知道田超的過去。

田超是學金融的，對 IT 一竅不通，對遊戲也只有當年參與《田園故居》的一點心得，無論是建模還是場景架構，都沒有經驗，想要在人才濟濟的峰創站穩腳跟，可是不容易的。

越是能力出眾的人，越是心高氣傲，別説馮岸敢當眾攔着他説話，就是團隊其他人對田超也未必心服口服，只是一時間礙於他跟張行之可能關係親近的猜測，不敢輕舉妄動罷了。

攘外必先安內。

田超團隊裡的事都沒弄清楚呢，想要掉轉矛頭指向陸霆，估計還要費上一番功夫。

　　果然，田超剛回到辦公區，想跟馮岸幾個人研究一下文件，直接被馮岸略過了，氣得他七竅生煙。

　　「馮岸，你是不是太不給我面子了？」田超直接站在他桌子前，拽下他頭上的耳機。

　　馮岸斜眼瞄着他，往椅子上一靠，雙手環胸：「你下次說話之前麻煩動動腦子，遊戲不是你想的那麼簡單，連一個人物設定都能讓人家小女生說得啞口無言，你還能提出什麼建設性意見嗎？」

　　看田超憤怒的樣子，心裡越發不屑：「我不管張總把你塞到團隊裡，是鍍金也好，還是做什麼事情也罷，不許對我們的製作指手畫腳，不然……」

　　馮岸雖然話留了一半沒說，但是田超知道，這樣的老員工根本就是不怕自己的，讓他們聽話也不可能。

　　反正他的任務只是破壞陸霆那邊的進度，至於峰創自己的事情，還真不能觸碰到利益。

　　張行之雖然授意他有所行動，但是峰創在這裡投的錢也不少，要是弄巧成拙，張行之說不定真會撕了他。

　　峰創能在遊戲製作上獨領風騷，自然是有一些看家本事在的。

　　馮岸拿着筆記本敲開了陸霆的辦公室門：「陸組長，我這設計好一個角色，你看看是不是你們方案裡想要的樣子。」

　　「請坐。」

第十一章

戛然而止

　　第一版的人物以宋代李清照為原型，面容清秀，低眉淺笑間很有宋朝文人韻味，從造型到服飾也很考究，不過因為是初稿，還有些粗糙，但是不難看出精細修正之後會是怎樣驚豔的效果。

　　「真是技術精湛，我對這個項目越來越有信心了。」陸霆在這方面也是有經驗的，看得出其中的水準在同等的團隊中屬於鰲頭了。

　　「既然力求還原歷史，在這方面我畢竟不是行家，先留下吧，我讓文創組再看一看，可能在服飾細節上還能改進。」

　　馮岸點點頭：「陸組長可能不知道，我當年也是《田園故居》的粉絲啊，陸組長的風格一直都很細緻，那款遊戲的製作至今也有很多團隊模仿。」

　　「今非昔比了。」陸霆感歎道。

　　「我剛剛加入峰創的時候，也接手過田園，但是後來……」馮岸說到這，有些遺憾地搖搖頭，「這個項目能有陸組長策劃，我覺得重現當年田園盛況，不是難事。」

　　陸霆並沒有追問馮岸未盡之語，把初稿備份之後閒聊幾句，就叫了凌筱筱讓文創組開會研究一下。

王庭年在整體架構出來之後，就不經常到公司來了，如果有什麼難點都會讓凌筱筱直接跟他溝通，留下的兩個人倒是對這版初稿頗有見解，查找一些資料和宋朝的寫實畫作之後，直接把問題反饋給馮岸。

　　凌筱筱正在跟馮岸溝通，田超晃晃悠悠地走過來。

　　看着電腦上初具形態的建模，眉頭一皺：「這個我怎麼沒看過。」

　　凌筱筱向來都是心直口快，面對田超更是厭惡，根本懶得維持什麼笑臉：「給你看你能看懂？」

　　「我怎麼說也是組長，馮岸你是不是太不把我放在眼裡了？」田超早就不滿馮岸這兩個老員工的態度了，平時發號施令根本不管用，現在有了建模連自己都不說一聲就直接拿給陸霆。

　　馮岸也不跟他廢話，直接把電腦轉向他：「看吧，能看出什麼？」

　　田超被他噎了一下，看着李清照的建模，端詳了一會：「這衣服也太保守了。」

　　凌筱筱聞言，直接翻了一個白眼。

　　「現在市面上的遊戲服道化都很接近潮流，才能吸引更多男性玩家，你這布料這麼多，臉看上去也很寡淡，誰能喜歡啊，這得改！」

　　田超對着建模指指點點，越說越覺得自己有道理，侃侃而談起來。

　　「你是不是連架構都沒看過？」凌筱筱覺得用豬腦子形容他，都是對豬的不尊重。

　　「還原歷史本真是遊戲的主題，宋朝可沒有民風開放到像你說的露胳膊露腿。」凌筱筱那輕蔑的語氣毫不掩飾。

　　「李清照第一女詞人，她的魅力可不是靠衣服多少決定的，你要是不懂就不要亂開口，也不嫌丟臉。」

　　「你！」田超被凌筱筱回懟，氣得臉都紅了。

他是説不過凌筱筱的，只能把目光轉向馮岸：「畢竟你是峰創的人，以後有了結果先拿給我看，不然我不在質檢上簽字，你一樣進行不下去。」

這無恥的嘴臉，凌筱筱都想把巴掌扇到他臉上去。

馮岸懶得理他，隨口應付一句就拉着凌筱筱繼續探討，在初稿上進行修改。

「果然是術業有專攻啊！你們這知識量我可比不上。」馮岸見凌筱筱説起歷史典故來，條理清晰，細緻到每一樣花紋都是考究的。

凌筱筱笑彎了眼睛：「要不是有你們的技術，我知道的再多也體現不出來。」

「好了，我們就別在這互相謙虛了，你先忙，等我們修改好了，再拿去看。」

凌筱筱回到辦公區，就察覺出氣氛跟走的時候不對。

「怎麼了？」凌筱筱看李蓬抻着脖子往辦公室裡看。

「剛才有人在茶水間議論組長那個女朋友，組長正好聽見了，回來就把人叫到辦公室了。」

「議論什麼了？」凌筱筱一聽是陸霆的情感狀況，也被勾起了好奇心。

「説是有人看見江輕語跟她們那個部長關係親近，經常在辦公室一待就是一下午，公司裡都傳開了，説組長連女朋友都被撬走了。」

朱嘉偉本來就不是什麼看重名聲的人，在公司也沒有忌諱，經常在公共場合跟江輕語過從甚密，摟個腰抱一下都是常態，時間長了難免讓人看見。

一傳十十傳百的，根本就不算什麼秘密。

但是大家的嘴傳來傳去，説什麼的都有。

説陸霆沒本事，連女友都看不上他，轉投部長懷抱，也有説江輕

語見利忘義，拋棄相戀多年的男友，抱上了金大腿。

這些流言落在朱嘉偉身上，大家都見怪不怪，最多感歎一句，連女神都能追到手，真是風流浪子。

相比之下，江輕語身上的話就顯得格外難聽。

沒一會，被陸霆叫進去訓了一頓的員工就出來了，紅着眼睛，憋着嘴，一臉不服氣的樣子。

「我這也是為組長抱不平啊……」

「行了，說穿了這也是人家的家務事，我們就別管那麼多了。」

凌筱筱不難想像，陸霆聽到這些流言心裡是什麼滋味。

朱嘉偉的緋聞常年不斷，大家都習以為常，但是江輕語的形象一直都是高不可攀的女神，現在跟朱嘉偉攪在一起，她聽見了也未必笑得出來。

這兩天凌筱筱常能在田園裡邊跟陸霆聊天，話題從生活跨越到工作，雖然陸霆不知道她是誰，但是感覺說話的語氣比之前要隨意一些了。

凌筱筱哼着歌，一手端着乳酪，晃晃悠悠地從餐廳往回走。

「你聽說沒有，項目部那個陸組長追江輕語的時候，那叫一個跪舔啊，現在怎麼樣，還不是被別人撬走了。」

凌筱筱聽見這句話的時候剛走到轉角，女人間嘰嘰喳喳談論八卦本來很常見，但是聽見話裡有陸霆，凌筱筱下意識停下腳步仔細聽。

「那陸霆平時看着可高冷了，沒想到也有跪舔的時候？」

「哎呀，江輕語現在跟朱嘉偉的事兒公司上下誰不知道啊，天天蜜裡調油似的，但是你想想，江輕語跟陸霆在一起那麼久，什麼時候看他倆一起走過。」

「可不嘛，要是沒有別人說，都看不出來他倆是一對。」

「要我説啊，江輕語根本就沒把那個什麼陸組長放在眼裡。」

三五個人聚在一起，你一言我一語，把陸江朱三人的感情描繪的淋漓盡致，彷彿是親眼所見，陸霆一下子就從被戴綠帽子的受害者，變成沒能力還非要跪舔女神的 loser。

凌筱筱聽得怒火中燒，手指緊緊攥着衣角，這些不着邊際的話顯然已經有人流傳很久了，其中居心就是為了敗壞陸霆的名聲，簡直可惡。

偏偏這幾個人都只是以訛傳訛的小角色，就算出去破口大罵，讓她們把嘴閉上，也無濟於事，還會給一組招黑，凌筱筱強迫自己冷靜下來，狠狠瞪了她們一眼轉身回去。

這兩天陸霆上班的時候，總感覺大家好像有意無意的都在觀察自己，坐電梯的時候，身後總能有那麼幾道視線如芒在背，讓他感覺十分不適。

陸霆前腳剛剛邁出電梯門，剩下的人就開始交頭接耳。

「就是他吧，看上去也不差啊，真是為了女人連臉面都不要了，真給男人丟臉。」

「……」

陸霆除了一組的同事，對外交際很少，很少認識其他部門的人，項目部其他兩個組經常能碰見，倒是也能混個臉熟，只是最近見面好像都有些不對勁。

陸霆在這方面反應比較慢，也不放在心上，進了辦公室，拿着杯子去茶水間沖咖啡。

剛走過去，原本站在咖啡機前聊天的幾個人，瞬間轉身走了，對他唯恐避之不及的樣子，陸霆有些疑惑地看着她們的身影，一邊走一邊竊竊私語，真讓陸霆察覺出不對了。

回到辦公區，看見有人坐在位子上，敲敲桌面：「最近公司裡⋯⋯」

話還沒說完，邵俊偉急匆匆地跑進來，兩手扶在膝蓋上，喘着粗氣：「組長！筱筱在棧道跟田超吵起來了！」

陸霆一聽，擱下咖啡，大步流星地走出去，神色間帶着緊張，連自己都沒察覺到此時的緊張從何而來。

「因為什麼？」陸霆渾身帶着一些山雨欲來的氣勢，聲音冷冽。

邵俊偉支支吾吾的，他看見的時候兩人已經吵得不可開交了。

「就是田超滿嘴胡噯，說了不少關於你難聽的話，讓筱筱聽見了，兩人就吵起來了。」

凌筱筱每天上班本來是不走這條玻璃棧道的，因為早上雪下得很大，從這裡走身上能不被沾濕，沒想到直接讓凌筱筱撞見了田超。

當時田超跟其他人在前邊走，聲音張揚：「這事你要是問別人還不如問我，江輕語當年可是我們學校的校花，陸霆為了追她，一日三餐都恨不得送到樓下，整天不是玫瑰就是電影，江輕語十次能接受一次就不錯了。」

「啊？那最後怎麼答應了？」

田超語氣不屑，帶着輕蔑：「烈女怕纏郎，別說是江輕語了，就算是我，三天一束花，五天一個鑽戒的，我也能答應陸霆啊！」

這話說得噁心，帶着滿滿的惡趣味，周圍人哄堂大笑，紛紛表示，原來高嶺之花陸組長對女人是這麼死皮賴臉的一套。

「平時看他人模人樣的，對女孩都是生人勿近的嘴臉，沒想到是早就栽在別人的石榴裙下好好風流一回了。」

凌筱筱在後面聽着田超肆無忌憚的敗壞陸霆的形象，江輕語和陸霆之間的事情，被他無限度的妖魔化，說的什麼細節都有，大家都

認為是真的了。

　　凌筱筱實在聽不下去了，從後面快走兩步，直接把手袋砸在田超後背上。

　　田超被砸得往前一撲，棧道上沒有積雪，整個人東倒西歪，狼狽地站穩身子。

　　「你神經病啊！」回身看着凌筱筱瞪着眼睛的樣子，覺得這女的腦子有問題。

　　「田超你個王八蛋，嘴裡就沒有一句實話，公司那些流言都是你搞的鬼吧，這麼敗壞陸霆的名聲對你有什麼好處！」

　　「他要是沒做過，還怕我説？」田超拍拍外套，模樣無恥極了。

　　凌筱筱指着他，氣得面紅耳赤：「陸霆之前可是把你當親兄弟，你扭曲事實，到處講他壞話，你就不怕遭報應，以後爛了舌頭下地獄！」

　　「大姐，都什麼年代了，説這些話嚇唬小孩呢你。」田超不以為意，看凌筱筱的眼神就像在看無理取鬧的孩子。

　　「再説了，我怎麼説陸霆跟你有什麼關係，難道……你也看上他了？」田超想起之前約凌筱筱出去看演唱會卻被無視的事情，那個時候陸霆可能就已經把凌筱筱的心思勾住了。

　　「聽我一句勸，陸霆那貨色，為了江輕語什麼沒臉沒皮的事情都做得出來，你還是不要在他身上吊死了，免得惹上一身騷。」

　　「你才是最無恥的，陸霆對你不薄，你背叛他，現在回來還到處誹謗他，你良心被狗吃了嗎？！」凌筱筱咬牙切齒的樣子，恨不得把手戳在他臉上。

　　「什麼叫誹謗？陸霆自己沒本事連女朋友都看不住，現在誰不知道他被人甩了，早就沒有面子了。我只是在告訴大家陸霆更多面的樣子，免得他再纏上誰，禍害其他女孩。」

凌筱筱第一次見到把壞事說得如此冠冕堂皇的人，氣得臉色紅一陣白一陣，偏偏對上這麼個無賴，罵都罵不過。

　　「卑鄙小人！」

　　凌筱筱掄起手袋又要砸他，被田超抓住手腕，往後一推，眼看着凌筱筱失去重心，要摔在地上。

　　突然一隻大手扶在她腰間，讓她穩穩站住，沒等凌筱筱反應過來，就被人擋在身後。

　　陸霆彎腰撿起手袋，塞在凌筱筱手裡，站在了田超和她之間，把凌筱筱護在後面。

　　凌筱筱驚魂未定，看見陸霆高大的身影，覺得安全中又帶着一絲心疼。

　　自從田超被抓到篡改幻燈片之後，陸霆一直都沒有直接跟他爆發過衝突，現在知道一直是他在背後敗壞名聲，估計心裡又要不好受了。

　　這比其他不熟悉的人說些閒言碎語，更加讓人難以接受，畢竟是曾經朝夕相處過的「兄弟」。

　　現在說兄弟這個詞，太侮辱陸霆了，與田超這樣的人渣為伍，就不配再談起什麼情義。

　　「呦，正主來了。」田超挑釁的語氣格外欠扁。

　　「大家都好奇你是怎麼被女神甩了的，我就跟大家科普一下，正好你來了，大家親眼見識一下陸大組長的風采啊！」

　　陸霆面無表情地看着田超，好像出事之後，他越發覺得好像從來不曾真正認識過田超，這麼多年竟然都沒有看清他這麼噁心的真面目。

　　「有意思嗎？」陸霆的聲音毫無波瀾，但是夾雜在冷風中顯得格外刺骨。

「什麼？」

田超沒聽懂他的意思。

陸霆的眼神平靜極了，默默審視着田超：「我和輕語之間到底如何，你心裡清楚，我不在乎你怎麼說我，但是做人要有底線，積點口德，不然早晚都會報應在自己身上的。」

田超最討厭的就是陸霆這種不動如山的樣子，好像什麼事情都不值一提，整天像個聖人似的，襯托得別人都是俗不可耐的凡人。

「你自己都是個讓人戴了綠帽子的蠢貨，還跟我說什麼報應啊。」田超一步步逼近陸霆，「我這個人最不怕報應。不知道你那個千嬌百媚的前女友，在別人懷裡是不是也那麼招人喜歡？」

陸霆兩隻手緊緊攥在一起，呼吸變得急促，死死咬住牙控制着怒火。

田超的眼睛越過陸霆的肩膀，看着凌筱筱在他背後一樣帶着怒氣地等着自己，嘴角帶出冷笑：「江輕語跟朱嘉偉苟且在一起，在酒店裡不知道廝混了多少回，你就是個傻子一直被蒙在鼓裡，戴綠帽子的滋味怎麼樣……」

沒等他說完，陸霆一拳砸在他臉上，田超直接趴在地上，半天沒爬起來。

大家都被這變故嚇了一跳，周圍竟沒人去扶田超，看着他自己掙扎兩下爬起來。

「惱羞成怒了。」田超舔了舔嘴角，陰邪地看着陸霆。

「我一說到江輕語，你就受不了了，你說你不是賤是什麼，綠帽子戴的這麼舒服，還想着維護人家呢。

「我看你和江輕語才是天作之合，一個賤一個騷……」

砰！

陸霆把田超按在地上，左右開弓，碩大的拳頭砸在他臉上，兩下

就讓田超血淚橫飛。從來沒看見陸霆這麼暴怒的模樣，整個人都帶着殺氣。

凌筱筱反應過來，趕緊上去拉着陸霆。

「你冷靜點陸霆，陸霆！

「組長你別這樣，快放手。」

陸霆一下接着一下，拳頭像雨點似的落在田超身上臉上，打得他根本沒有還手的反應時間。

陸霆紅着眼睛，抓住他的衣領，眼神裡好像埋着火藥，只要田超再多説一句，就能炸死他。

「我告訴你，你可以不拿我當回事，你可以背叛我，我都能忍。」

陸霆死死地瞪着他，怒火從語氣中四溢，恨得咬牙切齒：「但是你拿着一組幾個月的心血換你自己的前程，用污言穢語一次次揭人傷疤，田超，説你卑鄙無恥都是在給你留臉面。」

田超鼻青臉腫，鼻血蹭了滿臉，被壓制在地上滿身狼狽，依然用陰狠的表情看着陸霆，慢慢貼近他的耳朵：

「陸霆，你輸了。」

「幹什麼呢！」

朱嘉偉從人群後面走出來，看着眼前戰況激烈，田超慘不忍睹的樣子，用手套遮了一下口鼻，似笑非笑地看向陸霆。

「呦，陸組長一大早就這麼大火氣，田超現在可是峰創的人，大家都是兄弟公司，何必這麼傷了和氣呢。」

凌筱筱一看見朱嘉偉，就知道大事不妙，小聲嘟嚷一句：「壞了。」

陸霆看着兩人都一副早有預料的表情還有什麼不明白的，把田超攢在地上，站起身，隨意拍了拍大衣上的灰塵。

「噁心。」

陸霆先轉身往公司走，朱嘉偉吊兒郎當地跟在後面，田超在地上趴了好一會才站起來，吐出一口血沫，跟上去。

凌筱筱知道要出事，不管邵俊偉在後面拉她，也跑過去跟着。

大家看主角都在了，漸漸散了，但是陸霆和田超大打出手的事情，很快就傳遍了。

會議室氣氛凝重，陸霆站在中間一言不發，田超用袖子蹭蹭臉上的血，攤在椅子上，看向陸霆的眼神滿是恨意。

凌筱筱見朱嘉偉好整以暇的架勢，就知道陸霆今天是被算計了，急得像熱鍋上的螞蟻，還沒等想出辦法，會議室門被推開，李健率先走進來，後邊跟着凌淞華和溫華。

看見凌淞華，凌筱筱眼睛一亮，剛要說話，就被溫華用眼神制止了。

「太不像話看了！」李健徑直坐在主位，沒等凌淞華說話，就一巴掌拍在桌子上先發制人。

「公司是你家嗎，想打人就打人，這帶來的影響有多惡劣！」李健指着陸霆，中氣十足，不知道的還以為陸霆把他兒子打了呢。

看了一眼田超的慘狀，李健接着說：「那可是合作公司的人，你說打就打了，下手這麼狠，要是造成合作中止，這責任你承擔得起嗎？」

凌淞華見狀，慢慢開口：「老李，先別急着發火，凡事都有個因果，聽聽他怎麼說。」

「還能有什麼原因！自己的私生活鬧不清楚，就到公司來撒野，真是不像話！」

李健根本不想給陸霆開口的幾乎，一桿子打死才是他的初衷。

凌筱筱着急，站在一邊說：「不是的，是田超先誹謗人⋯⋯」

「你出去。」陸霆看着凌筱筱。

這屋裡都是明擺着衝他來的，不鬧出個結果肯定不能善了，凌筱筱在這只會殃及池魚。

凌筱筱往前挪了幾步，張口想要替陸霆解釋，朱嘉偉和田超沆瀣一氣，分明就是在算計陸霆，說到底他是先動手的那個，渾身是嘴都要說不清了。

陸霆看着她急紅了眼睛，對溫華使了個眼色，示意他把凌筱筱帶出去，這種劍拔弩張的場合不適合她。

溫華拉着凌筱筱出去，不讓她往裡衝，說：「你先回去，這邊有我和凌董呢，上邊的事你不清楚，聽話。」

凌筱筱看着她，又看看關上的門，有些僵硬地開口：「你們是不是早就料到他們要對付陸霆？」

溫華沒說話。

凌筱筱通紅着眼眶，質問道：「為什麼要把陸霆推出來！你們之間的爭鬥跟他有什麼關係！」

溫華被她捶了兩下，看着凌筱筱因為陸霆着急落淚，心裡也不舒服，她怕不是真對陸霆動了情吧。

陸霆看着李健毫不掩飾，要把打架鬥毆的帽子扣在他身上，朱嘉偉坐在旁邊貌似事不關己，田超也捂着臉，挑釁地和他對視着。

「我和田超是私人恩怨，不會影響到公司之間的合作。」

陸霆知道李健的最終目標還是《千里江山》這個項目，不管怎麼針對自己，都得先把項目保住。

話音剛落，田超就齜牙咧嘴地反駁：「什麼私人恩怨，上次你們那員工到峰創去，也跟我動手了，李董事，我真的要懷疑你們朝華是不是誠心跟峰創合作了。」

這厚顏無恥的樣子，陸霆都懶得看他一眼。

「你看看，這影響多麼惡劣！」李健轉身看向凌淞華，「董事長啊，這個項目我們董事會也是投了不少資金的，要是因為陸霆自己損害到公司，可就不好了。」

凌淞華知道他是什麼意思，但是不能鬆口，陸霆要是走了，項目部就沒人能撐得起《千里江山》的項目了。

「說到底，不過是年輕人血氣方剛，有什麼誤會解開就好了，還上升不到朝華和峰創之間的公司關係，李健啊，你太小題大做了。」凌淞華在中間打着圓場。

「既然你們一定要包庇他，那我就跟張總彙報一下，看看是不是暫停項目合作，然後叫警察來處理這件事吧。」田超整個臉已經青一塊紫一塊，有的地方還沾着血跡，看上去確實慘。

「就算到公安局驗傷，我這也能評個等級了，朝華就坐等媒體的負面新聞吧。」

說着田超就要往外走，李健趕緊惺惺作態地攔着：「等等，小田你不要着急嘛，我們對峰創的合作還是十分真誠的。」

李健看着陸霆無動於衷的樣子，對着他指指點點：「成事不足敗事有餘，還不趕緊道歉。」

陸霆冷冷地看着眼前這一場鬧劇，黑心人偽裝成無辜者，何其卑劣。

「道歉？不好意思，我這個人從不與牲畜為伍。」

陸霆已經對田超徹底失望了，為了自己的利益已經變得無可救藥，大家都是成年人了，卻連分辨善惡的能力都沒有。

不，田超或許是明知是惡，也不願回頭，畢竟李健給出的利益就像一根吊在眼前的胡蘿蔔，看上去唾手可得。

田超聽出是在譏諷他，惡狠狠地瞪着陸霆，彷彿要生啖其肉。

陸霆毫不在意。

「田超，你為什麼挨揍你心知肚明，我為什麼站在這你也清楚，我只後悔沒有早幾年看穿你，你真讓我失望。」

田超自知理虧，無從辯駁。

李健直接看着陸霆事到如今還是一副不肯低頭的樣子，直接開口：「冥頑不靈！

「我看就停薪留職吧，還敢在公司門口出手打人，你這是什麼行為？分明就是土匪行徑！」

李健教訓起人來，口沫橫飛，拍得桌子震天響，好像在用這樣的外力來佐證自己的立場很正確。

「三天之內，不給小田道歉，你就直接卸任吧，我們朝華廟小，容不下你這尊大佛。」

凌淞華看李健說得激情澎湃，好像馬上就要在朝華當家做主，開口說：「陸霆手裡的項目剛剛開始，他要是走了，留下的攤子誰能負擔得起？」

「開玩笑，朝華人才濟濟，還能沒有他陸霆就轉不起來了！」李健就是想趁機逼走陸霆，《千里江山》剛剛步入正軌，沒有陸霆這個攔路虎，怎麼處置這項目，就容易得多了。

不管凌淞華怎麼說，李健就是不鬆口，不把陸霆弄出朝華誓不罷休。

「道歉是不可能的，想怎麼辦直接說吧，用不着這麼大張旗鼓，你們演技太爛。」陸霆說到一半，看向田超，「跟你們的人品一樣爛。」

陸霆說完就拉開門出去，此時什麼董事什麼高層都被甩在身後，門轟然關上，室內竟驟然安靜。

凌淞華捻着手串從沙發上站起來，兩鬢雖已染微霜，但那雙眼睛看向李健，仍舊能洞穿人心，看上去平靜無波，但深潭之下是旋轉的暗流，帶着致命的危險。

「老李啊，心急吃不了熱豆腐，還是要體面些。」

陸霆出了會議室，就看見凌筱筱站在門口，雙眼通紅，擔心地看着他。

「你有沒有什麼事啊？他們是不是為難你了？」

凌筱筱急得帶着哭腔，連從前經常要擺正的蝴蝶結歪了都不知道。

陸霆下意識地想伸手，還是忍住了：「沒什麼，停薪留職，這件事是不會就這麼過去的，我一天不從朝華離職，他們就一天不會消停。」

「我，我去找我爸爸……他一定有辦法的。」凌筱筱向來忌諱在公司跟凌淞華接觸，現在也顧不得了，繞開陸霆就要往裡衝。

陸霆伸手拉住她的胳膊：「沒用的，不要讓凌董為難了，不要擔心，你好好工作，《千里江山》還需要你呢。」

凌筱筱兩隻手扯住他的袖口，眼淚順着臉頰撲簌簌地往下掉：「你這是什麼話嘛，我們更需要你啊，項目明明已經開始了，都在一點點變好，你不能這個時候走啊。」

陸霆第一次看凌筱筱哭，一直以來她都是活潑伶俐的，每一天都充滿元氣，察覺到自己不高興，還會傻乎乎的留下陪他加班，説着蹩腳又可愛的謊話。

「不要參與這件事了，回去好好工作，當做什麼都沒有發生過，我會一直等着聽你們的好消息。」

凌筱筱聰慧，一下就聽出這裡邊的含義，陸霆是必走無疑了。

打架的事情傳得沸沸揚揚，一組成員看着陸霆率先走進來，身後跟着的凌筱筱眼睛紅得像隻小兔子。

「組長……」

李蓬還是一副暴脾氣，説着就要往外走：「老子廢了他，真當一組是好欺負的呢！」

「你站住。」陸霆叫住他。

「今日之我，也許就是明天的你，連我都栽在他手裡了，何況是你呢，你這暴脾氣真要改一改。」

陸霆環視着這些朝夕相處，共同奮鬥過的同事：「大家都安心工作，少我一個項目還能繼續，如果少了大家，《千里江山》才是真的沒救了。」

第十二章

風雨如晦

　　會議室裡，只留下的李健和朱嘉偉。

　　「這田超看着蠢，倒是有點歪打正着的莽才，讓他設計逼走陸霆，還真就辦到了。」李健敲着桌面，不管今天在凌淞華面前鬧到何種地步，只要能把陸霆從朝華除掉，就不算虧。

　　「只是這麼一來，算是跟凌淞華徹底撕破臉皮了。」朱嘉偉應和着說。

　　李健滿不在乎地笑着，臉上的皺紋堆到一起，嗓音嘲哳：「大家心裡其實都很清楚，不是今天也會是明天，沒什麼可惜的。」

　　「陸霆這樣的人才，我們得不到，那就誰都別用上。」李健滿眼算計，繼續說，「沒了陸霆，就一組剩下的那些廢物，想要盤活《千里江山》，做夢去吧。我倒要看看凌淞華，還能不能找出下一個陸霆。」

　　李健示意朱嘉偉附耳過來，兩人在會議室裡低聲密謀許久。

　　陸霆走出朝華，冬日的豔陽，耀眼中也帶着寒霜。

　　在朝華四年，有歷練，有坎坷，有被上司壓制不得晉升，那些理想與抱負都被深埋進心底。

現實告訴他要學會摧眉折腰，要變得圓滑，長袖善舞，但陸霆無法想像那樣的自己是何種模樣。

像田超一般，對李健言聽計從，甚至不惜背叛好友，將所有情義踩進泥裡，踏着所有人的失望往上爬。

也許自己走後，田超真的會得到想要的權力，無人壓制，但真正登上塔尖，回望這一路走來的一切，當真不會後悔嗎？

陸霆不知道答案，他不知道成功的榮耀與失望的眼淚哪個更不值一提，但是如今，真的一無所有的是他自己。

始作俑者在笑，站在高堂雅座推杯換盞，笑着說起從此以後沒有了一個姓陸的絆腳石，但陸霆此時卻看着車海如流，不知歸處。

一步步走回張江湯臣豪園，陸霆看着花壇裡枯竭的噴泉池水，這裡夏日會泉流汩汩，有孩童嬉笑，有老人閒談，這是江輕語曾經與他說過的，希望有這樣一座噴泉，帶着煙火與溫暖。

但是如今，站在這裡的只有一個孤單的身影，那個在深夜一起暢想美好生活的人，已經離去了。

「老闆，來一提啤酒。」

陸霆酒量很淺，為了不耽誤工作，平時很少飲酒，但想想工作以後也不用他操心了，就很想放縱一次。

回到家，陸霆看着滿室陳設，那些沒有拆開的速遞裡，都是他為新家添置的。

有江輕語最喜歡的彩虹抱枕，有會旋轉跳躍的八音盒，床頭還掛着羽毛捕夢網，那麼溫柔，在風中輕拂，但是喜歡的人已經不在了，這間為愛塑造的新居終究派不上用場。

啤酒入喉，沁涼的液體划過胸腔，冷得陸霆打了一個哆嗦，但鬱結的躁火如鯁在喉，吐不出來也嚥不下去。

陸霆用心血制定出方案，熬了數不清的日夜完善修改，只為了

這一次能一鳴驚人，重新展現自己的價值，告訴所有人，即便曾經跌下神壇，只要努力終究還會重新站上去。

今天砸在田超臉上的拳頭，是陸霆沒有控制好脾氣，一直壓制着的不甘，被背叛的怒火都在今天發泄出來，如同頃刻間決堤的江水，不但淹沒了理智，也衝垮了辛辛苦苦築成的堤壩。

《千里江山》也許會繼續進行，但是跟他陸霆也毫無關係了，製作人的名錄裡會寫上所有人的名字，但不會再有他了。

東山再起？

陸霆捏扁手裡的鋁罐，自嘲地笑着，努力抵不過晦暗，苦心經營碰上權謀算計只會支離破碎，只怕是爬不起來了。

仰頭喝下一大口，順手將空罐扔到地上，隨便它滾落到哪裡吧，無所謂了。

陸霆捂着眼睛靠在沙發上，他已經不在意李健之流的中傷了，朝華的點點滴滴都跟他沒關係了，凌李之爭如何激烈都波及不到他了，作為一顆最先出局的棋子，真是失敗啊。

樓下有狗叫，有孩子玩鬧的聲音，應該是那些工作一天回家，吃了晚飯，跟家裡人一起出去散步的人們吧。

他們會挽着手沿着小路低聲密語，時不時蹲下身撿起愛犬叼來的球，扔向遠處，眼神從空中自由落下的球，轉回愛人身上，然後相視一笑。

陸霆看着空蕩蕩的房子，只有窗戶透進來的些許光亮，自己啊，只剩下身邊這些酒了。

「叮鈴鈴 —— 叮鈴 —— 」

手機響起，陸霆坐在地上彷彿沒聽見，屏幕閃爍好幾次，鈴聲響了一遍又一遍。

陸霆拿起手機，直接關掉，現在不想跟任何人接觸，不想聽見任

何人的聲音，他們的言語或許帶着同情、心疼，但陸霆不需要，他的失敗也不想讓任何人看見。

離開那間會議室的時候，陸霆的腰桿都挺得筆直，即便被李健田超逼到如此境地，也從未想過低頭。

深夜，華燈初上，上海依舊繁華，這裡的熱鬧不會因為一個人的失敗而暫停，所有人都在為生活和家庭努力着，每個人都有數不清的辛酸，不會有人在意哪一扇窗戶裡坐着一個落寞孤寂的人。

陸霆癱在地板上，冬季帶來的寒冷，透過地磚傳遍全身，他蜷縮起冰涼的手腳，窩在那裡緩緩閉上眼睛。

睡一覺吧，卸下滿身疲憊和暗傷，用夢鄉治癒自己，不去想那些勾心鬥角，不去思考項目的進展，只做一回陸霆，完完整整只屬於自己的陸霆。

凌筱筱第二天一到公司，就看見整個辦公區亂糟糟的，李蓬站在最前面，跟朱嘉偉對立，一副絕不相讓的樣子。

「這是怎麼了？」凌筱筱走過去，看着朱嘉偉：「這一大早的，朱部長怎麼有功夫來我們這？」

朱嘉偉的笑一直帶着一股邪氣，把文件放在凌筱筱面前：「我只是來跑個腿，上邊說了，你們那個項目，叫什麼江山的那個，移交給三組全權負責，趕緊整理好資料，不要耽誤了進度。」

凌筱筱接過來，翻到最後一頁，果然蓋着董事會的大印。

「不可能！這是我們組在陸組長的帶領下辛辛苦苦做出來的，怎麼能交給其他人。」

凌筱筱啪地一聲合上文件，摔在桌子上。

「對！你別在這拿着雞毛當令箭，我們是不會放棄自己的項目的！」李蓬往前一步，把凌筱筱擋在身後。

朱嘉偉看着這些人，個個義憤填膺，好像要誓死捍衛一組似的。他滿不在乎地笑了。

　　「還哪有什麼陸組長啊，陸霆的解職通知已經發到他手裡了，朝華是不可能繼續聘用一個尋釁滋事的人的，就你們？」朱嘉偉冷笑一聲，「要是誰想跟陸霆一樣滾出朝華，我隨時都能為你們辦理手續。大家同事一場，這點小忙，朱某樂意效勞。」

　　「陸霆是被你們算計的，陰險狡詐的是你們，他雖然離職了，但是《千里江山》仍舊是屬於一組的心血，你休想讓我們拱手讓人。」

　　凌筱筱看朱嘉偉跟看到蒼蠅一樣噁心，陸霆的為項目的每一分努力她都看在眼裡，田超無恥，這些指使者更無恥，怎麼能站在這毫無負罪感的説出這些話。

　　「一組的？」朱嘉偉逼近凌筱筱，「你還真是大言不慚。項目一直都是朝華的，你們能負責那是對你們的看重，但是陸霆自己在這四年，毫無長進，你們都是他帶出來的，想來也不是什麼治世能臣，還是不要耽誤項目的進展了吧。

　　「要是因為你們的阻攔，讓公司造成什麼損失，你們哪一個能負擔得起？」

　　朱嘉偉對凌筱筱的的怒目毫不在意，一群螻蟻，沒了陸霆就是一盤散沙，根本掀不起什麼大風浪，不足為患。

　　「儘快移交項目相關資料，要是有不服的儘管走人，朝華不養廢物。」朱嘉偉轉身離開。

　　凌筱筱簡直要氣炸了肺，一下拍在文件上，恨得咬牙切齒：「這幫小人！」

　　「我給組長打電話，我就不信了。」

　　李蓬掏出手機撥過去，一連幾次都是對方已關機，聽着裡面的機械音，徹底沒了主心骨。

凌筱筱看向緊閉的辦公室，輕輕說：「我都打過好幾次了，根本聯繫不上，這一回，怕是真的傷了他的心……」

陸霆那麼驕傲，自有風骨，怎麼可能再回來朝華向那些人低頭，凌筱筱撫摸着文件夾，這《千里江山》終究保不住了。

「那我們呢？真的把項目交出去嗎？」邵俊偉急得嗓子都沙啞了。

凌筱筱看着一辦公室的人，心中無力：「不交怎麼辦，朱嘉偉明顯就是衝着項目來的，這次不交還有下次，同事們都是要養家糊口要吃飯的，真逼急了，大家都得被炒了。」

李蓬突然眼睛一亮，看向凌筱筱，好像抓住了救命稻草：「你不是……你有沒有……？」

凌筱筱知道他的意思，直接打斷他：「我沒有，我連他都保不住，你們要是有什麼事，我一樣無能為力。」

李蓬眼裡的光暗淡了，大家見實在無力回天，紛紛轉身回到各自位子。

凌筱筱看着一片死氣沉沉、無精打采的樣子，捏住文件夾，還是轉身出去了，不管怎麼樣，為了一組再試一次吧。

也為了陸霆，《千里江山》是他寄託着熱情的心血，不能就這麼不明不白地耗盡了。

凌筱筱一路上樓，在凌淞華辦公室門口正好碰見溫華。

溫華看她手裡拿着文件，急匆匆的，就知道她要幹什麼，伸手攔住：「筱筱，沒用的。」

凌筱筱推開他：「不行！我不能看着你們這麼糟蹋他的作品，你讓我進去！」

凌筱筱直接打開門衝進去，凌淞華站在落地窗前，好像一點也不吃驚她的到來。

「筱筱。」

「爸爸！」

凌筱筱跑過去，把文件遞給他：「爸爸，你還有辦法的是不是，這件事沒有這麼嚴重的，你知道田超他就是個敗類，怎麼能讓他把陸霆逼走呢？爸爸你再想想辦法吧。」

凌筱筱向來盛滿笑意的雙眸，此刻噙着眼淚，目不轉睛地看着凌淞華。

「筱筱，爸爸也做不到了。」凌淞華轉過身，不忍看愛女失望的樣子。

「爸爸老了，對公司的約束遠不如從前，李健的手伸得太長了，此時要砍斷他，不是易事。」

「可……可《千里江山》是陸霆為朝華傾盡心力打造的啊，他走了，沒人撐得起來，田超的能力本事不如陸霆，心思也不在正道，交給他焉知日後不會對朝華造成危害！」

「不是還有三組嗎，董啟瑞也是老員工了……」

凌筱筱等不及他說完，直接開口反駁：「董組長一向只管傳媒上的業務，在遊戲方面一竅不通，不是好人選。」

凌淞華豈能不知道這些，整個朝華，像陸霆那樣有心力有本事有夢想的人寥寥無幾，都說江河日下從光芒黯淡處開始，朝華的影響力已經到了晦暗時刻了。

凌淞華背對着凌筱筱，長歎一聲，指着樓下說：「你看看，那些忙忙碌碌到處奔走的人，哪一個不是為了生計，陸霆是有本事，但是他的傲骨也是他的弱點，寧折不彎有時候未必是好事。

「李健和田超設下的圈套連你都看得出來，陸霆又怎麼可能不明白，但他還是被一時之氣激怒了，這點把柄被李健牢牢抓在手裡，後路堵得死死的，我也辦不到了。」

凌筱筱聞言，一眨眼，眼淚瞬間落下，抓着文件的手關節泛白，

死死忍住哽咽。

　　溫華關上門，扶住凌筱筱的肩膀，溫柔地勸導：「凌董真的盡力了，昨天在會議室，陸霆但凡說一句軟話都……」

　　凌筱筱突然爆發，掙脫開溫華的手，哭着說：「怎麼軟？你讓他怎麼軟！他被田超設計，在研判會上差點就被逼到絕路，田超暗中動的手腳，他倒是被開除得乾脆利落，怎麼不讓他服軟呢！

　　「陸霆才是受害者，他什麼都沒有做錯，憑什麼讓他忍下這些！」

　　凌筱筱指着溫華，聲淚俱下：「別以為我不知道你為什麼去接近他，幫他解決問題，還主動把老師的聯繫方式給他，那是你們要利用他對付李健。

　　「現在陸霆被逼走了，對你們沒用了，你們當然不肯用手上的利益去幫他一把。」看着溫華，再看看始終沒有回頭的父親，凌筱筱笑得有些淒楚。

　　「筱筱，商場如戰場，有些事情不是非黑即白的，這些手段是上不得檯面，但是兵不厭詐，哪家公司少得了這些。」溫華看着嬌花一般的凌筱筱，忍不住開口解釋。

　　凌筱筱現在情緒激動，根本聽不進去這些，轉身推開門頭也不回地走了。

　　凌淞華聽着門響，脊背彷彿有一瞬間彎了：「到底是年輕啊。」

　　凌淞華一生的經營都在朝華，從白手起家到如今坐擁無數財富，這龐大的商業帝國，看似輝煌，多少人做夢都想得到。

　　但是這裡邊的艱辛，這裡猜不透的人心，數不盡的豺狼，不親身走進來的人是看不到的。

　　他的女兒聰明不假，天賦也不假，但是不經歷練尚且稚嫩，對上李健那樣的老狐狸根本招架不住，又怎麼承受得了朝華這樣的大染缸。

上海張江的熱鬧一大早就開始了，上班的行人站在早餐舖門口，籠屜上白霧繚繞，拿着熱氣騰騰的包子，匆匆去趕下一班地鐵。

　　陽光推窗向閣，照在陸霆臉上，晃得他皺着眉頭，漸漸甦醒。

　　睜開布滿血絲的眼睛，神色渾濁，下巴上泛起青色的鬍茬，滿身酒味透着沉沉的頹廢。

　　陸霆看着天花板，敲了敲宿醉後痛感分明的腦袋，睡了一夜的地磚，手腳都僵硬冰涼了。

　　翻身爬起來，撿起昨晚扔在一邊的手機，按下開機鍵。

　　數十個未接通話記錄，大多數都是凌筱筱打來的，還有李蓬、邵俊偉，陸霆看了一下關掉頁面，一個也不想回覆。

　　點開公司的會話，頭一條就是朝華的解職通知，陸霆愣了一下，看見這個，他才真正意識到，以後跟朝華再也沒有關係了。

　　後面附加條款裡寫着解約補償和薪水表，陸霆也不在乎，把手機扔在沙發上，搖搖晃晃進了浴室。

　　打開花灑，陸霆仰面站在水下，撲面而來的水流帶來了窒息感，陸霆一動不動，任由自己沉浸其中，彷彿這樣就能封閉五識，什麼都不想，感受着水流打濕全身。

　　熱氣繚繞中，陸霆捂上雙眼，肩膀微顫，頭髮軟趴趴地貼在鬢上，那種頹然喪氣，即便看不見表情，聽不到聲音，也能感受得到，若有人能看見，一定會感同身受地心疼吧。

　　當年《田園故居》也是轉手他人，一樣的從有到無，但陸霆也沒有如此灰心，這一次終究是不一樣的，這一段路途中，他從眾人相隨，到失去朋友愛人，再到離開朝華，每一步都極盡辛酸。

　　箇中痛苦，陸霆從沒有向人傾訴，他習慣了自己舔舐傷疤，留給外界的永遠都是君子端方，朗朗傲骨。

　　陸霆隨意披着浴袍從浴室走出來，髮梢滴落的水珠打濕了肩頭，

剛坐在沙發上，手機就響了。

「喂，媽，怎麼了？」

「兒子啊，我還以為這個時間你忙着呢，媽就是問問你幾號放年假啊，你爸着急了，到時候我們去接你啊。」

陸母慈愛的聲音讓陸霆恍惚，自己當年離開縣城來到上海，父母也是諸多期盼，這些年拚命地工作，鮮少有時間回去陪伴父母，每年的年假也是來去匆匆，在家待不上幾天，現在聽着父母的聲音，心裡晦澀難耐。

「兒子？」

陸霆回過神來，清清嗓子說：「今年不忙，我把之前的假期都攢到年假了，能早回去一些，你們放心吧。」

「好，好啊，媽給你做好吃的，你工作不要太拚了，注意身體啊！」

「嗯。我知道了。」

陸霆草草應下，掛斷了電話，生怕再聊下去，就要被聽出深深掩藏的哽咽。

陸霆坐在那發呆，驟然清閒下來，根本不知道能做什麼，微信不斷傳來提示音，公司的群聊一直有人說話，陸霆聽得心煩，直接退出刪除，耳邊才算清淨。

想了很久，陸霆買了明天回寬城的機票，然後起身收拾行李，站起來的一剎那，眼前一黑，軟軟地攤在沙發上，頭暈目眩，手腳發麻不聽使喚。

昨天一整天沒吃東西，又喝了一肚子的酒，一直到現在身體發出抗議，所剩的糖原已經不能支撐他進行多餘的運動了。

躺了幾分鐘，陸霆才慢慢緩過來，睜開眼睛，感覺手腳的血液都要凝滯了，沒辦法才摸到手機先給自己解決一下飽腹的問題。

《千里江山》的資料一直都是按照陸霆的要求，有序地分給幾個人專門負責，整理起來也不會太費時間，下班之前就擺在桌面上了。

邵俊偉看着三摞資料，心裡也不是滋味，這裡邊的努力自己也傾注了不少，一朝被拿走，換了誰都難以接受。

凌筱筱坐在一邊，李蓬也低頭生着悶氣。

「行了，事已至此，大家該做的努力也都做了，不用這麼傷感。」

邵俊偉說完這話，自己都覺得寡淡無味，也就閉嘴不再開口。

「怎麼樣？都整理完了？」朱嘉偉帶着人大搖大擺走進來，一揮手，身後的員工都進到陸霆的辦公室。

「你們幹什麼？」

凌筱筱擋在門口，瞪着朱嘉偉。

「人都不在了，自然要清理東西，辦公室是留給有用的人，不能讓他白佔着地方啊。」

朱嘉偉推開她，讓人直接進去，把陸霆的東西都扔進一個紙箱子裡。

看着他們在裡邊亂翻，東西碰撞的噼裡啪啦，李蓬緊緊握着拳頭：「欺人太甚！」

朱嘉偉連個餘光都不屑給他，等收拾好了，帶着人就要走。

「站住。」凌筱筱聲音冰冷。

「嗯？」朱嘉偉回頭。挑眉看着她。

「人走，把東西留下。」凌筱筱指着那個箱子，示意他們把它放下，「陸霆的東西，讓你碰一下都嫌髒。」

朱嘉偉的眼神瞬間陰沉，一天之內在這碰壁好幾次，心裡不爽，盯着凌筱筱看了一會，示意手下把箱子放下。

「一群烏合之眾，拿着公司的薪水，卻給姓陸的當走狗，這陸霆馭下還真有一套。」

凌筱筱聽他譏諷，卻懶得開口跟他浪費口舌。

這幫小人，不配碰陸霆留下的東西，即便人走了，但東西還是他的，必須要好好留着。

莫名的，凌筱筱對陸霆有一種信心，總覺得事情不會到此為止，陸霆從不是一蹶不振的人，早晚還會在上海再見到他歸來。

這樣的信心不知從何而來，但她就是在堅定地相信着。

次日一早，陸霆拎着行李箱下樓，被迎面而來的冷氣吹了個滿懷。

路過早餐店，老闆娘熱情的招呼着：「小夥子，吃點什麼？」

陸霆看了看菜單，眼神落在雲吞上：「來一碗雲吞，不要蔥花芫荽。」

端上桌的雲吞勾起饞蟲，想着那晚被凌筱筱拉倒公司樓下，吃着一碗熱氣騰騰的雲吞，湯頭鮮美。

當時凌筱筱還調侃他，好像幾輩子沒吃過飯，連燙嘴都顧不上了。

那時候項目剛剛開始，凌筱筱笑的眼睛彎起來，笑臉被熏得紅撲撲的，整個人都朝氣蓬勃，帶着鮮活氣。

看到桌邊放着的辣椒油，鬼使神差般倒了一大勺在碗裡，清淡的湯瞬間紅艷起來。

「哦喲小夥子，我家這個辣椒味道很衝，你這麼能吃辣的啊！」

陸霆嚐了一口，被辣椒嗆到嗓子，劇烈地咳嗽起來，臉都漲紅了，淚水在眼眶裡直打轉。

老闆娘捂着嘴嗤嗤地笑着：「我就說很辣的，你還不信，我給你換一碗吧。」

陸霆擺擺手，捂着嘴，艱難地擠出聲音：「不用，這個就行。」

吃着滿是辣椒油的雲吞，好像坐在那個舖子裡，口腔被辣得沒有味覺，但還是把整整一碗都吃完了。

放下筷子的時候，對面空無一人，終究不是那個黑夜了，結賬離開，直奔機場。

陸霆在車上想了一路，對着凌筱筱的電話遲疑着，最終也沒有撥通，反正要離開了，以後未必還能再見。

凌筱筱天之嬌女，人又靈光，有凌淞華保護着，工作上也不會被人欺負了，至少不會像自己這樣灰溜溜地離開。

陸霆看着舷窗外漸漸渺小的城市，自己這一次要離開了，不知道再次到上海會是什麼樣的情景。

或許只是要取剩下的行李，然後匆匆離開，到家鄉找份安穩的工作，緩慢度日。

陸霆閉上眼睛，不願再想這些，回到家就好了，媽媽會做他最愛吃的紅燒排骨燉芋頭，那濃濃醬汁的味道，好久沒嚐過了。

當陸霆下了飛機，轉乘動車，再到家門口的時候，已經是晚飯時分了。

站在門前，陸霆要敲門的手遲疑了，不像每年過年回來，都是興高采烈的，這一次算是逃離上海，別説衣錦還鄉了，連起碼的工作都沒有了，還真是落差巨大啊。

「篤篤篤。」

「誰啊？」陸母舉着飯勺子來開門，見是陸霆，瞬間從驚訝到激動，「哎呀兒子！老頭子，是兒子回來了！」

陸媽媽把他拉進家門，上上下下摩挲着：「你回來也不説一聲，我們好去接你啊。」

陸霆抱住媽媽，頭埋在媽媽肩上，緩了一會説：「現在交通方便，不用接。」

陸爸爸拎着行李箱：「快快，先洗手吃飯，你小子回來的真是時候，正好趕上飯點。」

　　陸媽媽高興地合不攏嘴，揮着飯勺就指揮陸爸爸：「那什麼，你快下樓買點排骨回來，兒子最愛吃我做的排骨燉芋頭。」

　　「哎呀，這個時候哪有好排骨啦，你這老太婆真會難為人！」陸爸爸嘴上説着麻煩，還是一邊穿衣服一邊要下樓。

　　陸霆趕緊攔着説：「別折騰了爸，明天再做也行，我這回在家時間長，隨時都能吃。」

　　「那也行，今天你媽炒的小菜也不錯，正好陪爸爸喝兩盅。」

　　陸爸爸笑呵呵的放下衣服，從櫃裡拿出一瓶酒。

　　「你啊，我看就是你要喝，咱兒子什麼酒量你還不知道啊，我可告訴你，要是把兒子喝醉了，我可不饒你。」陸媽媽盛了滿滿一碗飯放在陸霆面前，「折騰一天吧？快多吃點，肯定餓了。」

　　看着爸媽一個勁地給自己夾菜，碗裡堆起小山，每一口都是熟悉的味道，陸霆麻木的心，才稍稍泛活，有了些許熱乎氣。

　　人間煙火氣，最撫凡人心。

　　陸霆貪戀的就是這樣家常的溫暖，聽着爸媽拌嘴，吃着味道熟悉的菜，跟爸爸碰杯，陪母親閒聊，顧不上去思考許多，煩惱都拋在了身後。

　　陸霆本來酒量就不好，回到家一放鬆，跟陸爸爸頻繁舉杯，沒多一會就臉色潮紅，靠在椅子上迷糊起來。

　　氣的陸媽媽伸手拍了陸爸爸幾下：「你看看，我就説不能讓兒子跟你喝酒，看看這回喝多了吧。」

　　「這臭小子，酒量是一點沒隨我，跟你年輕時候一樣，喝不了二兩。」

　　「去你的！」陸媽媽嗔怪的瞪了他一眼，「還不搭把手，把兒子扶

床上睡去。」

等安置好陸霆，陸媽媽輕手輕腳的關上房門，小聲問陸爸爸：「這離過年還有一個月呢，怎麼這麼早就回來了？」

陸爸爸不以為意地擺擺手：「兒子那天不説了嘛，有假期一起休了，這回來不是正好，有人天天陪你下去散步了。」

「看你説的，就我想兒子，你不想啊！去去去，別耽誤我幹活。」

也許是家裡的環境讓他放鬆，也可能是酒精的作用，總之陸霆這一覺甜甜，醒來的時候外邊太陽都升起老高了。

陸霆揉着頭出去，看見爸爸在客廳澆花。

「爸，我媽呢？」

「你媽打麻將去了，桌上有飯菜，你吃點吧，等你媽回來就做下午飯了。」

陸爸爸用小噴壺澆水，用軟布輕輕擦去每一片葉子上的浮塵。

「我説兒子，你回來這麼早，工作上沒問題嗎？」

陸霆喝粥的手頓了一下：「沒事，公司那麼多人呢，我多休幾天沒事的。」

「也行，好好歇一歇，每年你過年回來都待不上幾天就走了，這次正好，讓你媽給你好好做點吃的，補補身體。」

「對了，」陸爸爸轉身看着他，「小江沒跟你一起回來？」

「沒有。」陸霆放下勺子，想了一會，還是跟爸爸説，「我和輕語，分手了。」

陸爸爸愣了，這好好的女朋友處了好多年，怎麼還分手了，前兩天還跟老婆説兒子快結婚了，得好好拾掇一下房子呢。

「這……怎麼就分開了？鬧彆扭了？」

「就是覺得不合適，就分開了。」陸霆輕描淡寫一句話，把那些事情都一筆帶過了。

陸爸爸知道這是在敷衍，拍拖了六七年不可能到現在才發現不合適吧，肯定是發生了什麼，但是孩子不願意說，也不能追着問，歎口氣又回去照顧花了。

第十三章

江山飄搖

晚上陸霆躺在床上，看着凌筱筱發來的消息，自己一直沒回，想了一會，還是坐起來打了電話過去。

「喂，是我，陸霆。」

凌筱筱明顯激動了一下，稍稍穩住之後，有些小心翼翼地問：「你還好吧？」

「嗯，我沒事，今天剛到家，在家待着就當給自己放個假。」

「你不在上海了啊？」凌筱筱的語氣有些失落，這回老家了，要見面可不知道什麼時候了。

「嗯，今天早上的飛機，時間太趕就沒告訴別人。」

凌筱筱遲疑了一下，還是跟他說：「抱歉，項目我沒保住，今天朱嘉偉過來，讓三組接手了，我們原先的人都不許接觸了。」

陸霆早知道會是這樣的結果，李健不可能讓自己原來的下屬繼續跟進，肯定會找一個生手，最好在這方面一竅不通的，才能任由田超在這裡邊動手腳。

「我都已經離開朝華了，這些事不用跟我說了。」陸霆語氣冷淡平靜，「你好好工作，你的專業性很好，以後會有大發展的。」

凌筱筱很想問他：那你呢，你的發展怎麼辦？

但是事情還沒過去，怕刺激到陸霆，終究話到嘴邊忍下了。

「還會回上海嗎？」

「也許吧。」

兩邊沉默了着，陸霆說：「時間不早了，早點休息吧。」

「晚安。」

凌筱筱掛斷電話，茫然地看着手邊放着的紙箱，裡面都是陸霆留下的東西，他走得這麼匆匆，這麼決然，連東西都不要了，那間辦公室也不會亮起自己心裡期盼的那盞燈了。

看着箱子，凌筱筱又一次撥打了陸霆的電話，想告訴他，東西還在，只要他會回來，無論多遠自己都會送過去，她會帶着箱子一起等他。

但是這一次，電話沒有接通，一陣陣忙音之後都是系統機械冰冷的女聲。

凌筱筱突然像瘋了一樣一遍遍地撥打着那個號碼，都沒有再聽見陸霆的聲音。

「原來晚安之後，就會消失不見……」

走出大廈，回去的時候路過巷子裡的小攤，老闆依舊忙碌，燈火在黑暗的巷道裡格外顯眼，暖黃色的燈也很溫柔。

「小姑娘儂又加班啊，怎麼沒跟男朋友一起來啊？」

凌筱筱勉強勾着嘴角：「他忙，還是來一碗雲吞。」

「對了老闆娘，不要蔥花芫荽。」

凌筱筱吃着陸霆口味的雲吞，少了蔥花的香氣，但又多了點什麼，凌筱筱說不清楚。

吃着，一大顆淚砸在麵湯裡，湯水濺到臉上，凌筱筱咬斷麵皮，眼淚止不住往下掉。

第一次沒有陸霆消息的時候，那時他還叫耳雨，突然有一天頭像就變灰了，很久很久都沒有看到他上線，凌筱筱經常在夜裡對着會話框一遍遍翻看曾經的記錄，就這樣不知道挨捱過了多少個異國他鄉的夜晚。

　　後來，那個期盼着的頭像突然點亮，凌筱筱在電腦前驚呼，笑着就掉下了眼淚，高興得不知道要說些什麼，激動了整整一晚上，才平復着心情重新開始聯繫。

　　如今，再一次失去陸霆的聯繫，比多年前更加心痛，好像有一雙大手在心上反覆揉捏，讓人喘不過氣來。

　　這一回又要多久？一年，兩年，還是又一個四年？

　　凌筱筱捂着嘴，無聲地哭泣，眼淚填滿了指縫，肩膀止不住地顫抖，抑制不住的哭音像小鳥的哀叫，脆弱又單薄。

　　凌筱筱想，這沒有蔥花的雲吞可真難吃。

　　陸霆不知道遠在上海的凌筱筱有多難過，他看着馬桶裡被剪碎的電話卡，按下了沖水鍵。

　　親手斬斷了跟那邊的一切聯繫，從此陸霆只是陸霆，不會成為誰對壘的棋子，也不會再回頭看朝華一眼。

　　寬城不大，但是有一個松木公園，裡面種滿了松樹，即便是百花凋零的冬季，那裡也是鬱鬱蔥蔥的，綠色在白雪的映襯下格外精神，為冬日增添一抹自然的生機。

　　陸霆走在松樹林裡，踩着白雪，吱吱呀呀的聲音聽得清楚，時常還能撿到樹上落下的松果，都是松鼠沒來得及收藏的果實。

　　看着滿眼青綠，呼吸着大上海鋼筋混凝土間稀少的清香氣息，這裡的空氣質量比大城市好上許多，也格外安靜。

　　陸霆拍下一張照片，小路兩側是整齊挺拔的松木，針葉上覆蓋着白雪，濃烈的色差卻在冬天顯得相得益彰。

陸霆突然就想到《田園故居》，當時起的這個名字，就是在這裡，天然出況味，寄託了他希望返璞歸真的生活理念。

但是很遺憾，《田園故居》完成的幾年裡，一直身在樊籠裡，不得返自然。

陸霆對着電腦百無聊賴，以前每天都有忙不完的工作，看不完的表格，現在打開它，卻不知道要幹什麼。

隨手點開《田園故居》的軟件，把拍好的照片上傳，沒有文字，只有一張照片，孤零零地掛在頁面上。

啪地一聲合上電腦，轉身上床，回家這麼久，每天躺在床上的時間越來越長，整天除了吃就是睡，臉色好了，但是陸霆笑得更少了。

本來就是凌筱筱口中的高嶺之花，現在完全變成霜花了，一整天都看不見一個笑容，只有陪父母聊天的時候，能勾着嘴角笑一笑，也是笑意不達眼底，糊弄着就過去了。

《千里江山》這樣的遊戲，在朝華本就是前所未有的新領域，是陸霆頂着壓力開創的，他一走，接手的董啟瑞根本不懂這些，那些文件和數據都是一知半解，大多數都看不明白。

董啟瑞看着文件整天唉聲歎氣，這項目萬一毀在自己手裡，那真是有冤無處申，這種燙手山芋就被自己接個正着，皺着眉頭心情很不愉快。

「我說組長，要我說，你也不用這麼難受，再怎麼說這項目也是跟峰創合作的，他們也是要盈利的，我們不懂，但是峰創可是行家啊，乾脆多聽聽他們的意見就得了唄。」

董啟瑞聽着下屬的話，還是有些不放心，這項目交過來的時候，那朱嘉偉的話就含糊其辭的，多問一句就推脫說不知道，現在好了，就算是合作的遊戲，自己這邊一點作用都沒有，丟人都丟到家了。

殊不知，這就是李健和田超希望看到的局面。

董啟瑞不懂，難堪重用，不管田超做什麼手腳他都不明白，只要不冒進，這個項目是死是活遲早都由他們說了算。

一組沒有了《千里江山》這個項目，上邊也好像可以遺忘了他們，一直沒有新業務分配，整天坐在辦公區無所事事。

凌筱筱現在除了辦公，茶水間，就是去三組最多。

董啟瑞總能在自己這看見她。

「我說小凌啊，你這一天來八百次，要不你調到我們組得了。」董啟瑞吹吹水杯裡的茶葉沫，調侃道。

凌筱筱心虛地笑笑：「哎呀董組長，我這不是虛心求教嘛。」

董啟瑞無奈地搖搖頭，這女孩每次過來，都往負責《千里江山》的同事那邊湊，哪能看不明白她的意思呢。

不過陸霆其人是真的有實力才幹，關於他的突然離職，公司裡的猜測董啟瑞大概也能看清幾分，只能感歎一句時勢比人強，可惜了人才。

所以對凌筱筱經常過來也就睜一隻眼閉一隻眼，不多加阻攔。

凌筱筱在三組的地盤上慢慢踱步，突然看見一個員工桌子上放着《千里江山》人物的手稿，竟然被拿來墊杯子，瞬間就火了。

把紙張抽出來：「這可是人物手稿，怎麼能拿來墊東西呢！」

那同事被嚇了一跳，瞄了一眼說：「我又不知道，再說了，一張畫而已，有什麼大驚小怪的。」

凌筱筱拿着手稿，上面沾了不少咖啡漬，氣鼓鼓盯着他：「你不知道不會問嗎，人物手稿是建模的基礎，都是要存檔的。」

那人撇撇嘴：「這一版早就不用了，人物建模都已經出來了。」

凌筱筱看着手稿，這一版明明就是當時陸霆親自簽字通過的，怎麼就被改掉了，轉身就出去直奔峰創的辦公區。

「馮岸呢？」

看着凌筱筱怒氣沖沖地進來，大家都不明所以：「岸哥今天請假不在。」

凌筱筱一聽馮岸不在，索性直接去找田超，他是峰創在朝華的負責人，更改人物手稿的事肯定清楚。

「啪！」

凌筱筱把手稿拍在他桌子上：「你說這是怎麼回事？」

田超抬眼一看，無所謂地說：「遊戲製作過程中進行一定的修改是正常的，有什麼問題嗎？」

「這是陸霆簽字批准製作的手稿，為什麼改掉？」

田超用手撐着下巴，好整以暇地看着她：「陸霆都走了，他的簽字管個屁用。」

看着凌筱筱炸毛的樣子，田超笑得更開心了：「東西是峰創做的，我是峰創的組長，我的簽字才管用，凌筱筱你好歹也是名校畢業，這麼簡單的事情不懂嗎？」

凌筱筱看他這麼欠揍的樣子，火氣直接燒到頭頂，拚命壓制着說：「現稿呢？給我看看。」

田超把電腦轉向她，看清屏幕上的建模，凌筱筱差點沒暈過去。

指着屏幕，凌筱筱氣得手都顫抖起來：「這就是你改過之後的樣子？」

上面的人物範本依舊是李清照，不過一改之前的文人風韻，衣裙從朝代鮮明的宋制，變得不知所云，腰如束素，線條分明，香肩半露，幾縷青髮垂在胸前，滿屏都是風流氣。

田超點點頭：「怎麼樣，還挺好看吧？」

「好你Ｘ！」凌筱筱差點就要把電腦砸了，「你知不知道《千里江山》最大的初衷就是力求還原歷史，李清照可是流芳後世的女詞人，

怎麼能是這個形象，那麼多的宋代文獻畫作，哪一張的宋朝女性是這樣的打扮！」

「人物貼合就可以了，適當的修改也是要迎合市場需求啊，這個設計稿已經開始製作了，效果還不錯。」

「你那種骯髒的審美能迎合什麼市場，這個遊戲是陸霆……」

田超打斷他，陰沉地按着電腦：「行了！陸霆已經不知道在哪個角落了，提他有什麼用，這個項目我說了算。

「還有，你們一組已經跟這個沒有關係了，希望你知道分寸，不要來插手我們峰創的事情。」

田超最不喜歡有人拿陸霆在他面前說事，更改人物的設計稿只是第一步，他要抹除這個遊戲裡所有關於陸霆的痕跡，凌筱筱這樣的反對根本不會在他的考慮範圍之內。

凌筱筱看他冥頑不靈，只恨自己能力級別不夠，除了這麼抗議之外，其他的事情也做不了，捏着手裡的手稿轉身出去。

田超這個敗類，這麼下去只會毀了《千里江山》。

可是董啟瑞現在萬事不管，一切都是峰創接手，只管在最後的文件上簽字蓋章，怎麼做，坐成什麼樣，董啟瑞都不放在心上。

陸霆一直強調的理念沒人在意，更不用指望田超良心發現，那還不如直接殺了他更現實一點。

凌筱筱坐在桌前，看着手稿上陸霆的簽名歎氣，他一走，《千里江山》離亂套又近了一步，偏偏她只是個實習生，什麼辦法都沒有。

凌筱筱打開電腦上的《田園故居》，看着陸霆幾天前更新的動態，那張松樹林的照片掛在頁面很久了，一直都沒有新的圖片出現。

「這是寬城的松木園，以前回去，陸霆都會到那走走。」

凌筱筱聽見聲音轉頭，看見江輕語站在身後。

「你怎麼在這？」

「來送文件，剛好看到你電腦上的照片。」江輕語輕輕笑了。

凌筱筱説不出對這個女人是什麼感覺，但她跟朱嘉偉的事情沸沸揚揚，自己也是親耳聽到朱嘉偉在她和陸霆沒分手的時候，兩人相互糾纏，陸霆被綠可是板上釘釘的事實。

「聊幾句？」江輕語歪頭看着她。

兩人走到休息區，凌筱筱接了一杯乳酪，江輕語捧着咖啡站在玻璃窗前。

「我和陸霆大學相識，沒畢業就在一起了，那時候還有田超，我們仨整天在一起玩。」江輕語淺啜着咖啡，眼神飄遠，想着從前種種。

「《田園故居》剛剛做好的時候，我問陸霆要起個什麼名字，他説田園牧歌是最真實不作偽的生活，想在一個小院子裡，門前有大片大片的青草地，院裡種着花，每天看着太陽東升西落，他賺錢養家，我就和花一起等他回家。」

江輕語説起這些的時候，臉上不自知的寧靜下來，即便妝容冶麗，也能看出一絲祥和。

「那時候我們就站在那片松木林裡，那是我們最喜歡去的地方。」

凌筱筱看着她，一定程度上這個女人是她的情敵，但是她太美了，女人看見都要稱讚一聲人間尤物，對美麗的東西凌筱筱總是不忍用最大的惡意去面對她。

「你喜歡陸霆。」江輕語看着這個女孩，她的眼睛裡帶着清澈，是自己早就沒有的東西了，一看就是長在溫室，不曾被生活的風雨摧殘過的嬌花。

凌筱筱被看穿了心事，有一絲慌亂：「你怎麼知道？」

「眼神是不會騙人的。」江輕語抿了抿嘴，繼續説，「陸霆從出事到現在，一點消息都沒有，你是在哪看見那張照片的？」

凌筱筱不想把她和陸霆之間最後一點僅知的秘密告訴別人，索

性轉移話題：「他是不會告訴你的。」

江輕語自嘲地笑了一下：「是啊，我是那個傷他最深的人，他恐怕會恨我。」

「你為什麼要那麼做？」

你明知道陸霆對你全心全意，把你放在未來的所有規劃中，小心呵護，為什麼要背叛他，用這樣最傷人的方式。

「你不明白我的難處，愛情不能解決問題的，兩個人在一起終究是要過日子的，有情飲水飽太不現實了，那些浪漫美好的幻想還是留給你們這些小女孩吧。」

江輕語知道自己沒有後悔的餘地，既然已經傷害了，也不會去冠冕堂皇的找一些理由，她也不會用什麼跟朱嘉偉是真愛這樣的話搪塞，因為連她自己都不信。

凌筱筱還是不懂，愛情的美好純潔不管因為什麼，都不該去破壞背叛，兩人相愛有什麼問題是解不開的呢。

「不管因為什麼，都不是你傷害陸霆的理由，你背叛的不只是多年感情，還有陸霆珍愛你的心。」

凌筱筱說完就走了，她知道陸霆是愛着江輕語的，雖然自己喜歡他，很不想承認這件事，但是也不會自欺欺人。

陸霆住在公司的那幾天，凌筱筱經常能看見他站在窗前出神，那樣落寞的背影，看了就會心疼，這種情感外溢的表達不會騙人。

江輕語啊，你知不知道你傷害的男人，是我求之不得的人嗎，我有一度多麼羨慕你，可以正大光明的擁有他的愛。

江輕語被最後的話刺痛了，兩人相知相伴多年，最終還是自己對不起他，現在說什麼都晚了，一步錯步步錯，就這麼稀裡糊塗的過下去吧，什麼情情愛愛的，都沒有握在手裡的鈔票值錢。

……

江輕語已經搬去跟朱嘉偉一起住了，躍層公寓，裝修精緻奢華，樓下就是商圈，晚上周圍燈火通明，比之前住的出租屋好上不知多少倍。

收拾朱嘉偉換下來的襯衫，聞到一股香水味，帶着淡淡的玫瑰花香，不是朱嘉偉平時用慣的香水。

江輕語心裡一沉，拎着襯衫去問：「你這身上怎麼有別人的香水？」

朱嘉偉玩着手機，頭也不抬，隨口回答：「喔，可能是哪個女同事蹭上的吧。」

「女同事？」江輕語冷笑，「哪個女同事能離你這麼近，香水都能蹭上。」

朱嘉偉放下手機，看着江輕語，招招手，一把摟住她：「你放心，哪個能有你招人喜歡，你現在可是我心裡的人。」

江輕語知道男人的話不可信，推開他，我在你心裡，但是未必只裝了我一個。

江輕語知道狗改不了吃屎，更何況是朱嘉偉這種名聲在外的老狗，什麼甜言蜜語都信手拈來，嘴裡就沒一句實話。

跟朱嘉偉在一起的感覺很普通，只有在床上能感受到他的溫柔，平時送送花、名貴的禮物，那些以前江輕語看都看不起的奢侈品，擺滿了衣帽間，但是卻始終找不到熱戀的激情。

江輕語知道這其中的差別，跟陸霆在一起的日子雖然窮，但是點點滴滴都帶着用心，現在除了錢，不知道還能在朱嘉偉身上汲取到什麼感情。

愛情和麵包不能兼得，自己做出的選擇，江輕語不給自己後悔的機會。

「江部長。」林黛西走進來，撩着頭髮，「這是部門這個月的報表。」

江輕語在桌上指了一下：「放着吧，下次記得敲門。」

林黛西沒有要出去的意思，順勢倚在她辦公桌上：「這傍上高層就是不一樣，連鑽戒都大了一圈。」

江輕語手上的鑽石切割精緻，沒有陽光直射也顯得流光溢彩。

江輕語不把她的話放在心上，氣定神閒地回道：「這方面我想林經理比我更有心得。」

「你……」林黛西被一句話懟得啞口無言。

轉身出去的時候，江輕語聞到一股熟悉的香味，眸色暗沉地盯着林黛西的背影，原來是這個女人。

朱嘉偉還真是葷素不忌，什麼髒的臭的都來者不拒。

江輕語看看手上的戒指，拉開抽屜，裡面靜靜躺着一個絲絨盒子，看了半晌，手指在上面摩挲着，終究沒有打開。

那是陸霆送給他的，沒有手上的大，但是江輕語卻格外懷念起來。

果然，只有失去了，才懂得曾經擁有過的美好有多麼難能可貴。

晚上，江輕語坐上朱嘉偉的車，那股玫瑰香氣在車裡瀰漫，江輕語忍不住開口：「是林黛西吧？」

朱嘉偉愣了一下：「什麼？」

「你身上的香水味。」

江輕語從不知道，自己在面對男友偷腥的事上會如此冷靜，沒有歇斯底裡，沒有打打鬧鬧。

「啊。可能是不小心……」朱嘉偉還是一臉淡定，打着方向盤，駛離停車場。

「你整天跟我在一起，怎麼不見你身上有我的味道，朱嘉偉，下次的謊話要編得真實一些。」

看着江輕語面如冰霜，絕色的美人就算板着臉也是一種獨有的風情。

「林黛西不知道跟過多少個老男人了，董事會那幾個老頭子，哪個的床沒被她爬過。」朱嘉偉説起她的時候，那種輕蔑不言而喻，「你就放心吧，我還看不上她。」

看不上她，但是任由她在你身邊蹭來蹭去。

江輕語在心裡想着，帶出一抹冷笑，剛要開口反諷，就被朱嘉偉打斷了。

「對了，你媽媽醫院那邊又要繳費了，我已經幫你交上了。」

就一句話，讓江輕語愣在副駕駛，吃人嘴短拿人手軟，何況她現在還花着朱嘉偉的錢呢。

朱嘉偉看着她閉上嘴，知道她還算知情識趣，沒繼續説一些讓他不喜歡的話，聽話的女人總能在他身邊留得長久，更不用説是江輕語這種既聰明又漂亮的女人。

新年的腳步總是悄悄到來，等陸霆發現年關將近的時候，大街小巷都掛上了紅燈籠，家家戶戶都在置辦年貨，商場裡一片喜氣洋洋，賣對聯窗花的檔口都變成了紅色的海洋。

陸媽媽走在前面，身後跟着陸霆和陸爸爸，手裡提着滿滿的東西。

陸霆看老媽還有繼續買買買的架勢，和老爸無奈地對視一眼，然後快步跟上去，陪女人逛街真是一件力氣活，不管是年輕的還是媽媽級的都一樣。

三口人説説笑笑的往家走，研究晚上吃什麼，走到樓下，陸霆看着門口站着的女人，停下了腳步。

「好久不見。」

江輕語穿着白色套裝，紅色毛茸茸的帽子在冰天雪地中格外顯眼，襯得她臉色紅潤，輕輕笑着，就極美。

「叔叔阿姨新年好。」

陸媽媽知道兒子跟小江分手了，這時候突然撞見，還有點詫異：「啊，好好，你也新年好。」

陸媽媽接過陸霆手裡的東西，示意兩人好好聊聊，就拉着陸爸爸先上樓了。

陸霆看着許久未見的江輕語，穿着打扮還是一如既往的時尚，應該是日子過得不錯，想來朱嘉偉雖然不堪托託付，但在物質上也不會虧待她的。

「有事嗎？」

聽着陸霆明顯疏離的語氣，江輕語心裡微微抽痛，抿着嘴，手指在身側不停捻動。

「我……我打你電話打不通，就來這找你了，你是……換電話了嗎？」

「嗯。」陸霆看到她的小動作，知道這是緊張了。

想想都覺得可笑，他們彼此熟悉到了解對方每一個動作，即便許久不見，依然會一眼識破。

「我媽媽問起我們兩個的事，我怕……怕她承受不住，你知道她一直把你當成半個兒子的……」

江輕語說得小心翼翼，怕哪句話刺激到陸霆，看他沒有什麼反應才繼續往下說。

「我沒告訴媽媽我們分手的事，快過年了，媽媽想見見你。」

陸霆沉默着，兩人已經沒有任何關係了，再見面沒有分外眼紅已經是成年人之間心照不宣的體面，即便自己不去也無可厚非。

「阿姨情況怎麼樣？」

江輕語搖搖頭：「不是很好，媽媽以前身體就差，這麼長時間的化療一直在透支她的身體，我這次回來看她的精神就遠不如從前了。」

陸霆抬手看看錶，看着她有些脆弱的樣子，終究是妥協了：「明天上午我會去的。」

江輕語來的時候就知道自己這個請求可能會強人所難，但是陸霆答應了，她的眼睛一下子亮起來。

「謝謝，陸霆我……」

「好了，回去吧，放心，明天我不會故意提起那些事的。」

陸霆不想聽她接下來的話，看了她一眼，轉身上樓。

江輕語站在樓下，洋洋灑灑的白雪落了滿身，輕呼一口氣，還是離開了。有些人一旦錯過，就不會再有可能了。

第二天上午，陸霆來到醫院，滿是消毒水的味道，皺了皺鼻子，在門外看到江輕語給母親削蘋果，笑得淺淺溫柔。

推開門進去，把果籃放在床頭櫃，就聽見江母笑呵呵的招呼：「小陸來啦，外邊冷不冷？輕語説你工作忙剛回來，這一年可累壞了。」

江輕語挎上他的胳膊，故作親暱地靠在他肩膀上，陸霆微微僵了一下，笑着回道：「您身體還好吧？」

「好好好，快坐下。」江母看着二人郎才女貌，笑得合不攏嘴。

陸霆趁着拉凳子，從江輕語懷裡抽出胳膊。

「要我説你倆年紀也都到了，該結婚了，輕語總説不着急。」江母瞪了一眼女兒，笑着跟陸霆説，「我説小陸年紀也不小了，你們不着急人家家裡肯定要唸叨的，趁早辦了，我也能看着你們過兩天好日子。」

江輕語見陸霆不搭話，只好自己上前抱着媽媽撒嬌：「哎呀人家這不是還想多在你身邊做幾年女孩嘛，嫁了人可就是別人家的兒媳婦了。」

江母點着女兒的鼻子：「嫁了人也是我女兒，你也替小陸考慮考慮，都該成家了。」

江母不知道兩人的事，但是江輕語心裡清楚，這個時候提起婚事，兩人都覺得尷尬，偏偏江母滔滔不絕。

　　陸霆看老人靠在病床上，臉色蒼白，頭髮比上次見面白了很多，一時間也不忍心拂拗老人的心意，索性陪着閒聊，説什麼都仔細傾聽。

　　江輕語看着陸霆耐心細緻的樣子，突然想到朱嘉偉對自己的態度，這些天越來越敷衍，有時候夜不歸宿，多問一句就用錢來堵她的嘴。

　　江輕語開始懷疑自己的決定到底是不是正確的，自己選擇了物質生活，但是有了錢之後其他所有的一切都不盡人意。

　　朱嘉偉的溫柔浮於表面，兩人除了在床上，工作上，其他時間能交談的話題少之又少，朱嘉偉沒興趣聽她説一些家長里短，她也不想聽他聊什麼證券股票。

　　陸霆陪江母聊了很久，時不時掖掖被角，捏捏胳膊，江母越看越滿意，小夥子有力，工作也好，人長得又帥，難得的是兩人相處多年，老實肯幹，是個難得優秀的年輕人。

　　陸霆隱蔽地看看手錶，江輕語注意到了，就上前岔開話題：「媽媽，你該吃藥了，也好好歇歇，陸霆又不是不來了。」

　　「行吧，」江母拉着陸霆的手殷殷叮囑，「好好照顧身體，有空來陪阿姨説説話。」

　　「您放心吧。」陸霆點頭應下，跟江輕語一起扶着江母坐起來。

　　看着母親吃了藥睡下，江輕語跟他輕輕走出病房。

　　「今天，謝謝你，陪我媽媽説了這麼多話。」

　　「沒事，應該的，老人上了年紀都這樣，我能理解。」

第十四章

波瀾乍起

　　陸霆跟江輕語並排沿着過道走，周圍時不時路過一些患者和醫生，兩人外貌實在出眾，經常有人回頭看。

　　「你離開朝華之後一組那些人都被擱置了，現在上面也沒有明確的消息要怎麼辦，一組沒有項目，都在熬日子等你回去。」

　　「我不會回去了。」

　　朝華怎麼樣陸霆已經不想管了，也管不了，陸霆走之後李健裁撤一組人員是必然，根本逃不掉。

　　「年假前，你們組的李蓬被抓到把柄，已經引咎辭職了，當時還在人事部鬧了好大一場，連溫秘書長都驚動了。」

　　江輕語一直在關注一組的動向，算是為陸霆留意着吧，畢竟是他手下帶過多年的老員工，多少都有感情在的。

　　李蓬性格烈，脾氣爆，李健想制裁一組，他就是最好的磨刀石，根本沒費什麼力氣，田超過去說了兩句話，就吵了起來，朱嘉偉聽了李健的命令，「及時」出現，一舉就把李蓬開除了。

　　陸霆想着現在一組能挑得起來的只有凌筱筱和邵俊偉了，凌筱筱還在實習觀察期，即便凌淞華不方便出面，也有溫華暗中照顧，不

216　　冬日不曾有暖陽

算危險，平安度過實習期不難。

邵俊偉雖然年紀不大，但是為人老道圓滑，危險的事一定不會衝在前面，想抓住他的把柄不是易事，一時半刻的也能安穩。

「你知道的，不是只有開除能毀人前程。」江輕語看着他說。

一組那些員工在陸霆手下鍛煉多年，無論放在哪個組，都是獨當一面的選手，但是李健不會給他們這個機會，到時候調去後勤部或者其他透明部門，這些人就算有再大的本事也發揮不出來，更不用提升職加薪了。

陸霆不是神人，他在朝華尚且被算計得走投無路，那些員工根本無暇顧及，現在這樣的局面雖然早有預料，但已經是有心無力了。

看陸霆沉默不語，江輕語已經明白朝華沒有能讓他回頭的人了。

這就是江輕語和凌筱筱的不同之處。

凌筱筱會感念他受過的傷，只希望他遠離那些可怖的紛爭，但江輕語仍舊希望他回去，繼續完成那些項目，或許能爭取到人生的高光時刻。

她不懂陸霆內心真正想要什麼。

陸霆走出醫院，深冬時節，每天都會飄着雪花，陸霆緊了緊大衣領子。

江輕語知道他畏寒，每年冬天都會繫着她送的圍巾，但是今天沒有，脖子上光禿禿的，很不適應。

「我走了，你回去吧。」

江輕語想開口留下他的聯繫方式，又怕他不給，就拿母親做幌子。

陸霆定定地看着她，江輕語那些小心思他看得出來，到底沒忍心拒絕，留下號碼之後轉身走進雪幕。

江輕語一直站在門口看着他的背影，一直到漸漸消失成模糊的

圓點，渾身都被涼氣凍僵了，才搓搓手回去。

凌筱筱每天最大的樂趣，就是盯着陸霆《田園故居》的賬號，睜開眼睛就祈禱今天能更新。

凌筱筱叼着棒棒糖，抱着一隻巨大的毛絨兔子，盤腿坐在床上，無聊地刷着網頁，突然眼前一亮，收到一條新消息。

【耳雨：新出的農場版塊還不錯，我養了一群大鵝。】

凌筱筱激動地在床上打滾，這可是第一次主動找她說話，應該放上三千響的鞭炮慶祝一下。

【小小：我還沒看，還有別的動物嗎？】

陸霆看着消息，隨手截圖發了版塊說明過去。

凌筱筱的眼神被角落裡的姻緣版塊吸引住了，這裡能讓玩家結成情侶 CP，一起打造愛的小屋，上線當天就被吹爆了，裡邊的情侶互動都是飄着粉紅泡泡的遊戲，很適合促進感情。

凌筱筱想，要是陸霆能跟她結成 CP 就好了，現實世界沒有進展，在遊戲裡過過癮也好啊。

但是想到陸霆那種面癱臉，和猶如冰天雪地的心，凌筱筱搖搖頭，聽聽裡面是不是進水了，結 CP 這根本就不可能的事情嘛！

陸霆發了一張雪照過去，大紅燈籠在圖中是除了雪色之外唯一的顏色，濃濃的年味撲面而來。

凌筱筱可不會放過這麼好的機會，一直在跟陸霆聊天，沒有話題了就天南海北地說。

陸霆捂着額頭，有點頭痛，這女孩的腦迴路怎麼這麼跳脫，跟凌筱筱一樣天馬行空的。

陸霆愣了一下，怎麼就想到凌筱筱了？

【耳雨：你跟我一個同事很像，鬼馬精靈。】

這回輪到凌筱筱吃驚了，嘴裡的棒棒糖啪嘰掉在床上，這⋯⋯這是在説誰？

凌筱筱強裝鎮定打字回覆。

【小小：什麼同事啊？】
【耳雨：她也叫 xiaoxiao，跟你同音不同字，很可愛。】

凌筱筱臉蛋通紅，這麼久了，原來在陸霆的心裡自己是個很可愛的女孩，這説明他對自己的印象超級好？

給冒着熱氣的臉蛋搧搧風，臭屁地回覆——

【小小：不可能，我才是天下第一的小可愛。】

凌筱筱在心裡狂笑，這種吃自己的醋是什麼喪心病狂的神操作。

陸霆看着無厘頭的對話，搖搖頭有些無奈地笑了，難道是自己老了跟不上年輕人的思路。

除夕夜，寬城大街小巷都安靜下來，路上的行人都在家裡忙活，這是一年中最團圓的時刻，不管平時離家多少公里，到了過年四面八方的人都要在敲鐘之前趕回家。

守歲看春晚彷彿是每家每戶的傳統，聽着電視裡歌舞昇平，被小品逗得哈哈大笑，前仰後合，然後圍在一起包餃子，聽着新年倒數的鐘聲，迎接新篇章的到來。

　　陸霆站在陽台，遠處有綻放的煙花，黑色的夜空此時是大自然的幕布，煙火在上面盛開，光華奪目的向眾人展示自己的絢爛，然後化作流火，轉瞬消失。

　　煙花之所以美麗，是因為人們會無限的回想她曾經的耀眼，看見她就好像看見自己生活中的光芒，儘管短暫，但值得回味，在以後的暗夜中足以療癒傷口。

　　陸霆刻意遺忘過去一年的傷痛，此刻眼中倒映着煙花，但是深處如同古井，寂靜無波。

　　【小小：新年快樂！歲歲如意，事事順心。】

　　凌筱筱等着鐘聲敲響，卡在新年第一秒鐘發去祝福，閉上眼睛嘴角掛着甜笑。

　　希望你歲歲有我，年年相守。

　　【耳雨：新年快樂。】

　　看到陸霆的回覆凌筱筱更開心了，咬碎嘴裡的棒棒糖，蹦躂着下樓。

　　凌淞華看着女兒，穿着紅裙子，踩着毛茸茸的拖鞋，還像小時候一樣招人喜歡，但是自己轉瞬之間就老了。

　　「快來吃飯了。」

　　自從陸霆離開朝華之後，凌筱筱一直住在外面不肯回家，十次有

九次説自己有事，這年夜飯找不到藉口不回來了，才能見女兒一面。

凌淞華想，這陸霆真有本事，把女兒迷得昏頭昏腦的，連老爸都埋怨上了。

「爸爸新年好。」

凌淞華眉開眼笑，罷了，只要女兒高興，怎麼樣都行，伸手遞出一個厚厚的紅包，摸摸女兒的頭髮：「筱筱又長大了一歲，爸爸希望你天天開心。」

凌筱筱看着紅包，有點不好意思，下意識去摸頭上的蝴蝶結：「爸爸，我都多大了還要紅包啊。」

「多大也是爸爸的女兒，我的小公主。」凌淞華拉開凳子，説，「你最愛的豬肉青椒餡餃子，趁熱吃，爸爸今年買了好多煙花，一會陪你去放。」

凌筱筱吃着餃子，看見爸爸增多的白髮，眼角的皺紋好像又深了。

自從媽媽過世之後，爸爸就一個人帶着自己，不肯再成家，生怕繼母對她不好。他每天又要打理公司，又要照顧女兒，自己出國那些年，隔三差五就要打電話噓寒問暖，女兒一直是他捧在手心裡長大的。

凌筱筱進了公司之後，才明白，原來朝華不只是一家商業帝國，也是爸爸幾十年風風雨雨走過來的見證，裡面不僅有先進的技術，還有高層堪比血雨腥風的謀算。

李健是爸爸一手提拔上來的，現在凌李之爭愈演愈烈，爸爸養虎為患，想來心裡也不好受。

但是不管怎麼忙碌，外界的雨水永遠落不到凌筱筱的身上，凌淞華一直記得女兒最喜歡看煙花，每年生日和過年，都會買上許多，親自陪着她，看她在盛大的煙火中許願，笑得開懷。

「你實習期快到了，年後你就調去廣告部吧，部長沈流今年剛調上去的，有能力，心思也正，沒那麼多亂糟糟的事。」

凌筱筱嚥下餃子：「我不去，現在挺好的。」

凌淞華放下筷子看着女兒：「我實話告訴你，年後上班項目一組就要裁撤了，現在的員工都要調走。」

「為什麼啊！」凌筱筱皺着眉頭，這肯定又是那個李健搞的鬼，把陸霆逼走還不算，現在一組的員工哪個能威脅到他，非要趕盡殺絕。

「一組的人沒一個能挑大樑的，我倒是想把你推上去，但你剛剛畢業不能服眾，把他們調到其他部門一樣工作。」

凌筱筱吹着餃子，小聲嘟噥：「都是藉口。」

「有能力的都讓你們弄走了，現在還說沒人用，搬起石頭砸自己的腳。」

凌淞華看着女兒不服氣的樣子，一點辦法都沒有，歎着氣：「李健心思活躍，董事會的半壁江山都快姓李了，你早點成長還能幫我分擔分擔，現在就你溫華哥哥幫着我，你也不知道心疼心疼你爸爸。」

凌筱筱聽他又老生常談，悄悄把碗往旁邊移了移，左耳朵聽右耳朵出。

凌淞華看她這樣子就知道沒聽進去，只好罷休，夾個餃子放在她碗裡：「唉，吃吧，多吃點。」

陸霆這個臭小子，一組那些員工對他死心塌地也就算了，畢竟都跟着三四年了，這筱筱才過去多久，也這麼癡心，眼裡放不下別人了。

溫華跟她從小一起長大，還都是一個老師教出來的，怎麼就沒走進她心裡呢。

「我說姑娘啊，你溫華哥哥至今沒成家可就等着你呢，你到底怎

麼想的？」

凌筱筱看着老爸一臉八卦的樣子，無奈地笑了笑：「您可別瞎說，我跟溫華哥那就是純兄妹，可沒有別的想法，他不結婚又不怪我。」

嘖嘖嘖，這小沒良心的，溫華從小就護着她，跟護着眼珠子似的，要是聽見這話該多傷心。

「我知道他對我好，但又不是對我好我就得喜歡他。」

「那你喜歡誰？」

「陸霆啊。」

凌筱筱想都沒想，順口就說出來了，然後臉色瞬間就紅了，比掛着的燈籠還紅。

凌淞華看着女兒笑了，情竇初開也算是長大了，他就知道當初怎麼說都不進公司，好不容易改變主意了，還指名道姓非要去陸霆手下，就知道她有貓膩。

「喜歡誰爸爸也不管你，陸霆那孩子心思正，是個不錯的人，爸爸這雙眼睛看過的人太多了，你眼光還挺好。」

「那是。」凌筱筱得意的小樣子又冒出來了，像隻狡猾的小貓，可愛中帶着俏皮，但如果把她惹毛了，伸出爪子也是會撓人的。

溫華站在門口把這些對話聽的一清二楚，他知道筱筱對陸霆不一般，看着他的眼神都是愛意。

覺得心裡空了一塊，好像細心呵護，養了這麼久的花要被人端走了，還挺不是滋味。

溫華深吸一口氣，笑得像平時一樣，走進去：「凌叔叔，筱筱，過年好。」

「溫華哥，你怎麼來了？」

「你溫伯伯溫伯母都出國了，我就讓他來咱家一起過年。」凌淞

華站起來，讓保姆添一雙碗筷，招呼着溫華坐下：「怎麼來這麼晚？」

「我爸媽剛上飛機我就趕過來了，還行，沒錯過年夜飯。」溫華脫下大衣上桌，看着餃子笑着說，「肯定又是豬肉青椒的，筱筱最喜歡這個。」

溫華這一頓飯味同嚼蠟，看着凌筱筱言笑晏晏，覺得多年守候都是值得的。

凌淞華看出溫華的心不在焉，這個也算他從小看着長大的孩子，知根知底，難得的是對筱筱始終如一。

他吃過年夜飯就藉口睡覺獨自上樓了，把空間留給溫華和凌筱筱。

「筱筱，實習期結束之後有什麼打算？我聽凌董說要把你調去廣告部。」溫華剝開橘子，仔細剝除白膜，遞給凌筱筱。

「一組打散是真的嗎？」

溫華點點頭：「李健勢如破竹。一開始本想用陸霆和他的遊戲市場打破僵局，但是被李健打亂了計劃，眼下公司無人可用，還理不出頭緒呢。」

「廣告部的沈流是新人上位，背景乾淨，跟李健那邊沒什麼牽扯，讓你去廣告部也是這個原因，凌董在最大的能力範圍內給你挑選了最安全的地方，對你以後的發展有利無弊。」

這些凌筱筱是清楚的，但還是忍不住想問：「那一組其他人呢？」

「無非就是後勤部、檔案室這些地方，重要部門肯定是進不去的了。」

「邵俊偉是個有才幹的，要是到了檔案室這樣的地方，那都是給關係戶掛名養老的，這不是白白耽誤了前程。」

凌筱筱對李健可以說得上痛恨，一組的組員並沒有直接利益關係能影響到他，但還是要斷人後路。

「如果有能看清形勢的人，盡早辭職未嘗不是一條出路。」溫華說。

看着燈火下的凌筱筱，溫華很想問她為什麼不接受自己，默默守護多年，都比不上陸霆短短幾個月的接觸嗎？

但溫華忘記了，愛情本來就不是一個講道理的事情，先來後到有時候並沒有那麼重要。

夕陽與玫瑰都是浪漫，但有人鍾愛夕陽，有人獨愛玫瑰。

溫華不是不好，只是陸霆的出現恰巧走進了凌筱筱的心裡，在她的認知中，溫華一直都是哥哥，一個從小陪她長大，關懷備至的兄長。

煙火在夜幕中無邊綻放，看着凌筱筱燦若星辰的笑靨，一向殺伐決斷的溫秘書長卻只敢在心底偷偷低喃：

筱筱，我愛你。

年後復工的朝華，表面看上去風平浪靜，每個人都在各司其職，但峰創的辦公區已經接連加班半個月了。

當馮岸又一次從田超辦公室出來，狠狠把文件砸在桌子上，其他人都已經見怪不怪了，最近兩人都是這種劍拔弩張的氣勢。

馮岸坐在椅子上，看着電腦屏幕已經臨近完善的《千里江山》，罵了聲娘。

田超動的手腳瞞得過別人，瞞不過他，一開始只是小打小鬧，馮岸沒有過多干涉，畢竟他也清楚，田超敢這麼做，勢必有張行之在背後撐腰。

但是當前天回峰創開會，會上提起的各項內容，都讓他覺得內幕沒有這麼簡單，峰創怕是要貪心不足，想要把這個項目取而代之。

想了一會，馮岸突然想到一個人，或許能給《千里江山》最後一次機會。

「《千里江山》危險，萊茵咖啡廳詳談。」

凌筱筱看着手機上的短信一頭霧水，這是個陌生號碼，但是內容又是公司裡的項目，第一反應就覺得這會不會是田超又搞出的陰謀。

管不了那麼多了，凌筱筱已經很久沒有接觸到《千里江山》進展的消息了，董啟瑞那邊根本指望不上，什麼有用的都沒有，現在接了一個傳媒項目，整個三組的人都顧不上《千里江山》。

凌筱筱抓着外套就去了咖啡廳，沒想到坐在那的竟然是馮岸。

「馮哥？怎麼是你？」

馮岸看凌筱筱果真來了，示意她先坐下，把手邊的電腦轉向她。

「我知道你接觸過這方面的業務，這些我相信你能看懂。」

凌筱筱滿腹狐疑，看着電腦裡的文件從疑惑到震驚，最後只剩下憤怒了，要不是公共場合，都能直接破口大罵。

「你們峰創這是什麼意思？」

馮岸滿臉尷尬：「我這也是前幾天回去開業務報告會，在會上發的一些材料裡發現了端倪。

「自從陸組長離職之後，田超一直小動作不斷，起初我以為只是在跟陸組長留下的東西較勁，但是這次我發現其實田超，以及他身後的高層，根本就是想把《千里江山》據為己有。」

「張行之？」凌筱筱首先想到的就是他，當時跟峰創合作也是張行之主動找上的李健。

馮岸點點頭，田超的級別不夠，充其量就是張行之推出來的一桿槍，這種決策肯定是高層之間的運作。

「為什麼要把這件事告訴我？」

凌筱筱有些不解，即便這個項目最終被峰創據為己有，馮岸是其中的設計師，不用承擔任何風險，也許還會因為這個遊戲的製作

精良聲名大噪，現在説出來沒有什麼實際的好處。

「凌小姐，我雖然只是個搞技術的，但我的職業啟蒙是因為陸組長，一個項目的好壞取決於製作，但項目能否長久被公眾接受，取決於公司。

「《田園故居》就是最好的例子，從口碑爆棚，到一路下滑，峰創的團隊裡一直都不乾淨，陸組長的第一個作品因此告吹，但我不能眼睜睜看着他第二個也這樣被毀掉。」

馮岸只是跟陸霆説過自己是《田園故居》的粉絲，但他不知道的是，《田園故居》給了他自信，在他最迷茫覺得自己已經江郎才盡，什麼都做不出來的時候，是陸霆一手打造的遊戲帶他給踏實充滿希望的感覺，才成就了今天業內聞名的馮岸。

「我不差那點名氣，我只是不忍心……」

凌筱筱信了，她確實沒有想到，在陸霆離開之後，還有人像自己一樣守護着他留下的東西，這份同感，讓她願意相信馮岸。

看看電腦上的文件，凌筱筱做了一個決定：「把文件傳給我，我會想辦法的。」

走出咖啡廳，凌筱筱心裡五味雜陳。

原以為田超與李健勾結，只是想毀掉這個項目，以此逼走陸霆，也砍斷父親重振在董事會雄偉的機會，但是沒想到李健竟然會把這個項目拱手讓人。

張行之能在朝華內部搞出這麼大的動靜，李健不可能一點不知情，兩家公司的高層勾結，田超也好，朱嘉偉也罷，都不過是傀儡而已，聽命行事，根源還在上邊。

拿着馮岸提供的文件，凌筱筱直奔父親的辦公室。

「筱筱，你怎麼來了？」

凌淞華有些意外，揮手讓正在彙報的員工出去。

「爸爸，我有事跟你説。」凌筱筱把文件給他看，講心裡的猜測都説出來。

凌淞華緊皺眉頭，按下座機：「讓溫秘書長到我這來一趟。」

「爸爸，你知道這件事情的嚴重性，李健這就是在拿着朝華的錢去鋪自己的路啊，損害公司的利益。」

溫華進來之後看着文件，倒是沒有凌筱筱反應大：「這個文件只能證明峰創內部有這樣的意圖，不能直接在李健身上定罪，即便找他對峙，他只要咬死不認我們也沒有證據。」

溫華看着凌淞華，眼神如勾：「不如，請君入甕。」

凌筱筱看着她他們兩個打字謎，眼睛一轉就聽明白他們什麼意思了，當即拍桌：「你們這麼做，是要犧牲《千里江山》？」

「筱筱，捨不得孩子套不住狼，李健看不到真實利益是不會鬆口放鬆警惕的。」

「可是你知不知道這個項目用了多少心血！這是朝華的，是陸霆親手創造的，峰創就這麼奪走了，你們這麼做讓底下的員工怎麼想？」

凌筱筱失望地看着他們，有些歇斯底裡。

「正是為了以後再也不會發生這樣的事情，才要好好利用這個機會一舉擊垮李健。」

溫華覺得這是除掉李健最好的辦法。有時候不怕對手狡猾，就怕他們什麼都不做，如果李健只是想拖垮這個項目，凌淞華根本無計可施。

但是李健貪心不足，想用這個項目在峰創變現，這不就把天大的把柄送到了凌淞華的手上。

勾結外部損害公司利益，一定會讓李健在董事會顏面掃地，摧毀眾人對他的信任，凌淞華就能趁機拿回他身上的股權，重新整飭朝華。

「你們用《千里江山》做餌，這個項目從形勢大好被逼到現在幾乎保不住，你們就不能放過它嗎？那些算計權力之爭，為什麼要用項目做靶子？」

凌筱筱不在乎什麼凌李之爭，她現在只想保住《千里江山》，這是陸霆留下最後的東西了，看不見人，再保不住項目，只是想一想凌筱筱都覺得痛心。

如果真的讓遊戲以峰創的名義發出去，陸霆看見的話，會有多失望，凌筱筱絕不想讓他再一次經歷《田園故居》那樣的痛苦了，眼睜睜看着自己的作品另屬他人。

溫華聽她句句不離陸霆，心裡也有火氣，直接反問：「《千里江山》是陸霆的心血，那朝華就不是凌董的心血嗎？李健首鼠兩端，陰險狡詐，他只要存在一天，對朝華來說都是隱患，不讓他看見利益，怎麼逼他出手？不除掉李健，朝華的前路你我心知肚明。」

溫華一直覺得凌筱筱還是個女孩，這些黑暗的事情都被他擋在前面，但是現在看來，凌董之前的擔心是對的，凌筱筱是他唯一的女兒，注定不能一生都隨着心意而活，這些明爭暗鬥的手段，遲早都是要她明白的。

現在凌筱筱只考慮一個項目的得失，沒有大局觀，根本不關心朝華未來怎樣，這樣的眼界絕不可能擔負起偌大的朝華集團。

見凌筱筱還是一臉不忿，溫華放緩了聲音，跟她說：「在我們拉陸霆進局之前，我就告訴過他，這不是他自己一個人的戰場，凌董和李健之間的紛爭勢必會波及到他，陸霆是個聰明人，他用入局換了《千里江山》的一線生機，但最先出局的也是他自己。

「他走的那一刻，《千里江山》會是什麼下場，陸霆早就想好了。」

凌筱筱紅着眼睛，看向一直不說話的父親，聲音哽咽：「就沒有別的辦法了嗎？」

凌淞華沉默着搖頭。

卻如溫華所說，用這個項目逼李健出手，只要他們交易完成，這個把柄就被凌淞華牢牢握住了。

凌筱筱又看向溫華：「不能再救救《千里江山》嗎？」

溫華的不語讓凌筱筱徹底死心，整個朝華，除了他們兩個，沒有其他人有這個本事力挽狂瀾了。

陸霆遠在寬城，不知道凌筱筱因為項目大鬧辦公室的事情，此時正開車帶着父母回鄉下。

陸媽媽的舅舅過世了，陸霆按輩分應該叫一聲舅姥爺，老人活到八十八高齡，走的時候沒遭罪，也算是喜喪。

「年前還好好的呢，這還沒出正月人就沒了，也太突然了。」陸媽媽在家接到消息就催着陸霆開車往回趕，一路上眼睛都哭紅了。

「年紀大了，走的也安詳，你就放寬心吧，逝者已逝，回去盡一盡哀思也就是了。」陸爸爸一直摟着媳婦寬慰。

車開進村子裡，這些年農村發展變化挺大，小時候陸霆在村子裡長大的，現在回來已經很難找到以前的痕跡了。

家家戶戶都蓋了大瓦房，以前泥濘的村道也都修成了平整的柏油路，積雪覆蓋着曠野，不難想像這裡到了秋季，該是怎樣的稻黍千層浪。

家門口已經支起了白幡，院子裡搭着靈棚，陸媽媽一下車就開始痛哭，胳膊上吊孝的就是老爺子的兒女，此時一邊一個都在勸慰，在場之人傷心之情溢於言表。

陸霆也是親近的晚輩，給老爺子靈前上香磕頭，為表哀思當晚還留下陪着守夜。

陸霆的童年都是在這個小村子裡度過的，聽村民說起這些年的

變化，心有感慨，聊得津津有味。

　　他捧着熱茶坐在臨時搭起來的帳篷裡，守夜的人晚上都要待在這，身上裹着厚重的棉大衣，帳篷裡燒着木炭，還是抗不住冷風侵襲，覺得兩次從腳底往上湧。

　　陸霆跺跺腳，繫上領子的扣子，問道：「我記着村口有一顆大槐樹，可是有年頭了，這次開車回來怎麼沒看到？」

　　旁邊坐着老爺子的大兒子，陸霆應該叫一聲大舅，此時攏了攏袖口說：「那棵樹上出了點事，挺晦氣的，後來正好趕上村子改建就給砍了。」

　　「什麼事啊這麼邪門？」

第十五章

人心本惡

「後頭那個老田家的老嫂子，在那棵樹上上吊，晚上正好村長回來看見了，要不田家老嫂子就沒了。」

陸霆耳朵一動：「田家？」

大舅往火堆跟前湊了湊：「可不，就那個老田家，哎對了，那家兒子就是跟你小時候一塊玩的那個，叫什麼來着……」

「田超。」

「對對對，就是田超。」

陸霆心裡一沉，這麼大的事怎麼沒聽田超提起過呢，田家出了什麼要命的問題能把老人逼得去上吊。

「他家出了什麼事這麼嚴重？他媽媽不是一直在醫院嗎？」

「啥醫院？那老嫂子身體好着呢，兒子離得遠，每年秋收老嫂子都自己下地幹活。」大舅搓搓手，「之前那年，他家突然去了一波人，看着就不像什麼好人，在家裡一頓砸，估計是那兒子在外邊惹事了。」

陸霆越聽越詫異，田超幾乎就是整天跟自己聯繫，要真是有這麼大的事情，怎麼能不跟自己說呢？

大舅知道的消息也不多，陸霆打算明天親自過去看看，田超自從去上海之後，跟自己一樣，都只有過年的時候才會回來，家裡的大事小情都幫不上忙。

　　但是現在陸霆疑惑的是，老舅説田超的母親身體很好，但是田超四年前説母親重病住院，還説要器官移植，需要一大筆錢，每個月化療也是一筆不小的支出，兩者自相矛盾啊。

　　陸霆開始懷疑田超當年跟自己説的話，到底是不是真的，畢竟老舅跟田家鄉里鄉親幾十年，這種事情沒必要説謊。

　　陸霆一整晚都懷着心事。

　　拉開帳篷門出去，外邊冷風刺骨，但夜空的星星更加閃爍，比城市裡的明亮很多，是那些鋼筋建築中難得一見的風景。

　　早上吃過飯，陸霆就拎着在小超市買的生果和營養品去了田超家。

　　「阿姨在家嗎？」

　　陸霆站在門口喊了兩聲，裡面出來一個老婦人，皮膚粗糙黝黑，一看就是常年風吹雨淋幹農活的形態，脊背微微佝僂着，走路有些跛，明明跟陸母年紀相仿，但是看上去像六七十歲的老嫗。

　　老婦人看見有人站在門口，提起自家兒子，非但沒有熱情地迎進來，反倒滿臉戒備。

　　陸霆往前走了兩步，滿臉帶笑：「阿姨，我是陸霆啊，小時候經常到您家玩的啊。」

　　田母好像想起來一些，表情微微放鬆：「是小陸啊，快進來吧。」

　　一進屋，屋子裡收拾得乾淨整齊，但是物件少得可憐，看上去十分清貧，陸霆心裡的疑點越來越大。

　　「阿姨身體怎麼樣？我這回來一趟想着過來看看您，田超在那邊也挺擔心您的。」

田母忙着倒水，坐在炕沿上：「好，身體還行，你們在外邊工作也辛苦，超子今年說是忙得很，過年都沒回來。」

陸霆摩挲着杯子，含笑問到：「聽說您之前身體不太好，這上了年紀您也要注意保養，田超在外邊也能放心。」

田母擺擺手，把果盤往陸霆那邊推：「都是小毛病，沒什麼問題，我這老骨頭還算硬朗。」

小毛病？

陸霆現在已經可以確認，田超當年讓自己賣掉《田園故居》的藉口是編造的，這樣的消息讓他感到憤怒。

原來欺騙始於當日。

「之前……聽田超說家裡來了不少人找茬，您當時沒受驚吧？」

提起這個話題，田母明顯抖了一下，怔忡了半晌才說：「都怪超子不爭氣，在外邊做生意賠了錢，那些人就鬧到家裡來，我每年就種地收糧食那點積蓄，哪裡拿的出幾十萬哦。」

田超是沒自己做過生意的，看來各種緣由連他母親都被騙過去了。

陸霆又陪着田母閒聊了一會，逗得老人家眉開眼笑，快到午飯時間，陸霆才告辭出來。

回去的路上，陸霆的心裡一半怒氣一半寒涼。

當年剛剛畢業，兩人創業有多艱難，先期資金不足，陸霆出去應酬了多少酒局才拉到投資，喝得差點胃出血。

後來好不容易把工作室組建起來了，沒日沒夜的技術攻關，從裡到外處處操心，其中的艱難都是兩人一起度過的，田超把每一寸艱辛都看在眼裡。

《田園故居》爆火的背後，是陸霆帶領團隊多少個日日夜夜打下來的結果，不管其他公司出到多麼高的價格，陸霆都咬緊牙關捨不

得轉手賣掉，滿心歡喜的期待着憑藉這個遊戲開始創業生涯。

但是陸霆永遠忘不了那個雨夜，田超滿身狼狽，被雨水打濕出現在他面前，哭得幾近絕望，求着他簽字把《田園故居》賣掉，一聲聲都是為了母親籌治病錢，誰看了都得稱讚一句大孝子。

「陸哥，我是實在沒有辦法了，家裡能借的親戚都借遍了，我媽就躺在醫院等着錢手術，我實在是拿不出來了。」

「陸哥你幫幫我吧，我不能眼睜睜看着我媽沒錢治病啊！」

田超站在陸霆面前，眼淚和雨水混在一起，一邊罵自己不中用沒出息，一邊抽自己大嘴巴，那種情態，陸霆哪裡能狠心拒絕。

陸霆坐在床上想了一宿，地上都是煙蒂，天剛剛拂曉，陸霆長歎一聲，最終還是在合同上簽下了名字。

拿到錢的那天，陸霆一次性都轉給了田超，讓他拿着去繳費。

田超感恩戴德，滿眼都是激動。

這些年陸霆日子過得再艱難，都沒有催過田超還錢，他知道田超家裡有臥床生病的老母親，每個月都等着錢化療續命。

可是四年之後，沒想到在老家見到了身體硬朗的田母，每年還能種地收糧，根本就不是重病之後的樣子。

原本以為田超的背叛是因為李健的利益誘惑，沒想到，四年前，就已經用謊言為如今埋下了徵兆。

陸霆一拳砸在樹上，田超，你的良心都被狗吃了。

「舅媽，我看咱村這日子過得都不錯，我上午去老田家看阿姨，怎麼那日子過得看着可不太好啊？」

陸霆知道這些鄰里之間的事情得問舅媽，説不定跟其他人閒聊的時候能聽説一二。

「咳，可別提了。」張鳳霞擇着菜葉説，「一開始也挺好，好像是幾年前吧，老嫂子鬧了一回，説是兒子欠了不少錢，人家債主找上門

了，現在每年打的糧食錢都不敢花，都給兒子留着呢。

「你説上了歲數哪能沒有個病有個災的，吃吃藥打打針，平時還得過日子不是，都是花銷，老田家就一天不如一天了。」

陸霆繼續不動聲色地問：「出什麼事了？我聽説都把田阿姨逼得上吊了。」

張鳳霞咂咂嘴，神秘兮兮地往陸霆跟前湊了湊：「大夥都以為是田超在外邊做生意欠賬了，但是我跟你講，田超那小子好幾年前就好賭，肯定是沒戒掉，在外邊賭博讓人家騙了。」

「賭博？」陸霆更震驚了。

一直都沒發現田超好賭，要真是這樣，他的演技可謂爐火純青啊。

「千真萬確！這些消息大夥都傳遍了，就是可憐老嫂子不容易，都不在她面前提而已，那家的孩子真是不爭氣，好好的把家裡都拖累成什麼樣了。」

張鳳霞一邊説一邊感歎：「這左鄰右舍的住着，哪有什麼事瞞得住呢！那些要債的年年都來，就去年過年，正月都沒出呢，就去鬧了一通，大家都聽得清楚着呢！」

陸霆這次是真的相信了。

田超讓自己賣掉《田園故居》根本不是因為母親生病，竟然是在外邊欠了巨額賭債，自己還不上，才把主意打到他身上來。

要是告訴自己實情，陸霆説什麼都不會幫忙，但是有了田母這個幌子，田超摸準了陸霆不會拒絕，再聲淚俱下地演上一場，四年的時間都沒有懷疑過。

陸霆捏碎了手裡的絲瓜，汁水流了一手，把張鳳霞嚇了一跳，趕緊推着他出去。

「你這孩子，不會弄就趕緊離開廚房，找你舅説話去，去去去。」

陸霆被推出來，站在房簷下望天，這種被欺騙的感覺，比當時知道田超暗中作梗阻撓項目更加濃烈。

田超為了騙到錢，連母親都能拿來說項，詛咒生了重病，要不是這次陸霆陪着母親回來奔喪，只怕被蒙在鼓裡不知要何年何月。

田超即便背叛了他，用自己的利益做槳，陸霆都沒有跟他當面對質要求還錢，但現在，連陸霆最後可憐他的心都被消磨殆盡。

陸霆覺得自己一向看人很準，沒想到在田超身上連續栽倒兩次，從前那些信誓旦旦的諾言，什麼共同東山再起的承諾，現在想來都是屁話。

陸霆可笑得像個傻子，被田超耍得團團轉，而他還在拿着《田園故居》的錢沾沾自喜，踩着陸霆的辛苦上位。

那天的一頓拳頭着實太輕了，陸霆現在都想把田超按在地上暴打一頓，讓他鮮血直流，出出這口惡氣。

田超坐在辦公室，打了兩個噴嚏，揉揉鼻子，看着手裡的文件，翹起了二郎腿。

遊戲已經馬上進入內測階段了，只要反響足夠強烈，峰創就會憑藉這個遊戲再紅一次，屆時帶來的盈利可不是朝華現在合同上寫的那些分成能比的，而田超自己也能從此在峰創站穩腳跟，成為張行之的左膀右臂。

馮岸最近經常往峰創總部跑，他畢竟是老員工了，自然有自己的人脈，跟項目部的人抽根煙，聊聊天，就能知道不少內幕。

眼看着內測時間一點點臨近，凌筱筱那邊毫無進展，去凌淞華辦公室鬧了好幾次都不能說服他出手幫忙。

而溫華最近忙着蒐羅李健勾結峰創，企圖轉賣《千里江山》變現的證據，忙得無暇顧及凌筱筱。

凌筱筱愁得唉聲歎氣，跟馮岸碰頭就是兩人坐在一塊歎氣。

「如果內測真的是峰創自己獨名，我就要辭職了。」馮岸喝着咖啡，這家咖啡廳都要變成他倆的基地了，每天幾乎都要過來打卡。

凌筱筱理解他的意思，默默點頭，張行之上樑不正，田超本來就不是什麼好餅，以後在張行之手下，也是有樣學樣，兩人沆瀣一氣，辦不出什麼好事來。

像馮岸這種把遊戲當做信仰的人，與他們根本不是一路人，早離開也是件好事，他有這手本事，其他公司都得搶着要。

「你呢？」馮岸看着凌筱筱，「能出這種事，你們朝華內部也不乾淨，還打算繼續留下？」

凌筱筱搖搖頭：「我沒想好呢。」

她到朝華實習完全是因為陸霆，但是現在爸爸能不能放自己走都不一定，鬧過這幾次，凌淞華恨不得把女兒調到秘書辦，天天放眼皮子底下看着。

內測的時間就在兩人一聲接一聲的歎息裡到來了。

凌筱筱都已經知道結果了，就刻意沒去關注，怕自己到時候忍不住，衝過去給田超一巴掌。

午休時間剛過，凌筱筱就聽見邵俊偉那砰的一聲，把凳子踹倒了。

大家都圍過去問怎麼了，邵俊偉指着屏幕《千里江山》的內測頁面，最下面的製作方只有峰創遊戲一家，朝華連半個字都沒有。

邵俊偉鮮少有這樣暴躁的時候，又在椅子上補了一腳，大家看着頁面議論紛紛。

凌筱筱看他們的態度就知道這件事徹底無法挽回了。

朝華即將除去李健這個毒瘤，而陸霆又再一次失去項目面世的機會。

凌筱筱心裡發堵，點開《千里江山》，一幅畫卷徐徐展開，用中

國山水意境點綴其上，引出各朝各代的人物與歷史。

凌筱筱特別關注了李清照，最終出現的這一版，是馮岸掐着底稿，在田超辦公室大罵他一個小時換來的簽字。

雖然沒有陸霆同意的那版古樸，但是融入了當下流行的元素，並不突兀，那些田超要求減掉的衣服都重新穿上了。

也是因為人物形象設定，馮岸與田超之間每天打仗，勢同水火。

凌筱筱看着每一個場景，製作精良，銜接流暢，人物對話都請最專業的配音師打造，每一個細節都是精雕細琢出來的。

看向那扇緊閉的辦公室，凌筱筱想，如果陸霆此時還在那裡，應該會非常高興吧！

凌筱筱關上網頁，乾脆眼不見為淨，現在説什麼都太晚了。

她知道溫華早幾天就在等着內測這一刻，看到製作方的名字就會緊緊抓住李健最重要的證據，所以無論如何，這個內測結果都不會發生改變了。

峰創不會改，朝華更不會去改。

陸霆，我終究沒有幫你守住。

凌筱筱看着她從陸霆辦公室拿出來的仙人球，陷入一陣難以名狀的情緒，心裡五味雜陳。

溫華拿着一沓資料敲開了凌淞華的門。

「凌董，事成了。」

凌淞華轉過身，眼神中帶着絕殺，李健是自己一手培養出來的，沒想到權慾熏心，養出一頭白眼狼，如今是時候清掃門戶了。

「明天召開董事會，李健的好日子要到頭了。」

溫華點頭應下，為了這一天，已經養精蓄鋭很久了，勢必讓李健再也爬不起來。

凌筱筱坐在床上，對着《田園故居》的對話框發呆。

她實在不知道要如何將這件事透露給陸霆，讓他知道了，一定會難過的，而且兩人現在只是「網友」，貿然提起還很突兀。

凌筱筱在床上翻滾，實在是太費腦筋了，為什麼這麼難啊！

算了算了，陸霆回老家也許就是為了求個清淨，這些事還是不要拿去打擾他了，現在網絡這麼發達，即便自己不說，他也會在別的地方看到吧。

《千里江山》一經內測，反響極大，網上鋪天蓋地都是好評，尤其是濃鬱的國學風範，讓不少學者都站出來稱讚這個遊戲製作考究，玩家十分買賬。

他們可不知道這裡面的玄機，一時間峰創名聲大噪，都說他們是有良心的製作方，把弘揚傳統文化放在首位，沒有數典忘祖，用遊戲的方式讓更多人接觸國學。

網上好評如潮，凌筱筱看得心煩，如果不是田超之流，現在享受讚譽的就應該是陸霆，而不是這些小人。

董事會當天，會議室裡坐滿了人，董事們議論紛紛，不知道凌淞華突然召開會議是何用意。

李健倒是不擔心，他自信滿滿，大腹便便地坐在那裡，還有閒情逸致跟朱嘉偉聊天。

凌淞華走進來，穿着一身黑色唐裝，坐在上首，底下瞬間鴉雀無聲，身上帶着駭人的氣勢，不怒自威。

「今天叫眾位來，是有一件要緊事，事發突然，來不及走董事會議程序了。」凌淞華示意溫華將材料分發下去，接着說，「朝華集團風雨幾十年，在坐都是有功之臣，朝華能有今天少不了各位的心血，正因如此，我一直對董事會格外寬容，平時些許小事都睜一隻眼閉一隻眼，不願意傷了大家的和氣，但是……」

凌淞華說到這，重重歎了一口氣，若有若無地往李健身上瞟了一眼。

「但是現在，董事會裡出了叛徒，我就不能再坐視不管，讓他們拿着朝華的前程胡作非為，這些都是資料，各位董事要是有什麼疑問盡可以提出來。」

李健看凌淞華這個態度，心裡疑惑，剛剛翻開文件，眼睛就瞪大了，第一頁就是他跟張行之私下見面的照片。

「你……」

凌淞華並不理他，手指勻速敲着桌面：「之前朝華有一個項目，相比大家都有印象，是為了拓展遊戲產業專門開發打造的，經市場部、項目部、財務部聯合調研審批後，在董事會研判通過。

「現在這個遊戲項目已經進入到了內測階段，但是公眾看到的製作方名錄裡卻只有合作的峰創公司，我們朝華的名字卻是半個字都沒有。」

此話一出，底下一片譁然。

凌淞華看向李健：「這件事還請李董事給個說法。」

李健當然沒有蠢笨到自爆，立刻矢口否認：「這跟我有什麼關係，這說法你可不應該跟我要。」

「哦？與李董事無關嗎？」溫華笑着拿出第一張照片，放在桌面上，「聽說李董與峰創的執行總裁張行之交往密切，經常在一起聚會呢。」

李健瞄了一眼照片，不愧是久經沙場，此時仍舊面不改色：「不過是一起吃過飯，都是私人的往來，跟公司沒有關係，怎麼，溫秘書長用這個就想定我的罪？」

「李董事言重了。」溫華不疾不徐地展開文件袋，頭一份就是李健跟張行之私下簽的合同。

「這上面的條款言明，只要李董事把這個項目轉給峰創，那麼將會拿到百分之十的盈利回扣，您的名字和張行之的名字都在上面。」

李健眸色暗沉，這麼機密的文件連朱嘉偉都不可能接觸到，向來都是向雲生親自保管。此時他意識到，向雲生今天一直沒有出現過。

溫華信心十足看向他：「向助理家中有事，凌董已經放了他一個月的假期，李董還要找誰？」

李健還有什麼不明白的，向雲生一定是反水了，把這種文件交給凌淞華，沒有第二個人能辦到。

「你們不要血口噴人，這項目一直都是項目一組負責，跟我有……」

「一組組長陸霆早就被您陷害，從朝華離職了，隨後項目被移交到對遊戲一竅不通的三組，年後復工原一組成員十三人都被調到其他部門，這裡的人事命令都是從您手下發出去的。」

溫華順着他的話拿出一沓人事調令，每一張最後都蓋着李健的人名章。

「您還有什麼要說的？」

李健冷笑一聲：「那是一組辦事不利，陸霆可是尋釁滋事才被開除，難道也是我按着他的手要他打人的不成！」

溫華能站在這裡，自然是準備萬全，知道李健心思狡猾，直接拿出一個 USB：「這裡是我調查所得的全部內容，李董和田超是什麼關係？

「此人先為朝華一組員工，後因篡改一組在研判會上的幻燈片而被開除，但是兩天內就入職峰創，直接擔任《千里江山》的項目組長，各種緣由都是李董的手筆。

「田超在公司內散佈陸霆的謠言，引得陸霆與他爭執，李董事順水推舟逼走陸霆，自此，《千里江山》在公司無人問津，而田超

作為峰創的組長就在李董的指示下，隻手遮天，將項目變成峰創獨家。

「如此小人行徑，李董事的本事真是讓我等刮目相看。」

溫華將李健所作所為一一道出，每說出一樣，都有證據擺在明面上，徹底封死他的退路。

大家看着詳細的證據，紛紛低聲密語，李健一時間百口莫辯，坐在椅子上喘着粗氣。

「李健，你是我培養出來的人，當年我力排眾議讓你入董事會，給你股權，費盡心力提攜你，沒想到你真是送給我一個大驚喜啊。」

凌淞華適時地表露態度，直接把罪名給他坐實，連狡辯的機會都不給。

「這些年，你濫用權力，中飽私囊，提拔親信，這些我看在情面上都沒有苛責，但是我不能看着你拿着朝華的利益填補你的私利，你已經嚴重損害到各位股東的利益，影響了朝華的發展，李健，你太讓人失望了。」

凌淞華拍着桌案，把李健多年來的行徑一一揭示。

從前，大家看着李健勢大，都避其鋒芒，現在凌淞華率先出面，明擺着就要制裁他，一時間議論紛紛，都開始考慮起李健這麼多年的所作所為，即便是為了自己的利益衡量，逼李健退出董事會都是最好的選擇。

凌淞華雖然年紀大了，看似被李健架空，但是今天這一出手，就知道積威還在。

李健看着那些確鑿的實證，溫華連田超修改幻燈片的監控視頻都截下來了，無論從哪一點，都沒有給他再掙扎的餘地。

朱嘉偉坐在那兒臉色晦暗，他一向都是聽李健的，這些事情他一個都跑不掉，知道要是李健倒台了，他肯定也保不住，心裡如同擂

鼓一般，亂了陣腳。

「我這些年對朝華的貢獻不少，從我這出去的項目哪一個不是盈利的？你們用這些就要讓我交出股權，未免太不現實。」

李健咬緊牙關，即便被逼到此等境地，也沒有鬆口，那眼神彷彿困獸，在做最後一搏。

「是嗎？」凌淞華不以為意，事已至此，其實結果已經定下了。

「李董多數負責的是房產以及海外項目，賬面上年年收益，但是結合起您審批出去的資金，總賬確實每年標紅。」

溫華拿出另一個文件，放在李健面前：「這是前年的宏大酒莊項目，去年的玫瑰園產業，一個用假酒以次充好，一個施工進行一半就停滯不動，敢問李董，原因在哪？」

李健瞪着溫華青筋暴起，好像要吃人一樣，呼哧呼哧喘着粗氣。

「李健，這麼多證據，你還有什麼話可說？」

「對啊，你得給我們拿出個解釋來！」

下面的股東紛紛出言質問，此時不一腳把他踩下去，更待何時。

李健看着這些人，眼神一個個掃過，那些跟他有所往來，甚至一起狼狽為奸的股東都轉頭避開視線，都不願意出面替他說話。

李健知道凌淞華釜底抽薪，當着眾人的面揭開了他的底牌，根本就沒準備給他喘息的機會。

「你要怎樣？」

凌淞華毫不客氣，直接說：「簽股權轉讓協議，把你手上的全部股份都轉出，退出董事會，從朝華離職，我就既往不咎。」

李健咬着牙一字一頓地問：「不然呢？」

「不然？」凌淞華點點這些資料，「不然我們會就這些尋求法律意見，情況如何，李董可以安心回家等着。」

「你凌淞華這些年手上就乾淨嗎？只怕污糟事也不少吧？經得起

查嗎？」李健此言是想與凌淞華魚死網破了。

凌淞華根本不怕，他太了解李健是什麼人了，要是真敢對簿公堂，他的老底都得被抄沒乾淨，李健可捨不得。

「我行得正坐得直，你大可以試試看。」

朱嘉偉看李健殺紅了眼，自亂陣腳，拉着他的袖子，小聲說：「李董，沒必要鬧到法庭上，那些事情，我們根本經不起調查，小心把老本都賠進去。」

李健回頭瞪着朱嘉偉，心裡埋怨他沒用，竟然沒能為自己說一句話，讓他被溫華壓得死死的。

李健死死握着拳頭，暗罵凌淞華這個老不死的，就等着項目內測之後，把一切都算計在手裡驟然發難，打了自己一個措手不及。

「沒了我，項目也拿不回來了，還想為朝華開發新領域？凌淞華你年紀越大，想法越可笑啊。」

「這些就不勞你操心了。」

凌淞華給溫華使了眼色，溫華含笑遞上一支筆：「李董事，您簽還是不簽？」

朝華內部隨着李健的倒台，凌淞華開始大刀闊斧地收拾他他留下的爪牙，一時間血雨腥風，不知道多少部長經理隨之消失，人事部簽發的調令一張又一張，首當其衝的自然就是朱嘉偉。

溫華親自把解職書送到行政部，朱嘉偉雙眼赤紅，卻毫無辦法，風輕雲淡地讓人收拾了辦公室。

江輕語聞訊趕來的時候，朱嘉偉已經站在門口，與溫華對峙。

「這是？」

朱嘉偉知道不能再峰迴路轉，推開江輕語就走了，一句解釋都沒有。

江輕語被推得一趔趄，一抬頭就看見林黛西站在人群之後得意地笑着。

　　彷彿在嘲笑她，好不容易抱上的金大腿，好日子沒過幾天呢就結束了。

　　江輕語知道最近公司不太平，沒想到朱嘉偉這麼快就被清算了，自己一直沒有摻合到他的那些事裡，想必也不會波及到她吧，但是想到自己和朱嘉偉的關係，心又懸了起來。

　　溫華注意到她，這個女人工作很有一套，手腕強硬，標準的職場女強人，就是給自己選男人的眼光不怎麼樣，拋棄了潛力股陸霆，跟了朱嘉偉這麼個外強中乾的人。

　　「江副部不用太過擔心，公司向來只看能力，不看私情。」

　　江輕語聽見溫華這麼説，勉強對他笑了笑：「謝謝。」

第十六章

整裝歸瀘

凌淞華大刀闊斧，不留情面。

凡事跟李健有所牽扯的人，親近的直接找到把柄開除，疏遠一些的明升暗降，今天剛剛免職的崗位，第二天就有新人頂替上來，公司一切運行正常，絲毫沒有受到影響，可見凌淞華收拾李健之前，做了充足的準備，在要取替的崗位上都安排了自己人。

凌淞華站在落地窗前，身後是特別助理王君。

「讓筱筱上來一下。」

「自從那幾次鬧得不愉快之後，您每回要見小姐都被拒絕了，現在這心裡估計還有火氣呢。」王君賠笑說。

凌淞華對這個女兒也很是頭疼，按按太陽穴說：「她不理解我，覺得我為了扳倒李健不近人情，犧牲了陸霆和項目，心裡對我有氣。」

王君低笑：「小姐終究年紀不大，只能看見表面，不知道您背後的打算。」

凌淞華歎氣，擺擺手：「東西都準備好了？」

「都備好了。」

「叫她上來吧。」凌淞華走回辦公桌前坐下，面前放着一個牛皮紙袋。

凌筱筱在辦公區看見王君的時候嚇了一跳，本來不想去見凌淞華，但是王君一直不走，惹得同事們都偷偷看過來，咬咬嘴唇，還是上樓了。

凌淞華看女兒板着一張俏臉，站在門口不說話，又氣又笑：「過來坐。」

凌淞華把紙袋推到她面前，示意她打開。

凌筱筱拆開一看，竟然是一處租房合同，不解地看向父親：「這是？」

「就在朝華大廈對面，十六樓，視野開闊，地段也好，用來做工作室最好不過了。」

「什麼工作室？」

凌淞華的操作把凌筱筱看懵了。

「朝華要開發新領域不是紙上談兵，這裡需要新鮮血液，但是剛剛經歷一場變動，不適合再度啟用新項目，所以對外投資，聯合開發才是好辦法。」

凌筱筱想着爸爸特意把她叫上來，還連地方都選好了，心裡突然冒出一個想法，讓她欣喜不定，試探着問道：「你是要……？」

凌淞華點點頭：「所以，他在哪？」

陸霆賦閒在家無所事事，整天跟着陸爸爸出去釣魚，或者陪陸媽媽出門散步，順便搓搓麻將，別的本事沒長進，這一個多月，倒是把陸媽媽以前的牌友都征服了。

陸霆坐在麻將桌前，伸手摸牌，大拇指輕輕一捻，臉上瞬間得意，翻過來敲在桌上。

「八萬，自摸胡了！給錢給錢！」

「哎呀我說你家這個兒子啊，才學了幾天就打得這麼好了！」

三家都掏錢，陸媽媽坐在一邊數錢數得眉開眼笑。

陸霆摸摸口袋，撇撇嘴說：「沒煙了，媽你玩會，我買盒煙去。」

陸霆插着褲兜走出樓門，隨意撩着頭髮，晃晃悠悠往超市走。

「滴滴——」

身後傳來一陣鳴笛，陸霆轉身，一輛紅旗車停在身邊，陸霆眯了眯眼睛。

後車窗降下，凌淞華坐在車裡看着他點頭示意：「要談談嗎？」

陸霆見是他，抬頭看向遠處：「沒什麼好談的。」

「《千里江山》內測了，製作方只有峰創。」

陸霆瞬間看向凌淞華，這個結果是他無論如何沒有想到的。

哪怕是這個項目被拖垮，或者粗製濫造，上線之後口碑爛大街，這些陸霆都想過，唯獨《千里江山》改換門庭出乎他的意料。

「上車。」

陸霆暗沉了眼色，繞過去拉開車門。

兩人坐在臨街茶樓，這個時間人少，環境清雅，整個大廳只有他們兩個。

「看來你離職之後一點外面的消息都沒有接觸。」

凌淞華看着對面坐着的年輕人，曾經選中他，就是因為在他身上看到了自己年輕時候的影子，有野心，有才幹，更重要的是有情義，不會做出損人利己的事情。

論起能力，十個田超也比不上陸霆，但即便把他坑害得一無所有，也沒用自己的手段將田超踩進泥裡，可見人品貴重。

陸霆沒有接話，確實離開朝華之後，主動切斷了所有聯繫，關於項目的信息更是無從得知，互聯網雖然發達，但是陸霆有意避開，

《千里江山》內測在網上掀起軒然大波他也一概不知。

「項目被李健和田超暗箱操作，跟峰創的張行之簽署了協議，用製作版權還百分之十的盈利回扣，內測當天，製作名錄裡只有峰創，沒有朝華。」

陸霆捏着茶杯，知道自己孕育的心血再一次屬於別人，杯中的茶水微微泛起波瀾，映射着他並不平靜的內心。

凌淞華浸淫商場多年，識人觀心自然老道，陸霆看上去頹廢倦怠，身上都是煙味，再不復往常精明強幹，但是內心絕不會像表面一樣。

「您來找我不只是告訴我這個的吧？」

「《千里江山》已經指望不了了，但是它的創始者還在，我相信我的眼光，你絕不是願意一輩子窩在這個縣城的人，老鷹只屬於藍天，不會在巢裡潦倒。」

陸霆看着外面，沒有上海金碧輝煌，這裡最高的建築不像上海那樣一眼看不到頂，每個人都不會慌慌張張的趕路，生活節奏緩慢又自由。

「現在也挺好，我釣釣魚，打打麻將，沒事的時候再喝喝茶，挺安逸的。」陸霆舉起茶杯一飲而盡。

「外面只知道《千里江山》是田超的手筆，他功成名就，而你在這裡無人問津，難道你就甘心？」

「人各有志，沒什麼不甘心的。」

凌淞華笑了，抬手給自己斟茶：「人各有志？我沒記錯的話，你的志向可不是坐在這喝下午茶，軒宇高台才是你的志向。」

「《田園故居》也好，千里江山也罷，哪一個不是你陸霆的心血？時勢造英雄，不是你能力不行，只是恰好小人當道，既然你學不會折腰，經歷這一場也不是壞事，但凡事都有個時限，你在這待得夠久

了，終究還是要出去的。」

　　要說陸霆真的認命誰也不信，不然現在也不會坐在這跟凌淞華說話。

　　他仍舊嚮往遠方，但是在那個都市裡，發生的一切讓他遍體鱗傷，把凌淞華口中的志向深深埋在心底，遠離浮華鬧市。

　　但是志向真的能丟掉嗎？

　　或者問一問本心，現在的生活真的是他想要的嗎？

　　在麻將桌上稱王，把智商都用在算牌上，然後拎着魚竿在湖邊坐一整天，以後領着三千塊的薪水度日……陸霆不知道。

　　「我年紀大了，再深謀遠慮也不過幾年十幾年的光景，但朝華不能跟我一樣進入暮年，還有很大的潛力可以挖掘……」

　　陸霆打斷他：「朝華跟我沒關係了。」

　　凌淞華笑笑，陸霆就是從商的材料，凌筱筱需要點撥才能看清的東西，陸霆自己就能想到，他和溫華用《千里江山》釣李健上鈎的事情一定瞞不過他，凌淞華也不解釋。

　　「我願意幫你一把，大鵬扶搖直上也需要一股東風助勢，想不想完成你的理想，重新站在巔峰，找回屬於你的一切榮耀，全看你自己了。」

　　陸霆知道這天下就沒有白吃的午餐，凌淞華找他，絕不可能是善心大發，必有所求。就像之前一樣，要用自己除掉李健，那麼這一回又是要除掉誰呢？

　　「李健疥癬之患，已經跳不起來了，但是朝華需要新的方向。」凌淞華直接把要求說出來：「我要你跟朝華合作，你的項目必須由朝華聯合發行。」

　　陸霆自嘲地搖搖頭：「你也能看見，我什麼都沒有，朝華太大我高攀不起。」

　　凌淞華將文件袋放在他面前，上面放着自己的名片：「這就是我

給你的底氣，算作我入股，要不要接受你自己考慮。」

「這一張是眾騰科技遊戲部的名片，人你見過。」凌淞華將另一張名片壓在上面。

看陸霆帶着猶豫，也不催促，看着外面天氣正好，活動活動腰板：「人老了，坐不了太久，你好好想想，兩天之內等你答覆。」

陸霆低頭看着名片上的燙金花紋，心煩意亂，杯中茶已涼，卻正好能壓住心裡的火氣。

生活平靜的時候，不去想所謂雄心壯志，不願意接受外界一切消息，可是凌淞華的到來，把這樣的生活打破了，重新激起心底的波瀾。

靜水流深不是江河常態，凌淞華說他是老鷹，應該搏擊長空，翱翔萬里，但是事實真的如此嗎？

在經歷過愛人離去、摯友背叛、所有努力一夕之間化為泡影之後，雄鷹還飛得起來嗎？

陸霆就這麼坐在茶樓裡，身邊的茶客來來去去，換了一桌又一桌，外面從太陽高照到日落西沉，茶樓重歸安靜。

「先生，我們要打烊了。」

陸霆回過神來，這一整天的思緒使他心煩意亂，心底再不復湖邊釣魚時的平靜，萬丈波瀾浮現，那些霓虹下的光彩都在陸霆眼前閃爍變換，讓他頭暈目眩。

「先生？我們要打烊了。」

陸霆站起來，活動着僵硬麻木的雙腿，慢慢向外面走去。

摩托車呼嘯而過，載着年輕人狂熱的笑聲遠去。

陸霆心想，自己已經多久沒有這樣放縱肆意地笑過了，好像從田園變賣開始，就一直憋着一股氣在心裡，在即將有機會釋放的時候，又一次迎來低谷，把一切苦水吞嚥進心裡。

歷經坎坷之後，凌淞華又一次給他送來機會，但是真的要抓住

嗎？萬一又是一次失敗怎麼辦？

「先生！先生！你的東西落下了！」

身後有人喊他，陸霆來着她手上的檔案袋，猶豫地挪動着腳步。

他了解自己，機會真正放在他手中，當真還捨得放開嗎？

想着剛剛摩托車上的笑聲，陸霆轉身快步跑去，短短幾步就好像做出了決定。

綠林松野是他喜歡的生活，但快意躍馬更是他心底的浪潮，這一次，再也不能忽視那個一直叫囂的聲音了。

他要上海的霓虹，要大廈之上的決斷拚搏，要用自己的手去拿到再三失去的東西，那些鮮花和掌聲，那些成功之巔萬眾矚目的勝利。

「謝謝。」

名片上的印花好像有一種魔力，緊緊附着在他的掌心。

走回家，激蕩的熱血歸於平靜，推開門，是照耀滿室的煙火溫馨，不管怎樣，這裡都是他的港灣，失敗也好，成功也罷，永遠不會喪失歸途。

「爸，媽，我要回上海了。」

陸霆重新站在張江湯臣豪園，沒有第一時間給凌淞華打電話，上樓在書架找到那張《田園故居》轉賣的合影。

打開相框，照片後面是一張欠條。

陸霆想起四年之前，這張欠條還是江輕語以備不時，讓田超寫下的，當時陸霆不以為然，但是現在，不好意思田超，你騙我的，絕了兄弟情義，那你就要把這些統統還回來。

陸霆並沒有直接找田超要錢，既然他能用卑劣的謊言欺騙四年，能毫不心軟地毀掉自己的一切成果，那再跟他談什麼道義就沒必要了。

直接一紙訴訟遞交法院，讓法院的傳票跟田超對話吧。

「喂，凌董，我回來了……」

凌淞華掛斷電話，滿臉笑意地看著王君：「果然我沒有看錯人。」

「一切都在您心裡。」王君遞上一支筆，「您簽了字，陸霆那邊的工作室就算盤活了。」

凌淞華簽下名字，這筆資金不只是為了幫陸霆，更是為了朝華。

陸霆的能力他看在眼裡，朝華要是想上新的高度，缺不了這樣的幫手，他要在退位之前，給凌筱筱一個中興的朝華。

陸霆按照地址去了大廈，這裡是他新的起點，以後的種種成就都要在這裡完成。

也許面積會擴大，也許不止現在的規模，但一切都是好的方向，站在門口的一刻，陸霆的手竟然有些顫抖。

推開門，原以為空曠的場地裡擺滿了機器，凌筱筱站在那，頭頂是炫目的陽光，笑得燦爛，向他張開雙手。

「歡迎回來。」

陸霆笑了。

凌筱筱後來說，那是她第一次看見陸霆笑得那麼好看，嘴角的弧度止不住地上揚，朝她逆光走來，五官在光影間半明半暗，然後抱住她，低聲說了句謝謝。

凌筱筱身後站著邵俊偉、李蓬，還有一些一組的老員工，但不是全部，都是陸霆熟悉的面孔。

最大的驚喜是馮岸，他從峰創離職之後，凌筱筱給他打了電話，在知道陸霆回到上海的時候，幾乎沒有猶豫，就選擇加入。

陸霆看著他們，心裡的火燒得更旺了。

凌筱筱遞給他一直馬克筆，笑意盈盈：「從今以後你就是我們的老大了。老大，給工作室取個名字吧。」

陸霆接過筆，看看眾人期待的眼光，在木牌上寫下「啟明」二字。

「啟明。」

陸霆轉身注視着願意在一無所有時選擇跟隨他的人，擲地有聲：「你們就是我陸霆的啟明星，我們共同努力，未來還有星辰大海等着我們。」

「大家都走了，你怎麼不着急回去歇歇？」

凌筱筱把手裡的咖啡遞給陸霆，大家都下班了，只有陸霆辦公室裡的燈還亮着。

陸霆笑笑，指着對面的大廈：「你看，朝華的燈也亮着呢。」

「爸爸已經簽署了給我們工作室注資的文件，只等這裡安排好了，雙方會面簽聯合發行的合同，啟明就能正常運轉。」

「謝謝你。」

陸霆看着她，這個女孩從一開始進一組，就好像在不遺餘力地幫他，無論遇到什麼事情，都站在他這邊，無條件的信任。

「謝我幹什麼？」

「我知道凌董能看到我，都是因為你一直幫我說話，下午李蓬跟我說了，我走之後你沒少為項目操心。」

凌筱筱有些不好意思：「最終也沒能保住，田超有張行之撐腰，但我身後爸爸被李健制約着，也幫不上忙，還是被他得逞了。」

「凌董身在其位，也有苦衷。」

凌筱筱有些詫異看向他：「你……你都知道？」

陸霆點點頭，當凌淞華告訴他《千里江山》易主的時候，他就知道這裡面的水不淺，高層之間的權力之爭，殃及池魚，李健居心叵測，凌淞華要除掉他，勢必不會因為一個項目而左右搖擺。

「事情都過去了，好好經營啟明吧，我們還有機會的。」

凌筱筱很想抱抱他，這次他回上海，雖然重新起航，但是凌筱筱能感受得到，陸霆眼中沒有了當時的意氣風發，對任何人都淡淡的，看着老成持重，不像他這個年紀的樣子，跟凌淞華越發像了。

陸霆站在窗口，腳下是上海最繁華的商圈，即便黑天了，仍舊行人如織，大廈裡的公司每一個決策都可能影響着行業的發展。

身處高位，遠離喧囂，好像一切都被踩在腳下。

但陸霆知道，他與平凡人沒什麼不同，一樣兩手空空，何時成功尚在未知。

陸霆走進眾騰科技，上一次來還是代表朝華來談合作，前呼後擁，如今只有自己。

魯達看着對面西裝革履的男人，還是一身出眾的氣度。

「陸先生好久不見，原本以為朝華選擇了峰創，你我就沒有合作的緣分了，沒想到還能有跟陸先生面談的一天。」

「魯總説笑了，這次來是代表啟明工作室，誠意邀請魯總洽談合作事宜。」

陸霆來之前，已經跟凌淞華通過電話了，朝華給啟明工作室注資算作入股，而眾騰合作提供技術，只待一兩個項目之後，啟明發展壯大，組建自己的製作班底，才算在上海站穩腳跟。

「朝華和峰創的事情，雖説家醜不可外揚，但都在業內，哪有不透風的牆呢？峰創這次佔了便宜，但是名聲卻壞了，現在誰要是跟峰創合作，都得好好思量一下有沒有朝華的經濟實力，可供峰創玩弄。」

魯達在業內也算是有些人脈，這些事情都一清二楚，她還慶幸過，幸虧陸霆離開得早，不然這種污糟事落在頭上，只怕這個驕傲的男人要大鬧天宮了。

但是轉念一想，如果陸霆不走，《千里江山》未必會落到現在這個田地。

「百足之蟲死而不僵，峰創不管怎麼說，這個遊戲推出去，玩家還是買賬的，也不算虧，以後生意不好做，也算他們自食惡果，怪不了別人。」陸霆不以為意，所有選擇都是他們自己做的，好好的生意不做，非要貪心不足，敗壞了業內的名聲，自己作死誰也攔不住。

魯達莞爾一笑：「陸組長這個舌頭真是毒辣。」

說着從抽屜裡拿出文件：「不提他們了，還是正經事要緊。」

陸霆看着文件也不着急簽，反倒問道：「魯總就這麼放心啟明？不用多了解一下？」

「我不是信得過啟明，我是信得過你。」魯達看着他，眼神堅定。

「原因？」

「陸組長百折不撓，自有才幹，《田園故居》是神話，《千里江山》是見證，這些足以證明陸先生高瞻遠矚，對市場有超乎常人的洞察力，我相信你我二人合作，必定會有不一樣的火花。」

陸霆也不矯情，在文件上簽上自己的名字，伸手說：「魯總，合作愉快。」

「合作愉快。」

啟明工作室的籌備工作接近尾聲，邵俊偉負責宣發，凌筱筱負責項目管理，李蓬帶着幾個剛剛畢業的學生負責美工，馮岸是監製。

這些新人都是馮岸從母校招來的高材生，年輕人有熱血，想法也頗具創新，整個團隊都帶着欣欣向榮的氣勢。

「對於啟明第一個項目方案，已經設計過好幾版了，都不盡人意，大家還有什麼好主意嗎？」

陸霆揉揉太陽穴，最近卡在項目上，不是創意不夠新穎，就是與

市場契合度不高，總是找不到兩者兼顧的好點子。

「我有一個想法。」凌筱筱站起來，把電腦連接到投影儀上。

大屏幕出現幾本書的封面，大家不解，紛紛看向凌筱筱。

「這是我最近在各大閱讀軟件上獲取的暢銷書名單，現在 IP 製作大火，不管是有聲圖書，還是影視方面都有很大的市場，那我們能不能借此東風，找到幾個大的 IP 進行遊戲製作。

「這樣的暢銷書都有自己一定的書粉，對未來打開市場也是有利的，而且劇情方面不用我們操心，只要進行調整和場景人物上的雕琢，就能形成一個完美的項目作品。」

陸霆眼睛一亮，拍案贊同：「好主意，大有前景可挖啊。」

「既然有書粉，那我們在製作上就承擔着風險，萬一與書中不符，那可就要翻車了。」邵俊偉有所顧慮。

「有得必有失，想借這股東風，就得承擔風險，這對我們的技術水準也提出了更高的要求，我認為並不是壞事。」陸霆是贊同凌筱筱的，但技術上的事還是看向馮岸，想聽聽他的意見。

馮岸沉思一會，說：「我們有跟眾騰合作的合約在，眾騰的技術也是領先的，我覺得這點風險尚在可控範圍之內。」

陸霆點點頭，會後他把馮岸單獨留下了。

「雖然我們跟眾騰合作，但是組建自己的技術人員也是迫在眉睫，我希望能先招一些人手，通過幾次項目歷練，也能有所長進，就是要辛苦你多費心了。」

「應該的。」馮岸直接應下，「我儘快去各大高校看看，有不少師弟師妹都在從事這個行業的工作。」

凌筱筱負責跟各大 IP 的作者洽談，每天接打電話面對各種工作室經紀人，有的比較難纏，整天忙得不可開交。

「歇歇吧。」陸霆給她接了一杯乳酪，還帶着草莓果粒。

凌筱筱看着乳酪就笑了：「我們工作室那個乳酪機，就我一個人愛喝，為什麼總給我這個啊？」

　　因為你看着就像小孩子，卻蘊含着很大的能量，陸霆暗想。

　　這些天陸霆發現，凌筱筱雖然剛剛畢業，但是周旋起那些客戶游刃有餘，談吐間不卑不亢，即便遇到一些刁難也都春風化雨，能力手腕都不可小覷。

　　「方向確定了嗎？」

　　凌筱筱把數據找出來，指給他看：「現在比較合適的有三個，一個是仙俠類，作者名氣不小，粉絲群體龐大，從製作上來說，場景恢弘，在技術上有難度，但是效果應該不錯，更適合發展端遊。

　　「第二個是跟故宮有文創合作的，歷史向涉獵較多，偏權謀，故事分支全面，格局宏大，玩家在角色塑造上有很大的遊戲空間。

　　「最後一個就是一部言情小説，之前改編過影視劇，但是遭到了書粉的抵制，改動原著太多，大家不買賬，這個價錢目前是開得最高的。」

　　陸霆翻看着三個作品的介紹，目光停頓了一下，問凌筱筱：「你的想法呢？」

　　凌筱筱指着第一個：「我更屬意第一個，對我們打開市場更有利。」

　　陸霆點點頭：「你整理一下資料，會上討論一下。」

　　大家圍着三本書七嘴八舌的討論，女孩子更喜歡言情向，把字面上的完美情人改成遊戲角色，呼聲很高。

　　李蓬和邵俊偉都偏向第二個，權謀熱血，在遊戲裡建功立業，對男生的吸引力更大。

　　馮岸一直持中不言，陸霆問到他，才開口：「我自己覺得第一個仙俠更好，雖然製作上有一定的困難，但是男女皆宜，如果跟作者方面溝通得好，附加一些小項目玩家也會非常買賬。」

陸霆考慮良久，心裡對第一本的想法也比較強烈：「我們工作室的第一個項目，必要做到一鳴驚人，快速打開市場，按照這個條件篩選，第一個的機會更大，無論是故事的內容，還是場景架構，我覺得第一個的可操作性都更符合工作室的現狀。」

陸霆站在屏幕前從內到外分析徹底，一直到會議結束，大家基本敲定用第一本仙俠作為啟明工作室的首戰。

「筱筱，明天約見一下作者和經紀人，我跟你一起去。」

「好。」

《風華引》的作者在圈內名氣很大，但是網上沒有任何關於他的照片，讀者都紛紛猜測他的樣子，一直都是只見作品不見其人。

凌筱筱約在了一家隱秘性很好的餐廳，單獨要了一個包間，對於作者經紀人這個要求，她也十分不解。

「你說作者又不是什麼需要掩人耳目的大明星，幹嘛這麼興師動眾的，還非包間不坐。」凌筱筱在陸霆耳邊小聲嘀咕。

「可能是性格比較內向，不喜歡人多吧。」陸霆給她倒了一杯水，她靠近的時候，髮絲蹭在臉上，癢癢的。

「不好意思，來晚了。」

率先走進來的是個烈焰紅唇的女人，身後還跟着一個包裹嚴實的男人，很高，但是臉被口罩帽子遮得嚴嚴實實。

雙方落座，凌筱筱一直盯着那個男人看，等他摘下口罩，瞬間瞠目結舌，驚訝得差點喊出來。

「時景明？！」

陸霆一頭霧水，看向那個男人，第一感覺就是很帥，長得精緻貴氣，怪不得凌筱筱見到第一眼就連大氣都不敢喘了。

看陸霆不解的樣子，就知道他不認識，也對，這個男人整天就想

着工作，娛樂圈的新聞他肯定不知道。

「時景明啊，現在最火的男星，粉絲都叫他國民男神，演技吊打一眾奶油小生，在時尚圈也是寵兒。」

凌筱筱激動得不行，她一直都是時景明的顏粉，現在偶像就坐在她面前，簡直太夢幻了。

陸霆看她盯着人家，星星眼都要溢出去了，低咳兩聲，扯扯她的袖子：「注意形象。」

「陸先生您好，我是時景明的經紀人。您也看到了，我們家景明這個身份實在不適合公開到您的工作室去，選在這裡唐突了。」

經紀人王安本來不贊成他跟着一起來的，但是時景明聽説有公司想把自己寫的書改成遊戲，非要跟着過來。

「您好，沒關係的，在哪裡都能談。」陸霆第一反應就是，終於知道為什麼一直找不到關於《風華引》作者的圖像信息了，原來是個熱度很高的大明星。

「你們要買我的書製作成遊戲？」時景明一開口就表明了自己的作者身份。

「我們很看好《風華引》的前景，開發成遊戲也是想換一種方式將書中的內容進行更好的表達，無論是讀者還是玩家都能在不同次元感受到這本書的魅力。」

「那你們會對我的內容進行改編嗎？」

之前也有人找過他要把《風華引》進行影視創作，但是時景明一直不同意他們修改內容，一直都沒有鬆口，沒想到這次陸霆找到他們説要改編遊戲，時景明才一起過來聽聽。

陸霆沉吟一下，説：「內容上我們會尊重作者原創，但畢竟是遊戲開發，我們會增加一些無傷大雅的小項目，譬如促進男女主感情升溫的小遊戲，或者支線劇情的展開。」

看到時景明面帶猶豫，陸霆接着說：「當然，這些我們都會在設計過程中跟您探討，最大程度上尊重您的想法。

　　「我們要 IP 製作成遊戲，目的是雙贏，結果是雙方喜聞樂見的豈不更好。」

第十七章

大廈將傾

　　時景明一聽不會對劇情有多少改動，看了王安一眼，對方瞬間領會他的意思。

　　「是這樣的陸先生，之前也有幾家公司找我們合作，但是我們開出的條件就是，不能對劇情有刪減和更改，景明一直猶豫的點也在這。」

　　對於這個問題，陸霆已經考慮過了，當即回答：「我們這是遊戲開發，與影視改編有所不同，能有劇情豐富飽滿的腳本，對我們來說可遇不可求，時先生……或者說作者玖笙，筆力雄健，讀者群體龐大，這在遊戲推廣上都是優勢，我們輕易不會做出改動的。

　　「如果貴方擔心，這一項可以加在合同裡。」

　　王安雖然是經紀人，但是每個決定都要看時景明的意思，他點頭了才能繼續往下談。

　　接下來的商務範疇凌筱筱和時景明都不擅長，只能在一邊陪坐，聽他們交涉。

　　「還有，我們景明身份特殊，遊戲製作中希望玖笙的真實身份盡可能保密，我們畢竟要為景明的前途考慮。」

凌筱筱湊過去小聲問時景明：「你為什麼不讓粉絲知道你是玖笙呀？又會演戲又會寫書，多酷啊！」

時景明搖搖頭：「……我有我的原因。」

菜過五味，陸霆商談得差不多了，跟王安約了時間在工作室簽合同，臨走的時候，凌筱筱非要向時景明要簽名照，還要合影。

陸霆看着她站在時景明身邊，笑得開懷，略微眯了眯眼睛。

回去的路上，凌筱筱句句不離時景明，抱着照片就是好帥好帥的讚不絕口，陸霆一腳油門衝出去，車速比往常快了幾分。

「你先上去吧，我去還車。」

凌筱筱看看他説：「趕緊買個車吧，這每次出去談合作都租車，挺不方便的。」

陸霆的積蓄不多，工作室組建起來之後，花銷更大了，買車的事還沒有提上日程。

陸霆想着跟朝華的簽約應該抓緊了，這邊既然《風華引》談的差不多了，版權費就是一筆不菲的數目，工作室現在的情況，説口袋比臉乾淨一點都不誇張，儘快引進投資才能不耽誤進度。

凌淞華那邊也爽快，接到電話就讓王君安排簽約事宜。

陸霆再次出現在朝華的時候，大家都很吃驚，以為他離開之後一蹶不振，沒想到以合夥人的身份王者歸來了。

陸霆身後跟着凌筱筱，李蓬和邵俊偉，都是一組的老面孔，大家私下議論，這陸霆不愧是組長，自己一走，直接帶走了一組的半壁江山。

一路上經過的部門好些門牌都換了，陸霆問凌筱筱：「這次朝華人事變動幅度不小？」

凌筱筱點點頭：「自從李健被清算之後，爸爸直接把他的一些親信都換掉了，行政部的朱嘉偉也跟着一起下台了，秘書處的向雲生，

人事部的王也，都換了，其他的小崗位也都沒落下，不過都是溫華打理的，我不太清楚了。」

「那……江輕語呢？」

陸霆想了想還是問出來了。

凌筱筱一抿唇：「她跟朱嘉偉關係密切，但是跟李健一直沒什麼牽扯，現在還是在行政部，但是空降過來一個正部長，工作肯定也不好做。」

這話說的沒錯，朱嘉偉走之後，大家都猜測正部長是不是會直接由之前的副手江輕語擔任，但是溫華畢竟留了個心眼，雖然沒把江輕語掃地出門，也不會直接讓她一躍而上，而是從其他部門空降去一個。

江輕語沒有朱嘉偉的庇護，工作上處處不順心，尤其是林黛西整天陰陽怪氣，給了她不少尖酸話聽。

陸霆在會議室見到凌淞華，這個男人可以說是有知遇之恩，在陸霆心裡很受敬重。

「這筆資金是以朝華的名義與啟明工作室合作，你也知道朝華傳媒起家，我們也會在後續的宣傳工作中，給予最大化的幫助。」

凌淞華看着陸霆，好像早就認定他一定會回來，短短時間就處理好了一切，哪怕董事會對這次給一個毫無根基的工作室投資有反對聲音，都被凌淞華一力鎮壓。

朝華現在的局面，都是凌淞華當家做主，又重回他年輕時的狀態，董事會那些人輕易不會駁他的面子。

「以後朝華和你的項目對接都由溫華直接負責，你們都熟悉，我就不多介紹了。」

溫華自從知道凌筱筱對陸霆的心意之後，現在看陸霆怎麼看都不順眼，在會議桌上也只是輕輕點點頭，沒有多說什麼。

陸霆簽完合同，走出來正好路過行政部，江輕語的辦公室門大開着，裡邊沒有人。

陸霆問旁邊工作的同事：「你們江部長沒來上班嗎？」

「江部長據說家裡有事，請了好幾天的假，好像是她母親生病了。」

過年的時候江母還好好的，這復工也沒有多久，江輕語又回去了，難道是惡化了？

陸霆見江輕語不在，也沒有再追問，轉身下樓了。

凌筱筱一直在隊尾，聽見他關心江輕語的近況，心裡不是滋味，悶悶的不說話。

溫華站在她旁邊，輕聲說：「陸霆和江輕語有多年的感情基礎，即便斷了也不會老死不相往來，你這又是何苦呢？」

「溫華哥哥，我眼裡除了他看不見別人，再說了，這不正好說明陸霆是個長情的人嘛，踏實可靠。」凌筱筱看着陸霆挺拔的背影，眼裡都是愛慕，「我願意等，等他能真正看見我的心意，我就成功了。」

「筱筱……」

「好了，我走了，改天見。」

凌筱筱緊追着陸霆就出去了，留溫華站在原地，他太了解凌筱筱了，不撞南牆不回頭，讓她改變心意實在太難。

「筱筱，回去就約見王安準備簽約吧。」

時景明到工作室的時候，也是全身上下全副武裝，大家都很詫異，追着問凌筱筱這人什麼路數，看上去怪異得很。

凌筱筱只能神秘兮兮地說：「大作家嘛，都有點……不正常……」

凌筱筱訕笑着，怕大家再問什麼，趕緊進了會議室。

時景明坐在位置上看着她笑，這盛世美顏的暴擊有點太強烈，把凌筱筱震得七葷八素。

簽約之後這個項目就算正式開始，為了遷就時景明的職業特殊

性，特意安排了凌筱筱作為中間人，一切問題都由她轉達，相互協商。

凌筱筱接下這個任務，天天抱着手機眉開眼笑，陸霆每每看見都要質疑時景明真的這麼帥？

江輕語回到寬城就接到通知，母親進了ICU，父親在門口急得團團轉，看見她趕回來像抓住救命稻草。

「輕語！你媽媽她……」

「怎麼會突然惡化呢？我走的時候還好好的。」

江父老淚縱橫：「那天晚上我喝了點酒，忘記關窗了，你媽媽她睡得早不知道，早上我醒過來一摸，人已經滾燙了，就趕緊送醫院。

「醫生說她身體弱，做了檢查才知道擴散了，又有炎症一下子就這樣了。」

江輕語簡直不知道說什麼好，看爸爸這個樣子也不能再責備。

「那醫生說接下來怎麼辦？」

江父囁嚅着，眼神躲躲閃閃，江輕語覺得這裡邊有事：「到底怎麼了？」

「醫生說醫藥費不夠，要再添點。」

江輕語震驚，明明年前才交過，怎麼這麼快就不夠了。

「我……我想着一時半會可能用不上那麼多錢，就取出來……花了……」

江輕語看父親神色不對，臉一下子冷下來：「平時生活不是給您單獨轉賬嗎？」

江父覺得女兒這個樣子有點嚇人，坐在椅子上不敢抬頭：「我這不是有事……就……」

「您能有什麼事？有什麼事比我媽看病還重要！這錢你到底花哪了？」

「我打牌了。」

一瞬間，江輕語覺得天旋地轉，家裡都困難成什麼樣子了，那些錢都是她委身朱嘉偉百般討好才弄出來的，竟然被拿去打牌！看着父親，江輕語連話都不想說。

「我本來手氣挺好的，還能贏點，我也是想着贏點你負擔就小一些嘛！」

江父還理直氣壯地解釋，江輕語靠在牆上一句話都不想聽。

「夠了！我媽現在離不開人，你還能有心思去打牌，把我媽一個人扔在家裡，還用她的醫藥費！爸，你讓我說你什麼好！」

「那……那現在怎麼辦？」

朱嘉偉自從被開除之後，整天不着家，回來必定是滿身酒氣，時不時還帶着女人的痕跡，礙於他能給提供醫藥費，江輕語不忍也得忍，污糟話不知道聽了多少。

家裡的父親不爭氣，江輕語實在是沒辦法了，只能去一邊給朱嘉偉打電話。

電話響了兩遍一直沒人接，江輕語氣得把手袋砸在牆上，第三次好不容易接通了。

「嘉偉……」

江輕語這邊剛開口，那邊傳來的女聲直接讓她的心從頭涼到尾。

「嘉偉洗澡呢，你有事嗎？」

「你是誰？」

那邊的女聲嬌滴滴地笑了：「這個時間能接電話，你說我是誰？」

江輕語知道事情緊急，只能把火氣按住：「你讓他接電話。」

那邊安靜了一會，朱嘉偉才慵懶地接過電話：「又怎麼了？你不是回老家了嗎？」

「我……我媽媽病情惡化，你能不能……再給我打點錢過來？」

江輕語從來沒如此低聲下氣的跟誰說過話，一直以來她挺直腰板的驕傲，在朱嘉偉面前頓時粉碎。

明知他不檢點，連女人都滾到懷裡去了，那邊發生過什麼江輕語用腳都能想出來，但是為了醫藥費，她還是要忍氣吞聲，再大的火氣都得哄着他。

「又要錢？」朱嘉偉聲音上揚，明顯的不耐煩。

「你是吸血鬼嗎？老子家底都要被你掏乾淨了！」

江輕語眼淚都在眼眶裡打轉：「我……實在是沒辦法了，嘉偉，你再幫幫我，我不能看着我媽去死啊……」

「那是你媽，不是我媽，真以為跟我上了兩次床，你就能無底洞似的讓老子給你掏錢？」

「嘉偉……」

朱嘉偉平復一會，聽着江輕語細密的哭聲，最終還是說：「最後一次，我告訴你江輕語，這是最後一次了。」

江輕語掛斷電話，蹲在地上忍不住哭起來。

她一直知道朱嘉偉不是什麼好人，他身邊女人不斷也是看在眼裡，一直她對自己的樣貌極其自信，哪怕女人站在她面前，也鮮有敵手。

但是朱嘉偉根本葷素不忌，只要有點姿色的，都能往床上爬，今天這番話，徹底把她最後的尊嚴都打碎了。

江輕語一直在粉飾太平，偽裝自己過得很好，這其中的辛酸也只有她自己知道，朱嘉偉就是個混蛋，陸霆說的沒錯，他不堪託付。

但事已至此，再後悔都沒有用，路都是自己選的，當初沒有禁受住誘惑，邁出了這一步，現在想回頭江輕語都看不起自己。

以色侍人，能得幾時好。

江輕語哭自己，終究變成了最討厭的樣子，跟林黛西有什麼區別。

江輕語擦乾眼淚，不管怎麼樣，現在媽媽的治病錢有了，先把眼下這一關過去再説。

走到病房門口，雖然看不見裡邊的狀況，但站在這能讓她心裡安穩些。

江父看着女兒紅着眼睛，也不敢説話。

江輕語在病房外守了一夜，好在醫生告知她已經脱離了危險，但是後續的治療費用會更高，讓家屬儘快想辦法。

江父蹲在牆角唉聲歎氣，家裡的親戚都不愛搭理他們了，怕有借無還，打電話過去根本就不接。

江輕語握着電話，實在不想跟朱嘉偉開口，不知道又要受到多大的羞辱，但是除了朱嘉偉，還能有誰能幫她呢？

江輕語想了半天，給田超打了電話。

「你欠的錢什麼時候能還？」

田超那邊的音樂震耳欲聾，見是江輕語打來的，也不耐煩，直接掛斷，根本不給她説話的機會。

江輕語靠在牆上，氣得發抖，看着陸霆的電話卻始終沒有勇氣撥出去。

兩人雖然有過一段情義，但是江輕語知道自己一直都是過錯方，這多年的感情中，是虧欠了陸霆的，現在總是打電話過去打擾他，江輕語臉面上也掛不住。

江輕語看到手上的鑽戒，咬咬牙，這戒指如果抵押掉，雖然不能解決全部的費用問題，但是給她一個緩衝的時間應該夠了。

江輕語從金店出來，突然覺得自己就是個笑話。

從小就是人人稱讚的好學生，無論走到哪裡都是萬眾矚目的焦點，大學時期追求她的人不計其數，一直都格外驕傲。

沒想到現在落魄至此，竟然要靠典當首飾才能過下去，境遇一

落千丈，也許選擇朱嘉偉就是走過最錯誤的一條路，但已經有苦難言了。

　　李健下台讓張行之一直惴惴不安，把田超叫到辦公室。

　　「李健被凌淞華幹掉了，他做的那些事朝華肯定已經知道了，《千里江山》的內測效果很好，現在就等着正式上市了，這裡邊千萬不能出現什麼差錯，不然我們就徹底被動了。」

　　田超也憋着一股氣，想着陸霆現在不知道躲在那個角落裡關注着一切，等他站在發佈會現場的時候，就要讓陸霆親眼看到《千里江山》從他的手中上市。

　　想到這裡，田超就控制不住地激動。

　　出了辦公室就跟手下吩咐：「緊要關頭了，盯住朝華那邊，任何事情都等到發佈會之後再說，千萬不能出亂子。」

　　陸霆，這一次我看你怎麼爬起來。

　　田超這邊信心十足，陸霆在工作室也是準備得如火如荼。

　　馮岸和凌筱筱帶着人加班加點，把《風華引》的人物、故事線梳理出來，各種設計稿滿天飛，每天往來工作室和眾騰數次，大家都幹勁十足。

　　在設計上，陸霆能給出的意見不多，索性放手讓馮岸全權負責。倒是法院那邊約談了一回，詢問有沒有可能私下調解，只要欠款人把錢還了就行，直接被陸霆拒絕了。

　　按照田超的秉性，這錢要是想還，早就還了，哪怕還不了多少，陸霆也不會是現在這個態度，一定要對簿公堂。

　　自從在老家看到田超母親，知道自己被騙了四年，對田超最後一點不捨都消耗殆盡。

　　可憐之人必有可恨之處，往常陸霆對田超心軟，但是被他算計

起來，可絲毫不見田超手軟，現在也算是想明白了，連交涉都不願意，直接用最有效的手段，強制執行。

溫華負責與啟明工作室的對接，每週都要過來看看，每次過來都會給凌筱筱帶她喜歡的點心。

「田超的人現在整天盯着朝華。」

陸霆並不奇怪：「《千里江山》內測的時間不短了，眼看着就要上市，這個時候他們做賊心虛，自然要多多留意。」

陸霆看着蛋糕上的小草莓，推到一邊，想着凌筱筱愛吃這些甜食，一會都給她留着。

「不過，你們真把這口氣嚥下了？」

有仇不報可不是凌淞華的作風，論資排輩，張行之連跟他坐在一張桌上的資格都沒有，這次讓雀啄了眼睛，不以其人之道還治其人之身，是不可能的。

溫華笑了笑，那雙桃花眼裡滿是算計：「早就準備好了，就等他發佈會呢。

「《千里江山》聲勢浩大，宣傳推廣做得鋪天蓋地，到時候一定會去很多媒體，但是朝華可是傳媒起家，到時候一定讓田超名揚千里。」

陸霆從抽屜拿出一張通知單，放在溫華面前。

「這是我給你們準備的一點禮物。」

溫華拿起來：「這是？」

「當初田超詆騙我轉手賣掉《田園故居》，欠款八十萬一直沒有還，現在法院應該已經對他進行資產審查，他底子並不乾淨，但是能不能在發佈會當天把人帶走，我就不知道了。」

溫華一直覺得陸霆骨子裡帶着溫潤，之前被田超欺負成那樣，都只是打他一頓，沒見使出什麼手段來，凌淞華說他是老鷹自己還不信。

沒想到這次直接放了個大招，連田超後路都堵上了，要想翻身難於上青天了。

　　「筱筱說你是君子端方，沒想到骨子裡還是一匹狼。」

　　「蹬鼻子上臉的人，我從來不慣着。」

　　陸霆指指那封法院受理書，說：「怎樣物盡其用，就看你了。」

　　溫華起身繫上西裝扣子：「我先回去了，發佈會見。」

　　凌筱筱咬着沾滿奶油的叉子剛走進來，就看溫華準備離開，急匆匆的樣子連招呼都沒打，嘟嚷着：「什麼事這麼着急。」

　　陸霆把小蛋糕推給她：「喏，都給你吃。」

　　凌筱筱有點不好意思：「我那個還沒吃完呢，對了，剛剛峰創送來了請帖，邀請你出席《千里江山》發佈會。」

　　看見請帖的時候，凌筱筱鼻子都氣歪了，這田超不是故意炫耀嗎，讓陸霆去就是明擺着要羞辱人。

　　「要我說你就別去，讓他像跳樑小丑似的自己折騰去唄。」

　　陸霆看着精緻的邀請函，淺笑一聲：「去，為什麼不去，你也一起去。」

　　「我？」凌筱筱指指自己鼻子。

　　陸霆點點頭，笑容裡透着陰森：「嗯，我請你看一場好戲。」

　　《千里江山》在宣傳上可謂下了血本，代言明星花費重金請來當紅花旦，足足蹭了一波熱度，大街上的顯示屏隨處可見宣傳照，社交媒體熱搜一連掛了三天，可謂張揚到了極致。

　　發佈會當天，張行之大手一揮，包下一層酒店，廣邀業內名流，媒體請了十幾家，雜誌的專訪版面提前三天就預留出來，砸錢砸的毫不手軟。

　　田超站在入口迎賓，一身棗紅色西裝，意氣風發，見人三分笑，

不知道的以為今天是他的婚宴呢。

陸霆攜凌筱筱走來的時候，一個銀灰色西裝身形挺拔，一個粉色套裝連衣裙時尚可愛，狠狠吸引住大家的眼球。

「好久不見，田組長。」

凌筱筱皮笑肉不笑把請帖遞過去。

田超看着陸霆，那種得意的神情是掩蓋不住的：「沒想到你真的來了，來了也好，也算看《千里江山》最後一眼，畢竟以後跟你就徹底沒關係了。」

「話不要説得太早。」

陸霆不屑看他，在媒體區環視一圈，裡邊有好幾家都是朝華的長期合作對象，不免對田超的鄙夷又增加兩分。

在朝華工作那麼久，連合作的媒體都不搞清楚，這明顯是峰創的主場，還讓死對頭家的人在這支起長槍短炮，不知道一會溫華放出大招來，田超能不能招架得住。

「切，事已至此，你還能有什麼辦法？陸霆，這人啊——有時候就得認、命。」

「是啊，人得認命。」陸霆直接越過他，領着凌筱筱往會場走。

會場兩邊放着自助餐檯，陸霆直接走過去夾起一塊小蛋糕遞給她：「早上出來得着急，都沒吃飯吧？嚐嚐，這家酒店的點心不錯。」

凌筱筱笑得眼睛眯起來，最近陸霆好像越來越貼心了，晚上加班就送她回家，早上一起出去跑客戶就帶她吃早餐，十有八九都是樓下小胡同裡那家的雲吞。

剛吃了一口，凌筱筱臉色微變，這一口蛋糕在嘴裡咀嚼半天也沒嚥下去。

「怎麼了？不好吃？」

「沒事。」

凌筱筱微微笑着，放下餐盤：「那邊快開始了，我們過去吧。」

陸霆坐在第一排，田超走上高台，後面的大屏幕延展開水墨丹青，《千里江山》四個大字綿延開來，氣勢磅礴。

峰創在技術上的確是有資本傲視群雄，單看遊戲內測反饋的數據，就足以知曉玩家有多喜歡這個遊戲。

田超站在話筒前面，對着陸霆抬起下巴，那得意洋洋的樣子，氣得凌筱筱恨不得衝上去撕下他偽善的臉皮。

「歡迎各位嘉賓百忙之中蒞臨峰創的《千里江山》發佈會，這款遊戲由峰創團隊歷經半年時間打造，從構思到設計製作，完全體現我中華民族優秀的歷史文化，在遊戲中還原不同朝代的民俗民風，力求用現代化的遊戲方式弘揚我國學精神⋯⋯」

田超在上面侃侃而談，對着幻燈片揮灑自如，儼然一副原創者的姿態，話語裡沒有提及朝華一分一毫，聽得陸霆冷笑連連。

凌筱筱撓了撓胳膊，不自然地抿唇，突然在人群裡看見了溫華，下意識覺得今天這場發佈會怕是要有大事發生。

拽拽陸霆的袖子，示意他看過去，陸霆與溫華心照不宣，拍拍凌筱筱的手稍作安撫。

「你怎麼這麼熱？」

陸霆發覺手下皮膚溫度不對，看向凌筱筱。

凌筱筱知道現在的場合馬上就要到最關鍵的時候了，勉強笑笑：「沒事，就是這裡冷氣溫度太高，我穿的多了點。」

陸霆剛要接着問，溫華就已經站在人群中間開口了。

「峰創這場發佈會，似乎忘記邀請我們朝華這個合夥人了。」

田超的發言被打斷，眾人尋聲望去，溫華一身黑色西裝站在中間，絲毫不怕四面傳來的議論聲，一步步走向田超。

「溫秘書長大駕光臨，我們這裡蓬蓽生輝，還請入席。」田超眼睛一眯，事先在門口迎賓的時候並沒有看見溫華，但是已經吩咐保安格外注意朝華的人，沒想到還是讓他進來了。

溫華撣撣西裝，不疾不徐地說：「入席不著急，但是今天這裡的主人好像只有峰創一家，不知道是你的意思還是你們張總的意思？」

不等田超開口，溫華接著說：「想來你只是峰創底下的一個小職員，那就是張行之的意思了，還請你們張總出來給朝華一個解釋才好。」

「溫秘書長這話讓人費解，有什麼問題我們私下再說，現在……」田超還在掙扎，無論如何不能讓他攪黃了發佈會。

溫華拿出文件，對著媒體展示：「這是當初項目啟動初期我們跟峰創簽訂的合約，但是項目進行到現在，我看你們也並沒有提及朝華。」

底下坐著的媒體一半以上都是跟朝華有過合作的，何況現在這個情況肯定是頭版頭條，這些記者的嗅覺都敏銳得很，哪裡肯放過這麼大的爆料。

「實不相瞞，我們朝華董事會早已經決定進軍遊戲領域，這個《千里江山》的項目無論是架構還是初始資金，都是朝華一手操辦，怎麼到了上市的時候只見峰創不見朝華呢？」

「你們李董早就跟峰創簽訂了合同，將項目轉為峰創獨家。」

「有合約嗎？合約上有董事會公章嗎？田組長站在這信口開河也得拿出證據來。」

田超當然拿不出來，那都是李健跟張行之私下的交易，怎麼可能蓋上朝華公章。

張行之剛才還在樓上等著接受獨家專訪，這邊屁股還沒坐熱，就聽說溫華來砸場子了，連忙跑下來。

「原來張總在這啊，我還以為峰創沒人，要讓一個小嘍囉跟朝華對話呢。」

溫華看不起田超也不是一天兩天了，他代表朝華而來，田超那點可憐的地位根本不在他眼裡。

「你們這個組長說是跟朝華簽了項目轉讓書的，溫某負責董事會各種文書，也許是記性不好忘了這一份了，張總不如拿出來看看。」

張行之氣得臉色發青，底下閃光燈一直不停，只見田超站在旁邊一句話都說不出來，一直用袖子擦冷汗，他只能暗罵一聲廢物。

「溫秘書長這是說的哪裡話，朝華當然還是峰創的合作夥伴。」

「那怎麼遊戲內測的時候，製作名錄裡只有峰創一家？而且今天這個發佈會，都是你們自己召開的，要不是溫某聽到消息，朝華根本不會出現在這。

「張總，你跟朝華也是合作過的夥伴，這件事還是給我們一個解釋，免得毀了和氣。」

張行之一看溫華這就是死不鬆口的架式，這場發佈會已經是開不下去了，臉色精彩紛呈，那份合約是說什麼都不能拿出來的，私下的交易要是證實了，他和李健都得完蛋。

第十八章

我叫小鈴鐺

底下的媒體收到信號，都架着長槍短炮七嘴八舌地追問。

「朝華說的事情屬實嗎？」

「張總，峰創確係獨佔遊戲，一腳踢開朝華？」

「那盈利上如何分配？還是峰創自己獨吞？」

這些記者的嘴可比溫華猛多了，根本不顧忌什麼情面，哪裡有熱點就往哪裡挖，逼得張行之恨不得一腳把田超踢出去。

「張總，我看……還是先暫停發佈會吧……」田超小聲說。

張行之瞪他一眼，現在暫停那就是此地無銀三百兩，這件事就徹底坐實了。

要是不暫停，溫華在旁邊虎視眈眈，來的時候打了他們一個措手不及，根本不會給他們當眾描補的機會。

現場亂成一鍋粥，田超面如土色，溫華一出手就戳在痛處，讓他們毫無還手之力，這件事張行之做得沒有腦子，李健說什麼就是什麼，根本不想想一旦敗露，他們簽的那份文件根本代表不了朝華的立場，最後很可能就是賠了夫人又折兵。

而且現在李健已經從朝華離職了，連幫他斡旋的人都沒有。

不過話說回來，即便李健還在，能不能幫他也是未知數。

「快看！網上有帖文爆料，説峰創為了獨佔項目，設計逼走了朝華原項目組長。」

要説朝華在傳媒經營多年，想從輿論上操縱點什麼簡直輕而易舉，溫華這邊剛剛開口，網上就冒出了一片爆料帖，從田超設計陸霆開始，講得清清楚楚，帖文還附帶田超動手腳的視頻。

那記者舉着手機，看向台上：「這不就是他嘛！」

田超臉色大變，匆匆遮着臉，這種欲蓋彌彰的動作，更證明他心虛，底下記者瞬間沸騰起來。

「網上爆料有圖有真相，你們峰創任用這樣的人負責項目，是何用意？」

「請峰創給個説法。」

「據説鬼才馮岸已經從峰創離職了，不知道是否跟此次事情有關？」

張行之看着下面沸沸揚揚，連忙給公關部的人使眼色，但是已經無濟於事了，峰創的公關怎麼可能比得過朝華新聞部。

一系列的操作下來，直接掛在熱搜頭條，峰創新品發佈會早就被死死壓住。

這邊因為峰創和朝華的事鬧得不可開交，那邊門口卻瞬間安靜。

兩位身着法院制服的人走進來，其中一位看向田超：「你是田超吧？我們是立案庭法官，這是我的證件。現在我們依法傳喚你到法院立案庭處理他人訴你八十餘萬欠款案件。請你配合傳喚，跟我們到法院去一趟。」

田超猛然看向陸霆，睚眥欲裂：「你！」

陸霆舉舉手中的酒杯，輕輕示意，説了一句：「祝你好運。」

田超在眾目睽睽之下被帶走，將現場氣氛推向高潮。

「請問他的事情是否與峰創有關？」

「你們峰創所作所為是否觸犯法律？」

「張總請你回答我們的問題，你們峰創這麼做是把玩家當成冤大頭嗎？」

眼看着事態無法控制，保安都要攔不住這些記者，張行之在心裡把田超罵個臭死，恨恨地看向溫華。

凌筱筱被記者撞了一下，腳下不穩，倒在陸霆身上。

陸霆伸手一摟，瞬間察覺不對：「你怎麼渾身滾燙啊！」

陸霆看着她的臉，已經泛起潮紅，噴出的鼻息也帶着熱氣，耳朵下面脖子上都是紅點，陸霆大驚失色。

「你過敏了？」

看凌筱筱說話的力氣也沒有，顧不得這是什麼場合，摟着人就往外衝，但是現場人實在太多了，那些記者都在往前擠，混亂不堪。

溫華看凌筱筱栽倒在陸霆懷裡，一時間也慌了神，衝過去問：「這是怎麼了！」

「快去醫院！」

陸霆脫下西裝外套，把凌筱筱擋了個嚴嚴實實，抱起來就往外擠，短短幾分鐘，急得汗珠子都落下來了。

溫華本就是代表朝華前來的，這時間記者怎麼可能放過他，左拉右擋的把人拽住，即便溫華心急如焚，也跑不出去，眼看着陸霆抱着凌筱筱消失在宴會廳。

陸霆一邊跑一邊跟凌筱筱說話。

「堅持一下，我帶你去醫院，筱筱，筱筱你聽見沒有？！」

陸霆知道過敏有多緊急，發佈會開始到現在半個多小時，凌筱筱意識就已經不清醒了，陸霆心急如焚。

跑到大廳，衝前台喊：「快派車去醫院，快！」

陸霆抱着她坐在後面，一下下撫摸着她的頭髮，這麼點時間，紅疹已經爬上了臉頰，凌筱筱難受地哼唧着，手不停往疹子上抓撓。

陸霆一邊哄着，一邊按住她的手，不停催促着司機快點開。

「筱筱乖，馬上就到醫院了，再堅持一會就不難受了。」

豆大的汗珠從額頭滑落，砸在凌筱筱的臉上，陸霆顧不上擦汗，心裡如同擂鼓，看着車窗外飛速後退的景物，恨不得此時讓車飛起來。

「嘟嘟嘟 —— 」

「怎麼不走了？！」

「前邊不知道發生什麼堵車了。」司機把頭伸出車窗看，前後排起長龍一樣的車隊。

陸霆青筋迸起，咬着牙問：「醫院還有多遠？」

「下了高架左轉就是。」

陸霆把外套重新給凌筱筱蓋好，直接開門下車。

懷裡抱着她，在一陣陣的喇叭聲中穿梭，引得左右車裡的人都伸出頭來看。

「筱筱！筱筱我帶你去醫院，馬上就好了。」

凌筱筱靠在他胸前，感受得到他此時心臟在劇烈地跳動，跑起來的顛簸讓她頭腦發暈，但還是僅僅攥住他襯衫衣角捨不得放開。

上海三月還帶着冷空氣，陸霆卻根本感受不到，滿心焦急只知道往前跑，不斷喊着凌筱筱的名字。

衝進醫院：「醫生！醫生！」

襯衫凌亂，眼睛通紅，陸霆從來沒有這麼狼狽過，看着凌筱筱被抬到床上，推進搶救室，才靠在牆上喘着粗氣。

手臂止不住地顫抖，連握起來的力氣也沒有，一眼不眨地盯着搶救室門上的紅燈。

等溫華匆匆趕到的時候，就看見陸霆癱坐在地上，跑過去質問：「筱筱怎麼了！」

陸霆艱難地站起來，吞嚥了幾下：「應該是⋯⋯過敏。」

陸霆知道凌筱筱沒吃早餐，只吃了一口他遞過去的蛋糕。

溫華揪起他領子：「她吃什麼了？」

「蛋糕⋯⋯」

「她花生過敏你不知道？一口都不能碰，小時候因為吃了帶花生醬的東西，差點沒命！」

陸霆懊悔地低下頭，以前他只是聽同事說起過她不吃花生醬，但那塊蛋糕他沒仔細看，不知道裡面抹着花生，怪不得凌筱筱吃了一口就放下了。

但就是因為是他遞過去的，哪怕察覺到味道不對，凌筱筱也沒捨得吐出來。

她反應這麼劇烈，肯定在發佈會現場的時候就已經不對勁了，但是怕他着急，一直忍着沒說。

要不是實在撐不住，被他摸到身上滾燙，估計撐着不知道要出什麼事情。

「對不起⋯⋯」

溫華看他這個樣子，鬆開手，也在門前等着。

「筱筱對你的心思⋯⋯你應該看得出來。」

溫華率先打破沉默，凌筱筱一直都是掌上明珠，活得肆意瀟灑，溫華從來沒在她眼睛裡看到過現在對陸霆這樣的狂熱。

明明情到深處，濃烈得無法控制，但是言行卻始終不敢太過親暱，保持着距離，生怕陸霆厭煩。

陸霆慢慢點頭，這女孩單純，以為自己掩飾得很好，但只要他加班，外面就永遠有一盞燈亮着，他在工作室說話的時候，凌筱筱的大

眼睛就會跟着他轉，那種視線無法忽略。

　　但陸霆不確定自己是不是做好準備開始新的戀情，也在害怕。

　　怕自己忙活一場，像當年那樣一無所有，凌筱筱從未吃過苦，他在江輕語身上虧欠的，不願意再施加到凌筱筱這裡。

　　上一段愛情給他太大的教訓，讓他面對凌筱筱這樣醇厚的愛意，望而卻步，不知道該如何應對。

　　就像他看見，凌筱筱對着時景明眉開眼笑的時候，心裡會不舒服，不自覺地皺起眉頭，但是自己想一想又覺得沒有這個立場難受。

　　溫華歎了口氣，說：「我與筱筱一起長大，一起在老師門下啟蒙，我也一直以為會陪在筱筱身邊走過一生，即便她出國留學，這個想法都從未動搖過，直到她眼中有了你。

　　「你從朝華離開的時候，筱筱跑到凌董那大鬧一場，哭着喊着要把你留下，為了你，不跟凌董說話，不肯回家，她一直覺得是朝華虧欠了你。

　　「她以前一直不同意到公司實習，但是有一天突然改變主意，還一定要到你名下的組裡，後來看見她對你不一樣，我才知道，筱筱對你的感情根本就是……蓄謀已久。」

　　陸霆心裡驚訝，他只知道這個女孩喜歡他，但是沒想到竟然是因為他才進朝華，難道之前就已經見過他了嗎？

　　「那你……」

　　陸霆不知道溫華為什麼要告訴他這些，如果一直不說，陸霆覺得自己會一直懦弱下去，不會直面筱筱給他的情義。

　　溫華自嘲地笑了：「我是喜歡她，但是我更想看着她高興開心的樣子。」

　　從前在陸霆面前可以表現出兩人親暱，那是因為溫華以為還有機會可以挽回。

但是凌筱筱這幾次為了陸霆做的努力，也讓他徹底認清，面前這個男人已經走到了凌筱筱心裡，他再也沒有機會了。

　　「你和江輕語的那些事情筱筱都知道，但是我要告訴你，如果你放不下江輕語，就趁早遠離筱筱，別讓她再次受傷，不然，我不會放過你的。」

　　陸霆聽到江輕語的名字，心裡已經沒有起伏了。

　　感情再深厚，也是被她戴了綠帽子，陸霆向來驕傲，他能從失敗處重新爬起來，但是絕不會回頭再接受一個背叛過自己的女人。

　　即便江輕語在他身邊七年。

　　陸霆沒有說話，看到搶救室的燈滅了，醫生走出來，趕緊上前問：「怎麼樣了？」

　　「患者已經脫離危險了，住院觀察兩天，沒事的話就可以出院了，以後飲食上要格外注意，她體質敏感，很容易發生過敏性休克。」

　　陸霆坐在病床前，手裡攥着一截輸液管，看着凌筱筱睡着的樣子，臉上的紅疹還沒有褪去，星星點點的落在臉蛋上，看上去還有點俏皮。

　　想起她每天都沒心沒肺地笑着，那雙眼睛笑起來好像盛滿了細碎的星光，在他難受的時候就默默陪在身邊，小心翼翼地勸慰他。

　　「傻丫頭……」陸霆輕輕撫摸着她額頭，明知她睡着，卻不敢有其他的動作了。

　　溫華在門外看見這一幕，心裡憋悶，踟躕很久終究沒有進去。

　　凌筱筱睜開眼睛，周圍都是白色，鼻子裡充斥着消毒水的味道，右手暖暖的，微微偏頭，就看見陸霆趴在床邊睡着了。

　　凌筱筱不敢動，生怕打破現在這樣安靜的場面。

　　想到他抱着自己在車流中狂奔，那強有力的心跳現在彷彿還在

耳邊迴蕩，一聲聲筱筱，聽在耳朵裡，哪怕當時再難受都不覺得疼了。

不知道一會他醒過來，還會不會有這樣溫情的時候。

凌筱筱知道他心裡放不下江輕語，所以捨不得用自己的情意讓他為難，就這麼看着他，已經很滿足了。

剛剛動了一下手，陸霆察覺到，猛然坐起來，看着病床上凌筱筱睜着眼睛看他，瞬間笑了。

「你醒了。」

凌筱筱虛弱地開口：「你回去睡吧，我自己能行的，已經沒事了。」

陸霆把她的手塞進被子裡，起身倒了一杯溫水，插上吸管，放在她嘴邊。

「喝點水，你早知道那蛋糕有花生是不是，為什麼還要吃呢？」

凌筱筱轉了一下眼睛，笑着說：「我哪有那麼神啊，也不知道它會有花生呀。」

「沒關係的，就當給自己放個假，好好躺兩天。」凌筱筱狡黠地笑着，打趣道，「喂，你這個大老闆不會扣我薪水吧！」

陸霆聽她插科打諢，無奈地瞪她一眼：「都躺醫院了還不老實。」

喝點水，凌筱筱恢復一些力氣，想到白天發佈會上的亂象，就問陸霆：「峰創那邊什麼情況了？」

「溫華出手狠，直接把峰創的遮羞布都扯掉了，張行之被峰創董事會停薪留職，田超被帶走之後還沒有消息。

「發佈會告吹，《千里江山》上線延期，現在輿論一邊倒都是罵峰創的，口碑急劇下降，估計之前攢的那點人氣都掉沒了。」

陸霆在微博上找出熱搜遞給凌筱筱看。

凌筱筱一邊看一邊問：「田超是怎麼回事？是《田園故居》那筆錢嗎？」

陸霆點點頭，靠在椅子上，手指敲着扶手：「當年，田超跟我説是他母親重病需要治療費用，我才同意賣掉《田園故居》，但是過年的時候回老家，才知道他母親身體健康，根本沒得過病，是田超自己在外邊欠了不少賭債，才把主意打到田園上。」

「他⋯⋯簡直是無恥！」

凌筱筱捶了一下床，可把陸霆嚇了一跳，連忙握住她手：「祖宗，你還打着針呢！」

話音剛落，兩人都愣住了。

凌筱筱的臉瞬間紅透，像隻煮熟的大蝦，眼睛一個勁地亂轉不敢看他，手就乖乖的被他握着。

陸霆把她的手放好，站起來輕咳兩聲，像是要掩飾尷尬，説：「我⋯⋯我出去買點吃的⋯⋯」

陸霆急匆匆出去了，凌筱筱叫了兩聲都沒聽見，看着拿在自己手裡的手機，嘟囔着説：「大傻子，不拿手機怎麼買東西。」

凌筱筱想着剛剛他脱口而出那句祖宗，小腦袋往被子底下鑽，抿着嘴笑了。

「叮鈴鈴⋯⋯」

凌筱筱聽見鈴聲，是陸霆落下的手機響了。

陸霆走出醫院大門，也不知道自己剛才是怎麼了，什麼話都往外説，撓撓頭往旁邊的粥舖去了。

凌筱筱剛剛醒過來，還是吃點清淡的吧，買了一碗粥，一些清爽的小菜，又給自己買了包子。

「一共四十二塊錢。」

陸霆一摸口袋發現沒帶手機，好在他一直都有隨身帶錢包，裡邊除了銀行卡還有一百塊現金，這都是多年留下的習慣。

拎着東西往回走，想着凌筱筱喜歡吃草莓，就又買了一些生果，

這才回醫院。

剛進門，就看凌筱筱對着手機發呆。

「我扶你坐起來，喝點粥，暖暖胃，醫生説你最近只能吃清淡一點，等你好了我帶你吃大餐補補。」

凌筱筱看着他輕輕點頭，被他扶起來坐在床頭，看着陸霆吹着勺子裡的粥，閉了閉眼睛，開口説：「剛才……江輕語給你打電話了……」

陸霆餵到她嘴邊的手一頓，凌筱筱馬上説：「我沒接，是那邊自己掛斷的。」

「嗯。」陸霆把勺子放在她唇上，「快吃，不燙了。」

凌筱筱見他一勺接一勺地餵，沒有要出去回電話的意思，心裡不知怎麼的，就甜滋滋的，剛才還覺得沒有滋味的粥，竟也就好吃起來。

直到一碗粥吃乾淨，陸霆把碗筷收起來，拎着草莓説：「我去給你洗洗，你靠着歇一會。」

陸霆一邊洗草莓，一邊想江輕語給他打電話能有什麼事，剛剛凌筱筱那慌亂的眼神他看見了，這女孩肯定在惴惴不安，溫華白天説的話他都聽進去了，凌筱筱是用赤子之心喜歡着自己。

端着草莓往回走，在走廊裡，陸霆把草莓放在窗台上，還是給江輕語回了電話，既然已經分手了，大家一別兩寬，不要再相互牽扯了。

他是給不了江輕語想要的生活，知道她出軌之後那種憤怒，早已經淡然了，從失望到如今的平淡，當他聽到這個名字的時候再也沒有起伏，就説明這個女人已經在他的生命中，徹底淪為路人甲了。

「喂，什麼事？」

江輕語接到電話的時候正在病房裡，母親迷迷糊糊地問她小陸怎麼不在，她實在沒有辦法回答，打電話過去又沒人接，只好説一些藉口搪塞。

現在接到陸霆打回來的電話，一時間忍不住，站在病房外就哭了。

「陸霆……」

聽着那邊的哭聲，陸霆皺着眉頭，看樣子又是她母親出了什麼事。

「陸霆……你能回來一趟嗎？我媽她……她快不行了……現在越來越糊塗，有時候一整天都醒不過來……」

江輕語在走廊哭成淚人，這兩天的心力交瘁，好像在這一刻爆發了。

陸霆看向窗外，淡淡地說：「我們已經分手了。」

那邊的哭聲戛然而止，好像不可置信一樣呢喃着他的名字：「陸……霆。」

「過年的時候我已經去過一次了，那是我作為晚輩不想讓老人家跟着擔心，但我現在在上海。

「輕語，我尊重你的選擇，以後的日子我會祝福你過得更好，離開我找到你真正喜歡的生活，你父母那邊怎麼說隨便你，我不會去戳穿，也不會去見你的，你……好自為之。」

陸霆說完就掛斷了電話，揣進口袋裡，端着草莓回了病房。

凌筱筱是知道江輕語母親重病的，知道她不在上海，這麼晚肯定不會無緣無故打電話過來，看見陸霆拿着手機出去，回來之後肯定要走的，都已經做好準備聽他說了。

結果陸霆坐在椅子上穩如泰山，一直看着手機裡的文件，凌筱筱抱着草莓，眨巴着大眼睛，覺得這題超綱，有點不會了。

「怎麼了？」陸霆感受到她的視線，抬頭看着她。

「你……沒事？」

陸霆失笑，這女孩一直糾結着呢，看她往嘴裡塞着草莓，眼睛滴

溜溜的不敢看他，就想逗逗她。

陸霆托着下巴説：「有啊。」

凌筱筷動作一滯，覺得草莓都不好吃了，往小盒裡一扔：「那，那你還不趕快去……」

「去哪啊？」

「去找你前……啊？」凌筱筷發現他在笑，小腦瓜都不會轉了，這到底是啥意思啊。

陸霆見好就收，可不敢把人逗生氣了，笑着説：「我哪都不去，我工作室的得力幹將正在住院，我得好好陪護，不能讓別人挖了牆角。」

凌筱筷知道自己上當了，連忙低頭，小爪子扒拉着草莓，把剛才扔進去那半顆找出來吃掉，臉蛋紅撲撲的不好意思抬頭，偏偏嘴角還按捺不住笑意。

啊啊啊啊啊，這男人到底是什麼意思啊！

凌筱筷覺得自己快炸了，怎麼暈倒一次醒來，感覺有什麼東西不一樣了，他不是最喜歡江輕語的嗎，怎麼都不關心了呢，還……還怕我被挖牆腳？！

這是不是有點喜歡我的意思了？！

凌筱筷心裡的小人瘋狂打滾，現在沒有電腦不能登錄《田園故居》，不然一定要找小鈴鐺問問，這是什麼情況，高嶺之花突然轉性了。

「對了，」陸霆突然想起溫華跟他説，凌筱筷是點名要到他手下的，就問道，「你之前認識我？」

這一句話，讓凌筱筷嚇了一跳。

「什麼？」

「溫華説你回國之後，是自己提出要到一組的，所以我們之前認識？」

「不認識……」

凌筱筱不想告訴他自己就是田園裡的小小，最後一點秘密，可以無限接近他，肆意聽他分享生活。

抿抿唇，凌筱筱說：「我回國的時候爸爸讓我到公司實習，我有一次在他的辦公桌上看到了人事部的檔案，看見了你，知道你是《田園故居》的原創，正好我也在玩那個遊戲，挺喜歡的……就跟爸爸說，要在你手底下實習。」

結果第一天你就把我罵哭了。凌筱筱怨念地嘀咕。

「你在哪個區？」

陸霆真沒想到，凌筱筱也喜歡玩《田園故居》。

「我在曲水流觴。」凌筱筱硬着頭皮瞎編。

陸霆挑眉，這麼巧？

「我叫耳雨，你呢？」

凌筱筱摳着被子，心想我知道你是耳雨，用真名的偏旁部首取網名，你還真厲害。

「我叫……小鈴鐺。」凌筱筱在心裡跟小鈴鐺道歉，不好意思了，江湖救急，用你擋刀，到時候請你吃滿漢全席。

「還挺可愛，既然這麼喜歡田園，怎麼不早跟我說呢？」

你要是不問我，我現在也不跟你說啊，這是凌筱筱的心裡話，哪敢說出來，只好一本正經地扯謊。

「仰慕之情都得埋在心裡啊，萬一你覺得我拍馬屁，那我這光輝形象不是沒了嗎。」

陸霆失笑，這女孩傻乎乎的，還以為自己有什麼光輝形象呢。

凌筱筱在醫院躺了兩天就待不住了，說什麼都要出院，把袖子擼起來，給陸霆看：「你看我強壯着呢，不用住院了，快讓我出去吧，我都要憋長毛了。」

陸霆拗不過她，辦好了手續，剛走到醫院門口，就接了一個電話。

「什麼事？」

陸霆伸手攔了一輛的士，擋着門框讓她上去，自己坐在前座：「先把你送回家，法院打電話說讓我過去一趟。」

凌筱筱點點頭：「山水華庭南門。是田超的事有結果了？要開庭？」

陸霆搖搖頭：「當時我只說要求他還本金，這些年的利息不用還，如果田超身上沒有別的事，估計還是會先走庭下調解的程序。」

「你要和解嗎？」

陸霆沉默了，如果真要對簿公堂，田超的名聲在業內算是毀了。

「他要是死性不改，我也沒辦法。」

聽他這麼說，凌筱筱就知道這個男人，到底還是心軟了。

陸霆把凌筱筱送回去之後，直接去了法院，田超垂頭喪氣地坐在裡面，看見他進來，眼裡有了點光，下巴上的鬍茬看得出人很憔悴。

「陸先生，請坐，這次叫你來，是田超表示願意償還八十萬元的欠款，請求撤銷起訴，我們還是要問一問您的意見。」

陸霆看着他，田超上來抓住他的手：「陸霆，陸哥！我還錢，我都還給你，你別告我，我還得上班啊，這讓我在公司怎麼見人啊！陸哥！」

陸霆看他哭的模樣，跟四年前的雨夜如出一轍。

甩開他的手，往旁邊挪了一下，嗓音清冷：「你騙我的時候，也叫我一聲哥。」

田超也不管什麼面子了，直接往臉上抽耳光，啪啪作響：「我不是人，我對不起你，陸哥，我不是人，我這次一定還錢！」

「你何止對不起我，你還對不起你媽！」陸霆看他即便現在滿臉

憔悴，身上仍然是名牌西裝，戴着高級腕錶，把自己打扮得人模狗樣。

「你知不知道你欠了那麼多錢，人家找到你家裡去，把阿姨逼得去上吊，要不是發現得及時，你這輩子哭都沒地方哭去！

「你在上海工作四年，我哪一處沒有照顧你，可是你家裡家徒四壁，阿姨為了給你還債，六十幾歲的人了還要下地幹活秋收，左鄰右舍都把你當笑話看，你最對不起的是你媽！」

田超跪在地上哭到失聲，手上抓着陸霆的皮鞋，哀求着：「陸哥，我是畜生，你別跟我一般見識，我求你了，你撤訴吧，這麼多年了你難道忍心看着我身敗名裂嗎？」

「我忍心。」陸霆把腳抽回來，居高臨下看着他，「你幾次三番算計我的時候，怎麼沒想到多年兄弟呢？這個時候跟我談感情，田超，你真以為我脾氣好拿你沒辦法是嗎？

「你早就身敗名裂了，今天峰創已經公開發文，説一切都是你因為嫉妒，自作主張使用手段，蒙蔽上司，偽造合約 —— 所有髒水都潑到你頭上了。」

陸霆冷笑：「這就是你選的好上司，張行之只是停薪留職，日後稍加運作，依然是峰創説一不二的執行總裁，可你田超的名聲在業內已經壞掉了，即便你現在走出去，也沒有哪家公司敢要你。」

田超坐在地上不敢相信地張着嘴，鼻涕眼淚糊了一臉：「不可能，他們撒謊，他們沒有證據！」

「你在朝華偷改我幻燈片的視頻就是證據，你應該知道朝華是傳媒起家，引導輿論再簡單不過了，因為你，朝華失去了《千里江山》打開遊戲市場的機會，你說他們會不會向着你説話？

「田超，你一步錯步步錯，事到如今，你就是喪家之犬，這一切都是你咎由自取。」

陸霆看着當年那個陽光的大男孩，變成現在這聲名狼藉的樣子，

有痛心，更多的是痛恨。

　　人生所有選擇都有不一樣的結果，田超選擇置身黑暗，那就要受得了黑暗中的一切詭譎陰險，放着光明正道不走，哪怕千瘡百孔也都是自找的。

　　「陸哥！陸哥你救救我，你別告我⋯⋯陸哥！」

第十九章

一無所有

陸霆看向法院的工作人員:「他名下有什麼資產嗎?」

「有一套房子,兩居室八十六平,沒有車,沒有股票證券。」

看着遞過來的資產證明,陸霆冷笑一聲,這就是好兄弟,看着他租房子輾轉搬家,自己早就悄悄置辦好了,瞞得滴水不漏。

「撤訴是不可能的,既然有房子,那就抵押吧,剩下的限期歸還,我還是那句話,我只要本金,不要利息。」

陸霆站起來,扣上西裝扣子,看着癱坐在地上的田超説:「早知今日,何必當初。田超,我陸霆不是善人,既然你看不上我的情義,那就都給我還回來,我們庭上見。」

陸霆走到門口,聽見身後一陣哭嚎,田超以為今天再哭一哭,賣賣慘,陸霆就會心軟。

但是他算錯了,從前心軟是因為那時候的田超還值得他付出,現在原形畢露,陸霆對他恨之入骨,怎麼可能還會心軟。

外面陽光刺眼,陸霆眯起眼睛,朝光源看去,這樣的陽光恰如當年田園發佈時的天氣,濃烈又溫柔。

時過境遷了,人都還在,只可惜道不同不相為謀,終究都在各自

的岔路口分道揚鑣了。

　　陸霆回家拿出那張照片，底色已經泛黃，周圍都起了毛邊，像片上裡的兩個人笑得開懷。

　　陸霆掏出打火機，點燃一角，火焰慢慢吞噬了田超的臉，陸霆看着火苗愣愣地出神，直到火舌舔上指尖，帶來灼熱的刺痛。

　　陸霆恍然間鬆開手，殘留的半張照片，隨着另一半灰燼飄然落下，在地板上燃燒。

　　最終，只剩一片清灰。

　　峰創的公開通告，大眾並不買賬，每天都有人在官方賬號底下怒罵他們把玩家當傻子，沒有職業道德，甚至鼓動朝華起訴他們。

　　《千里江山》項目上市一拖再拖，峰創內部無人願意收拾這個爛攤子，無奈之下找到朝華，想重新合作。

　　但是凌淞華的姿態端得很高，不管你說什麼，我就是巋然不動，絕不給你擦屁股，想重新合作息事寧人，門都沒有。

　　峰創內部愁雲慘霧，《千里江山》就是個燙手山芋，自己握着太疼，扔出去還沒人接，現在高層提起張行之都恨得咬牙切齒，沒等田超被法院帶走這件事有什麼結果，直接被人事部開除了，留在峰創的東西全扔進了垃圾桶。

　　有了陸霆的表態，法院開庭的日子很快就到了。

　　田超一臉沮喪地坐在被告席，對於律師的指控無從辯駁，即便當庭再三哀求陸霆，陸霆都沒有鬆口。

　　當庭判決田超儘快償還本金八十萬元，及精神損失費兩萬元，三十日內沒有行動，法院將採取強制措施執行。

　　田超本來就花天酒地，稍微有點資本就去賭博，那套房子怎麼來的陸霆都不知道，看來這小子來路不明的錢不只一星半點。

讓他一下子還錢，除了賣房子沒有別的辦法。

但是陸霆已經不關心這些了，賣了房子去睡大街都不會多看他一眼，三十天，不還就繼續上訴，陸霆已經不會再對田超心慈手軟了。

陸霆剛走出法院大門，凌筱筱的電話就打過來了。

「你快看我給你發的鏈接，《風華引》出事了，有粉絲爆料玖笙是代筆，這個作者根本就是資本運作，多人槍手完成的，現在網上都吵翻天了。」

陸霆掛斷電話，翻看着那條帖文。

《風華引》在修仙類裡有點名聲，玖笙這個筆名也擁有可觀的粉絲數量，這個爆料貼寫得詳細，底下評論吵得不可開交。

一邊是玖笙的忠實粉絲，堅決擁護他，絕不認為玖笙是眾多槍手代筆的資本產物。

另一邊則是把玖笙多年的作品都扒了出來，前後文風差異很大，而且死死咬住玖笙從不露臉的事，把那些書粉問得啞口無言。

時景明一直不肯透露寫書這個副業，礙於身份特殊，即便作品獲獎也從不到現場領獎，這種神秘之前還引得眾多書粉覺得玖笙很帥，現在就成了有心人抨擊他的利器。

陸霆趕回工作室，經紀人王安已經坐在會議室了。

陸霆知道她做不了時景明的主，直接就問：「時景明怎麼説？」

《風華引》原著鬧出這麼大的亂子，對遊戲項目也是非常大的影響，那篇帖文一直在強調資本運作，要是處理不好，即便遊戲上市，一樣會遭到抵制，甚至可能虧得血本無歸。

王安滿面愁容：「景明剛剛接了一部戲，現在正在沙漠裡呢，這個時間肯定是找不到他的。」

「這件事不能一直拖着，越拖鬧得越大，你們是得罪了什麼人？」凌筱筱問道。

「景明對於玖笙這個身份一直很重視，不管什麼頒獎公開的場合從來都是拒絕的，一直瞞得很好，要説得罪，他的書暢銷，那肯定是要有人看着眼饞心熱的，但是也不至於無中生有，編出這麼不靠譜的瞎話啊。」

凌筱筱坐在對面：「那也就是説，你們心裡也沒頭緒，不知道是誰幹的了？」

陸霆倒是鎮定，一遇到事情就習慣用指尖敲桌面，想了一會説：「不需要知道是誰，直接用玖笙的名義給爆料的博主發律師函，造謠誹謗足夠查他了，到時候不管背後是誰都能知道，我們不必操這個心。

「現在要緊的是，時景明到底要不要公開身份，這麼下去不説紙包不住火，項目也會受到影響。」

王安一聽到公開身份就遲疑了，時景明有多重視這一點她是知道的，現在聯繫不上他，根本不敢做決定。

陸霆見她為難也不催促，反正律師函一下，那些事情自然能查個水落石出，只要《風華引》能洗白就好，時景明的其他作品跟他實在是沒有什麼關係。

王安遲遲不動，陸霆看出端倪，坐直了問她：「還有隱情對不對？」

王安遲疑了一會，微微點頭，這下連凌筱筱都生氣了，這都什麼時候了還憋着不説，萬一出點差錯，真就連工作室的名聲都賠進去了。

「玖笙，確實是兩個人。」王安握着水杯慢慢説。

「玖笙早期的作品以言情居多，文筆細膩，一看就是女孩子的筆觸，那時候是景明的女朋友，這個筆名最早也是屬於她的。」

王安説得磕磕絆絆，凌筱筱拿着平板翻看起來，自從確定以《風華引》為腳本之後，她就讀了玖笙的大部分作品，確實前後有所不同。

於是她接着王安的話説：「但是後期的文風逐漸轉向男性向，以修仙靈異為主，也是從這裡開始爆火的，那麼時景明就是之後的玖笙，對不對？」

王安點點頭。

陸霆説：「那就好辦了，既然時景明不願意站出來認下玖笙這個身份，那就讓他女朋友出面，情人之間彼此是最了解的，也不會出現大紕漏。」

王安深吸一口氣説出了真相：「景明的女朋友在五年前死於空難，所以景明也是為了懷念她，才決定將玖笙延續下去。

「這麼多年，景明只堅持兩件事，一個是玖笙，一個就是絕對不炒緋聞，身邊乾淨得很。所以我一直不忍心逼他站出來承認這件事，他這麼多年過得太苦了。」

時景明在螢幕上一直都是陽光溫暖的形象，傳遞給粉絲的都是滿滿正能量，沒想到心裡揹負了這麼沉重的情義，這下陸霆不好再説什麼了。

王安想了一會，站起來説：「我先發律師函，剩下的事情等聯繫上景明之後，讓他做決定吧。」

凌筱筱知道這件事不妥善解決的話，對玖笙這個名字的負面影響一定很大，到時候時景明守護了這麼久的念想就要毀於一旦，以後即便有新作品問世，也少不了其他聲音的質疑。

王安走了之後，陸霆坐在會議室一直沒動。

凌筱筱説：「這件事在網上發酵得很厲害，不少書粉都開始讓玖笙出面澄清，你看……要不要把項目先暫停，看看風向再説？」

陸霆搖搖頭，時景明既然對這個筆名有深情厚誼，念念不忘，是不會看着輿論把玖笙毀掉的。

時景明對女友的感情如果真的像王安所説，那麼最後他很可能

選擇站出來，這是他唯一能保住玖笙不損清譽的辦法。

那個公眾號明顯就是有人在背後操縱，除了時景明自己公開，其他任何人說什麼都會被質疑，越抹越黑。

「時景明是個聰明人，他會知道怎麼辦的。」

凌筱筱看着手機裡給時景明發的消息一直沒有回覆，也只能乾着急，這邊工作室的進度不能停，只能希望時景明早點出面澄清，不然玖笙這顆新星只怕閃爍不了多久了。

「有件事我一直想問你。」

陸霆挑眉示意她說。

「《千里江山》一直懸着沒有着落，你就不想把這個項目爭取過來？也算有始有終，畢竟一開始就是你的策劃案。」

凌筱筱對《千里江山》的感情很深，她從這個項目裡真正了解了陸霆，雖然半路被峰創截胡，但是現在峰創急着往外推，朝華又不肯接，他們工作室要是這個時候出面，說不準真的能拿到呢。

陸霆也想過，但是考慮到工作室的現狀，很難吃下這麼大的項目，所以一直猶豫。

「朝華不是不接，是凌董在等着峰創鬆口。」

「鬆口？」凌筱筱疑惑。

「嗯。這個項目雖然是當初兩家公司工作，架構和方案一直都是我在朝華的時候主理的，但是後續的製作內測都是峰創獨自完成，即便張行之鬧出這麼亂的局面，峰創高層也不捨得白白拱手讓人，提出的條件就是全款支付製作成本，以及後續收益的百分之三十利潤。

「凌董在這件事上吃了個大虧，不接受這個條件，才一直耽擱到現在，就等着峰創耗不下去了，主動送上門，朝華才肯鬆口呢。」

凌淞華一生征戰商場，只有他算計別人的份，如今被張行之一

個晚輩攪亂了計劃，心裡肯定嚥不下這口氣，峰創不白送，凌淞華就不會接納《千里江山》。

凌筱筱有些着急地說：「峰創不止《千里江山》一個項目，其他遊戲一樣能盈利，可《千里江山》的內測熱度很快就會過去，這個遊戲耗不起啊！」

陸霆看她着急的樣子，笑了：還是年輕，不懂他們之間的博弈。

「他們在乎的根本不是一個項目的存活，現在不管是峰創還是朝華，誰先鬆口誰就輸了。」

陸霆遠比凌筱筱了解那些高層的心思。

朝華沒有正式開設遊戲部，《千里江山》只是一個前鋒，現在仗打得不好，那就及時收手，對朝華沒有什麼影響，如果想繼續開拓新市場，現在就已經注資了啟明工作室，不算沒有二手準備。

對於峰創來說，本來就是過錯方，整個業界都等着看他們的笑話，《千里江山》的熱度一過，就算以後能上市，這中間賠進去的成本將會成倍提升。

如果撐不住局面，急於把《千里江山》拋售，那就是主動認輸，低了朝華一等，這個笑柄就坐實了。

想要盈利，就得變成笑話；想要保住面子，就得打落牙齒混血吞 —— 峰創沒有第三個選擇。

所以他們在乎的根本就不是《千里江山》能不能順利上市，而是這個遊戲值不值得他們冒險。

凌筱筱想清楚之後就沉默了，她早該想到的，爸爸是商人，一切都是利益為先，峰創要把燙手山芋扔過去，還一點不吃虧，爸爸怎麼可能同意呢？

峰創的條件連朝華都不想接，更何況啟明這個剛剛成立，還沒

有站穩腳跟的工作室，是根本就接不住的。

　　一想到陸霆可能徹底跟這個項目絕緣，凌筱筱心裡就難受。

　　為什麼努力的人一直都得不到好結果呢？

　　「不用難受，現在不是還有《風華引》嗎，一切都會好起來的。」

　　陸霆看凌筱筱趴在桌上蔫蔫的，起身去倒了一杯乳酪：「喏，哈密瓜的，新口味。」

　　凌筱筱小口喝着乳酪，陸霆突然想起《田園故居》裡的公告，最近有線下活動，想着跟凌筱筱一起去湊個熱鬧，這女孩一直悶悶不樂的看着難受。

　　「這兩天曲水流觴組織了線下活動，我想去看看，一起？」

　　凌筱筱眨眨眼睛：「你不是一直不喜歡這種活動的嗎？」

　　陸霆挑眉：「你怎麼知道我從來不去？」

　　凌筱筱的小腦瓜轉的飛快，差點就說漏嘴：「你……我就是看你連公司聚會都不喜歡去，猜的。」

　　「最近沒什麼重要的事，去熱鬧一下唄，我看公告裡說的地址正好在市區，來回也方便。」

　　凌筱筱能跟他多相處自然高興，連忙點着頭答應，看陸霆回了辦公室，趕緊打開田園會話找趙玲玲。

　　【小小：江湖救急！】

　　【小鈴鐺：怎麼了？】

　　【小小：我那天差點在男神面前掉馬，他問我叫啥，我說我是小鈴鐺……】

　　【小鈴鐺：無語了！！！沒有一週奶茶這事不行！】

　　【小小：沒問題！男神約我去參加線下聚會，到時候我就說我是小鈴鐺，你去不去？去了可別給我說漏了。】

趙玲玲一直很疑惑。

【小鈴鐺：為什麼不直接坦白？告訴他原來可愛懂事的小小
就站在他面前啊喂！】

凌筱筱覺得現在還不到時候，陸霆雖然有所親近，不像以前那
麼高冷了，但是明顯心裡還有所顧忌，想再等等。

【小小：再說吧。】

《田園故居》的線下聚會一直都是一些老玩家組織的，能參加的
大多也都是玩了好幾年的玩家，對這個遊戲感情比較深，都願意在
線下多多接觸，對着一群陌生人隨便聊聊工作啊生活啊，覺得會放
鬆很多，反正出了會場大家誰也不認識誰。

陸霆以前覺得這種聚會很無聊，一直都沒參加過，這次也是想
陪凌筱筱才提出來的。

這次組織者只挑選了一家比較平價的酒店，大家在一起吃吃飯
唱唱歌，雖然沒有上一次的人財大氣粗，但是氛圍要活躍很多。

凌筱筱一身奶白色的針織長裙，踩着小靴子，耳朵上掛着一對
蝴蝶結耳飾，嬌俏地站在陸霆面前。

「很好看，快進去吧，外邊涼。」陸霆微微一笑，側身拉開大門。

趙玲玲早就到了，跟一幫人打得火熱，按照凌筱筱的話說，她就
是典型的派對咖，不管什麼環境，都能見人說人話見鬼說鬼話，就沒
有冷場的時候。

「小⋯⋯鈴鐺！在這呢！」

看見趙玲玲揮手，凌筱筱深吸一口氣，帶着陸霆過去了。

趙玲玲兩隻眼睛一看見陸霆就亮起來了，曖昧地朝凌筱筱一笑，挽着她胳膊開口：「我們小鈴鐺可是第一次領男人來，稀奇啊。」

凌筱筱捏她一下，示意她收斂一點，別把陸霆嚇跑了，就拉着陸霆找個角落坐下。

她雖然玩得早，但是除了趙玲玲和陸霆，別人都不熟，頂多看見ID賬號可能覺得好像見過，要説坐在一起聊天，那凌筱筱是絕對沒有趙玲玲這個功力的，只能安安靜靜坐在陸霆身邊喝果汁。

「美女，喝一杯？我是破曉。」

凌筱筱正低頭吃菜呢，一抬頭就看見這男人站在身邊，端着酒杯要敬酒，正好陸霆剛才去了洗手間，身邊空着。

那破曉直接坐下來，一副你不跟我喝我就不走的架勢。

凌筱筱從心裡反感他，推脱着不會喝酒，眼睛滿場找趙玲玲，發現她正踩着凳子跟人拚酒呢。身邊的男人一直往前湊，凌筱筱皺着眉馬上就要爆發了。

「我不會喝酒，不好意思。」

「出來玩也不喝多，給個面子嘛美女。」

凌筱筱覺得他嘴裡的酒氣都要噴在她臉上了，手抓着杯子就想在他腦袋上來一下。

那男人還想往前湊，就被一隻大手抓住了。

「這位先生請自重，人家明顯不想跟你喝。」陸霆從洗手間回來，就看自己位置上坐着個陌生男人，凌筱筱縮在牆角一躲再躲，直接上前拽住他衣領，甩到一邊。

「沒事吧？」陸霆上下看着凌筱筱，好在只是神色有些慌亂，站在她面前把男人隔開。

「你誰呀！我跟美女喝酒，關你什麼事？」

那男人像小雞仔似的被甩開，臉上掛不住，指着陸霆叫囂。

「先生，你喝醉了。」陸霆眯着眼睛，眼神危險，語氣冰冷。

男人上來拉扯他：「你讓開！別影響老子好事！」

陸霆看他不識趣，抓住手腕往後一掰，只聽咔嚓一聲，那男人手裡酒杯一鬆，落在地上摔個粉碎，抱着胳膊哀嚎起來。

這邊動靜太大，會場裡的人紛紛看過來。

凌筱筱站在陸霆身後，被他擋個嚴嚴實實，覺得剛才他出手乾脆利落帥氣極了。

「喝點酒就不知道幾斤幾兩了，什麼人都敢上手，不能喝就別出來丟人。」陸霆冷眼看着躺在地上的男人，伸腳把碎玻璃撥到一邊，拉着凌筱筱就往外走。

凌筱筱被他帥住了，任由他牽着，跟在身後，眼睛癡癡的看着他側臉。

「陸霆……」

「嗯？」

陸霆一回頭，就被凌筱筱撲個滿懷，當時愣在原地，不知道怎麼辦了。

凌筱筱把頭埋在他懷裡，拚命汲取此刻的溫暖，她看不清陸霆的感受，這一抱用盡了所有勇氣，可能不會再有下一次了，想到這，凌筱筱抱得更緊了。

陸霆兩條胳膊垂在身側，不自然地動了兩下，一瞬間覺得心口被撞了一下，看着她髮頂，到底沒有動。

凌筱筱抱了一會，往後退了一步，微微笑了一下，看着陸霆：「走吧，我們回去。」

兩人一時無言，沿着馬路走，凌筱筱現在手心還在冒汗，看了陸霆好幾眼都沒鼓起勇氣打破沉默。

陸霆很難說清楚現在對凌筱筱是一種什麼感覺，看到她難受會

不舒服，看到她被時景明太過出眾的外表迷住，也會用其他事轉移注意力。

　　只是陸霆覺得自己一事無成，而凌筱筱是朝華董事長的掌上明珠，不該跟着自己住出租屋，擠地鐵，吃着十幾塊錢一份的簡餐，這樣的生活出現在了凌筱筱的世界裡，帶着突兀。

　　陸霆把凌筱筱送回家，在樓下站了一會，看到她房間的燈亮了才轉身離去。

　　凌筱筱站在窗簾後面，看着陸霆的身影漸漸走遠，歎了口氣，粉嫩嫩的小嘴嘟着，明顯不太高興。

　　今天一衝動就撲倒人家懷裡去了，也不知道會不會把陸霆嚇到。

　　時景明的消息是臨近半夜回覆到的，言簡意賅，只有四個字。

　　悉知，已歸。

　　凌筱筱看着消息，想開口安慰幾句，又不知從何説起。

　　時景明守着玖笙的筆名，就好像守着女朋友，彷彿她從未離開過，這樣的情深，此時應該也不需要旁人多費口舌，索性關掉手機蒙頭睡覺。

　　田超欠款判決下來之後，只能聯繫中介把房子掛出去賣掉。

　　這棟房子的地段並不太好，不是學區房不説，周圍的配套設施也並不完善，跟市中心的房子沒法比，中介委婉地告訴他，要想儘快賣掉，價格要比周圍市價低上許多。

　　田超並不甘心，但是法院給了明確時間，這件事不能慢慢來，只能咬着牙同意。

　　等中介來看過房子，田超收拾一下就去了峰創。

一進公司，周圍人都指指點點，背著田超竊竊私語，田超推開辦公室的門，裡面早已經被打掃乾淨，如同雪洞一般，自己的私人物品也都被清理掉了。

「這是怎麼回事？」

門外看熱鬧的員工說：「早就收拾了，你被開除，這辦公室自然也不會給你留著，別人還要用呢。」

田超想起陸霆從朝華離職的時候，他站在一邊看笑話，當時的情形與如今一模一樣，風水輪流轉，也輪到他自己了。

從前田超行事高調，對下屬頤氣指使，員工礙於他身後有張行之撐腰，即便怨聲載道，也從不跟他正面衝突。

現在，他的東西被扔掉，自然不會有人好心幫他收起來，都在一邊看著田超的窘境，覺得他遭了報應，簡直是大快人心。

田超看著大家不復往常的面孔，悲從中來，脖子上青筋暴起，一時衝動就去了高層辦公區。

「你們峰創能拿到《千里江山》的項目，那都是我費心爭取來的，沒有功勞也有苦勞，現在你們過河拆橋，就不怕其他人戳你們脊樑骨嗎？」

年輕的秘書看著他像瘋狗一樣，都不敢上前攔著，聽著他在辦公室外面大喊大叫，只要他不闖進去，也沒人上前拉扯。

「我是看明白了，張行之唆使我，現在出了事你們拿我當替罪羊，這就是你們峰創的處事風格！簡直讓人笑掉大牙！」

田超喘著粗氣指著辦公室一頓喝罵，他要是敢衝進去倒也佩服他有三分血性，偏偏只敢在門口叫囂，來回踱步。

現在公司上下因為這件事焦頭爛額，公關部沒日沒夜地加班，力求挽回峰創的形象，現在田超這個罪魁禍首出現了，還一副受害者的樣子，別人忍得住，公關部的人可忍不住。

關明從辦公室出來，瞪着田超說：「要不是你帶着這點項目資料過來，你以為能踏進峰創大門？你做夢去吧！

　　「你跟張行之背後使的那些手段別以為大家不知道，沒有說出來就是留一些臉面，你還好意思喊冤？峰創這麼大的公司被你連累，我們到哪喊冤去！」

　　整件事情因為有張行之這個高層在，其他股東被瞞得一絲不漏，有的人睡一覺起來發現公司上了熱搜，股價直線下滑，都不明所以，等知道了來龍去脈，哪個不想把他們二人抽筋拔骨。

　　「不管怎麼說，這個項目一開始你們可都是同意的，甩手交給我也都是你們的意思，現在有了問題就把我開除給你們擦屁股，你們高層真是乾乾淨淨，黑鍋都讓我一個人揹了！」

　　田超指着關明的鼻子開罵，在這喊了半天別人都不出來，這回有個人還不趕緊抓住了，把自己營造成受害者。

　　只可惜田超把自己想得太重要了，峰創不缺他一個，也根本不會給他什麼情面，關明位居高管，更不會管田超死活。

　　「項目確實是公司同意的，但你做的那些噁心事我們可沒按着你手讓你去做，你自己沒頭腦，用一些上不得檯面的做法，還說是為了公司？你才是最不要臉的！」

　　兩人你來我往在中間對罵，田超本來就不佔理，發展到最後根本就是在胡攪蠻纏。

　　「你們要是不讓我回來上班，我就天天來鬧，不讓我好過，那大家就都別想好過！」

　　田超環視一圈，其他員工一臉冷漠，眼神裡都在嘲諷他不自量力，關明發泄了心口的憋悶氣，更不會體諒田超了。

　　「你要是敢這麼做，我就讓法律部的同事以惡意構陷公司、影響公司聲譽的事情起訴你。」關明靠在門框上說，「聽說你剛從法院出

來，正好流程你也熟悉了，那不妨我們請你再走一遍。」

田超一聽又要鬧上法庭，瞬間滅火，他心裡也知道自己沒有勝算，胳膊拗不過大腿，在這罵一會也就是了，要真鬧大了，他可就走上絕路了。

「打電話叫保安，這麼長時間了，保安都死哪去了！」關明不再理他，讓手下叫保安，自己轉身甩上門回了辦公室。

田超被保安架着胳膊扔出了峰創，這一路上丟盡了臉面，根本沒有人同情他。

坐在峰創大樓外面，田超狠狠捶着地面。這時中介打來電話，説那房子只賣了四十二萬，是現在出價最高的了，讓他儘快考慮。

六十萬買的房子，一下賠了十八萬，田超捏着手機恨得眼睛都紅了，現在説是身無分文也不為過，房子一賣連個落腳的地方都沒有了。

田超看着周圍人來去匆匆，偌大的上海就要無家可歸，咬緊牙關吐出兩個字：

朝華。

第二十章

喪心病狂

　　陸霆收到王安的通知，才知道時景明連夜從新疆趕回上海，馬上要籌備召開發佈會，社交媒體上的公告已經發出了。

　　時景明的粉絲突然得知，自己家的偶像竟然就是網上鬧得沸沸揚揚的「玖笙」，還深陷「槍手風波」，震驚得掉了下巴。

　　那些對玖笙脫粉的書粉知道了之後，更加懷疑這會不會是時景明背後的公司藉機炒作，玖笙早就變成時景明圈錢的工具。

　　兩撥人在時景明工作室底下吵得不可開交，公說公有理婆說婆有理，吸引不少網友來看熱鬧。

　　得到風聲的媒體早早等在發佈會現場，長槍短炮圍了個水泄不通。

　　時景明現身的時候，整個人都很憔悴，向來在媒體面前光鮮亮麗、精緻到頭髮絲的男人，現在衣服上帶着灰塵，頭髮隨意攏在後面，眼睛裡都是血絲，明顯知道消息之後就日夜兼程，沒有休息地趕回上海。

　　時景明對着媒體深深鞠躬：「首先，我很抱歉，時至今日才站出來說明這件事，要對喜歡我的粉絲們道歉，瞞着大家這麼久，也要對

喜歡玖笙的讀者們道歉，這件事在今天都會得到解答。」

時景明提供了一份清單，上面羅列着玖笙開始發表作品之後的全部書籍，中間用一條紅線分隔開。

「我的確不是真正的玖笙。」

此話一出，台下一片譁然，這麼敏感的時間，說出這樣的話，媒體都以為時景明瘋了，大好的前程很可能就要毀了。

只是王安站在角落裡，只有她懂得時景明此時的擔當和獨自隱藏的深情。

「『玖笙』這個筆名真正的主人是我的女朋友。」

現場媒體頓時懵了。

這不是澄清玖笙的事情嗎，怎麼還直接曝光戀情了，時景明的經紀人也不攔着點？

他可是現在內娛頂流，多少影視劇和廣告，拿着天價合同排着隊請他，眼看着星途燦爛，風頭無兩，這是連前程都不顧了。

時景明深吸一口氣，桌子下的手緊緊握着，手心裡躺着一枚平安符。

「她是一個溫柔善良的女孩子，會做這世界上最美味的蛋糕，就像她的文字一樣，甜美靈動，那些撰寫過的愛情故事無不有情人終成眷屬，她將這世上做美好的一切都寫在書裡，充滿了浪漫的幻想……

「我愛她的文字，也深愛着她，即便現在，我面對你們，面對媒體公眾，面對我的粉絲，我也在堅定地愛着她，幾年如一日，從未改變。」

台下的快門聲漸漸停止了，他們看到時景明慢慢紅了眼眶，眼睛裡深邃的愛意不能作偽，這一刻，他們好像只是一個來聽故事的聽眾。

「五年前，3704 航班失事，無一人倖免，那場空難帶走了她，

也帶走了我們即將到來的婚姻，玖笙名下也在很長一段時間裡沒有作品問世。」

說到這，時景明哽咽了，一度停頓，說不下去。

王安站在台下流淚，她是親眼見證時景明如何從巨大的悲痛中走出來，走到現在萬人欽羨，那段黑暗的時光，她這個旁觀者都不忍回首。

「屬於她筆下的愛情戛然而止，但是屬於我的愛情卻沒有結束，我不想讓她從此消失，我想這個世界上仍然會有人記得她，記得她曾給這裡帶來的一切歡愉，所以，我重新用她的筆名開始創作，讓玖笙這個名字延續下去。

「我不知道我會寫到什麼時候，但我想，只要我還在，玖笙就一直不會消失。」

此刻，時景明已經忍不住悲愴，聲音嘶啞，眼淚從眼眶中汩汩流出，眼神落在遠處，曾經相處的每一刻都在腦海裡打轉，他想起了諸多美好的事情，卻只能獨自緬懷。

「我再一次，為我頂替玖笙的事情向讀者道歉，對不起，沒有公開這件事是我的私心，希望大家原諒。

「對喜歡我的粉絲們，也許從今天開始，你們會對我失望，會怪我隱瞞戀情，與我一直以來的人設不符，我向諸位致歉，但我愛她的心意絕不會有所改變。

「我走到今天，星光熠熠，卻獨獨失去了身邊的愛人，不求大家共情，只求諸位將一切埋怨都歸在我的身上，不要詆毀玖笙，不要打擾她，我願意用以後的前程承擔一切。」

時景明彎下去的腰久久沒有直起，眼淚大顆大顆地砸在桌面上，匯成一灘，倒映着他的無奈和酸楚。

「請問，你一直用玖笙的筆名出書，那稿費都歸你個人所得了嗎？」

時景明站直看着媒體：「一部分會打給我女朋友的家人，做為老人家的養老金，剩下全部都捐建了希望小學，她生前一直很喜歡孩子，我想她會喜歡我做的這個決定。」

王安此時也穩定了情緒及時補充：「關於捐建所費賬目，稍後會由工作室統一在網上進行公示。」

「那你以後會考慮新的戀情嗎？」

時景明堅定地看着鏡頭，緩緩吐出：「不會。」

凌筱筱雖然沒有去現場，但是看着直播，在電腦前哭成淚人，這個男人太深情了，默默揹負着對愛人的懷念，不知道那些孤單寒冷的夜裡，是如何熬過去的。

此時網上已經炸開鍋了，那些抨擊時景明炒作的書粉都銷聲了，粉絲們也看着愛豆站在鏡頭前，絲毫不怕因此伴隨的一切的後果，沒有指責和罵聲，反倒是一片悲傷。

【原來這麼多年一直沒有緋聞，是因為哥哥心有所屬，這也太好哭了！！！】

【史上第一深情！玖笙就是他的一切啊！】

【景明和玖笙的愛情夠我吹爆一整年！】

【哥哥我們與你同在 ing】

【……】

王安看着休息室裡的時景明，從發佈會回來就一直是這個狀態，不說話也不理人，沉浸在自己的世界裡，好像又回到了五年前那些日子。

看着網上並沒有罵聲一片，王安的心稍稍放下。

陸霆關注着這件事，他一直都不擔心會難以收場，背後操縱的

人肯定沒有想到時景明這個帶着巨大流量的明星會是玖笙,輿論一邊倒,全網都沉浸在他的深情中,事態已經不可控制。

時景明工作室的律師函已經發了,結果如何不重要,《風華引》因禍得福,在時景明亮明身份之後,日後上市也會獲得不少關注,許多溝通事宜都可以擺在檯面上了。

陸霆沉思着,既然都説開了,就不用凌筱筱天天蹲守時景明的消息,可以換個人對接工作,免得某人眼裡只有時景明。

這天,凌筱筱拿着最新的修改方案要去時景明工作室,陸霆從辦公室出來,遞給她一份文件。

「這是這個月給朝華的報表,你送一趟。」

凌筱筱愣住了:「可是……工作室和朝華是兩個方向啊……」

陸霆摸摸鼻子,把自己的小心思掩藏住:「工作室那邊讓別人去,你去朝華方便點,凌董跟我説好幾天沒見你了,正好讓你去。」

凌筱筱撇撇嘴,這個爸爸真耽誤事,今天都答應趙玲玲去工作室給她要時景明的簽名照了。

自從「槍手風波」過去之後,網上對時景明的讚譽之聲一直不斷,工作室也及時貼出了這些年他用稿費捐建希望小學的各種單據,時景明的深情屹立不倒,收穫了大批粉絲,名氣比以往更勝。

朝華集團外,正好是午休時間,不少員工都出來吃飯散步,對面有一家奶茶店味道正宗,很多白領都會去打卡。

突然,一輛電動三輪車朝着人群衝來,駕駛座上並沒有人,車輛失控刮傷了不少行人,朝着朝華大樓直直撞去。

三輪車撞在門上,碎裂的玻璃飛濺,又傷到了正要出門的員工,有人被撞傷躺在地上哀嚎,有人捂着流血的臉往外跑,場面頓時大亂,一片狼藉。

凌筱筱到的時候，警戒線還沒有拉起來，保安正在疏散受傷的員工和圍觀人群，溫華站在一邊打電話安排傷員入院。

　　沒人注意到此時混亂的人群中混進一個全身黑色運動服的男人，戴着鴨舌帽，從角落偷偷走進了朝華大廈。

　　凌筱筱抱着文件跑到溫華身邊：「這是怎麼了？大廈門口還有肇事？」

　　朝華大廈門前並不是行車道，而是一片休閒娛樂的廣場，這種電動三輪不應該出現在這，還失控了。

　　溫華把凌筱筱拉到樓裡安全的走廊，避開外邊亂糟糟的場景：「你先上去找凌董，這麼長時間不知道回家看看，你爸爸都想你了。」

　　外邊秩序混亂，溫華怕那一地碎玻璃傷到她，就哄着她上樓。

　　凌筱筱點點頭，她在這作用也不大，剛剛看了一圈沒有特別嚴重的傷患，一會警察也會來，溫華完全有能力處理這種場面。

　　走廊樓梯間轉角，那個黑衣男子微微抬起頭露出半張臉，赫然就是田超。

　　聽見溫華的話，淡淡一笑，原來凌筱筱竟然是凌淞華的女兒，本來想直接報復溫華，恨他攪黃發佈會，讓自己像喪家之犬一樣無處可去。

　　現在知道凌筱筱的身份，要是她出了什麼事情，凌淞華必定痛不欲生，這可比報復溫華刺激多了。

　　田超的笑容帶着狠辣和瘋狂，尾隨着凌筱筱一路上樓。

　　凌筱筱從財務部出來，看見電梯門口放着正在維修的牌子，轉身問道：「這電梯壞多久了？」

　　「喔，上午就壞了，一直沒修好，聽說樓下出了事，估計後勤部一時半會也顧不上電梯了。」

　　凌筱筱撇撇嘴，只能走樓梯了。走進樓梯間，她在心裡暗罵陸

霆，臭東西，害我來爬樓梯，這到十八樓還有五層呢！

正想着，身後一隻手伸出來，死死捂住她的嘴，將一塊破布塞進她嘴裡，反剪着她的手往樓上推搡。

凌筱筱掙扎着，田超並不是人高馬大的身材，要制服一個神志清醒的成年人還有些吃力，兩人踉踉蹌蹌往樓上去，怕樓梯間有人撞見，田超把凌筱筱推進一個廢棄的清潔間，用繩子緊緊捆在凳子上。

凌筱筱不停掙扎，趁着田超低頭在她身上搜手機，一頭撞向他，碰掉鴨舌帽。

看清這個人是田超，凌筱筱震驚得瞪大眼睛，嗓子嗚嗚地喊着，憤怒之情溢於表面。

田超撿起帽子，看着把人捆結實了，對着凌筱筱詭異地笑説：「凌董事長的女兒，掌上明珠啊，可惜，要為朝華埋單了，乖乖的，別讓我在這就殺了你。」

凌筱筱不知道他要對朝華做什麼，但是一定不懷好意，這邪氣的笑好像瘋子一般。

凌筱筱瞪着他的眼神充滿了狠厲，凳子在她的掙扎下發出咯吱聲，恨不得將這個個人萬箭穿心。

爸爸！他提到了爸爸！

田超的處境她是知道的，房子在法院的壓力下賣了，工作沒了，名聲沒了，簡直是身敗名裂，這個時候他一定會痛恨那些揭露他的人。

陸霆！

對，陸霆才是他心裡最大的敵人，那麼他要怎麼對付陸霆呢！

想到爸爸和陸霆的安危，凌筱筱又着急又害怕，劇烈掙扎起來，想要脫離桎梏，一下用力過猛整個人帶着凳子栽倒在地上，手腕被繩子磨破，嗓子裡的哭喊聲變得嘶啞。

田超走到消防栓前，直接按下火警警報器，瞬間整棟大廈被報警聲充斥，眾人慌亂起來，爭先恐後往外跑，大家都不知道哪一層發生了火災，只能拚命從樓梯間跑向一樓。

田超回到清潔間，關上房門，聽着紛亂的腳步聲，夾雜着眾人的驚慌，凌亂地跑過去。

等到外面安靜下來，田超開門出去，見所有人都站在一樓向上張望，轉身回到清潔間，解開凌筱筱的繩子，拖拽着她一路爬上天台。

他手裡拿着刀，本來想豁出一條命，反正已經一無所有了，給溫華捅上兩下，讓他也嚐嚐瀕臨絕望的滋味。

沒想到凌筱筱的出現讓他改變了計劃，只要挾持住她，凌淞華那個老東西也好，溫華也好，都不會好過。

啊對了，還有陸霆。

他雖然沒看過陸霆對待凌筱筱有什麼特殊，但是陸霆離開朝華之後，凌筱筱費盡全力要保住他留下的一切，看來這丫頭對陸霆一定是情根深種。

田超把凌筱筱攤在地上，自己坐在一邊喘着粗氣，帶着一個大活人爬上頂層，這運動量讓他有些吃不消。

拿着凌筱筱的手機給陸霆打電話。

「喂，筱筱？怎麼了？」

聽着那邊的聲音，田超笑了，嘶啞着說：「陸霆，是我。」

陸霆一下就聽出這是田超，他怎麼會有筱筱的手機！

陸霆從椅子上站起來，捏緊了手機：「你要幹什麼？」

「啊呦呦，這就着急了？別着急，凌筱筱在我手上呢，啊對了，你可能還不知道她喜歡你吧，當初你走了，她可是三天兩頭的去我那找茬，給我添了不少麻煩呢。」

田超的陰陽怪氣讓陸霆起了一身的雞皮疙瘩，筱筱在他手上一定是出什麼事了。

　　「你別動她，有什麼事衝着我來。」

　　「真是感人，原來還是互相喜歡呢，我在朝華大廈的天台，能不能趕上就看你的了。」

　　田超說完，順手將手機摔到一邊。

　　看着凌筱筱好像要吃了他的表情，無所謂地站起來，拍拍身上的灰：「別着急，一會你情哥哥就來了。」

　　凌筱筱知道他不會放了自己，也不再掙扎，聽見陸霆要來，才睜開眼睛看着他，彷彿在悲憫這個可憐蟲，正在用愚蠢的手段把自己推上絕路。

　　陸霆直接往外衝，撞倒了椅子也沒心思扶，他一邊跑一邊拿出手機報警。

　　他知道此時的田超已經失去理智了，單單是他自己根本保證不了凌筱筱的安全。

　　「喂，我要報警，朝華大廈頂層有人挾持人質……」

　　今天這段路讓陸霆感覺特別漫長。此時正值倒春寒，昨夜剛剛下過雨，路面上還是濕的，但他已經急得滿頭是汗，恨不能飛過去。

　　陸霆開始後悔，今天不應該讓凌筱筱去朝華的，如果她按照原計劃去時景明工作室，就不會被田超撞見劫持，深陷危險之中。

　　自責焦慮的心情讓他難安，手不自覺地顫抖，緊張地吞嚥口水，他問自己，明明說好了只把她當做同事，當做普普通通的職員，為什麼……？

　　但他現在只有一個念頭，就是保證凌筱筱好好的離開朝華大廈，不管田超會提出怎樣的要求，他都答應，只要那個女孩還能明媚地笑出來。

陸霆剛到朝華樓下，就看大廈下面已經聚集了很多人，消防公安交警都到了，警戒線把眾人攔在外面。

陸霆跑過去，抓住溫華：「筱筱呢？筱筱怎麼樣了？」

此時溫華才反應過來，一直沒看見凌筱筱，她當時應該也在大廈裡。

看到溫華的眼神，陸霆就明白過來了，看來田超只通知了自己。

「剛剛裡面消防警報響了，大家跑出來報警，但是並沒有發現火源。」

陸霆抓着警戒線就要往裡進：「是田超，他給我打電話了，現在筱筱被他劫持上了天台，我已經報警了。」

「先生！你不能進去。」

「我剛才說了，頂樓有人劫持人質，劫匪給我打電話了，我必須上去！」

「請你冷靜，我們已經接到指示了，現場指揮馬上就到，我們必須保證你的安全，進行佈控之後你才能上去。」

陸霆急得在原地踱步，希望田超這個瘋子不要做什麼傷害筱筱的事。

「凌董呢？」陸霆突然回頭問溫華。

「凌董剛剛跟車去醫院了，門口發生了事故傷了不少員工。」溫華比陸霆看上去鎮靜很多。

陸霆想，田超劫持凌筱筱肯定是臨時起意，因為他並不知道凌筱筱會出現在這，那麼他來朝華的原因是什麼呢？

「報復……是報復。」陸霆低喃着。

「什麼？」溫華沒聽清。

陸霆穩住心神分析說：「筱筱被他劫持是意外，因為讓筱筱過來是我臨時起意，他不可能知道，那田超到朝華來的目的就是別人，最

有可能的就是……」

陸霆看向溫華。

「是我。」

溫華知道他出現在發佈會現場，親自揭露了所有一切，是直接毀掉田超的那個人，所以如果不是凌筱筱出現，現在受到威脅的就是他。

「田超改變主意，一定是因為筱筱更有價值，比直接報復你更讓他開心，所以……恐怕他知道筱筱是凌董的女兒了，一會我上去之後説不定他就要見凌董。」

陸霆掐着手心逼迫自己冷靜，這個時候不能慌亂，筱筱一定受到了驚嚇，在上面等着他，千萬不能有閃失。

溫華説：「我去醫院接凌董，你……注意安全。」

很快，警方就趕到了，因為是天台劫持，考慮到墜樓的可能性，消防已經在大廈樓下充起了氣墊，雲梯也已經準備好了。

「先生，一會我們會派人跟你一起上去，首先注意自己的安全，不要衝動。」警察部署之後，拉開警戒線讓陸霆進去，身後跟着兩個荷槍實彈的特警。

田超聽見警笛，伸着頭往下看，果然已經被包圍住了。

回頭朝着凌筱筱陰惻惻地笑着：「看看這排場真是大的，死之前能拉上朝華的公主作陪，我也不虧。」

凌筱筱算着時間，陸霆一定快到了，她和田超現在的位置，離邊緣只有幾步的距離，如果田超情緒失控，一定會拉着自己墜樓的。

她是害怕的，眼淚一直不停地流，嘴被撐着又痠又脹，胳膊長時間被束縛，手腕已經青紫，有的地方也映出血跡。

陸霆上到頂層，瞬間就看見被田超拽起來擋在身前的筱筱，模樣狼狽又脆弱，含淚看着他。陸霆的心被狠狠揪了一下。

「筱筱！」

陸霆往前衝了幾步，田超立刻將匕首抵在凌筱筱脖子上，微微用力，一縷血絲順着刀鋒流下來。

「你別傷她！你有什麼不滿都衝着我來，筱筱什麼錯都沒有！」看見血的時候，陸霆眼睛都紅了，不敢再向前，站在原地朝田超喊。

田超看見他情緒明顯激動了，拿着刀的手不停在她頸間晃動。

「她是凌淞華的女兒！你喜歡她！只要她有事，你們這輩子都別想過得舒服！」

陸霆滿眼血色，卻不敢再動分毫，生怕那鋒利的匕首再傷到筱筱半分。

「我給你當人質，你放了她，你最恨的人應該是我，我把你送上法庭，逼你還債，也是我讓你一無所有，筱筱什麼都沒有做過，我也……我也並不愛她，你傷害她並不會讓我難受。」

説到並不愛她，陸霆哽咽了，這個女孩子即便身處這樣的境地，也沒有求饒，腰板挺得直直的，不曾對田超彎了膝蓋。

凌筱筱聽到陸霆的話，不知真假，滿耳都是他不愛我，眼淚撲簌簌地落得更快，卻一直在搖頭，讓陸霆不要換她，讓他快走，田超就是個瘋子，會傷害到陸霆的。

田超諷刺地笑着：「你要是不喜歡她，為什麼要換呢？可憐你被譽為天才，卻連自己的心意都看不懂。

「陸霆你當我傻嗎？我要控制一個大男人可費勁多了。凌筱筱生下來就什麼都有，這就是她最大的錯誤！」

田超用匕首指着陸霆，嘶喊着：「憑什麼我努力這麼多年，到頭來卻一無所有，這麼大的城市卻沒有我田超安家的地方，項目毀了，房子沒了，錢也沒了，我的名聲也臭了，這都是被你們害的！

「都是你們！」

田超在凌筱筱身後，匕首在半空胡亂划着，那些刀刃泛起的寒光看得陸霆心驚膽戰。

　　特警坐着雲梯從外牆升上去，卻不敢靠太近，跟陸霆一起上來的特警只能藉着水箱隱蔽，整個天台風聲乍起。

　　「揭露你的人是我，你放了我女兒！」

　　凌淞華被溫華扶着，顫顫巍巍地從陸霆身後走出來，年過半百的人爬上頂層已經氣喘吁吁，扶着膝蓋，話都説不匀稱。

　　看見爸爸，凌筱筱哭得更厲害了，她已經分不清是脖子上的傷口痛，還是心裡更痛。

　　「田超你聽着，只要你放了我女兒，不管你要什麼，我都給你，錢，地位，房子，應有盡有，只要你放了她！」

　　凌淞華沒有想過，當初一切謀劃會把女兒在今天送到險境，如果早知道會這樣，他一定把女兒保護得更好。

　　田超看着樓下被警察圍的水泄不通，知道自己肯定是插翅難飛，不過能來這，就沒想着全身而退，看看滿臉淚水的凌筱筱，有這麼個大美人作伴，黃泉路上也不孤單。

　　看着田超閉上眼睛，拉着凌筱筱後退，陸霆瞬間驚出一身冷汗。

　　他要求死！

　　「田超！你這麼做你想過你媽媽沒有！」陸霆大喊。

　　田超猛然停下腳步，睜開眼睛看向陸霆。

　　陸霆提着心神，慢慢説：「你有多久沒回去過了，我過年的時候去你家看過，阿姨整天在家盼着你回去，桌子上一直擺着你最喜歡的柑橘罐頭，房檐下晾着你愛吃的臘肉，你媽媽説起你的時候很驕傲，很自豪，她很愛你。

　　「你要想清楚，今天你從這裡跳下去，這世上就只剩下她一個人了，守着一個老房子，沒有噓寒問暖，你讓她年邁的時候怎麼過，你

是她唯一的孩子，是她最牽掛的人啊！」

田超想起母親，當年他欠下巨額賭債，那夥人找到農村的老家，在家裡一通打砸，媽媽一氣之下上了吊，還好被救下來。他趕回家的時候抱着母親痛哭，跪在地上發誓一定會改。

但是上海的誘惑太大了，這裡沒錢就過不下去，就不可能擁有自己想要的生活，田超控制不住自己，每每失魂落魄地從賭桌上下來，都告訴自己是最後一次。

日復一日，債台高築，田超知道再也沒有回頭路了。

所以當李健找到他，讓他篡改幻燈片，答應給他錢還債的時候，幾乎沒有任何猶豫。他偷拿 USB 的手是顫抖的，不過是因為馬上就能還清欠債，激動而已，從未想過會給別人帶去怎樣的後果。

他嚐到了甜頭，所以李健讓他到峰創給張行之當槍使，他也同意了，拿着高出一截的薪資，花着李健定期轉給他的錢，田超紙醉金迷，在歡場中徹底淪陷，做了慾望的傀儡。

那時候，他記不起家中母親，記不起一貧如洗的老家，也記不起當初在象牙塔裡是如何的乾淨純粹。

「田超，你從來都沒有走到過絕境，你還有母親，還有老家，還有以後幾十年的大好時光，別做傻事。」

陸霆看他恍惚着，刀尖在顫抖，此時防備心最弱，偷偷給身後的特警打了手勢。

「行動！」

外牆上的雲梯瞬間升高，高壓水槍擊中了田超，整個人帶着凌筱筱撲向地面，手中的刀從凌筱筱胳膊划過，狼狽的倒在地上。

陸霆跑過去，把渾身濕透瑟瑟發抖的凌筱筱摟在懷裡，手忙腳亂地給她解着繩子，手捂上她不斷滲血的傷口，提着的心終於轟然落下。

凌筱筱看着陸霆的眼淚，她有些不明白，這個男人對江輕語七年的感情真的會開始偏向自己了嗎？

「筱筱，筱筱，都怪我不好，非讓你來送文件，對不起……」

凌筱筱想摸摸他的臉，危機解除之後，緊繃着的神經驟然放鬆，鋪天蓋地的痛感席捲而來，只覺得渾身都是痛的。

「痛……」

陸霆點着頭，擦乾她臉上的眼淚，這女孩最愛美了，天台這麼涼的風會把臉蛋吹壞的。

凌淞華軟着雙腿走過來，看着女兒悽慘的樣子，心裡大慟：「受傷了……快，快送醫院。」

溫華看着凌筱筱老實地靠在陸霆懷裡，那樣脆弱的樣子，像一朵被暴風雨摧殘過的嬌花，只可惜，從今以後他再也不能像小時候一樣，牽着她的手玩過家家了。

陸霆抱着凌筱筱從天台走下去，一路上穩穩的抱着不曾讓她再受到一點顛簸，那小心翼翼的樣子，讓凌筱筱看得癡迷，手不自覺地環上他的脖頸，即便上了救護車也要一直扯着他的衣角。

凌筱筱的傷包紮過，整個人就已經累得睡着了，陸霆坐在床前一步也捨不得離開。

看着她驚嚇後蒼白的臉，輕輕摸索着，握着她的手，這一次他看清了自己的心，不管前路如何，再也不想讓女孩受苦，看不得她落淚，喜歡她在陽光下無憂無慮的笑，彷彿是世上最好的良藥，治癒着他一路走來的創傷。

他們之間沒有七年的感情基礎，也沒有愛人那樣激烈的碰撞，只是一碗雲吞、一個笑容、一句關心的話，就勝過世間萬千情愫。

陸霆情不知所起，他想田超今天有一句話說的沒錯，枉他自許

甚高，卻看不清自己的感情。

　　愛情中沒有先來後到，時間長也並不能代表長久，在最合適的時間遇上一個人，或許一時察覺不到，但總有那麼一刻，你會發現，她的存在能讓你如蜜糖一樣甜。

　　就如同凌筱筱之於陸霆。

第二十一章

情不知所起

　　凌筱筱醒來的時候，手被陸霆緊緊握着，已經汗濕了，卻仍舊不肯放開。

　　看着交握的雙手，凌筱筱會心一笑，她是不是終於等到這一天了呢？

　　「你醒了。」

　　凌筱筱本來挺高興的，卻在聽到他聲音的時候，委屈地撇着嘴。

　　「你説你不愛我，那你幹嘛拉着我的手？」

　　這模樣帶着委屈的小奶音，陸霆卻噗嗤笑出聲來，好像一隻撒嬌的小貓，讓人忍不住想揉搓她。

　　「你還笑！」

　　凌筱筱圓溜溜的大眼睛瞪着他。

　　陸霆起身把床搖起來，扶着她靠在床頭：「好啦，是我不對，好在田超沒有真的拉着你跳下去，不然我這一輩子都要在懊悔中度過了。」

　　「你只是怕自己懊悔嗎？你就沒有一點⋯⋯」

　　沒有一點是因為喜歡我嗎？

　　凌筱筱着急的聲音停在嘴畔，那句質問終究沒有説出來。萬一

答案並不是自己心裡的想法，就真的沒有一點回轉的餘地了。

陸霆看着凌筱筱的眼睛，堅定地告訴她。

「我會懊悔自己吃時景明的醋，讓你改道去朝華，我會懊悔自己沒有保護好你，我會懊悔沒能早一點看清自己的心，會懊悔自己的懦弱，讓我差點失去你。

「筱筱，原諒我，給我彌補的機會，好嗎？」

陸霆輕輕吻上她的手，等着她的回答。

凌筱筱好像被施了魔法，愣愣地看着陸霆，張着嘴卻發不出聲音，聽到這樣的表白，讓她覺得像在做夢。

凌筱筱感受到手指上嘴唇帶來的溫柔觸感，看着陸霆鄭重的眼神，撲進他懷裡，哽咽着說：「我以為，我以為我還要走好長的路，像兩萬五千里長征那樣遠，我慶幸自己等到了，我終於等到了。」

陸霆輕柔地吻上她的髮絲：「辛苦筱筱了，以後的路，讓我走向你。」

愛情來得太快，就像龍捲風。

凌筱筱這兩天都有一種不切實際的感覺，總要纏着陸霆讓他一遍一遍地說情話，然後也不理他，自顧自的捧着臉坐在床上傻笑。

陸霆也願意哄着她，不厭其煩地說給她聽。

等兩人手牽手出現在工作室的時候，大家都是一臉震驚，尤其是李蓬最會搞怪，捧着心口哀嚎。

「女神被老大獨佔了，內捲太嚴重了！」

凌筱筱笑眯眯的靠在陸霆身上，對着李蓬說：「記得改口叫老闆娘。」

《風華引》的進程有眾騰的技術支持，一直進展順利，由於是仙俠風，在人物設計上啟明工作室在社交媒體廣發通告，徵集網友們

的構思，力求最大程度還原大家對主角的構想，再進行藝術添加。

這方面馮岸是高手，每一次的初稿都讓陸霆讚不絕口。

「……從遊戲內存的角度進行多方面考量，我們增設了多個服務器，能夠保證千萬數級玩家同時在線……內容組還要針對原著的脈絡走向進行進一步的架構設計，及時與工作室那邊對接……」

陸霆開會的時候嚴謹認真，將每一個可能影響的到遊戲的細枝末節統統考量清楚，拿出最優方案，即便有一些問題遇到技術上的困難，也會承擔起來，通宵達旦組織攻關。

凌筱筱看着陸霆的眼神滿是迷戀，李蓬用筆戳戳她，小聲説：「老闆娘，收斂一下，滿屋子都是你的粉紅泡泡了。」

凌筱筱白了他一眼：「你個單身狗懂什麼，我這是崇拜。」

兩人竊竊私語，陸霆居高臨下看着他們你來我往的互動，輕咳一聲，二人瞬間老實，低頭像兩隻鵪鶉。

「筱筱，一會跟我去一趟時景明那裡，把你昨天的想法跟他溝通一下。散會。」

凌筱筱走之前對着李蓬做了個鬼臉，追着陸霆跑出去。

自從時景明講述了自己的愛情之後，凌筱筱就一直想給他圓一個夢，哪怕是在遊戲裡，也算這一次的製作稍稍彌補他的遺憾。

時景明難得有空在上海休假，一身白色休閒裝坐在沙發上，看見二人進來，指了指旁邊。

「請坐，王安跟我説你們要來，我就知道肯定是又有什麼新創意了。」

一開始，時景明是堅決反對在他的作品之上進行改編的，但是凌筱筱拿出的方案都是在尊重了原創的基礎之上，增添了新的色彩。

他看過針對書中角色的建模之後，更加肯定他們是真的盡最大努力還原《風華引》，所以對他們的方案態度愈發寬和。

「《風華引》的大致建設即將接近尾聲，我一直有個想法，覺得跟你說出來加在遊戲裡，會更好。」

凌筱筱打開電腦，把屏幕上的說明指給時景明看。

「我仔細閱讀過《風華引》，男女主角的感情線通篇都是以喜寫悲，最後的結局讓人唏噓，但是為了尊重你的創作，玩家在遊戲過程中無論選擇怎樣的分支劇情，最後都會走向離別。

「我想，可不可以在最後設置雙結局機制，由不同導線引導玩家選擇不同結局，一定程度上緩解悲傷的基調，也能增加一些趣味性。」

時景明聽後沒有說話，自從他接過玖笙這個筆名之後，所有的愛情都是以悲劇結尾，或是生離死別，或是天各一方，終究沒有一對圓滿的情侶。

這是由於他在創作的時候，寄託了內心強大的悲愴，全部賦予了文字，用主角們的世界寄託着自己的孤寂。

凌筱筱心思細膩，多少能夠猜到他為何猶豫，斟酌半晌，慢慢開口。

「其實，不妨給自己一個機會，你心裡的愛情一定是美好的，是她……最喜歡最憧憬的模樣，你用文字代替情感，就用另一種方式給自己圓一個夢吧。」

時景明摸着胸前的平安符，這是玖笙在世的時候去廣濟寺給他求來的，沒想到她自己卻沒能保住平安。

多年活在痛苦與懷念之中，螢幕上的時景明永遠光鮮亮麗，可夜裡的他，時常要以酒助眠，喝到醉意朦朧，彷彿就能看到愛人靠在身邊，低喃着說些情話，等到大夢醒來，枕邊依舊空蕩蕩，冰涼的寒意日漸冰凍了他的內心。

「時先生，這個想法還沒有實施，您可以好好考慮一下，純屬出於私心，希望這次的改編能給你帶來不一樣的感受。」

從工作室出來，天已經黑了。

陸霆牽着凌筱筱的手走在街頭，像所有的情侶一樣，享受着工作之後的閒暇時光。

「我們去吃雲吞吧，我都餓了。」凌筱筱抱着陸霆的手臂撒嬌。

陸霆輕輕點了一下她的鼻尖：「好，吃雲吞去。」

幸好這家小攤子收得晚，不然等他們從時景明的工作室趕過去，非要餓着肚子回家不可。

老闆娘已經認識凌筱筱，一見面就招呼進去坐。

「兩碗雲吞，一碗不放葱花芫荽，一碗多加辣椒。」

凌筱筱笑嘻嘻地看着陸霆，得意的樣子好像在說，看看我都記得你的習慣，還不誇我。

陸霆失笑，自從在一起之後，筱筱越來越活潑了，整天像個鬼馬精靈，小太陽似的圍在身邊，不管工作有多累，看見她就能消除疲憊。

老闆娘端着麵碗走過來，笑嘻嘻地說：「來我這吃的客人老多，就你們長得最標緻，跟金童玉女似的。」

凌筱筱笑彎了眼睛說：「那肯定也是我更好看一點！」

陸霆看她的手又伸向辣椒罐，直接把罐子拿走：「少吃點辣椒，這麼晚了你該不舒服了。」

陸霆見識過她胃痛的樣子，抱着肚子直冒冷汗，要吃兩顆止痛藥才能稍稍緩解，即使這樣，還經常吃東西放一大勺辣醬。

陸霆要是看見了，直接把辣椒沒收，沒得商量，經常把女孩惹得哭唧唧的。

還記得之前來這家店，兩人說話之間還彼此小心，那時候陸霆被江輕語狠狠背叛了，凌筱筱想要開解他都小心翼翼的。

現在坐在一起，親親熱熱的樣子，是凌筱筱當時怎麼都不敢想的。

同樣一碗雲吞，陸霆上一次吃了滿嘴苦澀，這一次只剩馨香。

陸霆每次都會先把凌筱筱送到家，看着她的燈亮起來才走。

「快上去吧，我到家了告訴你。」陸霆摸摸凌筱筱的頭。

凌筱筱轉身走了兩步，突然回身跑向他，踮起腳尖，在他臉上落下一吻，微涼的唇軟軟的，像果凍一樣在臉頰上一觸即分。

陸霆看她像隻偷吃成功小貓，紅着臉蛋就要跑，陸霆長臂一伸，將她拽回懷裡，緊緊抱住。

看着她飄忽不定的眼神，微微一笑：「親完就跑可不行。」

「那……那你……」

不等凌筱筱説完，就被陸霆以吻封緘。

陸霆攻勢猛烈，可不像凌筱筱那樣蜻蜓點水似的，帶着猛烈的荷爾蒙撲面而來，徹底讓凌筱筱軟了手腳，只能靠在他懷裡支撐自己。

陸霆慢慢分開，兩人鼻尖相蹭，曖昧的氛圍在路燈下格外濃烈。

「小壞貓，撩完人就要跑，教訓你。」

凌筱筱感受到他鼻息的熾熱，手指絞着他的衣襟根本説不出話來。

「回去吧，明早給你帶紅棗豆漿。」陸霆知道不能再調戲她了，女孩臉蛋又紅又熱，好像要熟了。

凌筱筱點點頭，跑回大廈入口，手指摸上剛剛激吻過的唇，還帶着濡濕的觸感，甜蜜又羞澀地笑了。

凌筱筱越發黏着陸霆了，要不是顧及在工作室影響不好，都要把桌子搬到陸霆的辦公室去，恨不得一天二十四個小時都一眼不眨地盯着他。

陸霆發現凌筱筱一整天都不在狀態，時而抿着嘴偷笑，時而又愁眉苦臉，把棒棒糖咬得嘎吱響。

臨近下班的時候，凌筱筱一步一挪蹭到他身邊，陸霆自然地摟住她，剛要問她今天怎麼了，就被凌筱筱扯着袖子打斷了。

「下班之後，你去我家呀？」

「嗯？是家裡電器壞了？」

「不是啦……」

看她支支吾吾的樣子，陸霆一頭霧水。

「今天是你生日啊！我想……我想給你親手做頓飯。」

本來凌筱筱想了一大堆要送給他的生日禮物，翻看他在田園社交上很久之前發到的動態，最喜歡吃排骨燉芋頭，就突發奇想要給他做一頓飯。

陸霆恍然大悟，最近實在是太忙了，而且他沒有過生日的習慣，以前都是胡亂出去吃一頓就當慶祝，要不是凌筱筱提醒他，自己都忘記了。

原來人家一整天都在糾結怎麼邀請他，真是可愛。

「好啊，那下班我跟你回去。」

但是陸霆忘記了，凌筱筱從小十指不沾陽春水，對於做菜的了解，只限於知道菜名，當他看見廚房整整齊齊擺着一份排骨，幾個沒削皮的芋頭，腦袋嗡鳴一下。

無奈扶着額頭：「沒有其他菜了？調料呢？只有一桶油啊？」

「啊？」

凌筱筱站在廚房門口尷尬地摸了摸頭髮。

她頭腦一熱，就想着要做排骨燉芋頭，其他的恕大小姐實在沒有進廚房的概念。

陸霆歎了口氣，大手按在目瞪口呆的凌筱筱頭上，把人往後一轉，推着她走向門口。

「先去超市吧，給我做菜不能不放調料吧。」

凌筱筱第一次跟陸霆逛超市，推着小車興奮得像個孩子，徑直衝向零食區。

陸霆接個電話的功夫，就裝滿了一整車的零食，凌筱筱咬着棒棒糖有些不好意思地對他笑。

「難道你就用這些給我做菜？」

「哎呀，不是還沒走到買菜的地方嘛，而且這些我都喜歡吃啊。」凌筱筱知道陸霆看重她的腸胃，平時管得嚴，垃圾食品根本不讓她碰，整個人趴在他背上撒嬌。

「好好好，今天破例。」陸霆把人拽到前面來，手指在她額頭上彈了一下，看她吃痛，又捨不得的輕輕揉着，滿眼寵愛。

陸霆推着車挑選蔬菜，總不能只吃排骨燉芋頭，按照凌筱筱的口味買了好幾種，這丫頭除了花生過敏之外，還真的不挑嘴，什麼都喜歡吃。

結賬的時候，滿滿三大袋東西，一大半都是凌筱筱的零食。

回到家，陸霆很自然地挽起袖子進了廚房，凌筱筱頓時就不幹了，把他往外推。

「説好了是我做給你吃的，是生日禮物，你快出去，別在這添亂。」

陸霆倚着門框，看着她手忙腳亂的，不禁失笑，真不知道是誰添亂。

「叮鈴鈴……」

陸霆一看是媽媽，就走到陽台接電話。

「媽，是我知道今天是生日，您也辛苦了……最近工作挺好的，您別擔心……十月國慶有假期可以回去……您和爸注意身體……」

「啊！」

正聊着，就聽見廚房傳來凌筱筱的叫聲，然後噼裡啪啦一陣亂響。

「媽我先不跟你説了。」

陸霆匆匆掛斷電話，往廚房跑，厲害，真是滿地狼藉啊，碗盆扣在地上，芋頭撒的到處都是，凌筱筱站在中間手足無措。

「怎麼了？傷到沒有？」

陸霆抓起凌筱筱的手反覆查看。

凌筱筱搖搖頭，憋着嘴指指地上：「打撒了……」

陸霆歎着氣，彎腰開始收拾：「小祖宗，你出去看看電視玩玩手機，我做好了叫你吃飯，行吧？」

凌筱筱看着那些被自己削掉一半、不忍直視的芋頭，果斷轉身去了客廳，果然廚房不適合她。

雖説是生日禮物，但是禮輕情意重，心意到了就行，是吧？

凌筱筱看着陸霆忙碌的身影，只能這樣安慰自己。

廚房的燈光照在陸霆身上，襯衫被捲到小臂上，露出一截流暢的線條，平時辦公指點江山的手此時拿着菜刀也是游刃有餘，有條不紊地收拾着爛攤子。

凌筱筱趴在沙發上看呆了，這樣的場景連做夢都沒有夢見過，但就是真實的發生了，她心心念念了四年的男神，就站在自家的廚房裡做飯，胸前還繫着多啦A夢的圍裙。

周身都是煙火氣，高嶺之花走下雪山，浸染了塵世氣息，也是這樣的迷人與出眾。

情人眼裡出西施，凌筱筱現在看陸霆是怎樣都順眼的。

「好啦，來吃飯啦！」

陸霆把菜擺在桌子上，凌筱筱像隻小兔子似的蹦過去，四菜一湯，色香俱全，對陸霆的崇拜又上升了一層。

陸霆夾一塊排骨放在她碗裡：「快嚐嚐，小心燙。」

這道排骨燉芋頭是陸媽媽教他的，每一塊肉上都裹着濃濃的醬

汁，一口咬下去，滿嘴香醇，凌筱筱眯着眼睛，一臉滿足。

「某人說好的給我做飯當生日禮物，結果自己差點把廚房炸了。」陸霆打趣道。

凌筱筱眼睛滴溜溜轉：「有我親愛的男朋友這麼能幹，我廢柴一點也沒關係吧。」

「好好好，多吃點，那些零食要少吃，本來胃口就小，吃零食更吃不進去正經飯了。」

凌筱筱做了個鬼臉，這男人越來越囉嗦了，以前板着一張臉對誰都是冷冷的樣子，看上去就不解風情，這回相處了才知道，生活中處處貼心，把她照顧得無微不至。

陸霆看她這小樣子就知道沒往心裡去，無奈地笑了笑。

凌筱筱站起來，跑去客廳翻箱倒櫃，好不容易從櫃裡翻出一瓶紅酒，瓶身都落灰了，又跑去廚房拿了兩隻 —— 大茶缸。

「我這平時不怎麼喝酒，這支還是剛剛搬過來的時候趙玲玲送來的，也沒有像樣的酒杯，隨便喝一喝吧，今天這麼重要的日子怎麼能沒有酒呢。」

看着她興致勃勃的模樣，陸霆有些頭疼，他可是記得不止自己酒量不好，筱筱平時也是滴酒不沾，這樣是喝醉了還不一定什麼樣呢。

兩人舉着茶缸，輕輕碰了一下，茶缸子喝紅酒，看上去古怪得很，但陸霆覺得很暖心，這樣的溫情不拘於用什麼器皿喝酒，而是有喜歡的人陪着，就勝過紅酒牛排百倍。

「祝你生日快樂，天天開心，歲歲歡愉。」

凌筱筱眼裡亮晶晶的，陸霆看着她說：「祝我們長長久久。」

凌筱筱今天格外高興，一口接一口地喝，碗裡飯沒吃多少，酒已經見底了。

陸霆看她興致高，怎麼都攔不住，小臉被酒氣熏得絳紅，眼神慢慢迷離，夾着排骨的手都拿不穩筷子了。

　　當第二塊排骨掉在桌子上的時候，凌筱筱的頭已經開始啄米了，陸霆知道這女孩是把自己灌醉了。

　　走過去扶住她，輕聲哄着：「別喝了，我抱你去臥室休息吧。」

　　凌筱筱抱着酒瓶，死活不肯撒手，唇上沾着紅酒，暗紅的液體像一顆露珠點綴在上面，愈發顯得整個人嬌豔欲滴。

　　「陸霆……我，我喜歡你好久……我終於追到你了……嘿嘿嘿。」

　　凌筱筱都不知道自己在說些什麼，只一味地傻笑，陸霆在她眼前晃來晃去，變成了三張臉，她就伸着爪子往人家身上撲。

　　陸霆抱住她，這個女孩只知道對他好，把心意藏得嚴嚴實實，要不是這次突發變故讓陸霆打破心房，不知道還要讓凌筱筱等上多久。

　　「……你做飯可真好吃……」

　　「好，以後天天給你做。」陸霆哄着勸着，好不容易把人帶到臥室，凌筱筱像八爪魚一樣掛在他身上，根本不下去。

　　陸霆攬着她躺在床上，大手一掀，把被子給她蓋好，紅酒後勁大，她醉成這樣，明天起來肯定要頭痛的。

　　陸霆一直拍着凌筱筱的背，聽她在耳邊咕噥着醉話，漸漸聽不到聲音，低頭一看，她已經窩在被子裡睡着了。

　　臉色紅彤彤的，像一隻小醉貓，不知道夢見了什麼，小嘴吧嗒着，陸霆在她奶呼呼的臉上偷親，慢慢抽出手臂，蓋好被子，自己去收拾殘局。

　　把她頭上扒拉下來的髮卡放在桌子上，不小心碰到電腦的按鍵，屏幕亮起來，陸霆瞟了一眼，覺得界面很熟悉，仔細一看恰好是田園社交的網頁。

　　陸霆看着右上角的主頁皺起了眉頭。

「筱筱……小小？！」

原來一直跟自己聊天的都是她！竟然還騙他説叫小鈴鐺，真是小壞蛋。

四年前剛剛在田園裡添加好友的時候，小小就在他的通訊錄裡了，兩人一直聊得很投契，現在仔細回想一下，重新跟小小聯繫上的時候，正好就是凌筱筱回國之後。

那時候小小説剛剛畢業到公司上班，還吐槽上司刁難人，看來這丫頭暗戳戳地罵他，自己還不知道呢，還幫着勸她放寬心。

原本以為，凌筱筱是在到了朝華之後才喜歡他，沒想到情根深種始於網絡，這個小傻瓜一直瞞了這麼久，要不是他偶然間發現賬號，不知道還要自己憋多長時間。

陸霆伸手捏住凌筱筱的小鼻子，看她憋氣，小手胡亂揮了幾下，不耐煩地皺起眉頭，往被子裡鑽，真招人疼愛。

「看明天你醒了怎麼收拾你！」

筱筱的房子就是小小的一居室，陸霆只能抱着毯子蜷縮在沙發上，他怕筱筱喝醉了晚上有什麼事情，只能在這將就一夜。

凌筱筱被陽光晃醒，捂着腦袋坐起來，想着昨天好像喝了酒，之後就記不清了，猛然低頭看看身上的衣服，整齊地穿在身上，略微鬆了口氣，還好沒趁着酒勁做什麼丟臉的事情。

趿拉着拖鞋走出去，看到陸霆正在廚房忙碌，身上還是那件白襯衫，已經有些發皺，但穿在他身上一樣的帥氣。

陸霆被人從後後面抱住，小臉在後背蹭蹭，摸着她的手：「快去洗漱，吃早餐了。」

凌筱筱喝着粥，覺得陸霆今天好奇怪，一早上了就說一句話，難道是昨晚自己耍酒瘋了，把他嚇到了？

「那個……一會去工作室，你不用先回去換件衣服？」

陸霆搖搖頭：「來不及了，早上還有會呢。」

凌筱筱眨眨眼睛，問什麼答什麼，多一句都沒有，這是怎麼了？搬張凳子蹭到他旁邊，盯着他看。

「有事？」

「沒事就不能看你了啊？」凌筱筱揪着他袖口問，「你怎麼了？昨晚沒睡好？」

確實睡得不怎麼好，大長腿無處安放，一直半睡半醒的，又怕她口渴踢被子，醒了好幾次去看她。

「小小。」

「嗯？」

陸霆看她的眼神好像以為在叫她的本名，問道：「我家那片松木林好看嗎？」

這話問得突然，凌筱筱沒有防備，隨口答：「好看啊，鬱鬱蔥蔥……的。」

説到一半就知道好像回答了什麼不得了的問題，前一段時間才騙他説自己叫小鈴鐺，根本不可能見過他發在動態裡的松木林。

瞬間凌筱筱低着頭，好像要把頭埋進粥碗裡，不敢對視。

陸霆捏着她下巴把她臉抬起來：「為什麼不早告訴我？」

凌筱筱眼神躲閃，支支吾吾地説：「我……我一開始是不敢，那時候你……心裡都是那個誰，我怕你知道了以後，連唯一聯繫的機會都沒有了……」

陸霆愣了一下，是啊，凌筱筱到來的時候他和江輕語還沒有真正鬧掰，暗戀本身就是一件很辛苦的事情，這個女孩一定小心翼翼不敢越雷池，現在説起來也是委委屈屈的小樣子。

陸霆不忍心，把人攬在懷裡：「早點告訴我，我就會早點發現，

原來田園裡那個可愛的活潑的女孩就在我身邊。」

「現在也不晚，你是怎麼發現的？」

「昨晚把你哄睡之後，我不小心碰到了電腦，亮起來就是你田園主頁，我還愣了一下呢，小鈴鐺變成小小了。

「筱筱，小小，我早該猜到的。」

讀音完全一樣的兩個字，性格也相同，怎麼就沒反應過來呢。

凌筱筱看他不生氣，抓着他袖子笑嘻嘻的說：「你之前還跟我說，你公司有個女同事跟我很像呢，害我都吃到自己的醋了。」

陸霆咬了一下她的小鼻尖，剛才突然一問，都把她嚇冒汗了。

工作室每週的例行會議旨在復盤一週內的各項工作，李蓬出來上洗手間，擦着手往會議室走，正好看見有個女人拎着盒子站在大廳。

「你好女士，你找誰？」

女人一回身，李蓬驚訝得瞪大了眼睛：「江……江輕語？」

江輕語一身青色連衣裙，安安靜靜地站在那，跟往常的嬌豔嫵媚不同，格外有一種動人的柔弱風情。

江輕語尷尬地撩了一下頭髮：「陸霆在嗎？」

李蓬僵硬地點點頭，當初江輕語和朱嘉偉的事鬧得人盡皆知，現在來找老大是怎麼回事？

李蓬走進會議室，正好趕上凌筱筱在發言，這下更尷尬了，前女友碰上現女友，老大這回不得被凌筱筱撓成大花貓啊。

「怎麼了？」陸霆看李蓬站在門口一臉苦色，開口問他。

李蓬舔舔嘴唇，手指着外面，磕磕絆絆地說：「那什麼，那個，咳，江輕語在外面……找，找你。」

在座的不少都是從朝華跟過來的老員工，這裡面的隱情大家都

知道，紛紛看向凌筱筱。

陸霆並沒有表現出異色，直接說：「讓她回去，就說我忙着呢。」

李蓬出去沒一會就回來了，臉色更不好了：「她不走，她說在辦公室等你。」

凌筱筱板着一張臉站在那，手上捏着遙控器，看着陸霆不說話。

「繼續吧，不管她。」

陸霆多少能猜到江輕語的來意，但是現在凌筱筱已經是他的女朋友了，要珍惜愛護，是絕不會因為其他女人讓筱筱感到不舒服的。

會議結束，凌筱筱抱着材料往外走，被陸霆拉住：「跟我一起去辦公室。」

凌筱筱扭開臉：「我去幹什麼，人家來找你敘舊，我才不去呢。」

陸霆在她臉上親了一下：「女主人不去，誰招呼客人啊。」

聽他這麼說，凌筱筱忍不住笑意，微微勾着嘴角，一副傲嬌的小樣子仰着頭往外走。

江輕語看見陸霆進來，站起來剛要說話，就看見他身後牽着凌筱筱，臉色瞬間大變。

「你們……」

凌筱筱笑着打招呼：「江部長，好久不見。」

「有什麼事嗎？」

江輕語拿起桌上的禮盒，說：「我記得昨天是你的生日，給你買了蛋糕。」

陸霆側過身並沒有接過來，淡淡地說：「已經過完了，不需要了。」

江輕語抿着嘴，看看他們親暱的姿態，好像下定了決心，對凌筱筱說：「我跟陸霆有話要說，你先出去。」

這種頤氣指使的語氣讓陸霆聽着很不爽，拉住凌筱筱的胳膊，看着江輕語：「筱筱是我的女朋友，有什麼話你直說，不用迴避。」

「陸霆，我們之間的事情何必要讓一個外人……」

陸霆皺眉打斷她：「我們之間的事早就結束了，現在誰是外人，你應該很清楚。」

第二十二章

恩將仇報

　　江輕語第一次見識到他這麼無情的樣子，雙眼含淚，有些難以置信地看着他，上前兩步要抓他的手，被凌筱筱拂開了。

　　「江輕語，你是個聰明人，聰明人就應該知道怎樣給自己留些體面，現在的場景已經很難看了，希望你自重。」

　　凌筱筱知道他們之間七年的感情不是說忘就忘的，但出軌之後還厚着臉皮找回來，就讓凌筱筱唾棄了。

　　「我自重？明明就是你趁人之危。」江輕語瞪着凌筱筱，她早就知道這個女孩喜歡陸霆，但是這麼多年喜歡他的如過江之鯽，都沒被他看在眼裡，沒想到分開才沒多久，陸霆就被她拿下了。

　　說到這個凌筱筱就憤怒──她珍而重之的男人，被別人當成傻子扣上一頂綠帽。田超是如何拿着這些話題讓陸霆在公司顏面掃地的，陸霆又是如何黯然面對戀人背叛的，這些一切凌筱筱都看在眼裡。

　　「你不要跑來大言不慚地說些廢話，你出軌朱嘉偉是事實，陸霆沒有做過任何傷害你的事情，你現在怎麼有臉三番五次地麻煩他。」

　　「你懂什麼！」江輕語被她揭了老底，臉上掛不住，有些疾言厲

色地瞪着她。

「我和陸霆是七年的感情，你這麼兩天算什麼，他不過是拿你解悶，跟我賭氣而已。」

陸霆看江輕語越說越不像話，怕她傷到凌筱筱，就把人拽到身後，看着江輕語說：「結束了就是結束了，七年也好，幾天也罷，愛情不是用時間來定義的，你選擇離開我沒攔着你，現在已經過去的就都過去了。」

「陸霆我只是⋯⋯是朱嘉偉他，他家暴我，他對我不好，是我當時豬油蒙了心，對不起你，陸霆我心裡還是有你的啊！」

江輕語抓住他的胳膊，聲淚俱下，控訴着朱嘉偉的暴行，講着自己這些時間如何不容易。

自從朱嘉偉從朝華開除之後，夜不歸宿已經是常態了，稍有不順心就對江輕語非打即罵，用錢侮辱她，折磨她，江輕語眼中逐漸失去光彩，把高傲的骨頭踩在腳下，碾成泥。

江輕語把他送給自己的所有奢侈品都賣了，不敢一次存到醫院，怕那不爭氣的爸爸又取出來花掉，只好一點點地存。

又要照顧母親，又要趕回上海工作，難免有疏漏的地方，被林黛西抓住把柄，跟新上任的部長邀功示好，江輕語的位置也變得岌岌可危，事業家庭兩不兼顧，雙雙失意。

江輕語哭得梨花帶雨，青色的長裙映襯着眼淚，像一朵搖搖欲墜的白蓮，等着有人採擷回家好好珍藏。

陸霆不吃這套，推開她緊緊握着的手，往後退了一步。

「路都是自己選的，也沒有後悔藥可以吃。我的忍耐也是有限度的，請不要再來打擾我，打擾筱筱，這不是你原本的樣子。」

原本的江輕語明媚張揚，站在領獎台上侃侃而談，揮手間灑下萬種風情，石榴裙所過皆是馥郁芬芳，好像天生就是美好的代言人，

需要被捧在手心上，供養着。

　　但如今，生活抹去了所有驕傲，眼裡的熾熱變成瘋狂，卻看不清現實，在偏執中迷失自我，被歡場踢出局，又不甘流於平庸，往日的智慧被埋葬，將醜陋和慾望擺在眼前。

　　陸霆拉着凌筱筱往外走，剛要叫人把她請出去，就被追上來的江輕語緊緊拉住。

　　「陸霆，陸霆，你是愛我的對不對？你還愛着我！我求求你跟我回家，你還去醫院看過我媽媽的，你答應她要跟我結婚的，你不能言而無信！陸霆！」

　　看着她胡攪蠻纏，大家都驚訝極了，記憶中的江部長永遠高高在上，哪裡會是這種潑婦模樣。

　　「李蓬！把她送出去！」

　　陸霆徹底沒有了耐心，江輕語現在過得再慘，都是咎由自取的結果，貪戀朱嘉偉的錢財，又被狠心折磨拋棄，現在回頭說一些不倫不類的話，只會讓陸霆更加厭煩。

　　原本一拍兩散，陸霆也沒指望她能回心轉意，大家各自安好，如今非要來鬧這一場，所有人臉上都難看。

　　「結婚？」凌筱筱震驚地看向陸霆，他答應家長要結婚？！

　　陸霆看着江輕語被拉出去，轉身把凌筱筱帶回辦公室。

　　「過年的時候，她母親病重一定要見我，我不好不去，只是一些哄老人家開心的話，不算數的，她今天來鬧這一通我也沒有想到，抱歉，委屈你了。」

　　凌筱筱知道兩人畢竟在一起這麼久，肯定見過家長，說過談婚論嫁的話題，雖然有些失落，但陸霆坦坦蕩蕩的把一切都解釋清楚，也就搖搖頭表示沒關係。

　　凌筱筱指着江輕語落下的蛋糕說：「這還挺好看的，昨天你生日

也沒吃上蛋糕，不如嚐一嚐吧。」

陸霆拎起來說：「不吃這個，你想吃我給你買最喜歡的紅絲絨。」

陸霆把蛋糕拿出去給李蓬：「你們分了吃吧，就當中午加餐了。」

凌筱筱看着陸霆把事情處理得周全妥當，給了她滿滿的安全感，心裡熨帖，看着他的背影就笑了。

江輕語即便有七年的感情在，一朝背叛，就絕不可能再回到陸霆心裡了。

七年又如何，愛情這麼玄妙的東西，從來就沒有固定公式，現在能夠得到最優解的人是她凌筱筱，江輕語在朱嘉偉床上獻媚的時候，就已經被宣告出局了。

另一邊，田超因為危害公共安全、故意傷人、挾持人質等罪行，已經移交司法機關審判，要在獄中度過十幾年的時間。

那個可憐的老人得知兒子入獄，一夜白頭，生生老了十幾歲，彎下的腰再也沒能直起來，每天最喜歡做的事情，就是拄着拐杖站在村口，滿眼期盼地看着遠方，想像着兒子有一天會從這裡回家。

……

凌筱筱坐在陸霆懷裡捧着蛋糕吃得開心，你一口我一口甜蜜得讓人牙疼。

「時景明那邊已經同意這個方案了，盡早跟內容組溝通加進去，要注意內容連貫銜接，不要出什麼紕漏。」

凌筱筱吃了一口蛋糕，說：「我已經跟他的工作室談好了，後期宣傳的時候請時景明來代言，把這個遊戲推到高潮。」

時景明的國民熱度很高，《風華引》也出自他手，尤其是他和玖笙的愛情熱度仍舊居高不下，他來代言會給遊戲增加很多熱度，只要質量不掉鍊子，這個遊戲必然爆火。

陸霆點點頭，凌筱筱平時看上去不經世事，但在工作上出奇的

細膩，總能想到一些深入人心的點，想必時景明也是被她設計這個方案的初心打動了。

　　江輕語坐在醫院走廊哭出聲來，她用盡最後的尊嚴回去乞求陸霆，沒想到短短幾個月就已經有新歡在側，當眾讓人把她送出去，所有的臉面都沒有了。

　　「六床病人家屬在不在，六床家屬！」

　　聽到護士的呼喊，江輕語從凳子上站起來，眼淚都顧不得擦，跑過去。

　　「怎麼了？」

　　「病人突然出現休克，已經室顫正在搶救，這是通知書，家屬簽一下。」

　　護士把通知單塞到江輕語懷裡，看着病危兩個字，江輕語手抖得拿不穩筆，眼淚大顆大顆砸在紙上，顫抖着簽下名字。

　　看着母親被推進搶救室，她只能在外面乾等，爸爸又不知道跑到哪去了，可心力交瘁的她已經顧不上這麼多了，呆呆地盯着搶救燈，期盼着母親轉危為安。

　　「你是病人家屬吧？趕緊去繳費，別耽誤了。」

　　江輕語看着又是一筆高額費用，突然間天旋地轉，在醫院裡為了保住媽媽的命，每天都是流水一樣的錢花出去，但她仍舊躺在裡面人事不省。

　　可現在江輕語根本指望不上任何人，朱嘉偉上一次打過她之後，已經告訴她，不會再掏錢了，這個一直抱住的金大腿也沒有了。

　　突然，江輕語想到了田超，聽説之前田超被陸霆告上法院要求他償還欠款，雖然當初的《田園故居》她參與的並不多，但是陸霆説過有她一份的，這就是現在唯一的希望了。

江輕語電話打過去的時候，陸霆正和凌筱筱吃飯，看來電顯示是她，直接掛斷。

　　凌筱筱好奇地問：「誰啊？怎麼不接呢？」

　　「江輕語。」陸霆的語氣很不耐煩，那天已經把話說沒明白了，還來糾纏什麼。

　　電話一直在響，陸霆拒聽，凌筱筱看不過去了，出言勸他：「這麼晚說不定真的有事，你接起來聽聽，要是不靠譜再掛斷就是了。」

　　陸霆皺着眉頭，按下免提。

　　「什麼事？」

　　江輕語見他接聽了，像抓住了救命稻草，哭喊着：「陸霆，陸霆！我媽媽搶救了，醫院讓我交錢，但是……但是我實在拿不出來，我、我聽說法院判了田超還款，你能不能把我的那份給我？」

　　「田超沒還呢，他正在走司法程序，這種民事案件都押後了。」

　　江輕語現在聽不得沒有這兩個字，一直在哭：「我求求你，你當初說過的，我陪你創業，那八十萬裡有我一份，我求求你給我，我媽媽真的需要救命啊！陸霆！」

　　「我說了，田超沒有還錢。」陸霆只能重複一遍。

　　「那你借給我好不好！我向你借，我給你打欠條，你借我一點，求你了陸霆！」

　　陸霆這邊養着工作室，自己的生活都尚且拮据，又哪有存款借給她。他只能說：「我手上真的也沒有。」

　　「不可能的！你的工作室那麼大，你怎麼會沒錢……」

　　江輕語抱着電話哭喊，顧不得周圍人投來的異樣眼光，聽到電話被掛斷的忙音，直接跪坐在地上嚎啕大哭，那聲音撕裂絕望，母親躺在裡面等着救命，她這個做女兒卻什麼辦法都沒有。

　　凌筱筱看他掛斷了電話，想了一會說：「其實……工作室賬上還

有一筆錢，不如……」

「不行。」陸霆拒絕了，「那是朝華撥給工作室的經費，怎麼能挪用。」

「現在工作室走上正軌了，運營都很平穩，也沒有大筆的支出，她那麼着急肯定是緊要關頭。」

凌筱筱對江輕語沒什麼好感，但是電話裡她那麼絕望，父母生死關頭，讓她坐視不理，凌筱筱終究狠不下心。

看陸霆沉默不語，凌筱筱握上他的手，她了解陸霆，這個男人能對江輕語狠心劃清界限，甚至老死不相往來，但是這樣等着救命的大事，他心裡也不會好受。

「人命關天啊。」

陸霆抬頭看着凌筱筱的眼神，那樣純潔，她只想着救人，即便江輕語是她的情敵，幾天前剛剛詆毀了她，這種時候仍舊摒棄前嫌，願意幫忙。

想來這就是江輕語和凌筱筱的不同之處吧。

兩人匆匆結賬之後趕回工作室，陸霆看着賬面上的金額，還是猶豫了，這樣做公私不分，不是他帶領團隊的方式。

凌筱筱見他不動，只好自己動手，把錢轉出來。

「別擔心，這件事沒人知道，田超那邊的進程已經快要結束了，這筆錢很快就能補上。」凌筱筱安慰他説。

「筱筱……你為什麼這麼做？江輕語對你並不好。」

凌筱筱知道陸霆心裡怎麼想的，怕她覺得委屈，不想在這樣的事情上讓她有一點不舒服。

於是凌筱筱笑着説：「我是不喜歡江輕語，但我也説了，人命關天，我媽媽……媽媽當年就是在我面前離世的，我知道那種感覺，那種撕心裂肺眼睜睜看着親人逝去，所以即便我不喜歡她，我卻做不

到讓自己坐視不理。」

陸霆把她抱進懷裡，心裡震撼，這樣嬌小的她，宛若雲霧一樣純潔，卻有着這樣強大的內心，讓他如何不愛。

「好啦，」凌筱筱拍着他的背，「快給她轉過去吧，等着用呢。」

江輕語坐在地上哭到不能自已，短信鈴聲響起，透過眼淚看到賬戶上多出的錢，一時間又哭又笑，就要往收銀台去。

但是哭得太厲害，手腳都用不上力氣，爬了好幾次才爬起來，抓起手袋就要往前跑。

「滴。」

搶救室大門開了，醫生低着頭出來，滿眼無奈。

「女士，很抱歉，我們已經盡力了。」

聽到身後的醫生這麼説，江輕語愣在原地，僵硬的轉過身，一字一頓地問：「你説什麼？」

「女士，患者多器官衰竭，搶救無效，剛剛於二十三時四十二分離世了，請您節哀。」

江輕語雙眼無神，眼淚像斷線的珠子往下落，緩緩搖着頭：「不可能，不可能的，你們騙我！」

江輕語跑過去，把手機舉到醫生面前，嘶喊着：「你們讓我交錢，我拿到錢了，你看看！我有錢了！你們給我救救她，救救她啊！」

江輕語情緒失控，抓着醫生的領子搖晃，周圍的護士都上來勸阻，此時她耳中什麼聲音都沒有，機械的喊着，求醫生救命。

母親驟然離世，讓江輕語這麼久的精神支柱瞬間崩塌，形象全無在搶救室門口哭喊，那悽慘的樣子，聲聲泣血，一句一句的叫着媽媽，讓聞者傷心。

「求你們救救她 —— 我馬上就去交錢，醫生你再救救我媽媽吧！」

姍姍來遲的江父看見女兒這樣，知道老婆死了，跪在搶救室門口無限悔恨，左右開弓狠狠給了自己幾巴掌。

「我來晚了老婆，你怎麼不等等我啊。」

江輕語哭得癱軟在護士身上，看見爸爸跪在門口，掙扎着走過去，雙眼通紅的質問他：「你是不是又去打牌了？我媽媽死了你知不知道！你為什麼就是改不掉，這個家都被你打散了！你為什麼！」

江輕語崩潰地捶打着不爭氣的父親，這個家到底是什麼時候變成了現在這個樣子。

父親嗜賭如命，甚至能挪用妻子的治病錢去賭，母親在病床上掙扎了這麼久都沒能挽救回這條生命，看着手機銀行裡的餘額，江輕語無力地垂下手，原本最在意形象的她，現在狼狽地跪在醫院走廊，捂着臉大哭。

江父面對女兒的控訴，一句話也說不出來，跪在地上默默掉眼淚。

江輕語看到醫生拿來的死亡通知單，摩挲着母親的名字，涕淚雙流，一下暈厥過去。

江輕語再醒來，就是在病房，醫生說她傷心過度昏睡七個小時。

江輕語雙眼無神，兩行清淚從眼角滑進鬢髮，媽媽死了，江輕語滿心都是這個念頭，手緊緊攥住床單，那些揪起的褶皺透露出她此時內心的悲痛。

看着手背上回血的針頭，江輕語拔掉針頭，不管冒出的一串血珠，整個病房籠罩在死寂的氛圍中。

她偏執地想，如果，如果陸霆早一點把錢給她，會不會一切都不一樣，媽媽說不定是可以搶救回來的，如果她沒有選擇離開陸霆，現在會不會過得幸福美滿。

一定是這樣！一定是的！

陸霆……陸霆現在跟凌筱筱恩愛親密，事業愛情處處完美，可她陪伴了陸霆七年，全部的青春都耗費在他身上，但是現在要獨自承受喪母之痛，為什麼！

這不公平！

別人都在享受生活，卻要她這樣痛苦。

江輕語被各種情緒夾雜裹脅着，深深陷進漩渦無法自拔，爸爸嗜賭如命，曾經的愛人另結新歡，傍上的金主不拿她當人，這些時候所有的痛苦屈辱統統湧現出來，壓在江輕語的心上，如同一塊巨石，讓她喘不過氣。

時間過了很久，手背上的血跡已經乾涸，針眼處泛起青紫的大包，江輕語狠狠按下去，但臉上沒有一絲表情，好像喪失了痛感。

「喂，嘉偉，我有事跟你説……」

七天後，上海浦東斯諾克會館，江輕語一身黑裙走進來，球案上，朱嘉偉摟着嫩模卿卿我我，她看見了，覺得噁心，但眼中仍然一片平靜。

早就知道他是這樣的人，現在任何事情都不會讓她的情緒有什麼起伏。

朱嘉偉看見她站在那，覺得這個女人好像有哪裡不同了，但是他並不放在心上，拍拍身側女人的翹臀，示意她先走，然後坐在休息區，等着江輕語過來。

江輕語落座，朱嘉偉知道她母親去世，只覺得一身黑色讓他晦氣，撇撇嘴沒説什麼。

江輕語把一張銀行流水單放在桌面上，緩緩開口：「這是那晚陸霆給我的轉賬記錄，三十萬，我已經打聽過了，田超的刑事訴訟還沒有走完，這筆錢不可能是法院執行的還款，按照我對陸霆身家的了

解，他根本不可能一時拿出這麼多錢——

「所以這應該是公款。」

朱嘉偉看了一眼，他現在更感興趣的是江輕語，之前還一副處處維護陸霆的樣子，現在怎麼就把把柄送到了他手上。

「為什麼？」

「沒有為什麼，我不好過，所有讓我難受的人都要不好過。」江輕語眼光流轉見再也不見明媚，而是一片冰冷。

不只是陸霆，眼前這個人面獸心、只知道玩弄女人的禽獸，等清算完陸霆，也要讓他付出代價。那些曾經落在身上的拳腳，總有一天，要都還回去，千百倍地讓朱嘉偉感到她的痛苦。

朱嘉偉仰頭喝盡杯中酒：「啟明工作室是由朝華傳媒注資的，既然你說你了解陸霆，那這筆錢的來源並不難查。」

「凌筱筱是凌淞華的女兒，說不定這筆錢也是凌筱筱給的。」

江輕語說到這，就認定當初她離開的時候，陸霆沒有絲毫挽留，一定是早就知道凌筱筱的身份，為了攀上白富美，索性任由自己分手，並且在短短幾個月的時間內就和凌筱筱搞在一起。

「這個交給我。凌筱筱的身份不用擔心，凌淞華那個老狐狸要是知道陸霆有這麼一筆來路不明的錢，是不會同意讓女兒跟他在一起的。」朱嘉偉眼中的陰狠在昏暗燈光下更添陰鬱。

「陸霆，沒了朝華的支持，狗屁都不是。」

「我等你消息。」

江輕語見他表態，也不逗留，直接起身離去。

朱嘉偉對陸霆的厭惡早在朝華的時候就出現端倪，即便被開除，也沒有讓他學乖收斂鋒芒。

有些人的心天生就是黑的，無論處在何種境地，受過周圍人多少恩惠，也永遠都學不會感激。

江輕語依舊在朝華任職，周圍人都發現從前只是高冷的江部長，這次銷假回來，更加冰冷不近人情，整天看不見笑臉，以前只是不愛搭理林黛西，這次因為一些口角，直接將巴掌甩到她臉上，半點情面都不講，下屬對她都噤若寒蟬。

　　「凌董，朱嘉偉來了。」王君在門口看到他也很詫異，這可是李健的得力幹將，離開之後還是第一次回來，點名要見凌淞華。

　　「讓他進來吧。」

　　凌淞華並不把一個朱嘉偉看在眼裡，李建這個最大的對手都已經倒台了，他手下的小嘍囉能掀起什麼風浪。

　　「好久不見啊，凌董事長。」

　　朱嘉偉進門直接坐在他對面，一點也不客氣。

　　「你離職以後還是第一次回朝華，有什麼事？」

　　朱嘉偉拿出一張單子放在他面前，笑着說：「不急，您先看看這個。」

　　這張單子就是江輕語給朱嘉偉的銀行流水，凌淞華不明所以，疑惑地看向朱嘉偉。

　　「您也知道，江輕語現在是我的女人，但是她母親前一段時間離世了，當晚她手機裡就收到了三十萬的轉賬，您不妨猜一猜轉賬的人是誰。」

　　凌淞華眼神黯淡下來：「我沒有興趣聽你打啞謎，有話直說。」

　　「我、江輕語、陸霆三個人的糾葛，在公司裡傳得沸沸揚揚，雖然江輕語是踹了他跟我在一起，但是這麼久了，陸霆一直都沒有放棄對江輕語的糾纏，這份單據就是最好的證明。」

　　朱嘉偉說起謊話來臉不紅心不跳，好像一切都是真實發生的，連看向凌淞華的眼神都不曾偏移半分，如此卑劣的扭曲事實，朱嘉偉絲毫不會感到羞愧。

「三十萬，陸霆出手真是闊綽，不知道他那個剛剛成立，還沒有站穩腳跟的工作室，能不能讓他賺到這三十萬。」

凌淞華是個聰明人，有些話只需要點到為止，朱嘉偉適時停下，任由凌淞華自己猜想。

「你有什麼證據？」

朱嘉偉擺擺手：「證據從我這裡拿出來，未免太不可信，您大可以自己去查，朝華是啟明工作室的注資方，每個月查一次賬總不會稀奇吧？」

凌淞華掩下心底的猜測，看着朱嘉偉好整以暇的樣子，就知道他今天的來意不會只有這麼簡單。

「繼續説。」

「陸霆這個人，怎麼説呢，有能力有本事這都是毋庸置疑的，但他就是太有本事了，我朱嘉偉再不濟，這麼多年也算閱人無數，可我從來沒有看清過陸霆這個人。

「令嬡凌筱筱在他手下才沒多久，就被迷得神魂顛倒，可陸霆一邊勾搭着您的女兒，另一邊……」朱嘉偉敲敲桌面上的賬單，「另一邊卻在跟前女友糾纏不清。

「您向來慧眼識珠，這不過這一次只怕也被燕雀啄了眼睛。

「一邊是舊情難忘，七年的愛人説分就分，一邊是家世顯赫的現任女友，哄得心花怒放非他不可，這其中的深意和人品，您仔細想想，真是讓人膽戰心驚。」

朱嘉偉久居上位，整天玩的都是陰謀論，他是最了解這些人的陰暗心思，他們重視的無非就是家產、資本，話不用挑明，只要把懷疑的種子種下，凌淞華必然會自己去查，到時候陸霆再大的本事也都變成了別有用心。

可凌淞華到底是老狐狸了，不會被朱嘉偉三言兩語所迷惑。

「我記得是你把江輕語先帶上床的吧。」

凌淞華的意思就是，陸霆那麼驕傲的人，眼裡不揉沙子，知道女友出軌之後，分手是必然，跟什麼陰謀論能扯上什麼關係。

朱嘉偉無所謂地笑了笑：「男人的劣根性，我懂，您懂，陸霆自然也懂，如果他內心真的這麼介意，為什麼還要跟江輕語不清不楚，聽說過年的時候，陸霆還親自到醫院去，當着她媽媽的面説，以後一定會娶江輕語。

「那個時候，他們早就分手了，可您的女兒正對陸霆情根深種，陸霆會看不出來？」

這些內情自然都是江輕語告訴他的，曾經江輕語利用陸霆對老人家的憐憫而心軟，如今都變成他們拿來攻擊陸霆的證據，其心腸惡毒，如同蛇蠍。

凌淞華面沉如水，朱嘉偉知道這目的達到了，不緊不慢地説：「在商業上，陸霆確實是百裡挑一的人才，可再大的才幹要是心懷不軌，您想想，那後果得多可怕啊！到時候只怕這朝華就要改姓陸了。」

説完，朱嘉偉站起來微微欠身，轉頭離開，留下凌淞華一人獨想。

凌淞華意識到，如果真的像朱嘉偉所説，凌筱筱那麼天真單純，根本不是陸霆的對手，自己百年之後，凌筱筱作為繼承人，就是懷璧其罪，很容易被陸霆玩弄於股掌之中。

想着，伸手按下內線電話：「溫華，到我這來一下。」

溫華敲門進來之前，凌淞華把那張賬單翻過去，看着他説：「這個月啟明工作室的財務報表還沒送來，你親自過去一趟，我要看看。」

「好的。」溫華不疑有他，應下就走了。

凌淞華捻着手裡的紫檀珠串，如果這筆錢來路不明，那陸霆身

上就要好好盤點一下了。

溫華下午就去了工作室，一說要這個月的報表，陸霆眼色一暗，不動聲色地問：「這還沒到月末呢，怎麼就要看報表了？」

「凌董上午要的，可能是前幾個月的都沒看，心血來潮了唄。」溫華沒注意到他眼中的變幻。

凌筱筱在一邊有些心慌，那筆錢雖說已經到了工作室的賬上，但畢竟是朝華拿出來的，莫名其妙的沒了爸爸那裡肯定說不過去。

凌筱筱出去泡了一杯咖啡遞給溫華：「溫華哥哥你坐一會，我去整理一下。」

凌筱筱跟陸霆使了個眼色，她能走，可陸霆必須留下陪溫華，不然兩個人都出去了，按照溫華的精明肯定當時就要露餡。

凌筱筱看着打出來的流水，這名目上怎麼都好說，可這收款方卻改不了，這別說給爸爸看了，就是溫華都能一眼看出端倪。

凌筱筱急得直轉圈，這種造假的事情根本不會做啊，但是這筆錢要是解釋不清楚，那爸爸一定是要個結果出來的。

溫華一杯咖啡都見底了，凌筱筱還沒回來。

「你們工作室這個月流水很大？筱筱去了這麼久。」溫華站起來往外走，陸霆沒有理由攔着他，只能硬着頭皮跟上去。

「看什麼呢！」

溫華從背後突然抽走凌筱筱手上的報表，把凌筱筱嚇得尖叫出來。

溫華順手翻起來，看到最後一頁的時候停住了，他這雙眼睛看過很多賬，有沒有問題一眼就能看出來。

「晚上將近半夜，匯出三十萬，名目是時景明工作室簽約代言。」溫華看着面前兩人的表情，陸霆自然不會有什麼改變，倒是凌筱筱沒想到他眼睛這麼毒，手指不自然地絞着裙角。

溫華慢慢說道:「時景明可是巨星,這代言費這麼低?看來你們跟他關係不錯啊。」說着朝凌筱筱揚着下巴:「給錢了想必也簽約了,合同拿來我看看,回去給廣告部那些人學習一下,三十萬就能請個大明星,那朝華每年幾千萬的代言費是不是都被私吞了。」

這根本就是凌筱筱瞎編的,怎麼可能有簽約合同,看她踟躕着不動,溫華就知道這裡邊有貓膩。

三十萬對朝華不算什麼,但對這個工作室可就是大數目了,溫華拿着報表轉身要走,既然凌董要看那必然要回去交差的。

「溫華哥哥……」

凌筱筱軟糯的聲音一出來,溫華無奈地回頭看着他們:「不管你倆有什麼理由,都得等凌董看過之後再說,你倆仔細想想吧。」

凌筱筱沒想到事情這麼快就露餡了,不知所措地看着陸霆。

「要是爸爸問起來怎麼辦?」

陸霆拍着她肩膀安慰:「事情本來就因我而起,你別害怕,到時候我去說,凌董問起來你就說你不知道。」

如果不是江輕語找上他,凌筱筱也不會心軟想到這個辦法,錢是從自己手上流出去的,凌董有什麼不滿都有他陸霆一力承擔。

第二十三章

愛而不得

　　凌淞華看着報表，赫然就是三十萬，跟朱嘉偉拿來的賬單分毫不差，一時間怒從心生。

　　「簡直是荒謬，這麼拙劣的手法虧他想得出來！」凌淞華把手串摔在桌子上，對溫華說，「給我查工作室過去所有的賬目，查不清楚就停止所有注入資金。」

　　「是。」

　　溫華也是一頭霧水，投進去的錢不明不白被花了，這根本不像是陸霆的作風。

　　陸霆馭下極嚴，更何況作為負責人，每一筆資金都要他親自簽字才能通過，這件事陸霆一定知道，看當時凌筱筱的反應，也是知情人，這就有意思了，這倆人能拿着錢幹什麼呢。

　　凌筱筱從小到大根本沒缺過錢，根本不會幹這種事，但是列印報表的時候卻在上面作假，明顯的心虛，溫華也想不明白，只能先去財務部調取存檔。

　　溫華效率很高，第二天就把結果放在了凌淞華辦公桌上。

　　「之前的賬目都沒有問題，每一筆款項都是正當的，收款方也都

是跟工作室有合作的機構，一切手續合同全部齊全，只有這最後一筆三十萬的賬目，對方與工作室沒有歷史往來，是一個私人賬戶。」

凌淞華聽着彙報，心裡已經有數了，並沒有當着溫華的面打開與賬單核對。

「下午讓陸霆到虹苑見我。」

得知凌淞華約見陸霆，凌筱筱急得像熱鍋上的螞蟻，在辦公室不停踱步。

「我跟你一起去吧，這個主意本來就是我想出來的，爸爸不會為難我的。」

陸霆笑着説：「不用，這事又不是解釋不清楚，你就安安心心等我回家給你做飯。」

陸霆一個人到了虹苑，那滿湖的睡蓮依舊盛開，上一次來還是跟凌淞華談論《千里江山》的時候，現在就已經獨立門戶單幹了，不得不感歎一聲世事無常。

包間裡只有凌淞華一人，看他來了，示意他坐下，沸水沖泡的茶變成了金駿眉，一瞬間茶香四溢。

「還記得上一次來這嗎？」

陸霆點點頭：「也是您找我來的，給了《千里江山》起死回生的機會。」

凌淞華伸手往碳爐裡扔了兩塊陳皮，空氣中多了一絲果香。

「可你讓我失望。」

「《千里江山》我出局最早，雖然是衝動了，但也無力回天，只能眼睜睜看着項目被毀，現在內測的熱度已經完全冷卻，評估的市值與當初不可同日而語。」

凌淞華並沒有繼續這個話題，轉而説：「我知道你和筱筱在一起

的事情，這孩子什麼都瞞不住，那點小心思全寫在臉上。」

凌淞華停頓了一下，接着説：「可我，並不贊同你和她在一起。」

陸霆沒想到凌淞華會這麼説，按照之前的態度，凌淞華一直提攜他，應該是大加讚賞的，為何今天就提出不同意呢。

陸霆放下茶盞，微微欠身：「我對筱筱是真心的。」

凌淞華擺擺手：「真心二字向來最不值錢，江輕語和你當年不也是真心，現在是什麼結局？」

聽他提起江輕語，陸霆更詫異了，這件事人盡皆知，凌淞華現在提出來又是什麼意思。

「我和江輕語早就沒有關係了。」

「是嗎？」凌淞華將報表和賬單都扔到他面前，冷下聲音説，「那這是什麼？」

陸霆知道今天見面主題就是這個，草草翻看兩下開口解釋道：「那天江輕語給我打電話，説母親重病需要救命錢，我……我實在拿不出來，就把賬面上的先拿去應急，但是田超那邊……」

「好了。」凌淞華不怒自威，打斷他的話。

「應急？你這是職務侵佔！你懂不懂？你不是説和她沒關係了嗎，怎麼？一個沒關係的人就能讓你挪用公款？朝華的資金就是用來幹這個的？」

陸霆知道這件事怎麼都説不過去，直接低頭認錯：「這件事是我考慮不周，賬上的錢很快就可以還上，絕不會耽誤工作室的運轉。」

「這三十萬沒什麼要緊的，重要的是，你和我女兒在一起，卻為了別的女人大費周章，陸霆，你真是好算計啊，你這是打算享齊人之福啊。」

「沒有！我對筱筱絕對是真心的，我不可能會讓她受委屈！」

「可這筆錢你沒法解釋清楚！陸霆，我不否認你有才幹，有能

力，在同齡人中也是佼佼者，但我的女兒決不能跟你這種三心二意的人在一起。

「今天你就敢挪用公款，以後是不是為了別的人，別的事，要筱筱把整個朝華都給你做嫁衣！」

陸霆震驚地看着他：「您這話從何而來？我並沒有覬覦朝華，不然當初我為什麼堅決不肯回去，那樣豈不是更省事。」

凌淞華冷笑：「你還提當初？當初你給筱筱灌了什麼迷魂湯，讓她為了你到我那哭求，不然你以為我會再給你一次機會，讓你開工作室？」

凌淞華一句話，相當於把他所有的努力都抹殺掉了，指責他是靠着女人的裙帶關係上位，才有了今天的一起，這對陸霆來說是莫大的侮辱。

「我的能力您是知道的，沒必要也絕不可能讓筱筱替我擋在前面，朝華和您對我來說，有知遇之恩，但也僅限於此，朝華以後歸屬給誰跟我沒有半分關係，我也不稀罕。」

「你的能力？你的能力就是弄虛作假？」

凌淞華拍着賬單質問。

陸霆本想説凌筱筱知道這件事，但凌淞華現在的想法，只會覺得，即便筱筱知道也是被他唆使，非但解釋不清，還會火上澆油。

「江輕語跟你七年，給你戴了那麼大一頂綠帽子，這你都能不計前嫌拿着公款幫她，我是不是該讚歎你一聲情誼深厚？」

陸霆默不作聲，這件事根本就説進了死胡同，凌淞華認定他對江輕語舊情難忘，説什麼都會被覺得別有用心。

「不管怎麼樣，筱筱在我心裡是最重要的，日月可鑒，我不怕任何人的質疑。您不同意我們在一起，我會用時間證明我對筱筱的感情。」

「如果她身後沒有朝華，你還能是今天這個態度？」

「堅定不移。」

「好。」凌淞華看着他，陸霆的眼神似曾相識，就像非洲草原上的獵豹，充滿了野性和憤怒，但是為了獵物不得不隱忍，這樣的解讀更讓凌淞華警鈴大作。

如果陸霆只是一個合作夥伴、一個下屬、一個創業的年輕人，以他的本事一定會讓凌淞華委以重任，當做臂膀培養。

但他現在卻成了女兒的心上人，這樣城府深重的人，絕不是凌淞華心裡的東床快婿，從前覺得他踏實穩重的優點，在此刻化為齏粉。

「從今天開始，朝華不會再給你注資，你那個項目能不能活下去，就看你自己的了。」

陸霆握緊了拳頭：「如果我成功了呢？」

「那就證明你有真才實幹，你和筱筱我不再置喙，但你如果失敗了，我會毫不猶豫地把你踢出上海。」

陸霆毫不猶豫地答應了：「好。」

「在此期間，你不能再見筱筱。我會把她調回朝華，如果你違約，我會馬上送她走。」

「筱筱不是貨物能被人當做籌碼，她是活生生的人，她有自己選擇的權利。」

陸霆能接受凌淞華停止注資，有信心盤活項目，但筱筱不能在這一場博弈中受到傷害，她那樣敏感纖細，經不起這樣的打擊。

「陸霆，你沒有跟我談條件的權利，我向來說到做到。」凌淞華説完就起身離開了。

陸霆看着火爐裡的陳皮，已經被火苗燎得發黑，屋內都是沁人心脾的果香和茶香，但他心裡已經揪成一團。

這件事對凌筱筱無法開口，甚至不能讓她知道，不然凌筱筱定然大鬧天宮，正好合了凌淞華的心意，但是不見凌筱筱，這個女孩又

要多想，到時候一定會傷心的。

　　陸霆心裡沉重，出了虹苑，在路上走了很久，都沒有想到怎樣跟筱筱解釋，每一種說辭都會帶來傷害。

　　兩人情意正濃，卻不能相見，凌淞華必然會使盡手段阻止筱筱跑過來，她向來聰慧，不知內情的情況下，會生出一萬種猜測，每一種都會在心上留下痕跡。

　　陸霆彷彿感覺，當時離開朝華時那種無力的挫敗感又找回來了，每每到了關鍵時刻，總會發生一些措手不及的事情，讓他在懸崖處徘徊，只有小小的山石作為着力點，使勁渾身解數都夠不到攀登上去的界限。

　　凌筱筱正在陸霆的廚房裡洗菜，盤算着一會要讓他做什麼好吃的，腳上踩着一雙毛茸茸的兔耳朵拖鞋，這是她跟陸霆逛超市的時候買的，一直放在他家裡。

　　聽到電話響，以為是陸霆打來的，擦乾手接起來一看竟然是爸爸。「喂，爸爸。」

　　「明天是你媽媽的祭日，今晚回來住吧，明天一起去南山給你媽媽掃墓。」

　　凌筱筱頓了一下：「明天我直接過去就好了啊。」

　　「回來吧，爸爸剛剛在整理你媽媽的遺物，看見不少你小時候的東西，回來陪爸爸說說話。」

　　聽着爸爸低沉的嗓音，知道他又因為看見那些東西神傷，只好說：「行吧，我一會回去。」

　　看着盆裡的青菜，只怕今天是吃不上了，給陸霆打電話關機，之後留了字條，自己回了老宅。

　　凌筱筱一進門，就看見爸爸坐在沙發上，手裡拿着小時候戴的長命鎖反覆摩挲。

「怎麼又把它拿出來了，您都看過好多回了。」

凌淞華看見女兒嬌俏的樣子，露出笑容：「都是你小時候的物件，想起來了就拿出來看看，你小時候多可愛啊。」

凌筱筱過去抱着爸爸脖子撒嬌：「你女兒現在也很可愛好不好。」

凌淞華寵溺地點點她額頭：「小沒良心的，都多久沒回來陪爸爸吃飯了，就知道在外邊野。」

「哎呀，人家這不是忙嘛！」

「忙忙忙，一叫你就說忙，哪有那麼多工作讓你忙。」凌淞華停了一下接着說，「搬回來住吧，總看不見你，爸爸也是會想的。」

凌筱筱當然不想回來，不然以後跟陸霆約會可就麻煩了，拿起一個蘋果咬了一口說：「這離工作室太遠了，來回不方便，我保證以後經常回來陪爸爸吃飯，好不好？」

凌淞華知道她不會輕易改口，就轉而問起她跟陸霆的感情。

「我倆挺好的啊，他可慣着我了，就是管得比較嚴，這也不讓吃那也不讓吃的，爸爸一會我要吃水煮魚，記得讓馮阿姨多放點辣椒。」

看女兒這無憂無慮的樣子，凌淞華更不放心了，他最了解男人，剛在一起的時候自然是千好萬好，但是時間長了就未必像從前一樣，更何況他還懷疑陸霆心思不正，圖謀朝華，就這小白兔似的丫頭，要想拿捏她，對陸霆來說簡直易如反掌。

吃過飯，凌筱筱就回了房間，給陸霆打了好幾個電話都沒人接，發消息也不回，凌筱筱覺得一定是爸爸給他出了什麼難題，要他將功補過，現在正忙着呢。

等洗了澡出來，還是沒收到消息，就想着明天到工作室好好問問他，要是爸爸為難他，就回來跟爸爸哭一場。

在凌筱筱的認知裡，不管出了什麼事情，只要跟爸爸服個軟撒撒嬌，天大的問題都會一筆帶過。

凌淞華在客廳坐着，聽見牆上的鐘打過十二下，慢慢起身上樓，推開女兒的房門。

看着凌筱筱酣睡的樣子，彎腰撿起被她踢掉的兔子，輕輕坐在床邊。

「筱筱啊，爸爸就你這麼一個女兒，要是你以後受了傷，爸爸又不在了，不知道你要委屈成什麼樣子，爸爸想想就捨不得啊。」

凌淞華對着女兒只有慈父情懷，滿眼的疼惜，想摸摸女兒的臉蛋，又怕把她吵醒，拿着她枕邊的手機和桌上的電腦，轉身出去了。

陸霆回到家，滿室漆黑，就知道筱筱一定被凌淞華叫走了。

看着胡亂脫在門口的鞋，茶几上凌亂的抱枕，桌子上喝了一半的奶茶，還有到處都是水漬的廚房，都是凌筱筱留下的痕跡。

陸霆捂上眼睛，又是這樣，又是全部的回憶之後，只留下了他一個人。

凌淞華今天的態度絕不會善罷甘休，他一天沒有證明自己，凌筱筱就一天不會回到他身邊。

陸霆怎麼樣都行，不管《風華引》的資金鍊斷裂到什麼地步，他都有信心起死回生，卻唯獨捨不得筱筱。

知道父親從中阻攔不讓她回來，一定會大鬧一場，但凌淞華不會鬆口，她那副小身板不知道要遭多大的罪。

陸霆把廚房收拾乾淨，本來答應筱筱回來做飯，做她喜歡吃的醬爆蝦仁。

陸霆挽着袖子炒了這道菜，坐下的時候對面少了筱筱明媚的笑容，想起每次吃他做的菜都要誇張地做出天下第一美味的表情，現在只剩自己一個人了，也沒什麼胃口。

滿滿一盤蝦仁，放在桌子上直到涼透了，醬汁凝結在一起，也沒有動過一口。

第二天凌筱筱醒來，外邊已經日上三竿了，驚訝自己今天怎麼沒聽到鬧鐘，迷迷糊糊的往枕邊摸，卻摸了個空，以為自己昨晚把手機落在了客廳。

趿拉着拖鞋下床開門，卻怎麼都打不開，電光火石間一個可能湧上心頭，回頭一看，果然連電腦都不見了。

凌筱筱使勁拍着房門：「爸爸！爸爸你這是幹什麼啊！你讓我出去！」

「爸爸你開門！馮阿姨，你把門打開！讓我出去！」

凌淞華站在門外，說：「爸爸不希望你和陸霆在一起，只要你同意分手，爸爸就讓你出來。」

凌筱筱氣得一腳踢在門上，大喊：「憑什麼啊！我和陸霆好着呢，那是我們兩個的事，你憑什麼做主！」

「陸霆心思太深，不適合你，你聽話。」

「我不！」凌筱筱趴在門縫上，焦急地說，「爸爸你是不是知道賬目的事情了，那是我的主意，是我讓陸霆給江輕語轉賬的，辦法都是我想的，你別誤會陸霆！」

凌淞華只覺得女兒被陸霆騙了，夥同他一起撒謊，那江輕語可是她最大的情敵，她還能主動提出來給人家匯款？

凌淞華肯定不信。

「你就是被那小子迷昏頭了，你必須跟他分手！」

凌筱筱把門敲得陣陣作響，急得眼睛都紅了：「你讓我出去！出去好好說不行嗎，你就是誤會陸霆了，事情根本不是你想的那樣！江輕語的媽媽重病需要用錢，這個辦法真是我想的，陸霆一開始不

同意，是我把賬上的錢轉出去的。」

凌淞華冷哼一聲：「當時田超也説他媽媽重病要錢，但是最後怎麼樣？我看就是陸霆跟江輕語設了個套，你還傻乎乎的往裡鑽。」

聽女兒不肯罷休，凌淞華背着手乾脆説：「昨天陸霆已經同意了，只要你鬆口，答應不去見他，我就放你出來。」

「不可能！」

凌筱筱第一反應就是陸霆才不會答應，他對江輕語什麼態度，凌筱筱看得一清二楚，要不是她堅持這麼做，那三十萬根本不會從賬上消失。

「你不用拿這些話騙我，陸霆不可能這麼説，你趕緊讓我出去，不然……」凌筱筱環視一圈，拿起床頭櫃上的檯燈就砸到門上，燈罩嘩啦啦碎了一地。

「不然我就一直鬧着你！你快給我開門！」

凌淞華不理她，轉身跟馮阿姨説：「按時送飯，不許讓她出來。」

凌筱筱把屋子裡能砸的東西都砸了，花盆裡的土撒了一地，到處都是玻璃和陶瓷的碎片，凌筱筱站在中間，小腿上不小心被飛濺的碎片劃出血痕。

平時最怕疼的她已經顧不上這些了，她突然消失，手機電腦都被拿走了，陸霆找不到她肯定着急，凌筱筱氣得又在門上踹了幾腳。

中午趁着馮阿姨進來送飯，凌筱筱要跑出去，卻被死死堵在門口。

馮阿姨常年幹活，手上的力氣大，凌筱筱哪能拗過她，撒潑耍賴都沒用，凌筱筱脾氣上來，把飯菜都扔了出去。

坐在床上吧嗒吧嗒掉眼淚，不知道爸爸的態度為什麼轉變得這麼快，即便不相信她説的話，事情也沒有嚴重到要把她關起來，逼着兩人分手的地步啊。

以她簡單的想法，是絕不會想到，凌淞華在擔心以後陸霆圖謀凌家的財產，只能一直陷在逼迫二人分手的情感大戲裡。

晚上凌淞華下班回家，就看見馮阿姨在打掃地上被摔碎的飯菜。

「小姐把飯菜都扔出來了，已經一天沒吃東西了。」

聽到外面有人說話，凌筱筱衝過去拍門：「爸爸！你就讓我出去吧，你這麼關着我，我又不會同意！」

「那就等你同意了再出來。」

「爸爸！你放我出去！」

不管凌筱筱再怎麼拍門，外面都沒有回應了。

看着窗外已經黑下來的天，一直都沒有機會拿到手機聯繫陸霆，這時候他在外面不曉得怎麼擔心呢。

啟明工作室裡燈火通明，所有人都坐在會議室，陸霆黑着臉翻看各個小組交上來的進度表。

「大家最近辛苦一下，趕趕進度，一週之內我要看到所有大場景的建設圖。」

《風華引》的所有人物已經設計好了，但是場景架設才剛剛開始，很大一部分連草繪都沒有。馮岸皺着眉，不理解為什麼要在這麼短的時間裡完成。

「大景一直都是最難的部分，不但要設計得精緻，很多細節上的推敲、程式上的測試，都需要大量的時間完成，一週根本不可能。」

陸霆沉住氣，知道不能操之過急，《風華引》不僅要上市，還要足夠優秀，才能讓凌淞華改變主意。

斟酌一會，陸霆說：「十五天，到時候我要看到成果，散會。」

陸霆出去之後，整個會議室一片哀歎聲。

李蓬看着老大的背影說：「這項目進行得好好的，怎麼突然要趕

進度了，這麼着急可不是老大的性格。」

邵俊偉也不明白，但是陸霆今天一來就黑着臉，神情凝重，跟之前輕鬆的樣子截然不同，而且，凌筱筱今天也沒出現。

邵俊偉按下心裡的猜測，一邊把藥片放進嘴裡，一邊對李蓬說：「老大肯定有自己的考量，抓緊幹活吧。」

「你身體又不舒服了？」李蓬看着他有些泛白的臉色有些擔心。

邵俊偉搖搖頭：「沒大事，這項目進行到現在，一步一個坎，眼看着邁進正軌了，一定不能出差錯。」

看着關上門的辦公室，邵俊偉還是擔心：老大狀態明顯不對，不知道是不是又出了什麼問題。

自從他們了解了陸霆這個人之後，就覺得他的經歷充滿着各種各樣的艱難。

《田園故居》被田超騙走，陸霆從輝煌的創始人，一下變成了默默無名的小組長。朝華人事氛圍充滿了功利，陸霆不肯擦鞋，就一直被打壓了四年，眼看着凌董事長慧眼識珠要提拔他了，又被田超從中攬黃，《千里江山》再次告吹。

現在好不容易有了自己的工作室，雖然是朝華傳媒注資的，但是好歹也有了一個安身立命的地方，能自己做主了，《風華引》各種準備都已經就緒，可是看着陸霆這樣着急的狀態，邵俊偉下意識覺得，有一場無名風暴正在悄悄醞釀。

摸了摸心口，轉身回了自己的辦公桌。

陸霆坐在辦公室，想看看文件，卻怎麼都看不進去，滿腦子都是凌筱筱。

她今天沒過來，就知道一定是凌淞華把她關在家裡了，以她的脾氣，肯定不會善罷甘休，不知道有沒有好好吃飯。

陸霆沒有別的辦法，只能逼着自己靜下心來，早一天完成項目，

就能早一天跟筱筱重逢，然後站在凌淞華的面前，向他證明自己的能力，讓他再也沒有藉口反對他和筱筱的感情。

陸霆通宵達旦，外面的人也沒有閒着，十五天完成場景製作，不管從哪個角度來說，都是一項艱難的任務，但是陸霆下了死命令，根本不給延長的機會，即便怨聲載道，也得拚命工作。

邵俊偉看着辦公室的門一直沒開，周圍的同事都昏昏欲睡，個個疲憊不堪，連李蓬眼睛裡都熬出了血絲。

看着鏡子裡透着青紫的唇色，歎了口氣。這中間一定出了大問題，不然按照陸霆一貫穩紮穩打的風格，不會突然這麼反常。

「篤篤篤。」

「進。」

邵俊偉一進去，就被滿屋子的煙味嗆得咳嗽，老大已經很久沒抽煙了，這一夜之間抽這麼多，可見焦慮到什麼程度。

「老大，你熬了一宿了，外面的同事也一晚上沒合眼了，再着急也得保證身體啊，不然大家都昏昏沉沉的，也做不出好東西來。」

陸霆捏着脹痛的額頭，知道這麼下去不是辦法，嘶啞着嗓子說：「讓大家休息吧，明天再繼續，告訴馮岸，十五……不，十七天，保質保量地完成，這是最後期限。」

邵俊偉點頭應下，出去之前問道：「怎麼一直沒看見筱筱？」

陸霆閉着眼睛，好半天才說：「她……應該是回朝華了，她的工作你安排人對接吧。」

見到陸霆這失魂落魄的狀態，邵俊偉沒敢多問，轉身出去。

陸霆按着一直突突跳的太陽穴，煙灰缸裡滿滿的煙蒂，嗓子乾澀得說不出話，但是心裡一直好像擂鼓一般，不肯停歇。

「筱筱……你再等等我。」

溫華過來的時候，整個工作室裡只有陸霆沒回家，手邊的數據

擺得很高，襯衫全是褶皺，領帶鬆鬆垮垮地掛在脖子上，整個人的氣息焦慮又頹廢。

溫華用手在鼻子前搧開煙味，皺着眉看向陸霆。

「就你這狀態，還想達到凌董的標準？」

陸霆抬頭不耐煩地看了他一眼，然後低下頭繼續工作：「有事就說，沒事就走。」

溫華能來，就說明事情他都知道了。他不像凌淞華那樣，一心認定陸霆有虎狼之心，但是凌淞華的決定他也沒有什麼辦法。

「筱筱現在被關在家裡，已經兩天不吃不喝了，看看你現在的樣子，真是一對苦命鴛鴦。」

陸霆聽見凌筱筱的消息，心裡驀然一痛，這個傻丫頭，又不好好吃飯，那點薄弱的腸胃又該折騰壞了。

「你……你幫我勸勸她吧……」

溫華有些無力地笑了，自從陸霆出現之後，那個小祖宗哪還聽得進去別人的話啊。

「你要知道，用項目證明你自己，才能讓凌董放心地把筱筱交給你，這幾年凌董的身體越來越差，現在已經是強撐着朝華傳媒了，他不得不為筱筱做打算。」

「即便凌董沒有鬆口，你和筱筱還是在一起，可筱筱什麼脾氣你不知道嗎？她善良純粹，沒有父親祝福的婚姻，她不會高興的。」

陸霆默默點頭，這些他都明白，但就是靜不下心，一想到筱筱在中間難免受傷，心裡就疼得厲害，好像有一把利刃插進去，反覆攪拌。

「既然你明白，就別把自己弄成這幅半死不活的樣子，你這個狀態怎麼領導其他人？你一直都不是急功近利的人，這時候自亂陣腳，只會讓凌董更加看不起你。」

溫華能過來說這些話，完全都是因為凌筱筱。

他看着她長大，即便她沒有選擇跟自己在一起，但是守護她彷彿已經變成了一種習慣，這樣的習慣很可怕，見不得她半點不順心，哪怕是為她爭取和別人在一起的機會，溫華也知道自己願意去做，只想看着她開心。

陸霆聽進去了溫華的話，站起來，扶着桌子，忍住湧來的目眩，聞着滿身煙味，還是回家休息去了。

溫華説得對，不能事情沒做好，先把人熬壞了，要成功，就要一擊即中的成功，讓凌淞華半點毛病都挑不出來，到時候才能真正把筱筱接回家。

朝華內部，江輕語從財務部出來，藉着送文件的機會打聽着消息，走到隱蔽的拐角打出一通電話。

「朝華已經停掉了對陸霆的資金鍊，下面的事就看你了。」

朱嘉偉坐在咖啡廳裡，鼻樑上架着墨鏡，遠遠看去倒還真有一副人模狗樣，對着剛剛推門進來，穿着格子襯衫牛仔褲、一副程式員打扮的人招招手。

「我已經找到人選了，你就放心做你自己的事情吧，陸霆囂張不了多久了。」

那人跟朱嘉偉好像並不認識，但看上去十分瑟縮地坐在對面，手抖得攪拌咖啡都灑了出來。

朱嘉偉這種自視甚高的人，怎麼會看得上這種普普通通的程式員，能叫他出來自然就是因為他有用而已。

朱嘉偉也不浪費時間，直接把一個 USB 放在他面前。

「把這裡面的東西植入進程式裡，剩下的就不用你管了。」

程式員華城顫顫巍巍地拿起來：「這是什麼？」

「不該你問的就別知道那麼多，事情辦成了，你的事自然不會再

有別人知道。」朱嘉偉笑得陰險,「不過你要是有勇氣拿着這個交給陸霆,我保證你的事下一分鐘就會出現在他面前,到時候你會怎麼樣,就不是我能保證的了。」

此話一出,華城臉色瞬間變了,把 USB 塞進包裡,端起咖啡一飲而盡,像是給自己壯膽一樣,就離開了。

第二十四章

內憂外患

晚上，朱嘉偉和江輕語約在斯諾克見面。

「那人靠得住嗎？」

「放心，有把柄在我手裡握着，就得乖乖聽話。」朱嘉偉色心不改，説話的時候也對着江輕語動手動腳。

但是現在江輕語已經沒什麼好在乎的了，以前委身朱嘉偉是因為他能給母親提供治病救命的錢，母親已經過世了，她孑然一身，自然不需要再對着朱嘉偉這醜陋的面孔繼續忍耐。

一巴掌拍掉他放在自己肩上的手，面色冰冷：「拿開你的髒手。」

朱嘉偉掐住她下巴，強迫她看着自己：「裝什麼冰清玉潔，當初爬上我的床的時候，你可不是這個樣子的，背叛陸霆的感覺怎麼樣？」

江輕語羞憤地瞪着他：「你要對付他，沒有我就辦不到，我勸你老實一點，那麼多女人不夠你玩的？少把主意打到我身上了。」

朱嘉偉看她這個樣子，悻悻地收回手，坐在對面的沙發上，這個女人已經不再需要他了，果真是翻臉無情，一點情分都不講啊。

「那人什麼事犯在你手裡了？」

「我也是調查陸霆的工作室，無意之間發現的，這個華城，一直在給別的工作室接私活，把陸霆他們設計的圖樣稍作修改拿出去賣，賺了不少錢，但是他本職是陸霆手下的架構師，所以那個 USB 裡病毒給他用，剛剛好。」

聽到這麼大的把柄，江輕語還有點吃驚。

這種事一定是極其隱秘的，都能被朱嘉偉翻出來，看來他在陸霆身上下了不少功夫，鐵了心要把人拽下來。

「你心裡有數就好，朝華那邊態度明確，沒有凌董事長發話，就算是溫華都不敢給陸霆放款，之前有凌松華撐腰，現在凌淞華一撒手，別的股東更看不上他那個破工作室了。」

江輕語不是不知道朝華內部對她頗有些不好聽的傳言，但是一直忍着沒有離職，就是為了更方便探聽消息，她所在的位置已經可以接觸到一些高層人物了，稍加打聽，按照她的能力，想知道一些消息並不是難事。

兩人狼狽為奸，竟也真的給陸霆吃了一個大虧，現在整天忙得要死，身體和心靈都經受着巨大考驗，一邊忍受着工作的重壓，一邊承受着相思之苦。

江輕語看着杯中的紅酒，眼中都是深沉的恨意和不甘。

陸霆，我日日煎熬着，這回也輪到你了，我倒是要看看你和她有多情深意濃，當年我能陪着你白手起家，可凌筱筱那樣嬌滴滴的小公主，未必會跟你吃這個苦。

第二天上班，陸霆雖然還是面無表情，但前一天心浮氣躁的樣子已經沒有了，處理起事情來有條不紊，又恢復了指揮若定的氣勢。

華城的氣質就是很普通很宅的樣子，放在人海裡平平無奇，大家都有手上的事情忙，沒有人會去關注他。

環顧四周，看沒有人注意，華城把 USB 插在電腦上，載入運行架構，看着屏幕一點點加載的進度條，華城緊張得出汗，不停用手背擦着額頭。

　　「華城，下午開會別忘了把早上給你的文件列印出來。」

　　邵俊偉走過來的時候，華城的心差點從嗓子跳出來，剛剛走到他身邊，屏幕上進行到百分之百，彈窗瞬間關閉，邵俊偉下意識看了一眼電腦，拍了拍他的肩膀：「辛苦了。」

　　華城搖着頭，根本不敢開口說話，因為他現在只有死死抓着桌角，不讓人發現自己的全身顫抖。

　　眾騰科技的魯達接到陸霆親自致電，要求他們根據工作室的進程，加快調整服務器的建設和各種大數據的處理，務必與工作室同期完成。

　　魯達雖然不理解，但是陸霆一口咬死，不肯寬限時間，也只能吩咐員工抓緊進行。

　　他們之間雖然只是合作關係，但是她本人是十分欣賞這個充滿野心的年輕人，不然當時即便有凌淞華從中撮合，他們眾騰也不是非要跟一個剛剛起步的工作室進行合作的。

　　在工程師加班加點對服務器進行二輪測試的時候，屏幕一閃，再次運行起來就完全改變了結果，所有代碼亂成一鍋粥，不斷提示有病毒侵入。

　　「這是……」

　　工程師都懵了，他們眾騰的能力穩佔業內鰲頭，也不是靠一張嘴吹出來的，在這工作的哪個不曾經是計算機專業的精英，多少年了沒有出現過這種電腦被黑掉的事情。

　　有一個人當即摔了滑鼠：「這是什麼情況！誰吃了熊心豹子膽，

敢黑我們的電腦！」

魯達知道以後，立刻讓網絡技術部的同事過來幫忙。

「這事詭異得很，我們的電腦都是經過加密處理的，要想植入病毒一定要很高的技術水準，再者這個病毒看着明顯，其實掩藏在源代碼當中，很可能是其中幾個小節的改變，綜合組成這個病毒。」

魯達皺着眉：「你就說能不能解決。」

這種趕進度的時候出現問題，稍有不慎就要一切重新開始，而且陸霆那邊又要得急，魯達多多少少能感受到他那邊出了問題。

「可以，但是我需要時間。」

「多久？」

「保守估計需要一天。」

魯達點點頭，有了這個病毒，大家的工作都要暫停，但是魯達沒有讓員工放假。

剛剛技術部也說了，這樣繁瑣的病毒需要很高的技術，眾騰在這方面不敢說業內第一，那也差不了多少。

程式測試一直是項目的核心，專門挑這個下手，說不定就是哪個競爭對手暗中使壞，那些員工裡難說就有不乾淨的，把項目進度透露出去。敢在她的眼皮子底下搞小動作，抓到了就不會輕饒。

魯達能坐穩總監的位置這麼多年，手腕一直以鐵血著稱，多少男人在殺伐決斷上都比不過她。

即便部門的員工被勒令留在公司，為了避免引火燒身，也沒有表示不滿，對於魯達一系列動作都予以配合。

「總監，都查清楚了。」助理帶着一個員工進來。

那女孩是今年剛畢業的大學生，還在實習階段，因為人長得甜美，大家都挺喜歡她，平時也不讓她做什麼繁重的工作，就是影印一下文件，有什麼重要的技術會議，幾個老前輩也會順路帶上她一起聽。

魯達以為是手下哪個小組長因為業務競爭才犯錯，沒想到是這個看上去無辜的女孩。

「為什麼？」魯達也不跟她廢話，直接開門見山。

女孩紅着眼睛：「對方……對方說給我兩萬塊錢，就問我幾句話，我就想着也沒什麼問題……」

魯達啪的把文件摔在桌子上：「你以為沒問題？你懂什麼啊就隨便亂說，對方一看就是個行家，你那幾句話足以把項目進程泄露出去，這會影響到多少環節你知道嗎！」

女孩被魯達一吼，眼淚撲簌簌的往下掉。

「知道對方名字嗎？」

「不知道，我就是在樓下的西餐廳碰見的，對方戴着大帽子和眼鏡，臉也沒看清。」女孩低着頭直往助理身後躲。

那助理心裡也苦啊，心想：「小姑奶奶你作死拉着我幹嘛，往我身後藏也沒用啊。」一邊想一邊往門口挪。

魯達到底是經歷過大風大浪的人，腦子轉得快，又問：「有轉賬記錄嗎？」

女孩嗚的一聲哭出來：「沒有，他給的是現金。」

魯達頭疼得捂着腦門，這女孩這麼輕易就被騙了，真是不知道怎麼想的，公司的事情也能隨便出去說，不僅保密課程沒學明白，連相關法條都沒記清楚。

看了一眼縮在門口的助理，指了指女孩：「給她辦理離職手續，這個月薪水正常結算，明天就不用來了。」

女孩沒想到要被炒這麼嚴重，淚眼朦朧地看着魯達：「總監我知道錯了，你給我一次機會吧……總監。」

那助理拉着女孩就出去了，看她哭得狼狽，小聲告訴她：「這事沒這麼簡單，這已經涉嫌盜竊商業機密，再嚴重一點直接用危害網

絡安全都夠起訴了，總監這是為了把你摘出來，萬一以後有人追究，你的責任就少一點，快別哭了，鬧大了開除都保不住你了。」

女孩剛剛步入社會，聽見這話，嚇得哭都不敢出聲，噤若寒蟬地回頭看了一眼魯達的辦公室，直覺那個來套她話的人不會有好下場。

看女孩出去了，魯達從桌子上的文件下面拿出一個錄音筆，若有所思，沒一會就起身出去了。

當陸霆看到魯達拿着硬盤事故報告書過來的時候，心底的警覺一下被調動起來。

「喏，這是錄音，程式運行的病毒已經清楚了，二輪測試也已經做了，人我也找出來了，但是她只是透露了項目進程，至於下病毒的人是誰並不清楚。」

魯達看着陸霆：「我說，你心裡有譜沒譜？」

「這女孩就是被人套話了，對方的長相名字一問三不知，甚至連錢給的都是現金，查無可查。」

陸霆把可疑的人選都想了一遍，首當其衝就是凌淞華，但很快就否決了。

凌淞華再不同意他和筱筱的事，也不可能用這樣的手段毀他的項目，已經停掉了資金鍊，再這麼做豈不是多此一舉。

看陸霆搖頭，魯達也苦惱了，怎麼每一次陸霆有點什麼動作，都會遭到攻擊，不是人身詆毀，就是在項目上動手腳，說起來都是一把辛酸淚啊。

「查不到人就查病毒，這病毒是你們做測試之前就被植入的，還是之後被動的手腳，這樣至少能圈定一個範圍，看看這個人出現在我們倆誰的地頭。」

「這個可以，你稍等一會。」

魯達站起來給助理打了一個電話：「你讓技術部主管過來一下，

帶着我們自己的電腦，還有運行測試時候發現的那個病毒，一起到啟明工作室。」

所有事情都要在明面上解決，這是魯達做事的一貫風格，雷厲風行的樣子，就像她的烈焰紅唇一般，帶着招搖和致命的吸引力。

她跟江輕語不同，後者的紅唇更多的是嫵媚風情，而魯達久居上位，紅唇只會在她每一個抬眼挑眉之間，增加莫可逼視的凌厲，彷彿從萬千敵營策馬而出的女將軍，是商場上少有的巾幗。

陸霆走出辦公室，招手叫來邵俊偉，低聲說：「測試出現了問題，你別聲張，去查查監控，我們把程式交給眾騰科技到昨天開始測試，這一段時間的監控都要查，尤其是午休人少的時候。」

然後隱晦的往角落的幾個工位看去，示意邵俊偉：「那些直接經手的人要仔細看，有什麼不對直接告訴我，注意保密。」

邵俊偉知道這個問題的嚴重性，點頭應下，回去拿着水杯，藉口去茶水間休息，出了轉角就拐去了監控室。

提起查監控這件事，陸霆就想到了當初在朝華傳媒的時候，跟凌筱筱徹夜查找內奸的日子。

那時他對凌筱筱還沒有這樣的感情，還對江輕語深信不疑，對未來和《千里江山》抱有很大的期望。

陸霆從監控不由自主地想到了筱筱，不知道她如今好不好，還有沒有好好吃飯，不在自己眼前看着終究是不放心。

暗暗下定決心，等這件事解決了，《風華引》順利上線之後，就能說服凌松華把女兒放心地交給他了，那時候一定把虧欠筱筱的都補回來。

眾騰的人動作迅速，不到一個小時就全部到位了，陸霆特意領着他們在員工辦公的大廳支開機器，然後讓李蓬站在角落裡，觀察每一個人的反應，到時候跟邵俊偉篩選出來的人一比對，大概是誰

就差不多有個結果了。

「可以開始了。」

技術部的人雙手在鍵盤上飛快的操作着，那些代碼陸霆看不懂，但是看着技術員不時擦汗，就知道這個被植入進去的病毒一定不是那些簡單的隨處可見的東西，看來幕後之人為了扳倒他，花費了不少的心思。

時間一點一點過去，陸霆站在旁邊看似在觀察他的操作，其實經常在不經意間觀察辦公室裡每一個人。

這個關鍵的時候，要真是問題出在內部，那簡直就是一個心腹大患，萬一造成他最後失敗了，到時候事業愛情一起覆滅，對陸霆來說是致命的打擊。

「完成了！找到了。」

技術部的人一敲 Enter 鍵，鬆了一口氣靠在椅子上。

「這個病毒經過追蹤回溯，可以肯定的是，在移交到眾騰之前就已經被植入了，而且手法非常粗暴，並不是直接編寫的，而是外部導入，因為在病毒起效的時候，電腦曾經短暫地出現過藍屏，然後改變了整個運行狀況，可見和上面代碼的銜接並不連貫。」

那位技術主管喝了一口水，接着說：「如果是直接編寫，按照這個複雜等級的病毒來說，編寫者不會出現這麼低級的錯誤。所以肯定是你⋯⋯」

後半句忍住沒說，但是其中的含義在場的人心知肚明。

陸霆心涼了一半，這個工作室裡的人，四分之三都是從朝華跟出來的，也算是共事過多年的人了，沒想到這種緊鑼密鼓的關頭，還有人從中作梗，跟外人聯手。

陸霆自認從不曾虧待過他們，就算是工作室資金最難的時候，也沒有剋扣過任何一個月的薪水和獎金，甚至加班的時候，陸霆都

自掏腰包幫大家解決宵夜。

就如此情況下，還有人忘恩負義，跳出了自己的戰壕。

陸霆環視一周，後面的話只有站在他旁邊的人才聽到了，其他員工都在低頭忙碌，偶爾兩個站起來接水的也都神色正常，泰然自若，竟然沒有看出一個有破綻的。

魯達拍拍技術部長的肩膀：「辛苦了，帶人收拾一下就回去吧，回去叮囑他們保密，項目沒有落定之前都不許說出去。」

魯達看着陸霆沉重的臉色，知道他又一次被手下人背叛了，上一次是田超，就給他的打擊很大。

「管理公司這是避免不了的事情，因為沒有人會拒絕金錢的誘惑，尤其是在足夠多的時候。當然了，也不一定是金錢，或者是其他別的什麼東西，譬如，把柄。」

陸霆點點頭，對着魯達表示感謝：「謝謝魯總監了，要是沒有你們的技術支持，就看我這小工作室，要查出病毒的來源真是難於登天了。」

「不用這麼客氣，大家都是合作方，項目為重，你們賺錢了，我們賺得也多啊，大家雙贏才是最好的選擇。」

魯達微笑着轉身，示意陸霆留步：「你這裡事情不少，就別送了，有什麼事情再聯繫我。」

「不送。」

陸霆回到辦公室，一遍遍聽着魯達問她公司那個透露者的錄音，始終沒什麼頭緒，這人要是不抓出來，終究是寢食難安。

等到快下班的時候，外面的人陸續走了，邵俊偉和李蓬才推門進來。

邵俊偉把從監控上裁剪下來的幾個片段給陸霆看。

「這是今天發現的，在這個期間，一共有兩個人接觸過負責架構

的電腦，張莊和王志成。」邵俊偉往後一滑，指着屏幕上的華城說，「他是架構師，按說嫌疑最大，所以我把他也放進來了。」

工作室一共有三個人負責架構，但是很不巧，有兩個是朝華傳媒直接調配下來的，資金鍊斷裂之後，那兩個人就被叫了回去，所以現在只剩下華城一個了，他也是從朝華當初一組的員工，大家都算是老同事了。

陸霆敲着桌面，示意李蓬說說下午觀察的結果。

李蓬反倒是不贊同邵俊偉之前的那兩個人：「下午他們兩個一直很正常，沒有緊張，也沒有任何可疑的行為。反倒是這個華城出去打了一個電話，當然了，也可能是私事，我畢竟不好去偷聽的。」

陸霆心裡微微有了一些猜測，摘掉眼鏡，疲憊地捏着鼻樑：「你們知道華城的家庭狀況怎麼樣？」

邵俊偉皺眉想了一會說：「他跟誰都不遠不近的，我還真不太了解，但是看他平時穿着打扮，應該不會很艱難，他身上一個公事包就兩千多。」

「可是他上下班擠地鐵，早餐只吃一個饅頭。」陸霆閉着眼睛補充。

他記憶力很好，而且不止一次看見華城坐在位置上啃饅頭，旁邊放着茶水間的免費豆漿，幾乎每一次都是這樣。

這就是矛盾的地方，用着兩千塊的公事包，卻吃不起一頓正經早餐，難道是他格外喜歡吃饅頭？

陸霆知道這裡邊一定有問題。

「那個公事包，什麼時候換的？注意到了嗎？」

李蓬撓撓頭，他就是一個粗糙漢子，這種事情上從來不會留心，到底是邵俊偉回想起來：「好像就是工作室開始《風華引》策劃沒多久，那時候你剛給大家發了獎金，我以為他是用獎金買的呢。」

但是陸霆知道這不可能，一個對自己都如此吝嗇的人，突然有

了一個與性格極其不匹配的袋子，違反了他一貫的消費習慣，那只能說明一個問題。

就是買公事包的兩千塊對他來說不值一提，並且一定會有一個長期穩定的收入，來彌補上他買包的花銷。

「把他叫來，我親自問問。」

「他已經下班走了，剛剛到時間的時候就拎着袋子走出去了。」

邵俊偉不放心的回頭看了一眼他，往前走了兩步，突然腳上一軟，趴在了李蓬的背上。

「你怎麼了你？又不舒服了？」

李蓬攙着他，陸霆趕緊走過來看着他，臉色很不好，已經透着青白了，嘴唇乾裂着，一看就是操勞過度。

「扶他去外面坐一會，喝點水，要是有藥就吃一些。」陸霆知道他是有先天性的心臟病，然後勸他：「明天在家好好休息吧，緩一緩，你這身體受不了這麼熬。」

邵俊偉自從凌筱筱不來之後，就承擔着兩個人的工作，一直都很辛苦，幾乎就是第一個來最後一個走。

他沒有聽陸霆的話，因為他知道工作室現在的情況，可以說是到了緊要關頭，正是用人的時候，怎麼能自己在家休息呢，而且往華城的方向看了一眼，內憂外患都沒解決，陸霆身邊可信之人並不多。

凌筱筱已經被關了好幾天了，一開始死活都不吃飯，後來凌淞華威脅她，再絕食下去，就直接讓陸霆的工作室關門大吉，這才勉強吃點，但是人已經憔悴得不成樣子了。

整夜整夜的失眠，眼底都是濃重的黑眼圈，狀態萎靡，也沒有力氣再砸門了，知道這招不管用，只是蔫蔫地坐在床上看向窗外，一整天一句也不說。

「馮阿姨，筱筱還在房間裡呢？」

溫華知道她給予知道陸霆的消息，忍了幾天才趁着凌淞華去外地考察，跑到老宅來。

接過馮阿姨手裡的餐盤説：「把門打開吧，我進去看看她，總這麼悶着，人都該悶壞了。」

溫華經常過來，馮阿姨知道他們關係好，她看着小姐臉上一點笑模樣都沒有，也跟着着急心疼，二話沒説就把門打開了。

凌筱筱聽見身後的動靜，以為是進來送飯，靜靜地説：「放那吧，我一會吃。」

聽到身後沒聲音，又諷刺地笑了：「你讓爸爸放心，我不會找死的。」

「是我啊筱筱。」

聽到溫華的聲音，凌筱筱才轉過身來，一時間濕了眼眶：「溫華哥哥……」

看到她的樣子，溫華於心不忍，原本嬌嫩的女孩，現在就像一朵乾枯的水仙花，沒有一絲活力。

「唉，先吃飯吧，我知道你想問什麼，你吃點東西我就跟你説。」

「他……好不好？爸爸有沒有為難他？」凌筱筱聲音裡帶着哭腔，這麼多天了，一直杳無音信，不知道陸霆現在怎麼樣了。

溫華走過去，把飯菜放在她面前，舀起一勺湯餵給她，凌筱筱滿懷希望看向溫華，機械地吞嚥着。

「你放心，我去看過了，凌董雖然給他些壓力，但是陸霆的本事你也知道，肯定能頂住的，你好好吃飯，把自己照顧好。」

凌筱筱聽見陸霆被刁難，眼淚撲簌簌落下來，滴進湯碗裡，像隻被欺負了的小獸噎噎抽泣着。

「溫華哥哥，你放我出去好不好，我想見見他，我很想他。」

凌筱筱扯着他的衣服，大眼睛裡滿是渴求，一邊説一邊掉眼淚，不住地哀求他。

　　「爸爸一定不會放過他的，我要去看看他好不好，他也會擔心我的，溫華哥哥，你就讓我出去吧。」

　　溫華哪裡受得了她這樣，只能妥協：「你把飯都吃完，我就讓你出去找他。」

　　凌筱筱聽話的喝着湯，等一碗湯見了底，溫華歎了口氣説：「換身衣服，別着涼。」

　　等馮阿姨聽見大門關上的聲音出來看，才發現凌筱筱已經跑出去了，溫華拿着湯碗站在門口。

　　「沒事，凌董回來就説我來過了，他不會為難你的。」

　　看着凌筱筱不顧一切跑出去的背影，溫華心裡苦澀，這個女孩子眼中的光彩因陸霆而生，神色裡的黯然也因陸霆而起，而他只是站在身後影子裡的人了。

　　凌筱筱攔了一輛的士，這個時間陸霆一定會在工作室，一路上凌筱筱又哭又笑，終於能見到他了，這麼長時間沒有聯繫，想發個消息都不能，每一分鐘對於她來説都是煎熬。

　　很久沒有出門，匆匆喝的那碗湯並不能補充流失掉的力氣，當她跑到工作室門口的時候，已經氣喘吁吁了。

　　此時，陸霆正在辦公室看着華城，他一直低着頭，也沒有説話，但是手指不停地摳着褲縫，看上去很不安。

　　陸霆並不直接把事情挑明，因為手裡並沒有華城直接植入病毒的證據，所以模棱兩可地詐他：「為什麼這麼做？你知不知道這多工作室來説是致命的打擊。」

　　華城渾身一抖，本來就不是什麼心志堅定的人，被陸霆這一句

話弄得冷汗直流，看他的反應，陸霆心裡一沉，八九不離十就是他了。

「現在説出來，把背後的人説清楚，你身上的罪名還小一些。」

但是華城始終沒有開口，陸霆覺得對方一定是抓住了他什麼更大的把柄，或者開的價錢讓他捨不得放棄。

「你知不知道你的做法已經觸犯了法律，要是鬧大了，你作為直接操作的人，少不了被他們推出來當替罪羊，到時候跟直接交代那可是天差地別。」

華城明顯慌亂，猛地抬頭看着陸霆，手抖得不像話，磕磕絆絆地説：「是他逼我的，我不敢啊……他，他拿着證據來找我，我……」

「什麼證據？」看來這裡邊另有隱情，這華城看着老實，只怕背後不只是做了這一件事。

華城緊張的嚥着口水，眼神飄忽：「之前，有公司找我，買我們的設計圖，我想着……我想着只不過是一些不怎麼重要的場景……就……就賣給他們了……」

陸霆一聽，眸色深沉，眼中彷彿有一潭深淵，死死地盯着華城，這人倒是膽大包天，敢拿着工作室的設計圖稿出去賣。

「你知不知道，那些設計圖流傳出去，等到遊戲上線，被玩家扒出來跟別的遊戲相似，或者對方根本都不加修改直接使用，這裡面的抄襲和版權就很難説清，給工作室惹上一身騷，你良心怎麼過得去！」

陸霆一拍桌子，怒火沖天：「那些設計圖，是怎麼艱難才創作出來的，你也是親眼看得見，你做這種事情之前，跟幫着別人剽竊有什麼區別！你把大家的辛苦置於何地？」

連番質問讓華城徹底崩潰了心理防線，一個大男人直接哭了出來，站在辦公室裡涕泗橫流。

「對不起，我只是……我只是太需要錢了，他們給的價格很高……」

華城語無倫次地解釋着，但是陸霆並沒有耐心聽他的狡辯，趁熱打鐵接着往下問這次的病毒事件。

「那東西是誰給你的？」

華城抹了一把鼻涕，蹭在褲子上説：「那人戴着墨鏡，但是看着很熟悉，他也沒有説是誰，好像之前在公司裡見過，應該是公司的人。」

華城平時的交際並不多，對老同事才偶爾能説上幾句話，他口中的公司就是朝華傳媒，認識的人實在有限。

但是聽到這裡，陸霆腦海中差不多能想到人選了，能讓華城覺得熟悉的，肯定是到他們那比較多的人，一個是溫華，另一個就是朱嘉偉了。

陸霆找出一張朱嘉偉的照片，遮住了眼睛舉起來給他看：「是他嗎？」

華城往前湊了幾步，盯着仔細地辨認着：「好像就是他，他不知道怎麼就知道我偷賣設計圖的事情，拿着我交易的證據約我見面，要是我不同意，就要把證據發給你，所以……所以我就……」

華城看着陸霆陰沉的臉，上前要抓他的袖子，被陸霆躲開了。

「我真的豬油蒙心了……你給我一次機會，我……我不能失去這個工作……」華城狀似癲狂，扒着辦公桌就要給陸霆跪下。

「……你要是給我一個機會，我可以幫你指證朱嘉偉，你一定會報復他的對不對，我給你出庭作證。」

陸霆從衣袋裡拿出一隻錄音筆，這招還是跟魯達學的，在華城面前晃了幾下：「這就是證據，你轉賣設計稿在前，植入病毒在後，每一樣都是對工作室項目不可原諒的打擊，你不可能留下的。

「如果有對簿公堂的那天，你也是站在被告席上，而不是當做證人走進去。」

陸霆俯身看着他：「你要知道，現在這個社會想要查清楚什麼事情，太容易了，所以我勸你不要再做無謂的掙扎，要是再有任何一點消息從你嘴裡漏出去，我保證你會跟朱嘉偉一樣把牢底坐穿。」

華城徹底癱軟在地上，張着嘴卻發不出聲音，好像已經被嚇傻了。

陸霆把錄音筆收起來，揚聲叫李蓬進來。

李蓬一看裡面的情形，哪還能猜不出原委，抓着華城的衣領就要揍他：「你個龜孫子，還真是你！你對得起這幫兄弟嗎！老子……」

「李蓬，別打他，不值得，送他出去吧，等着律師函上門，給他收拾東西，以後不要再在工作室看見他。」

《風華引》對陸霆來説已經不單單是事業上的意義了，更是他和筱筱在一起的希望，對於一起搞破壞的人，陸霆都不能容忍。

自從田超事件之後，他覺得自己的心硬了很多，再不會將事情大事化小小事化了的過去，不管是華城也好，朱嘉偉也罷，都逃不過他的清算。

第二十五章

風波再起

　　李蓬膀大腰圓，拽着華城就像拖着小雞一樣，外面的人看見這幅情景，都紛紛議論，但是無人上前阻攔。

　　他們都了解陸霆的秉性，不把他逼急了，是不會這麼對待一個老同事的，尤其是昨天魯達帶着手下人在這大張旗鼓的查了一下午，心裡多多少少都知道事情的重要性。

　　但是這內奸竟然是華城，的確是出乎大家意料，因為華城的存在感實在是太低了，沒有私交，沒有多餘的交流。平時在工作室的交談都很少，現在大家都只是指指點點，沒有誰出面替他求情。

　　邵俊偉到底是沒有聽陸霆的話，一大早就來了，看見華城神情恍惚地被李蓬推出去，心裡一歎。

　　陸霆重義，又有本事，只要是跟着他好好幹的人，都不會被虧待，即便工作室現在規模不大，但是《風華引》的製作卻是絕對用最高水準來評判，只要上線必然大火，這麼簡單的道理，偏偏有人看不清楚。

　　「筱筱？！」

　　邵俊偉看見她滿眼震驚，消失這麼多天的人突然出現，凌筱筱

朝他虛弱地笑笑，就往辦公室走過去。

推開門，陸霆正被華城的事弄得焦頭爛額，聽見響聲，不耐煩地抬起頭：「怎麼進來也不敲……」

凌筱筱站在門口看着她，嘴還沒等勾起來，眼淚就先落下了。

「陸霆……」

看到凌筱筱羸弱的樣子，細小的聲音，還有那眼底一大片的青黑，就知道她這段時間過得不好，把自己折騰成這樣，心裡大慟。

下意識地要過去抱住她，渾身的血液奔騰起來，告訴他，快衝過去啊！她需要你的安慰，需要你的懷抱！

但是理智告訴他不行，凌淞華一旦知道他違反約定，他和筱筱就再無可能了。

陸霆只好拚命忍住，手裡緊緊握着鋼筆，筆尖折斷，濺了滿篇的墨水。

凌筱筱看他不動，委屈地往前走：「你都八天沒有見到我了，就不抱抱我嗎？我好想你呀。」

聽着她細碎的哭聲，陸霆心都碎了，五臟六腑好像擰在一起，卻一下都不能動。

她怎麼虛弱成這個樣子？凌淞華不是最疼她了嗎，怎麼捨得讓她折磨成這樣！

「陸霆你怎麼了？你都不擔心我的嗎？」

等凌筱筱走近了，陸霆不敢看她的眼睛，那裡的光太刺眼了，陸霆怕自己忍不住。

指甲掐着手心的肉，才讓他慢慢找回了聲音：「你除了這就是在家，有什麼好擔心的。」

凌筱筱沒想到他會這麼說，語氣裡的冷淡疏離根本不是她認識的那個陸霆，瞬間怔忡在原地。

「你，你説什麼呢？」

凌筱筱拚命的想勾起嘴角，卻怎麼也笑不出來，表情怪異卻悲傷，大眼睛裡滿是不可置信。

陸霆啪地一聲和上文件，凌筱筱下意識地抖了一下。

陸霆唾棄自己：王八蛋就不會動作輕點！她都這麼虛弱了還嚇她一跳。

「我爸爸是不是跟你説什麼了？我都，我都跟他解釋了，可他不聽……他還把我關起來，我哭着喊着他都不讓我來見你，陸霆……我好想你呀。」

凌筱筱哭得上氣不接下氣，扶着桌子一眼不眨地看着他，可是對面這個男人，卻一直板着一張臉，連看她一眼都不願意。

「現在不是出來了？既然看到我了，就回去吧。」

「什麼？」凌筱筱恍惚了一下，勉強撐着桌子站穩，盯着陸霆，滿臉都是震驚。

「我説看到了就回去吧，我還要工作。」

陸霆藏在桌下的手心已經掐出血，順着指縫淌下來，但是再痛，都不敵心裡的痛，凌筱筱精神恍惚的樣子，讓他無比痛恨自己，現在沒有能力給她最大的呵護。

筱筱對不起，是我不好，求你再等等我！

「我好不容易才跑出來的，你就這個態度？不聞不問，不關心我？」凌筱筱提高了聲音質問他。

陸霆看她搖搖欲墜，只能速戰速決，讓她趕快休息，強迫自己看着她的眼睛，狠下心，一句話也不説。

凌筱筱看他的眼神，沒有一絲溫度，好像在看着一個陌生人，或者説是在看着一個瘋女人，之前在一起的溫情都不見了，他的疼愛溫柔也不見了。

凌筱筱搖着頭，木然地張着嘴，眼淚一股股從下巴滑落。

「好，好，陸霆，我真是看錯你了！」

凌筱筱轉身跑出去，把門摔得震天響。

陸霆看她跌跌撞撞跑出去，想到她身體弱，終究不放心，也跟着追出去，卻不敢離得太近。

看着凌筱筱像被抽走了魂魄一樣走在路上，被行人撞了也不知道躲，那毫無生命力的樣子，陸霆紅了眼眶，心裡像被抽乾了血，那些偽裝的淡定都隨着凌筱筱被一同帶走了。

眼看着凌筱筱步子越來越虛浮，陸霆知道她支撐不住了，掏出手機給溫華打電話。

「筱筱在延安路上，我跟在她身後，你來把她接走吧。」

凌筱筱看着往來行人都是虛影，一直期盼見到的人卻態度異常冷淡，所有的熱情都落空了，大太陽照在身上，也覺得一片冰寒，心裡彷彿被掏空了一塊，怎麼都止不住血。

「陸霆……」

凌筱筱覺得沒有力氣了，靠在路燈上，抬頭看看陽光，眼前一黑，軟軟地倒下去。

陸霆看她往下滑，瞬間就要衝過去，卻被及時趕來的溫華一把將人抱住。

溫華看到了不遠處的他，什麼都沒說，抱着凌筱筱就上車了。

陸霆看她被抱走，那一剎那間的心疼傳遍全身，是他給了筱筱這麼大的傷害，自己就是個混蛋！

陸霆走回工作室，大家剛才都看見凌筱筱哭着跑出來，老大過了一會又追在後面，現在自己一個人失魂落魄地回來，就知道老闆娘八成是沒哄好。

陸霆回到辦公室，積壓的情緒再也控制不住，一揮手將桌子上

的東西都掃落在地，用拳頭狠狠砸向心口，想以此緩解內心的痛苦，嗓子壓抑地嘶吼，像一隻被撕咬被囚禁的兇獸，滿是憤怒、絕望和不甘。

想着筱筱控訴的眼神，淚水漣漣的臉頰，和那種稍加觸碰就要破碎的虛弱，陸霆張着嘴卻哭不出來，五官皺在一起，頹然地跪在地上。

他第一次覺得自己如此無能，伸出雙手卻不能擁抱愛人，看着她無助卻不能安慰，張開懷抱卻只能擁着空氣，每一次呼吸都帶着摧枯拉朽的疼痛，偏偏她所有的痛苦都是他一字一句親自施加，陸霆無法原諒這樣可惡的自己。

夜幕降臨，黑雲遮蓋了星子，明明在同一座城市的兩個人，前幾天還在一起深情擁吻的愛人，此時在夜晚的加持下，透露着同樣的悲傷。

凌筱筱躺在床上，看着外面的天色，眼神飄散不知落在何處，明眸倒映着燈火，卻不能點亮眼裡的光。

客廳裡，匆匆趕回來的凌淞華一聲不吭，溫華站在他面前，語重心長地說：「筱筱沒經過風浪，性格單純卻也倔強，您這樣高壓的方法，遲早會把她逼壞的。」

「我的女兒，我最了解，不用你來教。」凌淞華在責怪他私自放凌筱筱出去，見了陸霆一面，就昏迷着被送回來，躺在床上一句話也不肯說。

溫華忍不住反駁他：「您真的了解她嗎？小時候您工作忙，三五天都不回家，她站在門口到處張望，問我你是不是不記得回家的路，後來她長大了一些，學着興趣滿滿的美術，可是她拿着大獎回來等您誇她，您卻把獎狀撕得粉碎，逼着她去了國外，讀着您給她挑選的工商管理。」

「筱筱為什麼大學四年都沒有回家，您就不想一想嗎？她現在選擇了想要在一起的人，陸霆的為人您難道不清楚嗎？就為了您心裡那一點點的懷疑，就要拆散他們，筱筱如今的樣子，到底是誰的錯？」

凌淞華久久沒有說話，默默坐在那裡。

他不是不疼女兒，可是偌大的朝華不能沒人繼承，那是他一生的心血，一輩子所有的時間精力都花費在公司上，筱筱如果隨着心意而活，那朝華豈不是後繼無人。

「可是朝華……」

「朝華是您的心血，可那不是筱筱的，她是天資聰慧，但聰明就要被套上枷鎖嗎！」

溫華從前也一直認為，凌筱筱繼承家業是理所應當，但是並不代表他能苟同凌淞華如今的方式。

凌淞華浸染在權力遊戲中，所思所想都以利益為最高標準，即便他疼愛筱筱，可幾十年的思考方式，本能地告訴他要趨利避害。

僅僅因為對陸霆的一點懷疑，就閉塞了耳目，獨斷專行，用這樣的手段逼着陸霆親自推開凌筱筱，這中間最受傷的，難道就不是他的女兒嗎。

凌淞華總說凌筱筱年輕，沒有經驗，但經驗都是從一次次的失敗和血淚中積累的，那要經歷無數的算計，躲過商場上防不勝防的暗箭，才能達到凌淞華心裡的標準。

東方既白，太陽緩緩從地平線升起，第一縷陽光照在臉上，凌筱筱一夜未眠，眨着乾澀的眼睛，臉上被陽光搔弄得泛起癢意。

活動着僵硬的身體，翻身下床，看着鏡子裡蒼白的臉色，沒有一絲血色的嘴唇，凌筱筱想找到往常一樣的笑容，但好像臉上的肌肉

都在抗拒，不管怎樣，都只能看見一張比鬼哭還難看的表情。

凌筱筱走下樓，看見爸爸也不打招呼，機械地往嘴裡填塞着米粥。

「我給你申請了史丹福的人才培養計劃訓練營，等通知函下來就出國吧，那裡你也熟悉，就當散散心，好好學完了回來進到朝華，爸爸還能再扶持你幾年。」

凌淞華看着女兒木然的樣子，心裡憋氣，卻捨不得再對她發火。

凌筱筱彷彿沒聽見一樣，不看他也不說話，放下勺子就轉身回去了。

凌筱筱內心冷笑，上一次把她送出去，是因為違背了她選擇的專業，在史丹福得到了一紙學位證明，卻永遠埋葬了她熱愛的藝術。

那麼這一次送她走，又要她犧牲什麼呢？

《風華引》的進度在陸霆的催趕之下，終於在地十七天，拿出了全部場景製作，陸霆看着整合在一起的人物圖景，每一幀都是經過精心修改，刪減了無數次最終形成的。

滿屏都是仙俠風獨有的飄逸灑脫，人物的服飾依然考究，參照了魏晉時期的寬袍廣袖，行止之間流光溢彩，風韻卓然。

場景製作亦是精美非常，或是蒼山雲霧，或是碧湖花海，或是駭浪驚濤、電閃雷鳴，動畫流暢寫真，音效真實，分分鐘就能將玩家帶入到仙俠的世界。

「眾騰那邊怎麼樣了？」陸霆看着手裡的進程表，只要眾騰沒有問題，很快就可以進行內測。

邵俊偉早上跟眾騰通過電話，微微咳嗽幾聲說：「那邊技術部分已經完成了，功率、內存、運行、分辨率等各個方面都已經經過四輪測試，沒有異常。」

陸霆點點頭，合上文件：「準備聯繫時景明吧，儘快把代言的事定下來。」

「代言的合同筱筱在的時候就已經簽完了，看看對方的時間就能進行拍攝。」李蓬脫口而出的一個名字，讓會場瞬間安靜。

陸霆的手頓了一下，這些時間，他控制着自己不去想她，白天把工作排滿，忙到頭昏腦漲，晚上直接灌下兩瓶啤酒，倒頭就睡。

猛然間聽到筱筱的名字，心裡像被針扎似的疼痛蔓延，咬着牙說：「那就趕緊落實，不要耽誤內測。散會。」

這麼久再也沒有筱筱的消息，溫華偶爾過來也只談項目，不提其他，陸霆忍住不問，一晃就是半個多月過去了。

不知道她現在好不好。

一定不好的，她看上去陽光活潑，實則細膩柔弱，只是自己能窺見她的傷痛，卻不能親手抱一抱哄一哄。

陸霆攥着拳頭，再忍忍，很快了，很快就能再也不跟筱筱分開了。

邵俊偉列印好合同，進來給陸霆過目，就看見他疲憊地靠在椅子上，眼鏡隨手扔在桌面，一包香煙只剩下零星兩根，角落放着的植物已經枯黃，葉子蜷縮在花盆裡，從前精心養護的如今業已無人問津。

輕輕把合同放下，出去倒了一杯咖啡遞給陸霆：「老大，等遊戲上線之後，我請個假。」

陸霆點點頭，這段時間邵俊偉幾個心腹幹將一直在最前沿奮鬥，都在自己身後加油打氣，當時能跟凌淞華叫板，也是這些人給了他一些底氣，至少不必孤軍奮戰。

「這些天辛苦你了。」陸霆指了指他手上的婚戒，「已經求婚了？經常晚回去，有沒有惹人家生氣啊？」

邵俊偉摸着戒指，笑得溫柔：「我總讓她早點睡不要等我，也不聽，倒是沒跟我鬧。好在只有這一個遊戲等着上架，要是多幾個出來，就得老大你出面幫我解釋了。」

聽着他的調侃，陸霆也微微露出一些笑意：「忙完了你也趁着休息好好調養身體，我看你臉色一天比一天差了，這會重要的測試都已經順利通過，你也輕鬆一些，其他的事情就讓李蓬他們盯着吧，你回家養養。」

邵俊偉看着陸霆也並不是紅光滿面，眼底的青色一天天加重，他自己反倒不在乎身體，故而也勸他：「遊戲的進度突然這麼緊急肯定是出了什麼事情，但是你不說兄弟們也不問，總之都是相信你的。」

「我勸你也讓自己放鬆一下。」邵俊偉斟酌了一下，還是開口道，「筱筱已經很多天沒出現了，我大概也能猜出來是怎麼回事，回頭多哄哄人家，畢竟年紀小心思細，別因為這件事留下什麼隔閡就不好了。」

陸霆點頭表示知道，他也捨不得讓這種情況一直持續太久，就是筱筱的身體也折騰不起，上次那般虛弱也不知道調養好沒有。

「你也不要把自己逼得太緊，有些事情會用時間來證明的。」

邵俊偉看着陸霆一日日消瘦，上次筱筱也是狀態不佳地跑出去，這兩人用盡全力想要走近彼此，卻只能用如此互相傷害的方式維持現狀，偏偏一個比一個對自己下手更狠。

陸霆看着電腦上對遊戲的總結，知道那一天不遠了，堅持住就可以把凌筱筱重新接回來了。

凌淞華去公司開會，卻把一份重要文件落在家裡，恰好馮阿姨出去買菜，只能由凌筱筱送去。

凌筱筱拿着文件等電梯，門一開，正好碰上江輕語。

按下電梯鍵，兩人都沒說話，電梯一直上升，江輕語看着凌筱筱沉靜的臉，沒想到這麼久不見，她整個人的氣質都變了個樣子。

「還喜歡我送給你的禮物嗎？」江輕語打破沉默。

凌筱筱不知道她在說什麼，懶得回應她。

「我得不到的人，誰也別想碰，大小姐，被傷害的滋味如何？是不是徹夜難眠，腦子裡像有幾千隻蟲子在爬，恨不得都挖出來一隻一隻碾死它們？」

凌筱筱回頭看着她，江輕語詭魅地笑着，暗紫色的唇釉愈發顯得她整個人都帶着邪氣，原本飛揚着嫵媚的眼角，都被濃重的眼線掩蓋。

其實變的又何止凌筱筱一人呢。

凌筱筱想着江輕語不明不白的話，把文件交給凌淞華的秘書，突然想起來，爸爸的辦公室裡放着兩個保險櫃，爸爸向來謹慎，為了沒有安全隱患，即便是自己的辦公室也安裝了攝像頭。

江輕語剛才的話絕對不是空穴來風，這個月發生的所有事情，都是從那三十萬開始的，所以爸爸會不會是聽到了誰的挑撥。

凌筱筱腳步轉向保安室。

「我要董事長辦公室的監控錄像。」

保安看着闖進來的女孩，不耐煩地問：「你誰啊？監控是隨便能看的嗎？」

凌筱筱板着一張俏臉，把凌淞華威嚴的樣子學了個十成十：「我是凌筱筱，凌淞華的女兒，怎麼，非要董事長親自下來跟你說？」

那保安被唬住了，指着大屏幕左上角一直空白的一塊說：「董事長辦公室的監控一直連在他自己的電腦上，我們這是看不到的。」

凌筱筱蹙着眉尖，轉身出去給溫華打電話。

「爸爸的會議還有多久結束？」

溫華看看錶說：「剛剛開始，怎麼了？」

凌筱筱腳下不停，重新回到爸爸的辦公室，坐在電腦前面，但是進入監控需要密碼，只能問溫華。

「是你的生日。」

溫華好像猜到她要做什麼，後腳就跟了進來。

凌筱筱計算着時間，給江輕語轉賬那天是上月月末，但是事發只隔了一週，那麼只需要查看這其中的監控就可以了。

溫華也不打擾她，說：「你快點看，我去外面給你看着。」

凌筱筱把視頻加速，直接略掉一些工作彙報，手指在桌上不停的輕敲，這個小動作跟陸霆一模一樣，不知什麼時候就被凌筱筱學會了。

突然，她在屏幕上看到一個人。

「朱嘉偉。」

凌筱筱下意識就確定是他，一個已經被開除的人，在這麼敏感的時間裡出現在爸爸的辦公室，不可能沒有問題。

把音量打開，凌筱筱能夠聽到二人當時所有的對話，聽見朱嘉偉挑撥離間，扭曲事實，凌筱筱握緊拳頭，果然是他！

他說陸霆對江輕語糾纏不休，說二人已有婚約，這些事，早在之前陸霆就已經跟她坦白地解釋過了，但是爸爸並不知道這裡邊的原委，一定被朱嘉偉鑽了空子，才對陸霆產生那麼大的猜忌心。

「溫華哥，我爸那天去見陸霆的時候，都帶了什麼東西？」

凌筱筱注意到朱嘉偉給過爸爸一張紙，她要知道那是什麼。

溫華想了想說：「有啟明工作室的財務報表，還有一張銀行的單據。」

「在哪？找出來。」

溫華了解凌淞華存放文件的習慣，兩人翻了一會就找到了，凌筱筱拿着那張紙，果然就是那三十萬的流水，不過戶頭是江輕語，說

明這個單據是江輕語列印的。

凌筱筱知道這一次又被這兩個人算計了，恨得咬牙切齒。

這幫人就這麼陰暗，都已經沒有任何瓜葛了，還要跑出來害人，就這麼見不得陸霆好過嗎？

「爸爸知道這些一定氣炸了，他對陸霆做了什麼？」

「凌董讓財務部停了工作室的資金鍊，這些時候一直都是陸霆自己維持着。」

凌筱筱知道陸霆根本沒什麼家底，沒有朝華的資金，一定舉步維艱。

凌筱筱拿着單據轉身就跑了，她要去告訴陸霆，千萬小心朱嘉偉和江輕語，這兩個瘋子不知道還會做出什麼事情來，《風華引》已經是陸霆第三個作品了，如果再因為這些骯髒的手段毀於一旦，陸霆只怕承受不住。

但她站在工作室門口，卻吃了個閉門羹。

李蓬一臉為難地攔着她：「老大不見你。」

凌筱筱着急，抓着他的胳膊要往裡走，說：「你告沒告訴他我有急事啊，天大的急事！」

「老大說了，說……再急也不見，讓你回去。」

凌筱筱胸膛劇烈起伏，這個狗男人，即便爸爸斷了資金鍊做得過分，他怎麼就這麼軸，難道連自己都一起恨上了嗎？

對了，上次跑來找他，他就一副拒人於千里之外的樣子，看着手裡的單據，摔在李蓬身上，真是一片好心餵了狗！

陸霆站在落地窗前，看着凌筱筱負氣離開，他心裡越發堅定，一定要成功，不管遇上什麼困難都阻擋不了他。

跟凌淞華的約定很快就能見分曉了，絕對要忍住啊！

「老大，筱筱走了，留下了這個。」

陸霆看着那張單據，幾乎是電光火石之間，就明白了凌筱筱的意思，看來上次眾騰程式病毒的事，不只是朱嘉偉自己搞的鬼，這中間還有江輕語一份功勞。

七年戀人，最後竟然撕破臉皮，跟對家一起企圖搞垮他，枉筱筱心軟挪用賬面上的錢給她救急，他和凌筱筱承受着壓力去幫助的人，竟然反咬一口，多麼諷刺的農夫與蛇啊。

「請魯達部長來一趟，做內測之前最後一次排查。」陸霆捻着薄薄一張紙，想了一會，遊戲即將進入內測階段，在遊戲上已經做不了什麼手腳了，但是其他方面還可以，譬如屢試不爽的大眾輿論。

「《風華引》馬上就要內測了，你們多多關注網上的風向，一旦有不利言論，立刻告訴我。」

李蓬看他鄭重其事的樣子，點頭應下。

陸霆眸色暗沉，眼底帶着呼嘯而來的怒意：你們毀了《千里江山》還不知足，現在又對《風華引》動手，既然不仁，那就別怪我不義。

「老大。」邵俊偉敲門進來彙報，「時景明那邊的時間已經確定了，但是代言費還沒有談，你看……」

陸霆知道賬面上已經沒有錢了，前兩天法院對田超那棟房子的拍賣款已經下來了，雖然只有四十八萬，但是應應急也聊勝於無了。

「四十八萬？」邵俊偉有些詫異，別説是時景明這樣的巨星了，這點錢要請個二流明星來代言都有點拮据呢。

「你先談着，差多少我再想辦法。」

邵俊偉只好硬着頭皮去了時景明工作室，想到那個有血盆大口的經紀人，就怕自己一會説出金額來，直接被她轟出來。

魯達來了之後，在辦公室談了很久，走的時候不停感歎，這個陸霆真是個精明鬼，算計起人來她是自愧不如，這樣的人物早晚有一天會不可小覷。

陸霆送走魯達之後，坐在辦公室等邵俊偉的回覆，其實剛剛也只是把朱嘉偉在遊戲裡動手腳的事透露給魯達，雖然朱嘉偉的目標是啟明工作室，但事故卻發生在眾騰科技，只要聯合眾騰不愁不能把朱嘉偉打倒。

　　所有的手段都會留下痕跡，之前礙於遊戲尚在開發階段，怕大動干戈傳出去影響遊戲名聲，現在馬上就要內測了，《風華引》的製作在業內端遊的水準裡，絕對能獨領風騷，陸霆不怕鬧出事情來了。

　　他告訴魯達，他們技術部查不出來的事情，公安局那些高科技手段卻一定可以，只要以懷疑有人危害網絡安全為名，申請立案偵查，眾騰旗下負責着上海絕大部分的網絡安全系統，公安局絕不會坐視不理。

　　到時候背後不管是誰，那個人有多麼手眼通天，都將無處遁形。

　　陸霆把單據揉成一團扔進垃圾桶。朱嘉偉，我就送你去跟田超作伴。

　　陸霆也在盤算怎麼把江輕語一網打盡，畢竟植入病毒這種事，以他對江輕語的了解，她摻和進去的可能性不太大……正想着，邵俊偉風風火火進來了。

　　「談妥了？」

　　邵俊偉興奮地點頭：「本來以為要被人扔出來，沒想到時景明説他根本就沒打算要代言費，這《風華引》也算是他的作品，給自己的東西代言不收錢，還約了明天就拍宣傳照。」

　　陸霆知道時景明這是在感念筱筱為他在遊戲中圓夢的情分，想到筱筱，這個女孩子總是能用溫柔堅定的力量去治癒其他人。

　　這很神奇，就像於無邊深淵中墜落的行人，在被吞沒之際遇上一葉扁舟，載着他自渡，給予行人逃出晦暗的勇氣，重新遇見新世界的洞口，那裡彷彿若有光。

《風華引》之前就已經在網上掀起過浪潮，內測的消息經啟明工作室、眾騰科技、朝華傳媒、時景明工作室四方通告，瞬間引起眾多網友的關注。

書粉們都參加過啟明工作室開展的「人物形象設計徵集大賽」的活動，想一覽遊戲風采，時景明的粉絲們更不用說了，有他的宣傳照一貼出去，那仙風道骨、高貴清冷的模樣，瞬間就能收割一大票關注。

有了這兩撥基礎，第一輪參與內測的玩家就有了，只要是進入遊戲的，無不被這精美的畫風，優秀的製作，以及那些高度還原書中描寫的場景所折服，紛紛跑到各大遊戲論壇上誇讚。

【推薦大家一定要去看看《風華引》，入坑不悔啊親！】

【吹爆製作好嗎！一個人錯過我都要大哭三天的！】

【樓上＋１，我不允許有人沒玩過《風華引》！！！】

【聽說這個工作室的負責人，就是以前開發《田園故居》的大神，老子青回啊啊啊啊】

【拜託樓上不要無腦吹，指路這個帖子，有人爆料這個遊戲大神私生活混亂】

李蓬一直在關注網上的風向，爆料貼剛一出來，就被他發現了，抱着電腦去找陸霆。

「老大你真是神了，還真有人在網上造謠。」

陸霆嘴角的弧度略微上揚，帶着刻骨的涼意，江輕語既然想要報復，就不會放過這個能讓他身敗名裂的機會，這不就把把柄送到他手裡來了。

「某遊戲大神 LT 私生活混亂，拋棄七年戀愛女友，攀上白富美走上人生巔峰」

「這標題就透着一股濃濃的不要臉氣息。」李蓬鄙夷地嘲諷着。

陸霆大致翻閱了一下，無非就是說他始亂終棄，各種隱晦他靠裙帶關係上位，把江輕語出軌的事瞞了個乾乾淨淨，所有屎盆子都扣在了他一人頭上。

「要發文澄清嗎？」

陸霆搖搖頭，這種事的樂趣就在於半真半假，大家都是捕風捉影，澄清起來難免被有心人帶了節奏，結果越描越黑，倒不如隨他去吧，反正正好可以給《風華引》再蹭一波熱度。

「直接給帖文的爆料人發律師函，順便去公安局告他個惡意誹謗，侵害他人名譽，自然有人替我們查清楚，誰說話都沒有公安機關的話證據確鑿。」

李蓬看着陸霆陰沉的樣子，打了個寒顫，不知道誰這麼不要命，撞在老大槍口上了，真嚇人啊。

李蓬剛要轉身出去，被陸霆叫住了：「俊偉的身體怎麼樣了？我看他這段時間都不是很好。」

「怎麼勸都不聽，昨天他未婚妻還來給他送飯呢，讓他回家他也不同意，總是唸叨着《風華引》是大家的心血，正是關鍵時刻不能掉鍊子。」李蓬跟邵俊偉的位子挨着，就算是他心思不細，也發現這些天邵俊偉吃藥的劑量已經暗中加大了。

邵俊偉並不是技術部門，內測時候的維護並不需要他，但是工作室其他瑣事，以及後續上線的準備，卻需要他全程盯着。

陸霆直覺感到他這麼撐下去不行，剛要出去勸他回去休息，就聽外邊砰的一聲，好像有什麼東西倒了，緊隨其後就是大家的驚呼聲。

「俊偉！俊偉你怎麼了！」

第二十六章

天青色等煙雨

　　陸霆和李蓬對視一眼，連忙跑出去，就看見邵俊偉躺在地上，手邊的文件散落一地，嘴唇烏紫，面色蒼白，呼吸已經微弱。

　　「快打急救！」陸霆把他放平，在衣服兜裡翻找藥瓶，好不容易在內側找到救心丸，往外一倒竟然是個空瓶，看來這些日子邵俊偉沒少靠着這個藥支撐到現在。

　　李蓬把邵俊偉的辦公桌翻了個遍，也沒找到備用藥，看着躺在那的朋友，心裡憋悶着難受，眼眶溫熱。

　　陸霆拉開他身上的拉鍊，抬高下巴，一下下做着人工呼吸。

　　「俊偉你挺住啊，救護車馬上就到了，大家還要一起開慶功宴呢，俊偉！」

　　陸霆額頭上都是汗珠，隨着動作甩進眼睛裡，酸澀的感覺充斥着眼眶和內心。

　　「俊偉，俊偉你清醒一下，你未婚妻還在家裡等你呢！」

　　陸霆手上不敢停下，一直到救護車來，把邵俊偉抬上擔架，扣上呼吸罩，陸霆緊跟着就上了救護車。

　　站在搶救室外面，陸霆有些不知所措，邵俊偉一心撲在工作上，

現在這種情況誘因大多是勞累，他剛剛跟女朋友訂婚，還說完事之後要休假，卻轉眼就躺在搶救室了。

走廊傳來一陣哭聲，一個女人哭着跑過來，鬢髮凌亂地跑到搶救室門口，扒着門往裡看，卻只能乾等在外面，捂着眼睛一直流淚。

陸霆知道那就是邵俊偉的未婚妻李晴，經常在加班的時候來給他送飯，那恩愛甜蜜的樣子，經常惹得一屋子大男人哄笑。

「抱歉，是我沒有照顧好他。」

陸霆微微鞠躬對她表示歉意，邵俊偉從他進入朝華開始就一直在手下工作，哪怕是被田超陷害最艱難的時候，邵俊偉也從沒有離開，直到在外面獨立門戶，也是一路追隨。

對於陸霆來說，他和李蓬是最信任的左膀右臂，現在躺在裡面生死不明，心裡哀痛焦灼，難以言表。

李晴得到消息就趕過來，她知道愛人對工作的狂熱和偏執，也沒有把過錯全部堆到陸霆身上。

「陸總對俊偉已經很照顧了，他回家都跟我說了，您勸他休息，但是他這個人……就是太犟了。」

提起愛人，李晴就止不住眼淚往下流，雙眼紅腫的像兩隻爛桃子，一直看着搶救室大門上的燈，盼着儘快有人把她的愛人帶出來。

「本來已經說好上線之後就放假，沒想到……就這麼倒下了。」

陸霆滿口的安慰不知從何說起，正要開口，兩個顫顫巍巍的老人相互扶着走過來，滿口哭喊着「兒啊，我的命啊」，李晴迎上去，還沒等走到，就被老太太一耳光打在臉上。

「你是怎麼照顧我兒子的！怎麼就進了醫院！你這個喪門星！」

李晴捂着臉一言不發，似乎已經習慣了這樣的對待，反倒是陸霆看不過去，把李晴擋在了身後。

「阿姨，我是俊偉的上司，您先坐下歇歇，俊偉還在搶救，醫生都沒出來呢。」

陸霆不說話還好，一開口直接把矛頭引向自己了。

老太太踮着腳，指着陸霆的鼻子喝罵：「你是不是壓榨我兒子了？好端端的身體怎麼就突然倒下了，我跟你說要是我兒子有個三長兩短，我饒不了你，饒不了你們公司！」

老太太聲音很大，吸引了很多病患和家屬往這邊圍觀，陸霆又不能跟一個老人家還嘴，只能低頭不吱聲，任憑老太太越罵越起勁。

李晴抹着眼淚上前想要拉住老太太的手：「媽，不是這樣，俊偉他一直有心……」

不等說完，老太太直接把她推搡在地上，瞪着她：「不是什麼？我兒子身體好着呢，就是在這個公司累的，都不給人休息的，都是一幫專門吸人血的！」

老太太在搶救室門口哭天搶地，匆匆趕過來的李蓬看見這一幕也愣住了。

「這……這怎麼回事？」

陸霆扶額，看着搶救室還是沒有消息，已經四十分鐘過去了。

「俊偉的父母，比較……激動。」陸霆是第一次見到這樣的老人，想扶起來就劈頭蓋臉地挨了一下，但若是不管不問，就這麼鬧也不是個辦法，陸霆也不知道怎麼辦了。

正要彎腰，搶救室的燈滅了，一個醫生走出來，陸霆趕忙過去。

「醫生，他怎麼樣？」

醫生緩緩摘下口罩，搖頭歎着氣：「很抱歉，我們盡力了。」

這一句話就宣佈了邵俊偉的死訊，在場的人一時間都沒有反應過來，陸霆呆呆地站在那，明明昨天還興致勃勃的說要請假，怎麼一轉眼就天人永隔了？

老太太尖銳的哭喊聲驟然爆發，撲在陸霆身上瘋狂捶打：「你這喪盡天良的啊，我好好一個兒子在你那上班，怎麼就給欺負死了啊！我苦命的孩子啊！」

陸霆就站在那任由拳頭落在身上，他的左膀右臂，如今折了一個，多年的朋友就那樣倒在了自己面前，剩下年邁的父母和甜蜜的未婚妻，好日子才剛剛要開始，就在此刻戛然而止了。

邵俊偉是家裡唯一的孩子，兩個老人白髮人送黑髮人，一時間悲從中來，難以控制情緒，把陸霆拉扯得不像樣子，就連上前拉架的李蓬臉上都挨了一下。

李晴摀着臉跪坐在地上痛哭，嘴唇輕吻着那枚訂婚戒指，他們連婚期都商量好了，儘管他的父母並不是那種好相處善解人意的，但是邵俊偉對她疼愛至極，只要在家就從不讓她受累。

眼看着就要穿上婚紗嫁給他了，卻接到了醫院的電話，站在搶救室門口隔着一道生死門，看着他離去。

叫嚷聲和撕心裂肺的哭聲交織在一起，陸霆也在震驚和痛苦中緩不過神。誰都沒有注意到，在轉角處一束補光燈一閃而過，然後迅速淹沒在人群中。

陸霆到太平間看着邵俊偉的遺體，身上還有搶救時留下的痕跡，那雙總是笑意盈盈的眼睛緊緊閉着，臉色蒼白，安靜，了無生氣。

直到現在，他才真的相信邵俊偉已經死了。

李晴踉蹌着走過去，張張嘴，還沒等說話，眼淚就先流了下來，聲音顫抖着叫着邵俊偉的名字，手指輕輕觸碰那微涼的皮膚，搖着頭彷彿不相信眼前就是昨晚還一起溫存的男人。

「你怎麼……就捨得扔下我自己呢……俊偉……」

李晴趴在他身邊，抓着他的手不捨得放開，每一個字都被濃厚的悲傷浸染着，讓陸霆在一邊看着都覺得心酸。

「兒啊──」老太太衝進來，抱着邵俊偉的身體搖晃，哭得驚天動地，哭一聲就罵一句，李晴和陸霆都沒逃掉她口中的反覆咒罵。

「你可讓媽怎麼活啊！」

陸霆離開醫院，拎着西裝外套走在街上，今天的事情太多突然，讓他措手不及，看着昏黃的燈光，他想到以前跟邵俊偉他們徹夜研究方案的樣子，這個工作室是大家一起努力的結果，現在遊戲已經內測了，眼看着都在漸漸好起來，俊偉卻突然離開了。

「患者一直都有心臟病史，這次是長時間的連軸勞累，誘發了心臟病，雖然很快送到醫院，但是患者體質本身較弱，最後還是遺憾了。」

回想着醫生的話，陸霆內心更加自責。

如果當初再勸一勸他，或者強制讓他回家休息，也不會變成今天這個局面，至少邵俊偉不會把命丟在公司。

「老大，之前網上關於你的謠言已經控制不住了，這遊戲受到的關注越多，你的謠言就傳得越厲害，真的不用干涉嗎？我們可以向朝華申請公關援助。」

陸霆接着電話，這段時間的事情一件接着一件，壓得他喘不過氣來，深深吸了一口氣說：「暫時先這樣吧，我這邊處理俊偉的事情，有什麼重要的事再打給我。」

雖然網友對他的私生活詬病很大，但是對於《風華引》都是一致好評，不管是流暢度，還是場景人物的製作，都挑不出毛病來，所以陸霆根本不打算出面澄清，反正造謠生事的人早晚會被警方查到，予以論處，到時候那些謠言自然不攻自破。

凌筱筱自從吃了閉門羹之後，心灰意冷，整天回憶着和陸霆在一起的時間，每每想起就心如刀絞，把自己封閉起來，就像陸霆回老

家的時候一樣，對外界不聽不看不聞不問。

她不知道《風華引》的內測已經進行三天，在她的記憶裡，這個項目應該還在進行場景構造，絕對不會提前這麼多，所以網上那些波瀾也一概不知。

晚飯時，凌淞華把史丹福訓練營的邀請函放在桌面上，他知道按照現在《風華引》的走勢，爆火已經是必然的，但顧忌着陸霆，就沒有把這個消息告訴凌筱筱。

「邀請函已經到了，準備一下就出國吧，爸爸等你回來。」

凌筱筱看着史丹福熟悉的校徽，心裡愴然，難道真的就這樣走了嗎？

她從國外回來奔赴的愛情，就要無疾而終，等再次踏上這片土地，是不是又將物是人非？

「爸爸，你從來沒有問過我，這樣的生活是不是我喜歡的，就像當年你不分青紅皂白把我送走一樣。」

凌筱筱看着燙金的字體，那麼華麗，這樣的高等學府是多少人夢寐以求的，可是她的夢想從來不在這，而是那些藝術殿堂，是看着自己畫作擺在櫥窗……只是，如今早已經找不到當初的那份熱血了。

「要不是爸爸把你送到史丹福去，你能有如今的成績？爸爸都是為了你好啊！」

做父親的從來不懂女兒的心思，尤其是凌淞華，雖然對女兒百般疼愛，但是只要涉及到公司，就是一點商量的餘地都沒有。

凌筱筱猜測，如果她現在拒絕了這封邀請函，那爸爸一樣會用其他手段逼她就範，就像四年前一樣。

「爸爸，你什麼都說為了我好，可是真的是這樣嗎？為了我好，難道不應該尊重我的選擇，讓我真正去做我喜歡的事情嗎？」

凌筱筱看着父親的眼睛，這一次她沒有像四年前那樣低頭。

「你說為了我好，就私自改掉我的志願，把我強行帶上飛機，讓我自己在異國他鄉待了四年。

「為了我好就私自猜測陸霆是不是別有用心，停掉了他的資金鍊，你又把他的努力當成什麼？你女兒的眼光真的那麼差麼？你從來沒有真正相信過我一次，從未。」

凌筱筱看似柔弱甜美，但內心一直是堅強的，看着父親威嚴的面孔，沒有絲毫退縮，這些話四年前就想說了，如今開了一個缺口，一股腦地都說了出來。

凌淞華拍着桌子，桌面上的餐具都被震響。

「說來說去，你還是為了那個陸霆，他到底給你灌了什麼迷魂藥，把你弄成這個樣子！你看看你還有一點女孩家的矜持嗎！」

凌筱筱有些無力，她不管說什麼都改變不了父親的偏執，年紀越大，就越是閉塞耳目，一點反對的聲音都聽不得。

「陸霆重情重義，可他並不是朝三暮四，江輕語的事情是我提出要用公賬上的錢救急，因為她即便再可恨，也不該看着自己的母親因為沒錢治病而死去，就像我當初眼睜睜看着我媽媽不治身亡一樣！」

提起母親的死，凌筱筱的情緒有些失控，當年她還年幼，父親整天忙着工作不回家，媽媽最後的時光，都是幼小的她趴在病床邊，眼看着母音一天天虛弱下去，最後連睜開眼睛的力氣都沒有。

那樣的痛苦，她是親身經歷過的，所以即便江輕語再惡毒，再對陸霆心懷不軌，凌筱筱都相信陸霆的堅定，而不是用錢去難為一個女兒，一個母親等着救命的女兒。

「我知道我說什麼你都不信，但是我告訴你，你的朝華，你的公司，在你眼中是稀世珍寶，是天大的財富，但是我看不上，陸霆更看不上。」

凌筱筱把邀請函拿在手裡，還是熟悉的校徽，還是那般行文風

格，一切都跟她的喜好背道而馳。

「我聽話，是因為我還是你的女兒，但是爸爸，我認真地告訴你：你的女兒並不快樂。」

拿着邀請函回到房間，這些時候她將自己折磨得形銷骨立，只能在回憶裡汲取溫暖，每到深夜，都會在已經春暖花開的氣候中感到寒冷，那樣的孤寂落寞，讓她冷的牙齒打顫，抱着被子一坐到天明。

那麼他呢，是不是也是如此？或許更多的是恨吧，恨爸爸違約斷了他的資金鍊，恨他差點毀掉《風華引》，那麼他會不會恨我？

凌筱筱都不敢去設想，那樣的陸霆太陌生了，眼神冷淡，言辭鋒利，他對陌生人都彬彬有禮，卻對着自己不假辭色，那天陸霆說的每一句話，都會在夢中讓她驚醒，再難入睡。

凌筱筱把邀請函放在桌上，打開電腦，看着《田園故居》裡的會話，上一條還是兩人討論着晚上要吃些什麼，現在看來只剩下苦澀了。

他們的緣分來得太過偶然，就是《田園故居》上的一條好友申請，彼此不知道姓名，不知道愛好，就那樣一句一句地聊天，甚至陸霆一度消失在她的世界裡。

所謂再續前緣，不過是她單方面的奔赴，利用父親的權力把自己送到陸霆身邊，卻看着他對七年的女友如何關愛。那樣的暗戀，曾經也在深夜折磨着內心，只是那時候只有覬覦名花有主的男人的罪惡感。

如今，已經與他在一起，可搗亂的是自己的父親，甚至大發神威斷掉了資金鍊，那樣的工作室在上海數不勝數，想要殺出重圍，需要經歷多少艱難？更何況，沒有朝華保駕護航之後，朱嘉偉和江輕語的狼子野心，陸霆自己又怎麼應付得過來？

父親隻手遮天，不把陸霆的努力看在眼裡，說毀就毀，這讓高傲的陸霆如何接受？

但是她沒有想到的是，為了能跟她在一起，能得到凌淞華的祝福，所有的一切，那些明槍暗箭，那些凌淞華的否定，陸霆全部咬忍了下來，一一接受。

　　看着曾經的聊天記錄，凌筱筱不知不覺間淚流滿面，因為在一起的時光太過美好卻又短暫，所以格外讓人難受。

　　【史丹福的邀請函已經到了，你會看着我去加州嗎？】

　　凌筱筱用盡全身的力氣按下發送，坐在椅子上，屏幕的螢光照在臉上，淚珠折射着這微弱的光芒，在暗夜裡寂寂無聲。

　　天光大亮，凌筱筱轉了轉僵硬的脖子，看着外面豔陽高照的天，小鳥在樹枝上唧唧喳喳地鳴叫，嫩芽在棕黃的樹上吐出新綠，阿姨領着狗狗在花園裡奔跑，一切都是欣欣向榮，充滿生機。

　　可屏幕上的會話仍舊停留在昨夜的零點十二分，臥室裡的時鐘每分每秒都聽得清楚，凌筱筱聽了一整夜，都沒有得到回覆。

　　凌筱筱揉揉紅腫的眼睛，合上電腦，拿起邀請函走下樓，凌淞華正在看《經濟早報》，她聲音平靜，沒有一絲起伏。

　　「訂票吧，我去加州。」

　　經歷了邵俊偉的離開，和凌淞華的壓力，陸霆迫切地想要看見成績，讓邵俊偉安心，讓凌淞華徹底放手把女兒交給他。

　　陸霆宣佈要讓《風華引》上市的時候，所有人都不同意，內測沒幾天，獲得的報告雖然一直呈上升趨勢，但遠遠沒有達到可以預測風險的閾值。

　　但陸霆已經等不了了，多等一天，就要煎熬一天，已經這麼久了，相思成疾，陸霆想自己只怕早已病入膏肓。

他對筱筱的愧疚和思念與日俱增，每一晚都輾轉難眠，他已經迫不及待要將成功放在凌淞華面前，要把所有愛意和抱歉都說給筱筱聽，要做上一頓她最愛的醬爆蝦仁，然後，鄭重而浪漫地求婚。

陸霆想到這些就熱血沸騰，像個毛頭小子一樣在房間裡遊走，他甚至在無人的深夜想好了求婚的誓詞，想到了牽起筱筱的手輕吻是什麼感覺。

這讓他覺得每一根血管都重新活了過來，血液的熱度變得滾燙，一直隱忍着的壓抑着的情感都迸發出來，那強烈的程度不亞於火山爆發，灼燒着他每一寸肌膚。

「現有數據足以支撐《風華引》未來三年的走向，我們對這款遊戲的製作有着絕對的信心，既然如此上市是沒有問題的。」

陸霆一意孤行，誰說都不聽，堅持要馬上佈置發佈會現場，這樣急功近利，讓大家的心都提到了嗓子眼，陸霆最近的反常他們都看得見，那眼裡的狂熱和迫切，絲毫不加掩飾。

凌筱筱拖着行李箱站在機場，溫華站在她身邊，見她一直在向外面張望。

「真的不要告訴他一聲嗎？」

凌筱筱搖搖頭，既然選擇離開，那就祝各自安好，互不打擾吧。

「其實陸霆的……」

溫華想告訴她遊戲已經內測了，陸霆離成功就剩一步之遙。

從小到大，他一直都在凌筱筱身邊，是最了解她的人，甚至比凌淞華都要了解她的性格，所有的委屈都憋在心裡不說，就這樣自己離開，把那些悲傷統統壓在自己身上。

但是他話只說了一半，就被凌筱筱打斷了。

「溫華哥哥，我以前從來不相信緣分，但是再一次遇見他的時候

我信了，我現在也寧願告訴自己這是緣分天定，就這樣吧，如果還有可能的話，我還會見到他的。」

凌筱筱露出一貫甜美的笑容，但那雙眼睛裡沒有光亮，能看見的只有滿滿的苦澀。

「那時候，他說不定就已經享譽全國，但是只要有我在，他的成功都會不可避免被打上朝華的標籤，這對陸霆來說並不公平。我爸爸也不會真正從心裡看得起他。」

催促登機的語音播報了兩次，凌筱筱才轉身離開，那一剎那，一顆晶瑩剔透的淚珠迎着陽光墜落，在地上泯滅了光芒。

陸霆在掌聲中走上高台，一身黑色西裝筆挺，袖口領口繡着翠竹暗紋，彰顯着精緻優雅，面對閃光燈也毫不怯場，舉手投足間帶着強大的自信。

環視一圈，在第二排看到了溫華，可是找遍全場也沒有看到那個心心念念的倩影，不由得抿唇，微微收斂了笑意。

這是陸霆手中誕生的第三個作品，也是現在羽翼最豐的一個，這裡就是他事業的起航，過了今天，就可以堅定地告訴凌淞華，他有資格跟筱筱在一起，再也不會有什麼能阻擋他們之間相擁。

背後是徐徐展開的畫卷，上面的彩繪融合了《風華引》所有的角色，背景是當初凌筱筱參與設計的雲海，每一個人物躍然紙上，彷彿會說話一般，向玩家講述着千年前的風華。

「大家好，我是啟明工作室的負責人，陸霆，今天由我向大家全方位地介紹這款遊戲《風華引》。」

陸霆在台上侃侃而談，每一個細節都把控到了極致，每一串數據都牢牢地記在腦海裡，即便台下有人竊竊私語，也從沒有一處卡頓。

「……對於這款遊戲的改編，我們完全尊重原著，一些細節上的修改也在掙得玖笙的同意之後才着手落實，所以各位書迷完全不用擔心，因為作品改編，而產生的商業化狀態……」

陸霆按照之前擬定的講稿向下推進，突然台下人群一片譁然，李蓬衝到側面對着陸霆打眼色。

陸霆心裡有一種不好的預感，順着李蓬的目光往後看，大屏幕上的畫卷已經變成了偷拍的一段視頻，正好是他在醫院被邵俊偉的母親拉扯。

視頻裡老人的聲嘶力竭在會場顯得格外刺耳。

「你們都是吸人血的魔鬼，生生把我兒子累死了 —— 你還我兒子 —— 」

陸霆陰沉着臉色，不用想，這肯定就是朱嘉偉的手筆。當時在朝華董事會上就是這樣的手段，如今故技重施，還是這樣的套路，卻在發佈會上掀起了軒然大波，下面的媒體手裡的閃光燈不停閃爍。

李蓬趕緊切斷電源，大屏幕重歸黑暗。

台下的媒體卻都坐不住了，紛紛舉着話筒往前湊，把陸霆圍在了中間，偶爾兩家沒有動的，也是朝華旗下的傳媒，來之前就被溫華叮囑過，所以不曾上前湊這個熱鬧。

「陸總，請你解釋一下剛剛的視頻？是不是真的存在逼死人命？」

「死者真的是因為過度勞累嗎？你們工作室是否存在壓榨員工的問題？」

記者們如同看見肉的狼群，一窩蜂提出各種問題，邵俊偉的死一直是陸霆的隱痛，現在被這樣充滿惡意的揣測堵截着，一時間不知從何開口。

李蓬擠進人群，攔在陸霆面前，壓低了聲音：「這是有人蓄意陷害，我們的幻燈片被人侵入了，回去從長計議。」

「今天的發佈會到此結束，感謝媒體朋友們蒞臨。」

李蓬一邊護着陸霆往外走，一邊擋住不停伸到面前的話筒。

「你們公司拒絕回答問題，是要掩蓋事實真相嗎？」一名男記者直接推開李蓬，衝到了陸霆面前。

陸霆目光灼灼地看着他，對着周圍的鏡頭停下了腳步。

「老大……」李蓬知道這幾天陸霆一直沒有從邵俊偉離開的悲傷中脫離出來，生怕這些記者刺激到他，打破他維護的形象。

陸霆開口，正視鏡頭：「俊偉是我共事五年的同事，也是我的朋友，他的死並不是有心人可以利用的籌碼，你們當中誰收到了這些風聲，我都會一一追究。

「如果是想知道俊偉的死因，我會出具足夠說明情況的材料，並報請公安機關監督，因為我陸霆行得正坐得直，但是諸位當中是否也有我這樣不怕事情被翻出來的人，諸位心知肚明。」

朱嘉偉已經佈局了，這些媒體裡一定早就有人被買通了，在發佈會現場煽動情緒，那麼很好，就一個都跑不掉。

「今天既然有意外發生，發佈會將延期重新召開，屆時請諸位再次光臨。」

陸霆往外走，一時間竟然沒有媒體敢上前阻攔，走到魯達身邊的時候，陸霆停下腳步：「魯總監，這件事目標明確，你們就不要參與了，我會直接走司法程序，以免給眾騰帶去影響。」

魯達點點頭，這件事朱嘉偉根本就是意在利用輿論，將陸霆和整個《風華引》一網打盡，但是他小看了陸霆的手段，有時候光明正大的追究，更容易將陰溝裡的船找出來。

陸霆回到工作室，大家都已經通過實時轉播知道了這件事，整個辦公廳氣氛凝重。

李蓬看着網上不斷增長的熱度發愁，當時為了給遊戲造勢，選

擇了實時轉播，現在也是因為這個因素，搞得全網皆知，鋪天蓋地都是一些不盡詳實的報道，更有一些鍵盤俠指名道姓攻擊陸霆，其中言辭不堪入耳。

「俊偉的離開是意外，這些我們都知道，但是網友不知道，玩家不知道，所以在下一次發佈會召開的時候，要拿出證據說服他們實在太難了。」

陸霆回來的一路上，心裡已經有了解決方法，對付朱嘉偉這樣蠅營狗苟的小人，就要用最強有力的方法壓得他無法起身。

陸霆從抽屜裡拿出兩份錄音，一個是魯達交給他的，一個是華城當時的指證音頻，還有凌筱筱之前送來的那份辦公室監控，這三份用來起訴朱嘉偉惡意誹謗，故意危害網絡安全，已經足夠立案了，只要能把他先控制住，一切都好說。

陸霆剛要走出去報案，員工從外面匆匆跑進來，氣喘吁吁地指着大門口。

「俊偉的父母在外面鬧起來了，還拉着橫幅，坐在地上鬧，已經聚集了跟多圍觀者。」

陸霆臉色微變，要走出去看看情況，被李蓬攔住了。

「他們就是想困住你，你要是出去了，不管做什麼事都會被大肆渲染的，到時候局面更難控制。」

陸霆拍拍他的肩膀：「放心，我心裡有數。」

陸霆走出去的時候，老太太正坐在地上哭天抹淚，一口一個畜生，一口一個苦命的兒子，她老伴就在旁邊舉着橫幅，看上去真是又心酸又可憐，要是被不明真相的人看見，還真就以為陸霆是十惡不赦，不拿員工的命當回事的人呢。

「阿姨，有什麼話咱們起來說，地上還涼呢。」陸霆身手要把人扶起來，沒想到被老太太一口唾沫吐在臉上。

「呸！就是你害死了我兒子，你還我兒子，不然我就天天來鬧你！」

這副胡攪蠻纏的嘴臉，陸霆在醫院已經見識過了，這罵他已經算是收斂點了，罵李晴的時候更是難聽的很。

也不知道邵俊偉那麼溫柔陽光的人怎麼會有這樣的父母。

陸霆鬆開手，站在她面前，有些居高臨下的樣子：「俊偉生前就有很嚴重的心臟病，我也讓他回家休息，甚至已經批准了一段長假，但是他對這個項目感情深厚……他的離開是一場令人心痛的意外，我們都不願意接受。

「阿姨，我會按照法律賠償您的精神損失和俊偉離開之後對二老應該盡到的贍養義務。但是，拿其他的名聲往我身上扣，不管您是聽信了什麼人的話，都勸您三思後行。這樣做，也不會讓俊偉回來。」

短短一夜，就能想到製作橫幅，在公司門口大鬧引人注目，還是在發佈會剛剛出事的關鍵時刻。

一看就是經過高人指點。

朱嘉偉為了坑害陸霆，簡直是無所不用其極，連死者家屬的悲傷都要翻出來利用，簡直把小人兩個字表現得淋漓盡致。

陸霆叮囑保安，任由他們鬧，但是不許進大門，自己直接搭的士去了公安局。

一應證據全部提交，以為涉及惡意盜取商業機密，危害網絡安全這種罪名，經偵和網警全部上場，對《風華引》故障時的程式進行摸排，不到一個下午的時間就找到的癥結所在。

另一邊，直接查找朱嘉偉的地址，帶進了公安局立案偵查。

但是陸霆並沒有放過另一個人，就是江輕語。這其中必然少不了她的手筆，但是江輕語一直是個聰明女人，衝鋒陷陣的事情都是

唆使朱嘉偉辦的，她自己除了銀行流水單之外，竟然沒有任何一處能找到她的手筆。

所以除非朱嘉偉自己招認有江輕語的參與，否則她就能全身而退了。

陸霆除了隨時配合警方調查之外，竟然什麼都做不了，面對網上的輿論，他任何聲明和解釋都是蒼白的，就連《風華引》都已經不可避免的受到了影響，遭到全網抵制。

他回到工作室的時候，邵俊偉的父母還沒有走，周圍聞風而來的記者把大門口圍了個水泄不通。

「回來了回來了！陸總你能說說下午都去哪了嗎？放任七旬老人在門口坐着，是不是有些違背人道主義？」

陸霆看着這些記者的嘴臉，心裡沒由來的厭惡，擰着眉頭看過去：「你下午在場嗎？」

那記者沒想到陸霆會反問，有些沒反應過來：「不，不在。」

「既然不在，你就不知道事實真相，那你在這大放厥詞歪曲事實，就不違背人道主義了嗎？

「整件事情，只有一段掐頭去尾的視頻，你們知道前因嗎？了解過程嗎？知道結果嗎？」

陸霆怒視鏡頭，絲毫不怕這些話會造成怎樣的驚濤駭浪。

「什麼都不知道就在散播一些未經證實的報道，這就是你們的職業操守？」

陸霆把這些記者說得臉上一會青一會白，根本沒有還口的機會。

李晴從人群外面擠進來了，看着坐在地上哭嚎的老人，神情疲憊，她一直守在醫院，本想回去給邵俊偉找兩件乾淨衣服換上，走得體面一些，沒想到怎麼都沒有找到他父母，還是工作室打來電話才知道他們竟然鬧到了這裡。

「俊偉生前就有心臟病，這是病例單。」李晴舉着一個檔案夾走到陸霆面前，跟他站在一起面對記者。

老太太一看連準兒媳婦都出來攪局，瞬間就不幹了，腿腳麻利地爬起來，就要抓撓李晴，被陸霆擋住了。

「好你個喪門星，我兒子前腳剛走，你後腳就找上了別的男人，你説，是不是你們勾結害死了我兒子！」

老太太看着他們站在一起，怒從心生，什麼話都往外説，根本不考慮説出來的後果。

李晴應付這兩個老人已經筋疲力盡了，這時候實在是不願意多做糾纏，邵俊偉死後她跟這個家庭也沒有什麼牽連了。

「俊偉對這個工作室的感情，我作為未婚妻是最清楚，這是他親眼看着組建發展的，整個項目他都耗費了大量的心血。

「我常常勸他休息，就連我身邊的陸總都會勸他，要給他放假，但是俊偉對於整個項目的感情太深了，就像他的孩子一樣，才會在工作中誘發先天性心臟病，所以真的不是被惡意壓榨致死這麼一回事。」

李晴將手裡的病例一頁頁展現給媒體看，她是最明白邵俊偉的心思，他一定也不希望因為自己的死，讓一直拚命維護的工作室變成現在這種情況。

「叔叔阿姨，你們失去兒子，我也失去了愛人，但是事實該如何就是如何，俊偉為什麼要那麼拚，可能你們都不知道，今天變成這樣，俊偉若是知道該有多……」

……

邵俊偉的父母被李晴帶走了，那些記者沒什麼熱鬧可看，剛剛也被陸霆訓斥了一頓，都作鳥獸散了。

下午溫華就趕到了啟明工作室。

「警方已經到公司了解過情況了，朱嘉偉的為人，他和江輕語的

那些事大家多少都知道一些，而且人事部已經下了通告，解除江輕語身上一切職務，現在已經不是朝華的人了。」

溫華看着靠在椅子上假寐的陸霆，明顯心思並不在此。

「筱筱今天怎麼沒來？」陸霆啞着嗓子問道。

「她……已經去加州了，被凌董送到了人才培訓營。」

陸霆痛苦地閉上眼，凌淞華做事真是決絕啊，眼看着就要成功了，轉頭就把人送走，這明擺着不想讓他們在一起啊。

「凌董聽說你的事情之後，也並沒有幫着朱嘉偉包庇，把當時被挑撥的事情都跟警察說了，而且我找人打聽過了，朱嘉偉現在已經被拘留，估計是惡意誹謗的罪名查實了。」

陸霆現在滿腦子都是遠在大洋彼岸的凌筱筱，朱嘉偉和江輕語的下場對他來說已經是板上釘釘的事情，根本不想浪費時間，但是事情不查清楚，發佈會就不能重新召開，他就不可能離開工作室一步，即便想要去找筱筱都只能乾等着。

「邵俊偉的事你打算怎麼辦？」溫華有些擔心，現在網上的輿論一邊倒，都是在罵工作室和陸霆的，要是沒有切實有力的證據，根本不能力挽狂瀾。

在這種大數據時代，輿論足以拖垮一個工作室了，尤其是啟明這種需要玩家支撐的遊戲工作室。

「李晴提供了病例，警察也會查明朱嘉偉煽動媒體和俊偉父母的事情，我再發一篇長通告解釋，並且會承擔工作室對於工作時間死亡的俊偉一切經濟賠償。」

一切的源頭都是朱嘉偉，只要他不在背後放冷箭，其他事情都能一一解決，陸霆擔心的從來都不是這個。

「也只能這樣了。」溫華看他這麼多事情壓上來，沒有自亂陣腳，也就放心了，以後就算要筱筱跟着他，也能照顧得周全。

陸霆站在落地窗前，他們之間終究不被同一輪明月照耀。

「筱筱，抱歉，你再等一等我，很快我就去找你，帶你回家。」

在警方對朱嘉偉和江輕語的事情調查期間，陸霆用工作室的賬號，發表了一篇長文。

附上了邵俊偉五年內全部的體檢報告和就診病例，以及工作室對他父母的經濟賠償收款單據。

陸霆在文中寫道：

> 我們是一群懷着夢想的年輕人，俊偉將全部熱血都揮灑在了項目上，他對工作室、對我的深厚感情，將被銘記，永誌不忘。俊偉的離開，令人痛徹心扉，但是絕不能任由心懷不軌之人惡意利用。相關事件已經移交執法機構，相信法律會還給我們一個公正。也希望萬千如同俊偉一樣擁有夢想和廣闊天地的人們，珍惜自身，珍惜家人，不要為了一時而留下永久的遺憾……

一開始，網友們並不買賬，但是看到下面的病例，和不久後公安機關發佈的調查結果，知道背後真的有人操縱，他們這些網友都被狠狠利用了。輿論再次傾斜，只不過這次被千夫所指的，是已經被收押的朱嘉偉和江輕語。

陸霆其實早有把握，他手中有沒有江輕語參與陷害的證據並不重要，因為朱嘉偉本就不是一個敢作敢當的人，根本不會替江輕語掩護，幫她洗白，反倒會反咬一口，說這一切都是江輕語的主意，然後兩人狗咬狗。

塵埃落定之後，因為事件一波三折，反而就連不玩遊戲的路人，都知道有這麼一個遊戲即將上線。

陸霆堅持之前的觀點，重新召開發佈會，這次更是張揚，直接選擇了全球的華語平台同步轉播。當然了，要做到這個程度，少不了溫華在朝華傳媒給他周旋，才爭取來這個機會。

　　這一次，陸霆重新站在台上的時候，下面已經沒有任何惡意的聲音了。

　　他追思了沒能分享這一刻的俊偉，致敬了團隊中的每一個同伴，感謝了給予幫助的每個人。然後說：

　　「我從畢業開始就接觸遊戲製作，這麼多年從《田園故居》到《千里江山》，再到現在的《風華引》，這過程也許坎坷，也許十分艱難，也許曾經失去鬥志，但是現在我都歷盡萬難站在了這裡，帶着啟明工作室共同的作品，獻給這些年的青春，也獻給一路支持我的人們。」

　　陸霆看着鏡頭的眼神突然變得溫柔，一隻手輕輕放在了胸口，那裡一直跳動的心，為遠在重洋之外的凌筱筱而跳躍。

　　「《風華引》於我而言意義重大，它代表了我一路走來的價值，也是我今後生涯的起點，我可以毫不猶豫地說，我用這部作品向質疑我的人證明了我的能力，藉此機會我想對屏幕前的一個女孩說——

　　「我在《田園》與你相識，再因《千里江山》與你相知，承蒙姑娘不棄，請讓我用《風華引》為聘，與你將紅葉之盟，載明鴛譜。」

　　陸霆的眼神如同一泓春水，溫柔堅定。

　　他將滿腔愛意說與眾人聽，要所有人知道他的幸福所在，要將娶到凌筱筱作為此生的榮耀。

　　這是一路行來，承受着巨大壓力也要爭取的一天，他要在所有人的證明下，說出愛意，讓凌淞華再也沒有理由阻攔他們相擁，要讓所有人都羨慕筱筱是這世上最幸福的人。

　　發佈會在雷鳴般的掌聲中落下帷幕，大家都折服於這位冉冉

升起的新星，關於他和《風華引》的報道鋪天蓋地，各種讚譽紛至沓來。

陸霆走下高台，這興沖沖的樣子像極了情竇初開的少年，他成功了，即便沒有朝華傳媒的資金，也在最短的時間內完成了凌淞華的挑戰，馬上就能將這些時日的煎熬和思念說給筱筱聽，能再看見她如花的笑靨，那比世上任何一種花，都要美麗。

加州此時氣候已經溫暖宜人，女孩早已換上輕薄的裙裝，如同俏麗的蝴蝶點綴在城市街頭。

唐人街裡能看到中式風情的牌樓，中國各地的特產都匯集在這裡，如果足夠幸運的話，還能在人群中聽見一兩句親切的家鄉話。

凌筱筱穿着粉色的暗花旗袍，露出一截泛着玉色光暈的藕臂，遠而望之，皎若太陽升朝霞，微微抬首，便是芳澤無加。

凌筱筱正跟房東太太閒聊，對面大屏幕上閃過的臉瞬間抓住了她的眼睛，那張夜夜出現在夢中的臉正在屏幕上侃侃而談，他身後的綿長畫卷正是《風華引》的序章，連唐人街都播放着他的廣告，看來這一次，他打了一場漂亮的翻身仗。

畫面剛好播到陸霆在發佈會上公開示愛的一段，男人的眼神彷彿能穿過屏幕，跨越了茫茫重洋，看進她心裡。

「……與你將紅葉之盟，載明鴛譜。」

習風拂過，凌筱筱覺得臉上帶着涼意，原來不知不覺間已經淚流滿面，暗自腹誹，這個男人浪漫起來真是讓人招架不住。

「這位小姐，要吃醬爆蝦仁嗎？」

凌筱筱覺得自己好像幻聽了，剛剛還在屏幕裡的聲音，現在竟然從身後傳來。

她站在原地久久未動。

風捲起旗袍的衣角，彷彿帶着襟上馨香翩然遠去。

驀然回首，陸霆拿着一捧水仙站在不遠處，此刻一眼萬年，所有行人都淪為陪襯，嬌豔的粉與水仙的白重疊在異國的街頭，風帶着愛意，經久不散。

全書完

番外篇

時景明，
玖笙那年

「你的名字……」

「沈清荔。」

「時景明與沈清荔的相遇就是在一刻，有些人，一眼就是一輩子。」

盛夏的蟬鳴帶來火熱的時節，江面上密集的鼓點帶着龍舟在漠陽江上飛速前進，隊員們的汗水與飛濺起的水花相融在一起，在半空折射着耀眼的光芒。

　　沈清荔穿着志願者的紅背心，站在擁擠的人群中維持秩序，但是競賽太過激烈，裡三層外三層的看客都壓抑不住激動的心情，手上的應援牌子不停揮舞，一聲比一聲高的加油吶喊震得人耳膜發暈。

　　「小心腳下，小心腳下啊！靚仔你抱好孩子別往欄桿上爬！哎那位靚妹，這不能賣瓜子 ── 」

　　時景明看見沈清荔時候，沈清荔她正舉着小喇叭，臉上被陽光曬得發紅，被汗水打濕的劉海黏在額頭上，一手拿着小紅旗，胸前掛着手機，腋下還夾着一個袋，不時地去拉着往下滑的肩帶。

　　龍舟賽進行到最後節點，大家都鼓足了勁頭加油助威，沈清荔不適應地捂了捂耳朵，嘴裡小聲嘟囔着：「要不是為了一天二百塊的兼職費，我才不來這大太陽底下傻站呢。那位靚仔你不能赤膊喔 ── 」

這個龍舟賽是小縣城裡最熱鬧的一件事，慢慢就發展成了一個知名的景點遊玩項目，為了保持縣城的形象和發展，特意到大學裡找了很多學生當志願者，維持賽場的秩序。

沈清荔剛剛交了房租，手上緊緊巴巴的，一聽有錢拿，就趕緊舉手報名了，沒想到天矇矇亮就得過來佈置，等到比賽結束才能回去，而且大太陽就在頭頂，曬得人眼前發慒。

龍舟衝線的時候，人群爆發了如潮的掌聲和吶喊，隊員們激動地用槳拍打着水花，與看台上的人們遙遙相和。

「終於要結束了。」沈清荔擦擦汗，袋裡的小風扇早就沒電了，就盼着趕緊結束好回家吹冷氣吃西瓜。

人群退場的時候，沈清荔被安排在出口位置，大家摩肩接踵地往外走，沈清荔只好舉着喇叭不停地提醒人們注意腳下，沒想到胳膊上一涼，低頭一看，一塊雪糕不偏不倚全蹭在了她袖子上，正滴滴答答往下淌。

沈清荔剛要發火，就對上了一雙清亮的丹鳳眼，雖然戴着口罩，但是那雙眼睛足夠惹人遐想，口罩下面該是何等俊秀的面孔。

「對不起，抱歉。」

時景明長手長腳替她擋住不斷侵襲來的人潮，從口袋裡掏出一張紙巾遞給她。

「你的名字……」

「沈清荔。」

「沈清荔你先擦一擦，我剛才沒站穩，不小心都弄到你身上了。等你工作結束了，我在外面等你，看看買件衣服好賠償給你。」

沈清荔一直愣愣地看着那雙眼睛，微微眯着笑起來的時候像有星星在閃爍，連他說了什麼都沒聽清，一味地點頭。

看着他走出去，沈清荔才緩過神來，臉頰已經變得滾燙，心裡

像有小鹿在砰砰亂撞，這不就是百分百她書裡的男主角照進現實嗎，單單看一雙眼睛就已經帥到讓人五體投地。

等沈清荔結束工作換下紅背心，外邊天已經黑了，剛剛清洗過的短袖還濕噠噠黏在胳膊上，環視一圈也沒有看到下午那個身影。

「什麼嘛，居然沒有等我出來。騙子，人渣……」沈清荔嘟囔着往地鐵站走，看來終究與帥哥無緣。

剛走到家門口，就被前來抓人的編輯逮了個正着。

「你這地方真難找啊，門崗的保安攔着不讓進，我報了你留在物業的電話號才放我進來。」

沈清荔從大一開始就已經在連載小説了，現在積攢了不少的人氣，因為搬家斷更了兩天，評論區一片哀嚎，把編輯深紅逼得沒有辦法，只好親自上門抓人。

沈清荔被拎着耳朵好一頓教育，連連保證馬上更新，這才被饒了一條小命。

「上一本書的版權已經賣出去了，就等着定下來男演員就要開機了，説好的番外都現在都沒寫完，我們錢可都收了。」深紅苦口婆心在她耳朵邊上唸叨。

沈清荔摸摸發燙的小耳朵，嘟着嘴坐在電腦面前，她的成績其實不錯，網上粉絲數量不少，一直都是以甜美愛情為主線，刻畫的人物都讓粉絲直呼甜到掉牙，能滿足一切小女孩對愛情的美好憧憬。

「有人選了嗎？」

沈清荔眼前突然就浮現了下午那雙眼睛，乾淨清澈，微微上挑泛紅的丹鳳眼，彷彿蘊藏着千萬種柔情，這跟她書裡的男主角差不多。

量身定製的！

可惜，今天那地方人太多，又沒聽説請了什麼明星代言，估計是

個素人，不然讓他來演，一定是最還原主角形象的。

「目前有兩個人，一個是新人剛從電影學院畢業，另一個你應該知道，就是很火的那個時景明，現在可是流量明星，多少劇組搶着要呢。」

沈清荔撇撇嘴，時景明的大名滿大街都能見到，到處都是海報，名氣這麼大估計很難請到，他們這就是一個小成本的網劇，能找到一個合適的新人就差不多了，時景明身價太高請不起啊。

「導演怎麼想我也不知道，要請時景明可是要下血本的，人家一集的身價不知道夠我賺多久了。」

編輯一巴掌拍在她後腦勺：「還不是你懶，你稍微勤快一點，現在言情市場哪還有別人活躍的地方？！」

沈清荔的文風一直很受歡迎，溫暖幽默，自帶一股平和的氣息，哪怕只是小人物之間的愛情也會刻畫得細緻入微，筆力上的功夫最能見到真章，多少寫手拍馬都趕不上她。

奈何這女孩實在太過佛系，更新隨緣，有時候一天更新三四章，有時候也十天半個月看不見人影，一眾老粉都習慣了，但那些新粉根本沒有這個耐心等她上線，所以損失了不少一書封神的機會。

「你這兩天除了搬家都上哪閒逛去了，我今天打你電話都找不到人。」

沈清荔對着空白的文件發呆，敲着痠疼的腿：「出去當志願者了，一天二百呢。」

「喲，堂堂玖笙大大還差這二百塊錢？」

「怎麼不差，誰跟錢有仇啊，我就是差錢才出去兼職的，我家那點事你又不是不知道。」

深紅點點頭也沒再說話，沈清荔自己花不了多少，大半都給家裡人花了，畢竟她母親常年在療養院，那可是個燒錢的地方，沈清荔

只能勒緊褲腰帶過日子了。

「你馬上就畢業了，有沒有什麼打算，是找工作做你本專業，還是全職寫作啊？」

編輯深紅一直都很喜歡這個女孩，善良單純，知世故而不世故，文字又獨有一股靈氣，要是能長久發展前途不可限量啊。

沈清荔也沒有想好，她學的是小語種，就業要麼當老師，要麼當翻譯，可她更喜歡用文字表達情感，按照她自己的想法來說，如果能兩者兼顧就更好了。

沈清荔一直被深紅堵在家裡趕稿，直到劇組來消息說男演員海選面試讓她一起去看看，這才把自己收拾一下走出家門。

綠色的碎花裙，在夏日裡格外清新，作為原著的作者，她雖然有一定的話語權，但是在導演組和編劇面前並不是很夠分量，所以沈清荔也知道自己去，就是走個過場，只要演員不是那麼上不了檯面，也就睜隻眼閉隻眼地過去了。

實在不是她對自己的作品不負責任，而是版權已經被買斷了，投資方才是大佬，她能過去純屬是湊個熱鬧。

趕到酒店的時候，沈清荔一邊心疼那三十塊的車資，一邊按照深紅給的地址找劇組，在手機上跟深紅抱怨酒店太偏僻，沒注意到迎面走過來的人，一頭撞在了身上。

沈清荔捂着腦門連連鞠躬：「抱歉抱歉，撞到你了，對不起。」

時景明聽着聲音覺得耳熟，這女孩一抬頭，就認出她是龍舟賽上一直想認識的那個志願者。那天他本來等在外面的，臨時接了一個重要電話，沒想到一轉身回去看，場館大門都已經上鎖了，不知道那女孩什麼時候離開的，只好帶着一件新衣服回了酒店。

沒想到竟然又在這遇到了，時景明看着她不停道歉的小模樣，

就像龍舟賽那天一樣，憨態可掬。

「沒關係的，沒撞疼你吧？」

時景明是過來試鏡的，所以並沒有戴口罩，以為這女孩能認出自己，沒想到沈清荔剛要對視，就接到劇組的電話催促，連忙擺擺手就走了。

時景明看着她去的方向，就是一會要試鏡的地點，暗暗猜測她是工作人員還是同組的某個女演員，想着一會還有見面的機會。

本來這種小成本製作的網劇並不能吸引他的注意力，但是前幾天療養院打電話說他母親近期狀況很不穩定，希望他經常回來看看，正好這個網劇的採景基本都在漠陽江，時景明索性答應下來，一邊工作一邊回去陪伴母親。

沈清荔走進去就在導演身後找個角落，跟趙明明偷偷地聊天。

趙明明是這部劇的編劇，對她的原著進行影視化編寫，兩人脾氣比較投緣，趙明明還從口袋裡摸出了一把瓜子遞給她，兩人頭碰頭地看着面前這些小鮮肉。

「這個演過兩個配角，但是長相跟男主不是很般配。」

「這個剛畢業一看就是生瓜蛋子，你看看那笑得太假了，不行不行。」

「這個倒是帥，但是演技不行啊，雖然這是網劇，但是也不能這麼糊弄觀眾吧……」

導演都沒説話，倒是讓趙明明分析得明明白白，每個都能挑出一大堆毛病，好像都不配出演書裡的男主角一樣。

沈清荔一邊聽着趙明明唸叨，一邊昏昏欲睡，胳膊支着腦袋直點頭，要不是耳根子不清淨，估計早就睡過去了。

「啊啊啊啊啊啊！」趙明明在耳邊開始尖叫，手招着沈清荔的胳膊，一臉興奮地看着場子。

「怎麼了？」

沈清荔順着她的目光看過去，時景明長身玉立，一身休閒裝也難掩清貴，即便條件簡陋，也並不妨礙他對着空氣説台詞。

這本書的男主是亂世軍閥，一方儒將，剛才那些男生的試鏡都沒有霸主的氣質，但沈清荔看着時景明只是一抬眼，眼中的情感就完全不一樣了，彷彿氣場從身邊升起，讓所有人都感受到他的氣質。

時景明驚人的流量並不是沒有根據，無可挑剔的演技是他一直站在巔峰的底氣。

導演組本來沒有對邀請時景明抱有太大期望，如果有他的人氣作為支撐，這部網劇將迎來井噴式的關注，所以他能來試鏡，已經讓眾人非常吃驚了，男主角的席位非他莫屬。

沈清荔並沒有認出這雙眼睛就是在龍舟賽上的那個人，所以在時景明的眼睛對視上的時候沒有任何波動。

時景明出場之後，剩下的已經不用試鏡了，導演組為了表示對時景明的歡迎，特意在酒店訂了一場酒席。

大家都圍着導演和時景明轉悠，推杯換盞談論着這部劇光明的前景，沈清荔不喜歡這樣的氛圍，也不善於跟資方打交道，以前這些事情都是深紅一手代勞，索性到走廊裡找個小角落待着，圖個清靜。

「沈清荔，我那天並不是故意走掉的，後來回去找你已經鎖門了。」

時景明倒了一杯水放在沈清荔面前，猛然聽見他這麼説，沈清荔一時間沒有反應過來。

「什麼，你認識我？」

時景明微微笑着，用手擋住了下半張臉，唯獨露出一雙丹鳳眼，沈清荔看着那雙眼睛一下子就記起來是龍舟賽上的人。

「是、是你？時景明？」

「是我。很抱歉弄髒了你的衣服，我買了一件新的賠給你，但是不知道會在這遇見你，所以放在酒店沒有拿過來。」

沈清荔連連擺手，還沒有從震驚中緩過神來：「沒事沒事，那衣服不值錢的，洗洗就好了。」

時景明竟然會出現在人擠人的龍舟賽，就不怕被認出來嗎？按照他現在的人氣，那絕對會是爆點新聞啊。

「我弄髒的自然要補償。」時景明點開手機放在桌面上，「不介意的話，加個微信，我有時間把衣服送到你那。」

沈清荔從掃碼到同意，一直都比較暈頭迷幻，她竟然真的加到了大明星的微信，這可是萬千少女的夢中情人，自己要成為灰姑娘了嗎？

「你真的會出演男主角嗎？」

時景明點點頭：「這個劇本不錯，男主角的人設我也很喜歡，愛情線的小情愛和家國大義融合得很好，可以看見原著對這方面的處理就很到位，筆力雄健啊。」

沈清荔被誇得有些臉紅，只能喝水掩飾羞赧：「謝謝。能請到你做男主角，我也很意外，這部劇一定會有很好的成績。」

輕咳一聲轉移話題：「那天你怎麼會出現在龍舟賽？不怕被認出來嗎？」

時景明有些無奈地搖搖頭：「不是所有人都有時間，在勞累一天之餘去關注那些娛樂新聞的。而且我戴了口罩，大家都在看比賽，哪有時間看身邊人是不是明星啊。」

明星對於時景明來說，只是一個工作，並沒有因此失去對生活本身樂趣的追求，平時不忙也會到圖書館找個角落，安靜地看看書，或者找一個山清水秀的地方享受一下大自然，放鬆身心。

明星在聚光燈下是萬眾矚目的，在各種場合都被粉絲簇擁，被

鮮花圍繞，但這世上終究是平凡人多一些，為了生活就已經奔走得筋疲力盡，哪有空閒去仔細觀察身邊人長着一張什麼樣的臉。

時景明從未在榮耀中迷失自己，難得在娛樂圈這個歡場中保持本心，除了拍戲很少參加綜藝節目，他更喜歡將閒下來的時間留給自己，享受忙裡偷閒的生活。

「時候不早了，你要回去嗎？我讓司機送你。」

沈清荔笑着說：「不用麻煩了，我住的地方太偏僻，今晚就在這裡休息了。」

「那明天上午我把衣服送來。」時景明摸摸鼻子有些尷尬地說，「我第一次挑女孩子的衣服，要是不好看你多擔待。」

沈清荔好像突然發掘到了不一樣的時景明，不再是屏幕上冷冰冰的樣子了，也會為一件事情感到苦惱。

「破費了，再見。」

沈清荔回到酒店房間，在大床上滾來滾去，凌亂的髮絲堆在臉上，也擋不住她閃閃發亮的眼神，她真的跟時景明加到了好友，他還給她買了衣服賠罪。

這怎麼想都是言情小說的橋段啊，但是就這麼真實的發生了，海報上的男人走到眼前，沈清荔甚至可以嗅到他身上淡淡的香水味，並不濃烈的雪松，如同他的人一樣低調，彷彿生長在長川山谷中的松柏，淡然又不失風骨。

第二天並不是時景明親自送來的，沈清荔打開包裝袋，雖然牌子很貴，但是她突然就知道時景明昨天的尷尬從何而來，這衣服碩大的卡通圖案像大號的兒童服飾。

「眼光……真是不怎麼樣啊。」

沈清荔抿着唇偷笑，收拾一下就走了，本來想回去趕稿，但是走

到一半突然想起好幾天沒有去看母親了，索性掉頭往療養院去。

這個縣城雖小，鬧坡卻有一片山清水秀的地方，很多人都來這裡療養身體，極目遠眺是一望無際的大海，行走在岸邊，帶着水汽的海風會吹走疲憊，讓人安寧地享受海浪聲。

這裡景色服務樣樣周到，收費自然也是高得出奇，沈清荔為了給母親一個好的環境療養身體，幾乎把大部分稿費都砸在了這裡。

「清荔又來看遲阿姨了？」護工抱着一床被子從房間裡出來，「今天太陽好，我出去曬曬被子，你快進去吧。」

沈清荔甜甜地笑着：「最近媽媽狀態怎麼樣？」

「挺好的，就是每天都唸叨你，晚上睡覺也不錯，能一直到天亮了。」

沈清荔的媽媽年輕的時候也是個大美人，自從父親去世之後，身體每況愈下，前些年查出了癌症，化療控制之後就一直在這家專業的療養院保養身體，但是藥物帶來的副作用還是讓她的記憶力日漸消退，經常暴躁不安，沈清荔又要上學，又要寫稿賺錢，實在不能兼顧，不然也想讓媽媽時刻都陪在身邊。

沈清荔推開門進去，看見媽媽坐在窗戶前修剪花枝，稀疏的頭髮也被挽成一個捲堆在頭上，精緻的蝴蝶釵斜插在鬢邊，歲月如此無情，也只是稍減了她身上的風華，那種沉澱下來的韻味形成了獨特的魅力，在母親身上展現。

她自己遺傳了母親姣好的容貌，但那一雙圓溜溜的眼睛卻隨了父親，看上去沒有母親溫婉，但更多了一絲靈動狡黠，更顯天真和嬌俏。

「媽媽，我來看您啦。」

遲尚娟轉頭看見她，笑吟吟地開口：「小沒良心的這麼久才來，媽媽給你留的豬腸碌都壞掉了。」

看見母親果真狀態不錯，沈清荔也笑起來：「那都是給你準備

的，下回就自己吃不用給我留着了。」

　　握着女兒細軟的小手，遲尚娟不停地摩挲着：「你總是自己一個人，媽媽也不放心的啊，什麼時候帶着男朋友來看我啊？」

　　聽見媽媽又開始老生常談，沈清荔無奈的歎口氣，這兩年媽媽催婚的次數簡直比以往都要多，每次過來都要被唸上一陣。

　　「今天陽光不錯，我推您去外面走走。今天海上風不大，我給您拍照片好不好？」

　　遲尚娟愛美，就算是被癌症折磨得痛不欲生，也從沒有狼狽的時候，整天都要收拾得乾淨整齊，頭髮因為化療掉沒了一大半，但也不影響她用漂亮的首飾裝扮自己。

　　海面波光粼粼，一簇簇浪花在岸邊盛開，前撲後湧的蓬勃的生命力，為這裡帶來七彩的光芒。

　　「知道你工作忙，但是也要照顧好自己，別把身體熬壞了，上次深紅過來看我就説你連着半個月在家裡趕稿，這怎麼能行？人都要憋出問題的。」

　　沈清荔聽着母親的嘮叨，心裡只覺得溫暖，自從父親離開之後，媽媽好像把自己封閉起來，沒有感興趣的事情，也從不為一件事留有更多的關注，連話都變得少了，現在的樣子都是沈清荔想盡辦法，才疏導到今天這樣，已經很知足了。

　　沈清荔舉着手機給母親拍照，老太太鏡頭感很好，側臉在陽光下格外溫柔。

　　突然，她在鏡頭裡看見一個身影，站在海邊的觀景台上。沈清荔趕緊放大了焦距，只見一個老人對着一旁的護工大喊大叫，揮着雙手不許人靠近，那觀景台欄桿很窄，稍有不慎就會掉下去。

　　這座觀景台雖然是造在海邊，但是掉下去海水還是足以沒過頭頂。沈清荔眼看護工只能站在邊上沒有辦法，轉頭把母親推到了樹

蔭樹下，悄悄走到台上老人的身下位置。

　　脫掉鞋子，順着邊緣滑下去，她從小長在海邊，水性很好，這種近海地方對她來說輕而易舉。

　　慢慢游到台邊，對着另一頭的護工打着手勢，張開雙臂在水裡接着老人以防萬一她情緒激動掉下來。

　　「你們都是壞人！你們要害死我！躲開，都躲開——」

　　老人的狀態很不穩定，一隻腳已經邁出欄桿了，那些護工在旁邊根本不敢過來，沈清荔泡在水裡，精神也被吊得緊張起來，隨着老人的動作不斷改變着姿勢，爭取能在她掉下來的一瞬間接住。

　　「老人家，您小心腳下，別摔……哎！」

　　沒等沈清荔説完，老人腳下一滑徑直撲向她懷裡，沈清荔被她的胳膊砸到了胸口，兩人墜進水裡砸起巨大浪花，沈清荔猝不及防被嗆了很大一口。

　　老人家驟然落水劇烈地掙扎起來，沈清荔反手拽着她往岸邊游。

　　「您別害怕，有我在呢，阿姨您放鬆點。」

　　沈清荔纖細的胳膊拉着老人，離岸邊不遠但是已經氣喘吁吁，卻沒有放開手，一邊游一邊安撫着她。

　　岸邊的護工趕忙把老人和沈清荔拉上去，用大毯子圍住，沈清荔坐在地上，渾身濕透，頭髮順着髮梢往下滴水，雖然已經盛夏，但被風一吹還是有些瑟瑟發抖。

　　老人嗆咳得滿臉通紅，但驚嚇到已經冷靜下來，坐在那一言不發。

　　沈清荔裹着毯子走過去，蹲着看向老人：「阿姨要遠離海邊，很危險的知道嗎？」

　　她最了解老人，這樣的情緒極可能是精神出了問題，而且缺少陪伴，身邊寂寞更會讓情緒逐漸不受控制。

那老人目光有些呆滯，但是看見她的一瞬間，緊緊抓住她的手，眼睛瞬間就紅了：「孩子，我的女兒，你終於肯回來看我了，我的寶貝啊，媽媽對不起你啊！」

沈清荔被一聲聲女兒喊得有點懵，但是被牢牢抓着也不能掙脫，醫生給她使眼色，就伸出手輕輕拍着老人的背安撫。

「我回來了，您放心吧，回來了。」

沈清荔蹲着一直到老人逐漸平靜下來，才緩緩起身，腿腳已經麻木了，一個趔趄差點摔倒，被匆匆從對岸趕過來的母親看了個正着，一聲清荔讓她心裡歎了口氣。

剛哄好一個，這邊自家媽媽的玻璃心還需要好好安撫啊。

遲尚娟被護工推着過來，上上下下摩挲着她：「受傷沒有啊？有沒有事啊？」

「沒事沒事，一會換一件衣服就好了，大夏天的也不會感冒。」

遲尚娟嗔怪地在她身上拍了兩下，滿眼心疼：「你説説你，那麼多人都在呢，就你自己跳下去，傻不傻！」

沈清荔依偎在母親腿上：「哎呀，您知道我水性好，沒關係的，那個老人家很可憐了，剛才還把我當成她的女兒呢。」

沈清荔看着老人被護工帶回去，也推着母親回去換衣服。今天真是有驚無險，還好自己會游泳，不然看見這麼緊急的事情，就算想救人也是有心無力。

遲尚娟覺得她莽撞，一直耳提面命地教訓她，沈清荔知道母親擔心，也就微笑着聽，一邊削蘋果一邊點頭回應。

下午陽光溫柔，淺淺地照在她線條柔美的側臉，尚且濕潤的頭髮服貼地搭在鬢角，肩上的輕紗顯出精緻的肩頸，每一點都彷彿是造物主的恩賜。

「篤篤篤。」

房門被推開，護工走進來笑着説：「沈小姐，您下午救的那個老人的家屬來了，想向您當面致謝。」

　　「不用了……」

　　沈清荔話都沒説完，就看見時景明從門口轉進來，雖然一樣戴着口罩，但這一次一下就認出了那雙丹鳳眼。

　　「好巧，在這也能遇到你。」沈清荔放下手上的生果刀，清淺地笑着打招呼，不知為何，每次見他，都像語言系統失靈一樣。

　　時景明走進病房，摘下口罩：「他們打電話來説我媽媽落水被人救上來，我就想着好好感謝，沒想到竟然是你，這回我欠你的就更多了。」

　　「沒關係，舉手之勞，誰站在那都不會袖手旁觀的，時先生言重了。」

　　「我媽媽有嚴重的抑鬱症，現在年紀大了還有些老年癡呆，我工作忙不能經常陪在身邊，導致她現在連我都經常不記得了，這次真是多虧了你。」

　　時景明彎腰鞠躬，他接到電話的時候正在參加劇本研討，嚇得渾身冷汗都出來了，緊忙趕過來，看見母親沒事才稍稍放心。

　　沈清荔瞭然地點點頭：「下午阿姨還管我叫女兒，想必是想孩子了，怎麼不見她來？還是要多陪陪老人家才行，這裡環境再好，也不比孩子在身邊貼心。」

　　時景明眸色微暗，抿了抿唇説：「我妹妹三年前跳樓自殺了，媽媽大受打擊，從此就變成了這樣。你跟我妹妹其實有些神似，一時之間錯認了你，冒犯了。」

　　兩人站在門口寒暄，沒等説上幾句，就有護工從走廊另一邊急匆匆跑過來：「時先生，您母親突然激動起來，吵着要見女兒，這可怎麼辦啊？」

經常照顧她的護工都知道她家裡的情況，到哪給她找一個女兒過來呢？以前遇到這種情況都是直接一針鎮靜劑下去，現在家屬就在院裡，只能先來通報一聲。

時景明緊皺着眉頭，沈清荔看他為難的樣子，主動往前走了一步：「帶我去看看。」

可能是老人記住了之前在海邊叫她女兒的事，現在說什麼都要看到。

時景明看着沈清荔疾步往前走，髮梢的水珠甩在空中，在地毯上砸出一片氤氳。

這個纖瘦的女孩冥冥之中遇見了三次，好像有一種緣分緊緊牽扯着彼此，這回又在危機關頭救了媽媽的命，可見人與人之間的際遇難說得很。

沈清荔走進去的時候，床上被掀得亂七八糟，老人拿着枕頭打着護工不讓靠近，棉絮扯得到處都是。

「我回來啦，您看看是不是我？」沈清荔笑着往前走，時景明伸出一隻胳膊護在她身後，生怕母親突然暴起傷到人。

老人看見沈清荔的臉，隨手就扔掉了枕頭，磕磕絆絆地往前走，把沈清荔抱了個滿懷：「哎呀我的孩子啊！你終於回來看媽媽了！」

沈清荔像下午一樣輕輕拍着她的背，一聲聲地告訴她已經回來了，白嫩的手擦掉老人臉上的淚痕，慢慢扶回到床上。

「您以後不要光着腳下地走動，多涼啊，要好好照顧自己才行。」

沈清荔把雙腳抬到床上，蓋好被子，坐在床邊看着老人，字字句句都是叮囑。

時景明看着媽媽沒什麼事情，這個女孩耐心的陪着，聽到媽媽反反覆覆說一句話也不嫌棄，反而一直認真地側着耳朵聽，善良又溫柔。

等把老人家安撫好睡下，外面的天已經開始轉暗了，花園裡的

路燈一盞盞的亮起來，時景明跟在沈清荔身後往遲尚娟的房間走。

「您不用送了，這麼一點路沒事的。回去照顧阿姨吧。」

時景明跟在她身邊，覺得這樣安靜走着，時間也變得很慢。

「不用跟我客氣，這離閘坡比較偏遠，等下我送你回市區裡面，不然不好叫車的。」

沈清荔跟媽媽道別之後，就拎着手袋跟時景明去了地下停車場，本以為大明星出門必然有司機助理跟着，沒想到只是一輛車停在那，時景明拉開副駕駛的門，示意她上車。

「你自己開？」沈清荔覺得時景明跟她印象中的明星都不一樣，沒有那些聲勢浩大的排場，也沒有矯揉造作鼻孔看人，反而平易近人，不怎麼愛說話。

時景明打趣地笑着繫上安全帶：「我開車技術很好的，信不過我也晚嘍。」

沈清荔抿着嘴笑起來：「你答應接下這部戲，就是因為離阿姨近一些吧？導演說取景在漠陽江市都可以了。」

時景明點點頭：「我拍戲的時候很忙，經常不在家，能有這樣的機會不容易，所以就定下了，以後還要承蒙作者老師關照啊。」

看着他在夜光下笑意盈盈的臉，配上那張足夠顛倒眾生的神顏，沈清荔覺得呼吸一滯，她現在算是完全明白那些在時景明微博底下叫老公的人是何種心態了，誰能拒絕一個頂級大帥哥的笑容呢！

「還沒有吃飯吧？不知道玖笙大大肯不肯賞光讓我做東呢？」

時景明總是恰到好處地提出建議，用一種溫和的態度表達想法，並不會因為是平常人可望不可即的明星，就盛氣凌人，反倒氣質格外溫和。

沈清荔不好意思拒絕，更何況一看見他的笑，大腦直接宕機，只會點頭答應了。

時景明帶她到了一家私人菜館，雖然小縣城經濟水平並不高，但是因為優越的地理位置，很多大佬退休之後都會到這養老，導致周邊的商業並不衰敗，這樣裝修精緻考究的私人菜館有三四家。

　　服務員領着他們穿過大堂，走進後排的包廂，時景明紳士地拉開椅子，看着沈清荔落座之後，還詢問了有沒有忌口。

　　「很抱歉，我的身份畢竟不好坐在大堂，這裡看不到那些園林景觀，但是勝在清靜。」

　　時景明抬手斟了一盞茶給她，沈清荔歪頭從窗戶隱隱約約能看見一片翠竹，彷彿把窗櫺都染上了綠意。

　　「這裡也很好，外面的竹子很有意境。」

　　這家菜館她以前沒有來過，但是看外面的裝修就知道價格不菲，沈清荔節儉慣了，絕不會奢侈地自己跑來吃一頓飯。

　　時景明看着她平和的面孔，突然有些不好意思地笑了一下，踟躕着不知該如何開口。

　　「有件事，想麻煩沈小姐……」

　　「你都不讓我叫你時先生，就叫我清荔吧。」

　　「抱歉，我回去在網上查過玖笙的筆名，但是沒有任何關於你的信息，是公司沒有發佈過嗎？」

　　沈清荔瞭然一笑，點點頭：「因為我還有學業沒完成，所以並沒有正式入職，只是定期投稿而已。我是清水的清，荔枝的荔。」

　　時景明覺得這個名字真是沒有起錯，沈清荔整個人就像荔枝一樣，帶着清晨的朝露，微微散發着淡雅的清香，活潑的外表下，是一顆柔軟細緻的內心，在夏季泛着清甜。

　　「清荔……」時景明斟酌了一下，還是開口說，「劇組馬上就要開工了，一旦開始拍戲時間就緊張了，所以我想，能不能……」

　　畢竟剛剛見過三次，時景明多少有些不好意思麻煩她，說起來

也吞吞吐吐的。

　　沈清荔彷彿知道他在想什麼，摩挲着茶杯邊緣欣然點頭：「我會經常去看阿姨的，正好我媽媽也在那，並不麻煩的，你放心好了。」

　　時景明悄悄鬆了一口氣，感激的看着對面的女孩：「謝謝你，清荔。」

　　自己的名字被他從口中說出來，沈清荔莫名地有些臉紅，連忙低頭喝茶掩飾，但是一雙通紅的小耳朵還是暴露了，時景明看着她的樣子，覺得毛茸茸的小腦袋都要埋進茶杯裡了，十分可愛。

　　滿桌精緻的菜餚，沈清荔只吃出了金錢的味道，那春砂仁排骨做得都沒有自己炒的糖醋小排好吃，但是時景明一直給她夾菜，也都很客氣地吃了，不知不覺間就吃飽了。

　　「其實這種菜館的菜多半都是為了好看，今天時間太晚只能就近吃一口，下次我帶你去吃鵝腸飯，我知道有一家鵝腸飯做得很正宗。」

　　時景明其實發現了他夾的菜都吃掉了，但是一半以上的菜沈清荔都沒有主動夾第二次，就知道這家館子並不合她的胃口。

　　沈清荔根本沒想到他能發現，連忙點頭應下，後知後覺地發現，他有些出人意料的細心，能觀察到細微的地方，讓她通過一頓飯就能感受到他的妥貼。

　　但是分寸又掌握得很好，不會太過殷勤，以至於顯得諂媚，言談之間既幽默又尊重，也沒有顯得油膩，真是難得的好性情。

　　「你住在哪裡？我送你回去。」

　　「景湖花園。」

　　時景明挑眉：「我家以前也住在那，只是後來妹妹出事之後就賣掉了，不然說不定我們還是鄰居呢。」

　　「這房子是我租的，我們家並不是本地人。」沈清荔本想住在宿舍，還能省下一筆，但是要經常趕稿，往往就是一個通宵，太影響室

友睡眠，索性出來租住，好在市區也沒有很貴。

　　時景明停在樓下，過去拉開車門，仔細地擋住邊緣，看着沈清荔站在路燈下，昏黃的燈光照在臉上，格外寧靜柔和。

　　「還是要再次感謝你，我母親以後要多多麻煩你了。」

　　盛夏夜晚的微風也帶着熱意，沈清荔把鬢邊亂舞的頭髮撩到耳後，看着時景明完美的眉眼：「沒事的，不用這麼客氣，送我回來辛苦了。」

　　「快上去吧，晚安。」

　　「開車注意安全。」

　　時景明一直站在樓下，一直看着一扇窗戶亮起來，才轉身回到車上離開。

　　這個女孩也不知怎麼了，竟有這麼大的緣分牽扯，而且只是亭亭玉立地站在那，就自帶一股歲月靜好的氣息，待在她身邊都覺得時間慢行。

　　沈清荔在不忙的時候都會在家做好小點心去療養院看媽媽，然後去看看時景明的母親。

　　她有的時候神志清楚，就知道她是兒子的朋友，拉着她溫言細語地說話，有時候發作起來，要是沒有沈清荔在身邊，就會瘋狂打砸東西，一聲聲淒厲地喊着女兒。

　　每每聽見，沈清荔都能感受到她內心的悲愴，女兒故去，對老人家來說，是何等大的打擊和創傷。

　　沈清荔站在門口往裡看，老人家摸着相片，脊背有些佝僂地坐在床上，背影落寞，此時就知道她狀態很好。

　　「阿姨，我來看您啦。」

　　沈清荔提着點心進去，老人笑着轉頭看她，目光慈愛：「小荔枝

今天可來晚啦。」

這還是有一次聽見她母親這麼叫，老人家才學會了，每次清醒的時候都會叫她小荔枝，說她跟名字一樣甜美。

「今天陪媽媽打針，看她睡了我就來看您了。」

老人家一臉緊張地問：「你媽媽身體怎麼了？」

「沒事，就是最近天熱腸胃不舒服，您也要多多注意，不要貪涼，晚上不能踢被子。」

兩個老人雖然在同一個療養院，但是不在一個分區，只有偶爾出去散步才能碰見，因為沈清荔的關係，兩個老太太總會約着在下午出去曬太陽，關係好極了。

老人家傲嬌地撇嘴，一邊把手伸向食盒，一邊彆扭地說：「你當我是小孩子啊，我可是很乖的。小荔枝，這次帶了什麼點心來啊？」

沈清荔無奈地笑笑，老小孩老小孩，越上了年紀越喜歡別人哄着，沈清荔性格本就溫和愛笑，最招老人家疼愛了。

「是馬蹄糕，比較清甜，夏天吃最好了。」

食盒裡的半透明的馬蹄糕，夾起來軟軟彈彈，老人家吃着入口即化，還不是特別甜膩，看那滿意的表情就知道美味。

沈清荔這一手製作甜點的本事，都是小時侯跟母親學的，因為格外喜歡吃甜食，跟着母親死皮賴臉地學了一陣，然後又吃遍全漠陽江，接着不斷試驗摸索才有現在的手藝，但凡吃過的，沒有不交口稱讚有大師水準。

「喜歡也不能多吃，等下就吃飯了，小心積食。」

沈清荔往小盤子裡夾了兩塊就不夾了，她太了解這個老太太了，有一次做了一盒綠豆糕，就差一句話沒叮囑到，一天就吃光了，當天晚上鬧肚子，連時景明都驚動了，連夜從劇組趕了回來，搞得兩人都哭笑不得。

老太太把食盒偷偷往自己身邊拽，沈清荔心裡好笑也沒阻止，裡面一共就五塊，就算全吃了，晚上晚睡一會就好了。

　　拿着小帕子給老太太擦嘴，看着她吃得香甜，自己心裡也高興，聽見門響，沈清荔一回頭就看見時景明逆着光站在門口。

　　「清荔，又辛苦你過來照看。」

　　「不辛苦。」

　　沈清荔有時候趕上時景明拍戲空檔，就能在療養院看見他，一來二去的就熟悉了很多。

　　時景明提着生果走進來，看着母親狀態很好，就知道沈清荔沒少在這費心，心裡對她更感激了。

　　「這次又做了什麼好吃的？」時景明脫掉西裝外套搭在沙發上，走過看看到馬蹄糕覺得精緻可愛，「有我的份嗎？」

　　剛要伸手去夾，就被老太太一巴掌打掉了手：「幹嘛幹嘛，你這小夥子手腳這麼不老實。小荔枝啊，你快看看你這朋友，搶點心吃哦！」

　　時景明和沈清荔聽見這話，同時愣了一下，時景明眼中閃過一絲苦澀，放下筷子，勉強扯出一絲笑：「都是您的，您慢點吃，我不跟你搶。」

　　老太太警惕地看着他，眼神中的陌生和防備，刺痛了時景明的心，有些狼狽地轉過頭去：「我⋯⋯」

　　沈清荔知道他不好受，百忙之中來看母親，偏偏母親時常會不記得他，為人子的心裡除了難過還有愧疚。

　　「阿姨，您少吃點，一會咱們就吃飯了。」沈清荔嗓音甜，她一說話就能把老人哄得眉開眼笑，所以老太太犯糊塗的時候，那麼多護工甚至再加上時景明，都沒有沈清荔一句話好使。

　　老人一臉神秘地趴在沈清荔耳邊說：「那是你男朋友？別看他長

得好看，長得好的最靠不住，你可別跟他在一起喔。」

老人只知道要偷偷説，卻沒意識到控制音量，時景明也聽到了，輕咳兩聲掩飾尷尬，沈清荔更是鬧了一個大紅臉，從臉蛋到脖子都紅彤彤的一片。

「阿姨，他不是……」

「聽阿姨的話，好看不能當飯吃，阿姨知道有好小夥子，不搶別人糕點的。」一邊説，還一邊拿眼睛瞪着自家兒子。

這搞怪的模樣，讓兩人哭笑不得，只能硬生生忍住了。

只是沈清荔抬眼看向時景明的時候，正好撞見他的眼神，就這樣對視了，時景明溫柔的眼神如同一輪玉光，雖然溫和卻也堅定如石，帶着力量。

沈清荔有些倉促地移開視線，看老太太吃的差不多了，收拾起食盒説：「阿姨，我要回去了，等過兩天再來看你啊。」

老太太依依不捨地拉着她的手，殷殷叮囑：「再來的時候帶點綠豆糕呀。」

沈清荔哄好老人，時景明拿起外套跟着往外走。

「你好不容易有時間，多陪陪阿姨吧，其實她有的時候清醒也會想你的。」

時景明繫着扣子，一手自然地接過她手中的食盒：「明天上午休息，等送你回去我再回來就好了。」

今天他一下戲就從劇組離開了，身上還穿着民國時期的老式西裝，筆挺又帶着儒雅的文人氣息，懷錶在胸前的口袋裡，站在那就透着君子之風，如琢如磨。

沈清荔看得有些入迷，她書中的男主角就是時景明這個樣子，不禁就叫了他戲裡的名字。

「尚三公子。」

時景明也配合地作揖：「清荔小姐，共進晚餐否？」

沈清荔笑着，恍惚間覺得就是書中的公子從亂世中走來，站在她面前，還彼此有了交集。

兩人只要遇見，吃飯然後送她回家，就成了必備流程，這段時間市區周邊有名的菜館兩人吃了個遍，碰到好吃的，只要沈清荔誇上一句，第二天一定會收到這家店的外賣。

有時候沈清荔過意不去就會婉拒，但時景明總說母親麻煩她照顧，藉此與她多吃一頓飯。

時景明自己一個人時也會思考，從前不是沒有主動來獻媚的女人，但除了厭惡就是噁心，直到沈清荔的出現，總是吸引着他不由自主去靠近，想要親近她，珍惜每一個與她相處的時間，然後在樓下站到她的窗戶亮起來，才不捨地轉頭回去。

時景明回到療養院的時候，母親已經睡着了，坐在床邊看着蒼老很多的面容，那些皺紋日漸加深，心裡一陣陣刺痛。

妹妹跳樓從高空一躍而下的時候，媽媽正好買菜回來，親眼目睹了那個慘烈的場景，即便他趕回來停掉了一整年的業務，都沒能稍稍緩解母親心裡的悲痛，她將罪責都歸在自己身上，日日夜夜煎熬着，當她第一次叫錯時景明的名字的時候，他就知道母親再也回不去了。

沈清荔在的這些時候，是他見過母親臉上笑容最多的日子。

因為母親今天不記得他，所以時景明只能站在不遠處偷偷看着她，不敢上前說話，等到下午再開車回到劇組。

「時老師，馬上就到您妝造了。」

時景明點點頭往化妝間走，一進去就看見經紀人坐在那，一邊回着消息一邊問他：「休息去哪了？」

王安手下只有時景明一個藝人，縱然現在他口碑很好，成績也

穩定，但是每天依舊忙得不可開交，本想來找他商量一下廣告代言的事情，趕到劇組卻發現他不在。

「去療養院了。」

時景明是王安一手帶出來的，他有什麼變化，哪怕只有臉上一點點的情緒轉變，都能敏銳地察覺。

「以前你去都是滿臉愁雲，今天怎麼這麼輕鬆？伯母情況有好轉？」

時景明心裡警鈴大作，要是讓王安知道他對沈清荔有所不同，估計就要給這個女孩帶去一些麻煩，畢竟他也同樣了解自己這個經紀人的脾氣。

刻意收斂了臉上的表情，面不改色地坐在鏡子前面：「還是老樣子，就是最近吃的多了。」

王安惦記着廣告代言，也沒有深究：「下半個月有一個廣告拍攝，我跟導演說好了，到時候給你兩天假，回上海拍完了再回來。」

王安一開始是不同意他接這麼一個小網劇的，畢竟按照時景明的咖位，什麼大製作都要排着隊找上門來，偏偏選了這麼一個名不見經傳的小導演，等她知道的時候都時景明都已經自己簽好了合同，只能咬着牙點頭了。

時景明已經習慣了經紀人我行我素的強勢風格，只要不涉及私事，他都不介意，已經合作了這麼久，彼此之間換成另一個人都不會有這樣的默契。

誰知道王安一直在劇組待了七天，時景明玩手機都要背着她，免得收到沈清荔的消息時，讓她看出什麼端倪。

但是他小看了王安對他的了解，還是在一次午休的時候，把他攔在了化妝間。

「說說吧，最近總躲着我是什麼意思？」

「沒有啊。」

王安坐在沙發上，點了根煙：「你瞞不過我，我是最了解你的，平時對任何事都漠不關心，休息不是看劇本就是補覺，現在整天抱着手機，明顯不對勁。」

王安往前湊着，壓低聲音問道：「你是不是談戀愛了？」

時景明驚訝她的敏銳，但是他跟沈清荔的確還什麼都沒有，甚至不清楚她心裡是一種什麼感覺，也並不慌亂，看着王安說：「沒有。」

王安眯着眼睛明擺着不相信，看着時景明冷淡的表情，歎了口氣：「我知道你這些年心裡苦，可是你的事業剛剛到了一個高度，現在爆出戀情對你一點好處都沒有，你可要想清楚了，還要不要你的前程了。」

這些話幾乎每過一段時間都會在耳邊唸叨一遍，時景明不耐煩地擰着眉頭，靠在椅子上假寐。

沈清荔的出現是他不可否認的意外，就這樣突如其來地打破了心裡的平靜，每天都盼望着收到她的消息，哪怕只是分享今天做了哪種點心，或者去療養院看了母親，看着兩人的合照，時景明只覺得窩心。

一老一小，笑容明媚，比背後的陽光還要燦爛，照進他的心窩，會溫暖很久。

為了回上海拍廣告，只能在劇組趕進度，一直到去珠海機場都沒有時間去療養院看一眼。

就在路上，王安坐在他身邊，突然坐直了身體，把手機遞到他面前，語氣生硬：「這女人是誰？」

時景明瞳孔微縮，這是最近一次帶沈清荔去吃飯，明明是一家私人菜館，但照片上赫然就是他開車門，身邊站在沈清荔，雖然只是一個背影，但仍舊難掩那窈窕的曲線。

「我問你呢，這是誰？」王安有些氣急敗壞，「我千叮嚀萬囑咐，絕對不能談戀愛，鬧緋聞，你要愛惜自己的羽毛，你是怎麼答應我的？現在這是怎麼回事？」

時景明重新靠回座位閉目養神：「發出去了？」

「還沒有，幸好這家媒體跟我熟，先發來給我看，不然你現在就已經登上熱搜了，你的前途要不要了！」

時景明不以為然，既然沒爆出去，就不會對沈清荔造成影響，至於前途，他向來都是靠作品說話，雖然應該潔身自好，但是有了也不必遮遮掩掩。

「她是誰？」

時景明沒說話。

「是本地人？做什麼的？」

時景明還是沉默，他知道要是讓王安知道沈清荔，說不定就會去打擾她，甚至調查她，那樣乾淨清澈的女孩子，不應該接受這樣的手段，打擾她的生活。

王安看他油鹽不進，簡直要氣得七竅生煙，咬着牙說：「你不說，我也會查的，反正你不能有任何牽扯。」

時景明豁然睜開眼睛，灼然看着王安，目光幽深，帶着濃濃的警告：「不許去打擾她。你是我的經紀人，我又不是簽了賣身契，不該你碰的我奉勸你離得遠一點。」

時景明一直都很平和，或許說很佛系，一些無關緊要的事情也懶得去計較，但是沈清荔顯然已經變成了他的禁區，絕不容許王安把手伸到這裡。

看着他的眼神，王安心裡一顫，從出道開始她是第一次在他身上見到這樣的情緒，彷彿自己的一句話就已經碰到了他的逆鱗。

既然這件事已經被王安發現了苗頭，再收到沈清荔消息的時候

也不迴避了，甚至還會有説有笑地發語音。

　　王安偷瞄過一次，看着那個備注是小荔枝的女孩子，有些失笑，沒想到時景明看上去那麼端正的人，也會給女孩子取如此可愛的暱稱。

　　時景明從沒有在沈清荔面前叫小荔枝，生怕自己的話會唐突了她，每一次見面都是清醒克制的，讓他感到無奈的是，只要跟她同時出現在母親面前，都會被自己老媽拆台，想方設法把他支走。

　　沈清荔知道這兩天時景明去了上海，特意去療養院看看老人家的狀態，拍一些日常照片發給他，每天雖然只有這種瑣事，但無形之中發覺兩人之間的距離已經拉近了。

　　要是偶爾沒有收到時景明的回覆，就會一直惦記着，不時瞟一眼手機，聽到鈴聲響，都會第一時間點開，要是時景明的消息就會不自覺嘴角上揚，反之就興致缺缺。

　　「我回來了，等下去接你去療養院。」

　　沈清荔收到消息的時候，整個人都跳了起來，不停在房間裡踱步，事實上每次去海邊療養院都會精心換上裙子，萬一碰見時景明，期待他會看見最漂亮的自己。

　　一連換了三條都不滿意，在鏡子前面比來比去，不是嫌棄太庸俗，就是顏色太黯淡，完全忘了之前一件牛仔褲穿一夏天的樣子了。

　　當換上天青色的裙子，挽着頭髮，妝容精緻的出現在樓下的時候，時景明眼前一亮，這女孩天生麗質，偏偏又有一身令人親近的氣質，自帶溫和效應，往那一站就是亭亭玉立的淑女，仿若一朵睡蓮靜靜綻放，不爭不搶也自有芳華。

　　「很美麗。」

　　時景明想了半天，都沒找到一句妥帖的詩詞能形容她在眼中的美好。

天青色等煙雨，自己就是那煙雨。

沈清荔揚了揚手裡的食盒：「上次阿姨說要吃綠豆糕，剛好做了一些帶過去。」

時景明知道她總是精心準備着點心哄老人家展顏一笑，明明之前素不相識，卻能做到這個地步，比他這個放兒子的都要上心。

兩人一路閒談，剛靠近房間，就聽見裡邊噼裡啪啦的傳來東西碎裂的聲音，蒼老又尖利嗓音傳出來，就知道老人又不清醒了。

拉開門，一隻花瓶徑直飛出來，時景明手疾眼快把沈清荔拉進懷裡，用後背擋住了砸來的花瓶，看着懷裡被嚇到的女孩，眼睛圓溜溜的含着霧氣，心裡一痛。

「有沒有碰到你？」

沈清荔搖搖頭，他懷中雪松的香氣將她包圍，一瞬間熏紅了臉頰。

推開他的胳膊，看看後背並沒有被花瓶砸碎，鬆了口氣，房間裡老人光着腳站在床上，警惕地看着護工。

「別碰我，我要跳下去，我要找我的女兒！」

沈清荔怕老人真的從床上跳下來，她長期吃藥導致骨質酥鬆，這麼往下跳一定會出事的。

拎着食盒走過去，笑着輕哄：「我來了呀，下來吃糕點好不好，我做了綠豆糕呢，快來嚐嚐呀？」

老人眼睛一亮，腳下往前躥了幾步，嚇得沈清荔和時景明冷汗都出來了。

「您站着別動，地上涼，我去扶着您，聽話好不好。」

沈清荔試探着往前走，手上的綠豆糕吸引了老人的視線，跨過滿地的碎玻璃靠近床。

「我這就過來啦，我們吃糕點。」

沈清荔伸出手握住老人的手腕，慢慢扶着她坐下來，把糕點拎

到她面前：「快嚐嚐，我特意給您做的呢。」

老人往常是最喜歡吃綠豆糕的，每次見到都眉開眼笑，但是今天只是盯着看，也不動手去拿。

沈清荔一邊哄着，一邊給時景明使眼色，讓他幫忙把鞋給老人穿上，哪知道時景明剛剛靠近，老人就像發了瘋一樣，一把掀翻食盒，緊緊攥着沈清荔的手腕，惡狠狠的樣子跟平時的慈眉善目大相徑庭。

「你不是我女兒！你是來帶走她的，你們都騙我！」

老人一邊說一邊把人往床上推搡，掐着手腕不撒手。

時景明手忙腳亂，又怕母親傷害沈清荔，又不敢直接拉開傷到母親，只能跟護工一起闍着讓她鬆手。

沈清荔疼得眼圈泛紅，這個看着年邁的老人在面對女兒的執念的時候，是爆發了那麼大的力量，壓制着她動彈不得。

突然想起時景明說過自己的臉跟他妹妹有幾分相似，就忍着疼痛，拉起老人另一隻手，輕輕放在自己臉上。

「我就是女兒啊，你摸摸我，是不是很像？你看看我呀。」

沈清荔一句句地輕哄，不停地重複着這句話，慢慢讓老人平靜下來，兩隻手摸上她的臉頰，眼神從兇狠變成了眷戀。

「女兒啊，夢夢呀，真的是夢夢啊，我的寶貝女兒。」

看見老人安靜下來，不再掐着沈清荔了，時景明鬆了一口氣，把兩人從床上扶起來，看着她纖細皓白的手腕堆起一圈淤青，鬢髮發凌亂，連眼睛都是紅着的，更心疼了。

綠豆糕都摔碎了，不能吃了，沈清荔也顧不上給手腕上藥，坐在邊上陪老人說話，慢慢哄睡之後才鬆下心神來，後知後覺地發現手腕開始疼。

時景明拉着她到走廊坐在長椅上，拿着藥油，一點點把淤血揉開。

「真是對不起，沒想到今天是這個樣子，讓你受傷了，對不起。」

看着淤青，時景明覺得觸目驚心，母親今天爆發傷到了這個如玉一般的女孩子，這是他小心翼翼捨不得驚嚇到的人。

沈清荔疼得直抽氣，吸着鼻子説：「不礙事的，過兩天就消了，阿姨狀況不穩定，哄一哄就好了。」

時景明乾燥的手掌揉搓在手腕上，帶着藥油的濕潤，眉眼低垂，神情專注，彷彿捧着的是稀世珍寶，沈清荔啜泣的聲音砸在心上，手勁不自覺地放輕。

「回去再塗兩天藥油。」

沈清荔剛要站起來，就被時景明按住了，單膝跪地，紗布沾着酒精，小心地塗在小腿上。

沈清荔這才發現，那些飛濺起來的碎片划傷了小腿，血絲滲出在白瓷般的肌膚上，顯得格外刺眼。

「這個沒事的，明天就長好了。」

看着時景明小心翼翼的動作，沈清荔覺得真的很難不會為這樣的男人心動，他是那樣的溫柔克制，在每一處細節裡讓人感受到用心，看着你的時候眼睛裡都是笑意，一點點小傷口都會緊張得彷彿是什麼天大的事情。

「你是不是……」

「我是喜歡小荔枝。」

哈？沈清荔本想問他是不是看見阿姨這樣心裡難過，沒想到他一出口就把自己震驚住了，畢竟自己還沒有遲鈍到以為，他只是在單純説喜歡吃荔枝。

沈清荔眨眨眼睛，沒有轉過彎來，大腦在這一刻感覺供氧不足，俊美的男人跪在面前，捧着她的腳踝，虔誠又專注地説着喜歡她。

時景明慢慢低下頭，炙熱的呼吸灑在肌膚上，輕吻落在小腿上

的紅痕，一瞬間，沈清荔覺得整個人都要被燒紅，只會瞪大了眼睛看着他動作，甚至忘記要伸出手阻止。

粉紅色的氛圍在空氣中跳躍，連陽光都只能淪為陪襯，要是沈清荔細心一些就會發現，男人此時的手都是顫抖的，他忍不住觸碰心中純潔的少女，妄想用自己的氣息褻瀆。

沈清荔站起來，手腳都不知道擺在哪裡，眼神不敢看向他，跺跺腳就走了。

「你去哪，我送你啊。」

「我……我去給你買荔枝。」

自從時景明在療養院說出那句話之後，兩人已經三天沒有說話了，每次拿起手機，看着定格住的對話框，都會猜想她在做什麼，是不是也會盯着名字半天也不敢試探地發出消息。

沈清荔鴕鳥一樣縮在家裡，連媽媽都打電話來說好幾天沒看見她了，問她是不是工作很忙。她才恍然驚覺，時景明的話竟然給她這樣大的影響。

「你在家？明天劇組要進陽春採景拍攝，聽說那附近有個山莊，你也一起去玩玩唄。」趙明明打電話邀請她去玩，沈清荔作為原著作者，雖然有地方修改劇本會打電話商討，但非必要她是不出現在劇組的。

沈清荔有些遲疑，因為還沒有做好準備面對時景明，那一聲小荔枝常常攪得她神思不屬，蒙在被子裡偷笑，又怕來自明星的光環太過閃耀，害怕這只是一時興起。

奈何扛不住趙明明的盛情邀約，沈清荔還是拖着行李箱進了劇組，一進去就看見時景明站在眾多機位裡拍戲。

那一身軍裝和臉上的戰損妝扮，莫名的破碎感衝上心頭，眼神哀痛地看着倒在懷裡的女主角，那樣的深情，困獸般的哀嚎在場內

散開。看着筆下的人物活靈活現的出現在眼前，沈清荔有些激動。

「卡。」

時景明瞬間放開女主角，禮貌地致謝，臉上的悲傷一掃而盡，彷彿剛剛在痛苦中掙扎的人並不是他，從尚三公子一秒切換回現實。

看見站在場外的沈清荔，眼睛亮了起來，礙於身邊眾多工作人員，只能克制住想要衝過去的腳步，只是那上揚的嘴角竟然怎樣都壓抑不住。

王安已經觀察時景明很久了，她就想知道是什麼樣的女孩能把身處名利場的時景明迷成這樣，除了拍戲的時候心無旁騖，其他時間竟然都魂不守舍的，看情況好像還沒把人拿到手 —— 這可太不正常了，誰會拒絕這樣一張臉呢。

「我跟你說話呢，景明，你別忘了給廣告發推廣……」

王安一抬頭就看見他盯着某一處，順着看過去，一個穿着白色長裙的女孩子站在趙明明身邊，鬢邊的蝴蝶髮卡都不及她眸光靈動，掩唇一笑，淡淡的芳華四散，竟然比女星都有氣質。

「她就是……小荔枝？」

時景明點點頭，帶着一絲炫耀地問道：「怎麼樣，很好看吧？」

王安心中警鈴大作，他這狀態跟商紂王看妲己也差不多了，美色誤國啊，要是這女孩鬧起來要公開，時景明現在這滿臉癡迷的樣子，沒準就真的答應了，那到時候可能就是職業生涯的大地震了。

趁着時景明去拍戲，王安理了理身上的衣服，塗上紅唇，徑直走向沈清荔。

「是沈小姐吧？」

沈清荔正在圍觀趙明明開榴蓮，抵着嘴像隻小兔子似的笑起來，一回頭王安覺得頭暈，這倆人站在一起絕對是顏值暴擊，這姑娘笑起來太甜了。

「我是沈清荔，您是？」

「王安，時景明的經紀人，幸會。」

沈清荔握手，雖然不知道經紀人找她幹嘛，但是直覺跟時景明有關。

「借一步說話？」

沈清荔回頭看向趙明明，對方隨意揮揮手，繼續跟榴蓮鬥爭。

「那我就開門見山了，多少錢能遠離時景明？」

「啊？」沈清荔懵了，這是什麼套路啊，上來就用錢砸人，說些沒頭沒尾的話。

王安抱着胳膊站在對面，說服自己忽略這女孩忽閃忽閃的大眼睛，冰冷着一張臉：「景明的工作還在上升期，而且女性粉絲群體龐大，這時候是絕對不能爆出戀情的，所以你盡早離開他，我們會給你一筆可觀的……」

沈清荔算是明白她的意思了，心裡都要氣笑了：「這話是你自作主張來找我說的吧？」

她根本就沒跟時景明把話挑明，按照他的紳士風範是絕不會如此唐突地提出這樣的要求，看來就是這個經紀人剃頭挑子一頭熱了。

「首先，我們沒在一起，其次，時景明是個獨立的人，不是你或者公司的附屬品，他是不是戀愛是不是公開，你們都有應對公關的義務，沒有限制的權力。」

沈清荔看不上她這幅高高在上的嘴臉，嘴上也沒留情：「你以為是八點檔的狗血電視劇嗎？真把自己當成什麼豪門，只會拿錢砸人了，回去好好修煉一下素養再出來工作吧。」

沈清荔自有驕傲，要是王安和顏悅色地跟她說起戀情的事，她也不會直接下了她的臉面，偏偏要端着不可一世的架子，別說現在什麼事都沒有，就是時景明真的站在她面前，這些話也一樣照說不誤。

走出拐角的時候，時景明就站在陰影裡，滿臉歉意地看着她：「抱歉，是我沒處理好，讓她打擾到你了。」

沈清荔搖搖頭，看着追出來的王安轉身離開。

這是時景明第一次沒有在她臉上看見對自己的笑容。他的戾氣驟然濃厚——看來之前的警告並不管用，王安根本沒有放在心上。

「等這部戲拍完，我會跟公司申請，給你換一個藝人，我的私事就不勞煩你操心了。」

王安震驚地看着他：「你開什麼玩笑，就為了一個女人？你有沒有叮囑她要保密啊，要是曝光出去……」

「曝光又怎麼了？我時景明要是護不住自己的女人，也就不用再混了。」

時景明不想讓沈清荔出現在公眾視線，是因為想獨自珍藏起她的美好，不給任何人看見。

若是有一天真的曝光，他也不會逃避，這麼多年的摸爬滾打，能在頂流的位置上站穩，他也不是什麼善良單純的人，誰也別想碰沈清荔。

往山裡進發的時候，劇組人都坐巴士，沈清荔窩在角落裡補覺，身邊突然有人坐下，以為是趙明明，迷迷糊糊地問：「你不是有自己的車嗎？」

「壞了。」

低沉的嗓音，瞬間趕走了瞌睡，拽掉眼罩看見是時景明坐在身邊，呼吸都緊張了：「你瘋了，這車上都是人，你坐我旁邊也不怕被拍到。」

時景明的長腿在狹窄的座位裡顯得格外擁擠，湊近她耳邊：「男主角找原著作者聊一下劇情，討論一下主旨，有什麼問題嗎？」

呼吸噴灑在敏感的耳朵上，白嫩可愛的耳垂瞬間充血，連着脖頸都染上紅暈，沈清荔坐直了身體不敢動。

　　「小荔枝。」

　　親暱的聲音讓沈清荔直呼受不住，心臟撲通撲通狂跳。像是知道她的羞赧，時景明低聲笑起來，坐回原位，大手在她毛茸茸的頭頂摸索兩下，徹底擊潰了沈清荔的心理防線。

　　「你就不怕經紀人手撕了你？」

　　「你怕是對我的江湖地位有什麼錯誤認知吧，我會讓經紀人控制？放下你的擔心，我的小荔枝誰都動不了。」

　　沈清荔之前覺得這個男人散發着紳士又溫潤的魅力，現在才看明白，他明明就是隻隱藏款的大灰狼，説起情話來，那些什麼霸道總裁都弱爆了，充滿磁性的嗓音，配上這張臉，簡直酥上天際。

　　輕咳一聲，掩飾自己的無措，沈清荔眼神亂瞟看着窗外：「我、我還得再想想呢。」

　　去山莊的路程有一段山路，巴士搖搖晃晃，沈清荔昏昏欲睡，不知不覺就靠在了時景明的肩膀上，看着軟乎乎的小臉靠在身上，時景明心裡軟得一塌糊塗，終於這麼多天，才對他放下心防，彼此之間的距離越來越近了。

　　巴士不知道軋到了什麼，車身猛地晃動，沈清荔被驚醒，時景明緊緊摟住她，車輛失控地在山道上左衝右撞，車廂裡的行李從架子上飛下來，時景明把沈清荔護在懷裡，把那些滾落的箱包都擋在外面，砸在脊背上也絲毫不鬆手。

　　「啊 —— 怎麼回事？司機！」

　　車子眼看着要衝下山崖，大家都慌了，站起來往前面車門方向跑，時景明看着窗外，暗道不好。

　　把沈清荔安撫在角落，站起來看着驚慌失措的眾人，喊道：「快

往車尾跑增加重量，別讓車衝下去。」

大家又一窩蜂衝到車尾，破窗器在撞擊的時候就甩丟了，幾個男人捶着車窗，尖叫聲此起彼伏，向下的慣性讓心臟都高高懸起。

沈清荔已經嚇得呆滯，在時景明的懷裡瑟瑟發抖，淚珠掛在睫毛上搖搖欲墜，一隻手緊緊攥着他的衣角，不敢鬆手。

時景明看到一個車載滅火器滾落在座位底下，彎着腰去撿起來。他又脫下外套，蓋在沈清荔頭上，捂了個嚴嚴實實。

「千萬別動。」

舉着滅火器朝着車窗邊角狠狠砸下去，巨大的對衝力震得虎口發麻，一連砸了十幾下，玻璃才碎開，把碎玻璃敲乾淨，仔細在邊緣鋪上一層衣服，讓沈清荔爬出去。

沈清荔身材嬌小，一半身子探出車窗，卻回手抓着時景明：「你呢？你也出來啊！」

「你先走，乖，我馬上。」

時景明托着她推出車窗，沈清荔跪坐在地上，看着車子一半都懸在外面，嚇出了一身冷汗。

時景明讓開出口，讓車上的女人先走。載重減少，車頭慢慢往下滑，跟在後面的車看見險情紛紛停車下來幫忙。王安看見沈清荔在外面，但是沒有時景明的身影，瞬間驚出一身冷汗。

車上人逐漸減少，沈清荔狼狽地坐在地上，腿被擦破了皮沾着泥土，一張俏臉淚水漣漣，看着車裡的時景明招手。

「時景……」

沈清荔正要喊他的名字，卻被王安捂住嘴警告：「大庭廣眾你給我控制一點，要是喊出來就完了。他讓大家先走，以後才好發通告表揚。」

沈清荔一把推開她：「都什麼時候了，人命最重要！」

看着車下滑，沈清荔的心像被一雙大手緊緊揉捏着，幾乎喘不過氣來，不斷的低喃着他的名字，手指摳着泥土，眼看着時景明隨着下落的車身往下滑。

　　「時景明──」

　　大家的心都被提上了嗓子眼。

　　在後輪滑下山崖的一瞬間，時景明從車窗一躍而出，在地上滾了兩圈，幾乎是同一時間，巴士重重摔落，在山崖下摔得粉碎。

　　「時景明……你嚇死我了！」

　　沈清荔抹着眼淚，手上的泥土都蹭在臉上，像一隻小花貓似的，哭着就要往他懷裡撲。

　　王安手疾眼快先一步擋在了時景明面前，沈清荔只能隔着一個人，委屈地看着他，眼淚珠子一串串的掉下來。

　　時景明看着她腿上的傷，看了一眼王安：「讓開。」

　　「祖宗，你可別鬧，這大家都看着呢，一點準備都沒有，你把人帶到保姆車上去都行啊。」王安夾在小情侶中間也實在沒有辦法，一個想法簡單的女孩，一個不管不顧的大明星，她也是操碎了心。

　　時景明意會到了她的意思，對着沈清荔指了指腿上的傷，轉身往後面的保姆車上走，王安滿臉無奈地扶着沈清荔：「走吧，好歹低調點。」

　　時景明自己胳膊上都被玻璃碎片划出很多小傷口，但捧着沈清荔擦破皮的膝蓋心疼得無以復加，輕輕擦乾淨泥沙。

　　「下去了就趕緊跑呀！在下面站着萬一受到傷害怎麼辦？」

　　沈清荔看着他胳膊上的傷口眼淚啪啪往下掉，比自己摔傷的時候哭得都慘。

　　「你傻呀，就不知道先跳下來，多危險啊！」

　　「哎呀，小荔枝快別哭了，跟小花貓似的，一會上點藥就好了，沒事的。」

時景明精細地給她膝蓋上了藥，用紗布包起來，然後拿酒精在自己胳膊上隨便沖沖，臉上一點改變都沒有，彷彿感覺不到痛感，坐在沈清荔身邊。

「下次去療養院能不能不要聽我媽媽給你介紹男人了，小荔枝只能是我的。」時景明的大腦袋擠在沈清荔旁邊，明知道他故作委屈，還是覺得可愛，沈清荔摸摸他頭髮，像趙明明家的那隻大金毛。

「瞎說，什麼就是你的了。」沈清荔傲嬌地轉過頭，憋着笑不肯鬆口。

「那怎麼辦啊，要不要我出去大喊三聲我喜歡沈清荔？」

時景明說着就要拉開車門往外喊，嚇得沈清荔急忙把他按住：「你瘋了呀，你那些女粉絲會網暴我的。」

「那你答不答應？」

「哪有你這樣的，一點都不正式。」沈清荔嘟着嘴，但是嘴角的笑意帶着滿滿的甜蜜，時景明知道她不好意思，也不再逗她，直接把她抱個滿懷。

「等我拍完這部戲，就帶着你和阿姨媽媽出去休假。」

沈清荔還沉浸在跟頂流大明星談戀愛的夢幻中無法自拔，鼻端的雪松香味將她環繞，很久沒有感到這麼安全了，就像一個獨屬於她的避風港。

王安不在這礙眼，主動下車望風，好在大家都在剛剛的驚魂中沒緩過來，忙着打電話叫救援，又組織人安排去醫院。

導演跑過來看見王安在外面站着連忙問：「時老師怎麼樣？有沒有受傷？我們一起去醫院？」

「不用了，他休息一會就好，等下我們自己去山莊，你們忙自己的就行。」

打發走導演，王安看看緊閉的車門，有些頭痛，就這如膠似漆的

模樣，還有時景明什麼都不在乎的態度，真不知道能瞞到什麼時候，等到公司方面知道頂樑柱偷偷戀愛了，又是一陣血雨腥風。

　　但是警告歸警告，王安跟在時景明身邊這麼多年，還是第一次看見他這種不管不顧的樣子，也不好意思直截了當地阻攔，之前對着沈清荔威脅她離開，就已經觸及到時景明的虎鬚了，再來一次王安覺得自己真沒有這個膽量。

　　等時景明安頓好沈清荔，天色就已經黑了，山莊裡沒有什麼可看的景致，看她安穩睡着，給膝蓋換了藥就離開了。

　　沈清荔睡得迷迷糊糊，聽見有人敲門，一打開，外邊站着一個陌生的小男生，有些羞澀的站在外面。

　　「你是？」

　　「沈老師好，我是李富安的扮演者，我⋯⋯」

　　沈清荔頭一次到劇組來，這些演員連臉熟都沒有，聽見他是演員還是一臉懵。

　　「這麼晚了，你有什麼事嗎？」

　　小男生捏着衣角，往前湊了兩步：「老師，我⋯⋯我想有些劇本上的問題跟您討論一下⋯⋯能不能⋯⋯」

　　聽到這沈清荔大概明白他的意思了，他的角色在劇本裡就是一個小配角，基本上一兩天就能拍完，這大半夜的過來除了要加劇情也沒別的事情了，看他這樣子，估計還要上演一場「為藝術獻身」。

　　沈清荔説不上反感，但是也並不想惹上一身麻煩，更何況心裡滿滿的都是時景明，哪裡會把別人看進眼裡。

　　一手擋着門框，臉色平靜地説：「劇本你得找趙明明，我管不了，再見。」

　　直接把門關上，小男生被關在外面碰了一鼻子灰，有些不服氣地跺跺腳，轉身就去樓下敲了趙明明的門。

還沒等沈清荔躺下，門又響了，她滿臉煩躁地拉開門：「你怎麼還沒完沒了……」

「女作者半夜私會男演員，跪求加戲？嗯？玖笙大大人氣很高啊。」

時景明擠進來，反身關上門就把沈清荔抵在了門板上，咬着她的耳朵吹氣，滿滿的醋味在房間裡瀰漫。

「什麼私會啊，我連門都沒讓進好嗎。」

時景明手指繞着她的髮絲，氣息灼熱：「那就是男主角不滿劇情，主動獻身，這樣可以吧？」

沈清荔捶着他胸口，小臉羞的飛上一抹紅霞：「你到底什麼事情嘛，讓人看見多不好。」

「我倆可是正經的情侶關係，有什麼不好的。」時景明要不是因為怕沈清荔被打擾，恨不得宣揚的全世界都知道他成功抱得美人歸，哪裡用得着這麼偷偷摸摸地進來。

怕把人惹急了，時景明及時收斂，不過摟在細腰上的手一直捨不得鬆開：「王安在樓下等着呢，我帶你出去吃飯。」

沈清荔嘟囔着：「怎麼約會還要帶着別人啊。」

「她不跟我們一起，就是多個經紀人出去，碰見人好解釋，不會影響你夜會男主角討論劇本。」

「去，沒個正型。」

兩人剛剛確定關係，在同一個劇組待着，總是偷偷的眉來眼去，那種甜蜜的感覺彷彿在空氣中拉絲，你儂我儂的連王安都看不下去，索性提早離開，免得看着難受。

時景明坐在沙發上看劇本，沈清荔盤腿坐在地毯上趕稿，累了就靠在他腿上休息，如同一隻慵懶的小貓撒嬌，時景明看着心都要化了。

「我明天連着兩天的夜戲，你自己乖乖吃飯睡覺，別等我回來了。」

沈清荔點點頭，這些日子被他照顧得像個孩子，就差把飯餵到嘴邊了，而且時景明格外喜歡摸她的頭髮，不管幹什麼都要捏着一綹頭髮，但是每到晚上十一點，沈清荔就準時攆人，不管時景明怎麼賣萌耍賴都會被一扇門板甩在臉上。

一連在大山裡泡了半個多月，沈清荔還是被深紅的奪命電話抓到了人。

「我說玖笙祖宗，要找你真是不容易啊。上個月答應的簽售會是不是全忘了？後天就是活動日了，你連個人影都抓不到，你要是不出現，我就掀了你頭蓋骨！」

沈清荔把電話拿遠，漫不經心地聽着那邊惡狠狠的叫罵，把時景明餵過來的小蛋糕嚥下去才開口回覆。

「我明天趕去機場，保證耽誤不了。」

深紅都要氣炸了：「你多少粉絲你心裡沒數是不是，不提前簽出來一批書，到時候怎麼夠分，你要累死在現場啊？」

「哎呀紅姐你就放心吧，我之前都簽好放在家裡了，明天你直接去取着就行了，我直接去上海發佈會就好了啊。」

掛掉電話，沈清荔癱軟在時景明懷裡：「我明天就要走了，估計要兩三天才回來，你會不會想我呀？」

時景明寵溺地點着她的鼻尖：「應該是我問你這個小沒良心的會不會想我，一看見好吃的就把我忘在腦後了。」

「你不是不想在書迷面前露臉嗎？怎麼還答應簽售呢？」

沈清荔無奈的攤着手：「紅姐要求的，到時候戴個面具，也不知道我長什麼樣子，就連海報都只有一個背影。要不是我據理力爭，紅姐都恨不得把我的臉掛在招牌上。」

「那可不行，小荔枝只有我能看。」

時景明太知道她的魅力了，要真是公開露面，那些書迷都得瘋狂迷戀，整天在微博下面追着小荔枝叫寶貝，只是想一想時景明都要把那些人封號。

「好好好，就給你看。這個劇也快殺青了，我就趕在殺青的時候回來，給你獻花好不好？」

「好，我等你回來。」

……

時景明戲排的滿，不能送她去機場，看着她上車走的時候，摸索着口袋裡的絲絨盒子，暗自呢喃：「等你回來，就給你戴上。」

時景明這邊的戲份已經接近末尾，就是當個背景牆補拍一些空鏡，沒事的時候就在手機上敲敲打打，編輯着求婚的時候要説的話。

他家的小荔枝可是鼎鼎有名的玖笙大大，求婚的誓詞總得展示一下自己的文化素養，不能太過寒酸。

也不知過了多久。

「時老師，到您拍攝了。」

時景明收起手機走出去，路上遇見小演員都禮貌地點頭打招呼，走過拐角的時候聽他們討論一架飛機失事。

「聽説可慘了，到現在都沒找到一個人生還。」

「這種飛機失事估計很難救回來了。」

時景明心裡一動，停下腳步：「哪架飛機？」

兩人聽見他問，點開手機上的新聞推送遞給他：「飛往上海的，好像是 3704 航班……」

時景明看着那個航班號，在眼前不斷放大，耳邊開始嗡鳴，點開沈清荔給他的購票截圖一個數字一個數字的比對。

「3……70……4……」

時景明驚出一身冷汗，感覺渾身的關節都僵硬了，死死盯着那條新聞不敢相信，瘋狂地撥打沈清荔的電話。

「對不起您撥打的電話已關機……」

時景明脫力地坐在地上，周圍人都不知道怎麼了，也不敢貿然上前。

手機上一遍遍重複着冰冷的機械女聲，時景明撕扯掉戲服，抬腿就往外走。

「時老師，時老師您去哪？您的戲還沒拍呢！」

時景明一腳油門踩出去，他只有一個念頭，就是找到沈清荔，他不敢相信那個航班就是她乘坐的，想着她是不是改簽了，手機關機只是因為沒電。

高速路上一輛輛車疾馳而過，連帶起的灰塵都被遠遠甩在後面，時景明緊繃着身體，握着方向盤的手臂青筋暴起，眼底似有風暴聚集，只是一味地往前開。

手機上自動撥打着沈清荔的電話，無一例外都是已經關機，始終沒有聽到那句熟悉的甜軟的女聲。

時景明趕到珠海機場的時候，已經聚集了很多家屬，他一路擠到前面去，但是工作人員死死攔着根本不讓進。

幾乎動用了所有人脈，連王安都從外地趕回來，多方疏通，才將一份遇難者名單放在他面前。

時景明剛要打開，就被王安按住了：「你……你冷靜一下再看吧。」

「鬆手。」

時景明一行一行看下去，每掠過一行，都會暗自慶幸沒有沈清荔的名字，不知道用了多少勇氣，才在最後一頁看見了熟悉的三個字：

沈清荔

時景明雙眼赤紅，紙張被攥在手裡皺成一團，心臟彷彿被一把刀子捅進去反覆攪拌，鮮血淋漓，卻哭不出來，所有情緒都堵在胸口，悶得人一陣陣發暈。

「景明，景明你冷靜一下。」

時景明捂着胸口癱軟在沙發上，眼淚汩汩往外流，張着嘴卻説不出一句話，自虐一般展開紙張，摸索着上面的名字，一遍遍地確認着，也一遍遍地承受打擊。

「真的……真的是她？」

王安看他脆弱的樣子，不忍心點頭，只能陪在一邊，她從未見過時景明如此模樣，就算在戲中也只是瞬間切換，但此時，他痛苦的眼神裡有無盡的悲愴。

時景明一直把自己關在房間裡，看着每一條相關的消息，二十四小時，四十八小時，七十二小時過去了，仍舊沒有一條令人激動的新聞，房間裡的空氣死寂着，呼吸聲清晰可聞。

時景明坐在地上，頭髮凌亂，下巴長滿了鬍茬，眼神從最開始的悲痛變得麻木，手機早已經沒電關機，周圍散落着空酒瓶和煙蒂，整個人渾渾噩噩又帶着一絲清醒，偏執地等着消息。

王安開門進來，將視頻放在他面前：「官方已經宣佈沒有倖存者了，通知家屬去領遺體。你也知道她母親身體不好，現在除了你，沒有別人了……」

時景明遲緩地接過來，呆呆看着屏幕，一顆顆眼淚砸在上面，不多時，抱着肩膀嚎啕大哭，像一個找不到家的孩子，哭聲裡帶着絕望，劇烈顫抖的雙肩昭示着主人的痛苦。

他一聲聲喊着沈清荔的名字，掌心攥着那顆戒指，本想在她回來的時候，在殺青宴上求婚，給她最光耀的儀式，從此捧着她走上神壇。

現在這枚戒指被永久地留在了身邊，可是那個巧笑倩兮的女孩

已經不見了，最後一面是他看着她坐上車遠去。

　　空難啊，死亡來臨之前，她該多麼的恐懼，墜落的時候是否唸着他的名字，可他後知後覺，再也見不到了。

　　「這部戲，是她唯一一部被大眾熟知翻拍的作品，熬了多少心血才寫出來，你一連半個月不回劇組，那邊已經等不及了，就算是為了她，你也要堅持下去啊。」

　　王安知道現在說什麼都聽不進去，唯有關於沈清荔的事情才能挑起他一絲半點的注意力。

　　「我去帶她回家。」

　　飛機墜落在海裡，淹沒了無數生命，有穿着碎花裙的女人，有剛剛牙牙學語的孩童，有耄耋之年的老人，也有時景明的摯愛，那個穿着天青色連衣裙的女孩。

　　時景明不知道是什麼樣的信念支撐他完成拍攝，好在最後都不是重要鏡頭，偶爾借用一些背影和側臉，即便情緒跟不上，也能通過剪輯彌補。

　　他停掉了所有業務，回到江城這小縣城，整天陪在兩個老人身邊，不敢告訴他們沈清荔的死訊，只能哄騙着，說她出國采風了，一時半會的回不來。

　　但是當他母親糊塗着，一聲聲喊着小荔枝的時候，時景明還是沒有忍住，在母親面前哭得涕泗橫流，緊緊抓着母親溫暖的手。他剛剛找到生命中的愛人，一場無情的災難就降臨了，收回了如此短暫的一段愛情。

　　王安告訴他網劇爆火，玖笙這個筆名被炒上了天，得了最佳獎項，邀請整個創作團隊去領獎。但是由於沈清荔一直不曾露面，大家都在她的微博下面留言，要看她出山。

　　時景明穿着得體的西裝，坐在台下，看着自己的臉在大螢幕上

反覆播放，最後劇名打在上面，玖笙兩個字宛若被鍍上金光，接受着此起彼伏的掌聲，可是那個本應該接受一切榮耀的女孩已經永遠沉睡在海裡，聽不見喧囂了。

「聯繫一下清荔的編輯，玖笙這個筆名，希望她不要註銷……

「以後……

「我來做這個玖笙。」

時景明不想讓大家忘記清荔，他清楚的記得，當沈清荔説起寫作的時候，眼中那種熱情和真誠，是真的用全部來創造故事和劇中的靈魂。

玖笙是她留在世上最後的東西了，時景明捨不得就此淹沒，他可以重頭再學，可以鑽研，也要把這個筆名一直延續下去，直到他拿不動筆的那天。

時景明守着回憶一天天地過下去，看着太陽東升西落，四季往復，每天把行程排得滿滿的，休息的時候，永遠對着手機裡的照片發呆，很少有人能在他臉上看見一個真心實意的笑容了。

他並不是科班出身，但是對於愛情有着自己的傷痛，所以他接手玖笙之後的文風，就從幸福圓滿變成了全員悲劇，所有人都是愛而不得，或彼此天各一方，或如同他與沈清荔一般陰陽不見，總之虐得讀者死去活來，大呼心痛。

當一家遊戲工作室找上門要改編成遊戲的時候，時景明一開始是傾向於不同意，因為他太過珍惜玖笙的筆名，不希望被任何資本下的手段傷害到一絲一毫。

可是他看見那兩個前來談判的人時，他在女生看向男人的眼神裡看見了愛，是她曾經在沈清荔眼中看見的那樣，滿滿的，裝着心愛之人，就像裝進了全世界。

「不許大肆修改劇情，要尊重原創，還有，不要把我的身份透露出去，我不希望玖笙變成時景明的附屬品，這個名字應該獨立存在。」

但是時景明沒有想到，原以為可以隱瞞一輩子的事情，因為這部遊戲的改編，而被翻出來。

當時他在沙漠裡拍戲，信號不暢，只有當劇組的機器停轉的時候，才能搜索到一點信號。

就接到消息說玖笙背後有槍手代筆，資本利用筆名圈錢，一時間這兩個字成了全網公敵，那些曾經喜愛這個名字的粉絲，都在評論區開罵，指責玖笙沒有良心，欺騙大眾，各種難堪的言辭鋪天蓋地地飛過來。

時景明自己身在名利場，有黑料有詆毀都已經習慣了，他也不在乎，但是玖笙就是他的雷池，別人伸手想碰一下，都是不能容忍的事情。

「召開發佈會，我來澄清。」

王安極力阻攔，一旦時景明出面，那被爆料的就不僅僅是玖笙的事情，還有背後隱藏多年的戀情，即便女生已經不在，但也不影響粉絲脫粉，而且頂替玖笙是事實存在的事情，根本起不到作用。

「就算他們不理解，我哪怕什麼都不要了，也不能眼睜睜看着玖笙這個名字被毀掉。執行吧，你攔不住我。」

時景明態度堅決，王安拗不過他，當看見他站在鏡頭前面的時候，王安作為這些年的見證者，突然眼眶一熱。

時景明以前拍戲都知道愛惜自己，但是自從沈清荔出事之後，他拍戲就像不要命一樣，什麼危險的動作都敢自己上，從幾百米的高空速降下來，他遲遲不肯拉緊安全繩，嚇得一眾工作人員魂飛魄散，可是時景明自己一臉淡定，王安就知道他有的時候就是在用疼痛麻痺自己。

就像現在一樣，那段塵封着的往事一直沒有人提起，生怕觸痛了他內心的傷疤，也許這塊傷從來就沒有癒合過，每到午夜就會重新流出鮮血，提醒着時景明這樣的痛意不能消散。

　　現在由他親手把傷疤撕開，把裡面的皮肉都翻出來給大家看。

　　「我的確不是真正的玖笙。」

　　時景明不管此話給下面的媒體帶來多大的震撼，仍舊往下説，説起他和沈清荔的緣分，説起那段往事，説起這些年承受的傷痛，説起情深不壽和至死不渝。

　　「……玖笙應該得到的榮光，不能被時景明遮蓋，她有自己的風骨，有自己的獨特的靈魂，我只是不想看見她在這個世界上消失，所以一直隱瞞着身份，將玖笙的故事一直寫下去，就像在寫我和她一樣，寫到我再也寫不動的那天……

　　「沈清荔和時景明的愛情在四年前就已經結束了，可是玖笙和我的緣分並沒有完結，此刻我站在這裡，不是時景明，不是任何角色，只是玖笙。」

　　時景明走出發佈會現場，外面的陽光熾熱，炙烤着每一寸皮膚，他張開雙臂，就像在享受沈清荔來自天國的親吻。

　　「小荔枝，你看見了嗎？」

　　「我還要買荔枝給你吃……」

—— 完 ——

責任編輯　　張俊峰

書籍設計　　霍明志

排　　版　　周　榮

印　　務　　馮政光

書　　名　　冬日不曾有暖陽

作　　者　　寶劍鋒

出　　版　　山頂文化
　　　　　　Hong Kong Open Page Publishing Co., Ltd.
　　　　　　香港北角英皇道499號北角工業大廈18樓
　　　　　　http://www.hkopenpage.com
　　　　　　http://www.facebook.com/hkopenpage
　　　　　　http://weibo.com/hkopenpage
　　　　　　Email: info@hkopenpage.com

香港發行　　香港聯合書刊物流有限公司
　　　　　　香港新界荃灣德士古道220–248號荃灣工業中心16樓

印　　刷　　中華商務彩色印刷有限公司
　　　　　　香港新界大埔汀麗路36號中華商務印刷大廈

版　　次　　2023年6月香港第1版第1次印刷

規　　格　　32開（148mm×210mm）480面

國際書號　　ISBN 978-988-76604-2-2

© 2023 Hong Kong Open Page Publishing Co., Ltd.
Published in Hong Kong